Das Licht des Magiers

Zeichen der Magie

AF279889

J. Mine Henniger

DAS LICHT DES
MAGIERS

ZEICHEN DER MAGIE

Impressum

Bibliografische Information der Deutschen Nationalbibliothek:
Die Deutsche Nationalbibliothek verzeichnet diese Publikation in der Deutschen Nationalbibliografie; detaillierte bibliografische Daten sind im Internet über http://dnb.dnb.de abrufbar.

1. Auflage

© 2025 J. Mine Henniger
Lektorat: Isabell Tucholka / Anja Riedel
Korrektorat: Anja Riedel
Coverdesign: J. Mine Henniger, Grafik erstellt von freepik.com
mine_firefly@mein.gmx bei Auffälligkeiten gern kontaktieren
Verlag: BoD · Books on Demand GmbH, In de Tarpen 42, 22848 Norderstedt, bod@bod.de
Druck: Libri Plureos GmbH, Friedensallee 273, 22763 Hamburg
ISBN: 978-3-7693-4944-3

Prolog

Für das Leben auf der Straße gibt es klare Regeln.

Erstens: *Überlebe*. Egal, was ich dafür tun muss. Mein Wohlbefinden kommt an vorderster Stelle.

Zweitens: *Hab keine Angst*. Es gibt niemanden, der verängstigter ist als ich. Obwohl ich schon sechzehn Jahre alt bin, habe ich Panik vor allem. Sei es eine Spinne zwischen dem Holzbalken, eine Ratte am Wegesrand oder ein knarzendes Geräusch bei Nacht.

Drittens: *Gehe Ärger aus dem Weg*. Was gar nicht so einfach ist, wenn man ein Waisenkind ist, das aus dem Waisenhaus floh. Ich halte mich nur mit Diebesgut über Wasser und schlafe in einer einsturzgefährdeten Ruine. Zu stehlen ist nicht nur Schwerstarbeit, es ist darüber hinaus verflucht heikel. In meiner Heimat Solome wimmelt es nur so von Wachleuten. Sie sind dazu angehalten, Flüchtlinge wie mich, einzusacken und ans Waisenhaus zu übergeben. Aber ich denke gar nicht daran, wieder dorthin zurückzukehren. Das führt zur nächsten Regel.

Viertens: *Halte dich vom Waisenhaus fern.* Einmal geflohen, weißt du nie, was sie mit dir machen, wenn du zurückgehst. Das Leben dort ist grausam. Kinder werden geschlagen, wenn sie ihre Aufgaben nicht erledigen. Uns ist es untersagt zu spielen, zu lesen oder zu singen. Dafür sollen wir verschiedene Arbeiten leisten: Nähen, stopfen, stricken, bügeln, waschen, polieren. Die Arbeit war hart und ging von früh morgens bis spät in die Nacht hinein. Ich habe zusammen mit anderen Kindern lange Zeit den Garten des Waisenhauses gepflegt, Unkraut gejätet und Blumen gepflanzt, um den Schein eines guten Hauses zu wahren. Dafür gab es einmal täglich eine Mahlzeit. Doch verrichteten wir unsere Arbeit nicht zur vollsten Zufriedenheit der Aufsichten, kassierten wir Schläge, Hausarrest oder bekamen kein Essen. Am Ende des Tages blieb keine Kraft mehr übrig, um fröhlich zu sein. Ich stürzte ins Bett, nur um wenige Stunde später wieder aufgejagt zu werden, um da weiterzumachen, wo ich aufhörte. Wer hätte unsere Aufseher davon abhalten sollen? Wir alle waren ohne Familie, es gab niemanden, der uns beschützte oder am Tagesende in seine liebenden Arme schloss. Wir hatten nur uns. Ich habe diesen Ort gehasst. Und deshalb bin ich dort ausgebüchst.

Aber davon abgesehen ist Solome eine wunderbare Stadt. Klein und beschaulich, umgeben von hohen Mauern, die mich von den saftigen Wiesen und grünen Wäldern trennt. Es wäre ein Leichtes, hinauszuspazieren und meiner Heimat den Rücken zu kehren. Und schon sind wir wieder beim Thema Angst. Nichts würde mich dazu bringen, Solome zu verlassen und außerhalb der Mauern auf eine Hexe oder ein Monster zu treffen. Es wird erzählt, dass Hexen Kinder fressen und in den Wäldern Gestalten hausen, denen man lieber nicht über den Weg laufen möchte. Eigentlich erwartet mich nur der Tod und dennoch träume ich seit einiger Zeit davon, Solome hinter mir zu lassen. In diesen Träumen erscheint ein geheimnisvoller Mann, gehüllt in einen grünen Umhang. Sein langer Stock gleitet über den Boden, die Kapuze tief ins Gesicht gezogen. Ein blauer Schimmer umhüllt ihn wie ein Nebel und lässt ihn fast übernatürlich erscheinen. Der Traum ist kurz, doch seine Wiederholung in letzter Zeit ist unheimlich. Ist es ein Zeichen, oder war es nur mein unruhiger Geist?

Kapitel 1
Der Fremde

Die Wachen haben ihre Augen überall – heute scheinen es mehr zu sein als je zuvor. Ein unbehagliches Gefühl schnürt mir die Kehle zu, aber ich weiß, was zu tun ist, um nicht aufzufallen. Langsam schlendere ich über den Markt, die Stimmen der Händler und das geschäftige Treiben um mich herum machen es mir schwer, mich zu konzentrieren. An einem Stand bleibe ich stehen, die Farben des frischen Obstes leuchten verlockend vor mir. Kaufen kommt für mich nicht in Frage. Selbst die kleinen Beträge, die ich mir hier und da gestohlen habe, sind nicht genug. Mein Magen knurrt laut und ich halte meinem Bauch. Der verführerische Duft der reifen Früchte zieht mich an, und obwohl ich weiß, dass ich es nicht sollte, kann ich nicht anders, als nach ihnen zu greifen. Das Risiko, entdeckt zu werden, ist groß, aber die Versuchung ist größer. Ich spüre, wie eine Wache aufmerksam wird. Ich sehe mich um, als wäre ich auf der Suche nach meiner Mutter und rufe sie einige Male. Dass das nur eine Farce ist, bemerken die Wachen zunächst nicht, aber einer der beiden Aufseher deutet auf mich und mein schäbiges Aussehen. Zerrissene Kleidung und ein schmutziges Gesicht zeugen nicht von einem wohlbehüteten Kind. Geliebte und geborgene Kinder tragen saubere und genähte Kleidung. Ich hingegen trage ein übergroßes Leinenhemd, das ich letzten Winter von einer Wäscheleine gestohlen habe. In Kombination mit der schmutzigen braunen Hose mit Löchern an den Knien und Franzen am Saum, ist nicht zu übersehen, dass ich ein Kind der Straße bin.

Die Wachen tauschen nur einen Blick, nicken und kommen augenblicklich auf mich zu. *Oh oh* - das ist nicht gut! Ich greife in den Obststand hinein und stopfe das, was mir zuerst unter die Finger kommt, in meine Taschen. Sofort nehme ich die Beine in die Hand. Die beiden Flurhüter stürzen mir prompt nach.

»Haltet ihn! Schnappt den Dieb!«, johlt es hinter mir. Ich drehe mich nicht um, sondern laufe um mein Leben. Auf der Suche nach einem passenden Versteck quetsche ich mich durch Gassen und Gänge der verschachtelten Stadt, und laufe dabei immer dichter zur Stadtmauer hin.

Ich hetze die Wachmänner durch Solome, doch sie jagen gnadenlos hinter mir her. Meine Lungen schmerzen und die Beine tun mir weh. Die Wachen von letzter Woche haben wesentlich früher das Handtuch geschmissen. Panisch laufe ich in eine enge Gasse zwischen zwei furchtbar hohen Hauswänden hindurch, werde jedoch von der meterhohen Stadtmauer ausgebremst, die meine Flucht augenblicklich beenden sollte. Jetzt muss ich wohl aufgeben. Den

Wachen völlig ausgeliefert, presse ich mich ängstlich mit dem Rücken an die Mauer und muss dabei zusehen, wie die zwei Männer sich durch die Gasse quetschen, um an mich heranzukommen. Im Moment breche ich Regel Nummer zwei. Keine Angst haben? Wieso habe ich mir ausgerechnet diese Regel ausgedacht? Die Angst bestimmt seit Jahren über mich und mein Handeln. Der Gedanke, von den Flurhütern erwischt zu werden, lässt mir das Blut in den Adern gefrieren. Wenn sie mich fassen, breche ich die vierte Regel – und das würde nicht nur mein Schicksal besiegeln, sondern könnte auch das Ende für alles sein, was ich je gekannt habe. Ich habe gehört, die Gefängniszellen sind kalt und nass. Nein! Ich will weder eingesperrt, noch zurück ins Waisenhaus gebracht werden. Nicht zu diesem schrecklichen Ort!

Ich drehe mich zur Mauer und betrachte die Steine. Es muss einen Weg hier heraus geben! »Dort! Er kann nicht weg, hol ihn dir!«, brüllt der eine zum anderen. Mein Herz pocht wie wild gegen meine Rippen. Jetzt gehen mir die Möglichkeiten aus.

Ich greife nach einem hervorstehenden Stein in der Mauer und finde Halt. Mit einem festen Griff bohre ich meinen Fuß in eine Vertiefung und spüre, wie sich die rauen Kanten gegen meine Haut drücken. Langsam arbeite ich mich nach oben, die wackeligen Steine unter mir halten mein Fliegengewicht locker aus. Bis zum letzten Schritt zwinge ich mich, nicht nach unten zu sehen. Keine Ahnung, ob mir die Männer nachklettern. Oben angekommen, wage ich einen Blick nach unten und ein triumphierendes Grinsen breitet sich auf meinem Gesicht aus. Die beiden muskelbepackten Wachen kämpfen mit dem brüchigen Felsen, ihre kraftvollen Arme scheitern daran, Halt zu finden. Sie brechen die Steine heraus und rutschen wieder ab. Bevor sie sich mein Gesicht einprägen können, laufe ich flink entlang der Mauer, mein Herz flattert vor Aufregung. Vor mir breitet sich die Landschaft aus: saftige grüne Wiesen, die fruchtbaren Felder der Bauern – ein Anblick, der gleichzeitig beruhigend und berauschend ist.

Doch dann zieht etwas Dunkles meine Aufmerksamkeit an, das aus dem Wald schlüpft. Ein älterer Herr mit einem langen Gehstock nähert sich mit entschlossenen Schritten. Er humpelt nicht und läuft auch nicht komisch. Ein Wanderer vielleicht? Als ich näher hinsehe, erkenne ich den dunkelgrünen Umhang, der ihn einhüllt. Ein Schauer läuft mir über den Rücken. Er kommt direkt auf Solomes Pforten zu, die zu jeder Zeit offenstehen. Er wird in einigen Minuten hier sein, dann kann ich mir den Wanderer genauer ansehen.

Als sich die Gelegenheit bietet und die Luft rein ist, schlüpfe ich hinab und tauche in ein anderes Viertel von Solome ein. Hier stehen nur noch verlassene, verfallene Häuser, die von der Zeit gezeichnet sind. Die meisten Bewohner sind längst in die Innenstadt geflohen, dem Markt und dem Brunnen näher, während diese Gegend immer mehr verwildert. Ein Glück für mich – für uns. Denn ich bin nicht allein hier.

Entschlossen, meinem Freund einen kurzen Zwischenbesuch abzustatten, mache ich mich auf den Weg zu einem heruntergekommenen Häuschen, dessen Wände durch Wind und Wetter stark mitgenommen sind. Mehrere Holzbalken des Obergeschosses sind bereits ins Erdgeschoss gestürzt, und der Eingang ist ein schmaler Spalt, durch den ich mich quälen muss. Als ich hindurchschlüpfe, lande ich in dem einzigen Raum, der noch bewohnbar ist. Hier haben wir unser kleines Reich eingerichtet.

Auf dem staubigen Boden sitzt ein kleiner Junge, kaum älter als neun Jahre, und schaut mich mit einem schelmischen Grinsen an.

»Philip!«, flüstert er, die Stimme vor Freude bebend. Im nächsten Moment springt er auf und schlingt die Arme um mich. Seine Eltern hatten ihm den Namen Edward gegeben, bevor sie eines Nachts spurlos die Stadt verließen – und nie zurückkehrten. Damals war ich sieben Jahre alt, als er vor den Toren des Waisenhauses auftauchte. In weiße Tücher gewickelt, lag er in einem kleinen Korb, wie ein verlorenes Geschenk an die Welt. Niemand wusste, ob seine Eltern ihn selbst dort abgelegt hatten oder jemand anderes. Aber von da an wuchs er mit mir im Heim auf, bis er, nur ein Jahr nach mir, die Flucht ergriff. Weil er mich vermisst hatte, wie er behauptete. Edward war zweifellos einer der Jüngsten, die jemals den Mut aufbrachten, das Waisenhaus hinter sich zu lassen.

»Hey, Edward. Ich hab dir einen Apfel mitgebracht, wie versprochen.« Mit einer schnellen Bewegung greife ich in meine Tasche und hole den glänzenden, roten Apfel hervor. Edward lächelt breit, seine Augen leuchten vor Freude, als er ihn gierig in seine Hände schließt und genussvoll hineinbeißt. Das saftige Knacken des Apfels erfüllt die Luft, und für einen Moment scheint sich die Welt um uns nur um diesen Apfel zu drehen. Für mich bleibt nur die andere Tasche – und das, was darin steckt.

»Gab's Ärger? Du warst lange fort« bemerkt Edward, indes er weiter an seinem Apfel knabbert.

Seine Stimme klingt besorgt. Und dazu hat er jedes Recht. Immerhin habe ich Regel Nummer drei gebrochen: *Gehe Ärger aus dem Weg.* Ich erzähle ihm von der Verfolgungsjagd mit den Wachen. Seine Augen weiten sich, funkelnd vor Aufregung, während ich jedes Detail ausschmücke. Er saugt die Geschichte auf, als wäre es die spannendste Erzählung der Welt, und beißt beinah in den Apfelgrips. Ed hält inne und begutachtet mich kritisch.

»Hast du auch etwas für dich?« Ich nicke stolz und klopfe auf die andere Tasche.

Ich ziehe das Diebesgut hervor und seufze. Eine Birne. Natürlich. Ich hasse Birnen.

Edward lacht lauthals auf. »Keine Sorge, zu dieser Zeit schmecken sie ein bisschen anders als sonst. Außerdem sieht sie noch unreif aus. Probier es erst, bevor du dich dazu entscheidest, gar nichts zu essen.« Edward mag klein sein, aber er versteht mich. Seine Anwesenheit ist segensreich, auch wenn er manchmal schwer zu ertragen ist – besonders, wenn seine düsteren Gedanken die Überhand gewinnen. Dann jammert er, dass wir sterben, erfrieren oder geschnappt und zurückgeschickt werden. Jeden Tag ein neues Ende der Welt in seinen Augen. Doch die meiste Zeit ist er entspannt, und diese Momente schätze ich sehr.

Ich habe ihm einst versprochen, auf ihn aufzupassen, und das werde ich auch. Egal, wie oft er sich beschwert. Edward hat noch viel zu lernen, bevor er alleine losziehen kann. Bis dahin stehe ich an seiner Seite – als sein Beschützer, sein Lehrer und manchmal nur als sein Freund.

Nachdem unser kurzer Plausch beendet ist, kehrt meine Erinnerung an den mysteriösen Wanderer zurück. Der Mann im grünen Gewand müsste inzwischen die Stadt erreicht haben. Neugier treibt mich an, so verlasse ich den Unterschlupf und schleiche stets wachsam durch die Gassen. Mein Ziel: der Marktplatz, das pulsierende Herz der Stadt. Doch als ich ankomme, versperrt mir eine aufgeregte Menschenmenge den Weg. Die Leute drängen sich dicht aneinander, wie Motten, die ins Licht fliegen.

Ich bin zu klein, um etwas zu sehen, also mache ich das Einzige, was mir bleibt: Ich kugle mich ein und krabble auf allen Vieren durch die Beine der Menschen hindurch. In der zweiten Reihe richte ich mich auf und sehe endlich, was die Aufmerksamkeit aller auf sich zieht: der Wanderer. Er steht reglos da. Seine Kapuze verdeckt das Gesicht noch immer, doch sein schwarzer Stock mit den silbernen Ornamenten ragt aus dem Mantel hervor – genau wie in meinen Träumen.

Eine Wache tritt an ihn heran. Ihre Stimme ist scharf. »Was wollt Ihr hier? Fremde sind hier nicht willkommen!«

Der Wanderer bleibt ungerührt. »Ich bitte um eine Audienz mit Eurem Stadtherrn. Nur mit ihm möchte ich sprechen.« Seine tiefe Stimme hallt wie ein fernes Donnern und jagt mir eine Gänsehaut über den Rücken.

Die Menge weicht zurück, zwischen ihnen bildet sich eine Gasse. Der Stadtherr, Graf Theodor von Solome, schreitet hindurch, mit hoch erhobenem Kopf und einem selbstgefälligen Lächeln. Er ist noch nicht lange Oberhaupt der Stadt, hat für sich jedoch in der kurzen Zeit für weitaus mehr Respekt gesorgt als der vorherige Stadtherr. Die Bürger verbeugen sich, die Mädchen machen einen Knicks. Ein Lächeln umschmeichelt die Mundwinkel, des anmutigen Grafen. Doch aus dem Zusammenspiel zwischen seiner blassen Haut und den dunklen Locken, die ihm bis zur Schulter reichen, wirkt das Lächeln selbstgefällig. Er genießt den Moment, bevor er sich dem Fremden widmet.

»Willkommen in Solome, werter Herr. Was führt Euch her?« Der Graf spricht mit einer aufgesetzten Freundlichkeit, aber seine Augen blitzen misstrauisch auf.

»Ein Sturm zieht auf, die Vögel fliegen tief«, antwortet der Wanderer mit einer leichten Verbeugung. »Ich bitte um Schutz, bis sich das Wetter bessert.« Der Graf zögert kurz, dann schnipst er mit den Fingern, und ein dicker Wirt tritt vor.

»Bringt den Wanderer in Euer Wirtshaus.« Der Wirt nickt eifrig und führt den Fremden fort. Als die Menge sich auflöst, dreht sich der Wanderer zu mir um. Für einen Moment trifft sein Blick meinen, und mein Herz setzt aus. Schnell wende ich mich ab und mache mich aus dem Staub.

Auf dem Rückweg schnappe ich mir einen Fisch von einem unbesetzten Marktstand – ein kleiner Trost für mein klopfendes Herz. Dieses Mal verfolgt mich niemand, also bringe ich den Fisch zu Edward. Als der Abend hereinbricht, entzündet er ein kleines Feuer, um den Fisch zu braten, während meine Gedanken noch immer um den Fremden kreisen. Der Stock, die Ornamente… wer ist dieser Mann?

»Starr nicht ins Feuer«, warnt mich Edward, der mich aus meinen Gedanken reißt. »Das bringt Pech.« Ich blinzele und nehme das Stück Fisch, das er mir reicht. Er murmelt etwas vor sich her, was mit Gräten zu tun hat, aber meine Gedanken schweifen wieder ab. Irgendwann schlafe ich neben dem kleinen Feuer ein.

In der Früh weckt mich Edward mit einem leisen Flüstern.

»Jemand schleicht draußen herum«, sagt er nervös. »Schon eine Weile.« Ich reibe mir den Schlaf aus den Augen und stehe auf, schleppe mich müde hinaus in die kühle Dämmerung. Tatsächlich, da ist jemand – eine dunkle Gestalt, die im Schatten der Nacht mit etwas herumfuchtelt. Plötzlich blitzt es in einem tiefen Rotton auf, und ein lauter Knall erschüttert die Stille. Mein Herz rast. Vor meinen Augen geht das Dach des Hauses eines Bewohners in Flammen auf. Im Nu stürmt eine Frau im Schlafhemd hinaus, die Wache, die den Wanderer so unfreundlich empfangen hatte.

Die Stadt erwacht in Panik. Die Glocken im Kirchturm werden geläutet und Menschen strömen aus ihren Häusern, schöpfen eimerweise Wasser und versuchen, das Feuer zu löschen – vergeblich. Die Flammen fressen sich unaufhaltsam durch das Haus. Ich renne los, hole Eimer, doch als ich zurückkehre, sehe ich ihn: den Wanderer im grünen Gewand. Er steht abseits des Geschehens und erhebt seinen Stab in den Himmel. Ein hellblauer Blitz schießt in die Wolken. Es donnert, und unerwarteterweise beginnt es zu regnen – ein heftiger, alles durchdringender Regen, der das Feuer erstickt.

Ich bin starr vor Schock. Hat er nun das Feuer gelegt? Versucht er, es zu löschen? Oder beides? In dem Moment lasse ich die Eimer fallen, und der Wanderer dreht sich um, seine Kapuze tief ins Gesicht gezogen. Mein Blick haftet auf ihm, aber bevor ich etwas sagen kann, verschwindet er in den Gassen.

Zurück am Brandherd tuscheln die Leute. Wie es denn sein könne, dass so plötzlich Feuer ausbricht und dann unerwarteter Regen einsetzt. ›Magie‹, höre ich sie flüstern, ›der Fremde‹ wispern einige andere. Sie ahnen nichts von dem, was ich weiß. Niemand wird einem sechzehnjährigen Waisenkind glauben. Doch ich kenne die Wahrheit – und sie brennt heißer als jedes Feuer.

Kapitel 2
Dunkle Magie

Das Feuer hinterlässt eine einzige Spur der Verwüstung. Obwohl der Regen zumindest verhinderte, dass die Flammen auch auf andere Dächer und Fassaden überspringt, konnte jener die Behausung nicht retten. Ich bin völlig außer mir! Bislang waren Magie und Hexerei nur düstere Schauermärchen für mich, flüsternde Geschichten zwischen Händlern und neugierigen Käufern. Aber jetzt habe ich es mit eigenen Augen gesehen – echte Zauberer, wahre Magie! Aber mir ist klar, dass hinter dieser Magie eine üble Absicht steckte.

Je intensiver ich mir den Kopf über das Gesehene zerbreche, desto größer werden meine Selbstzweifel. Vielleicht war es bloß eine Einbildung. Habe ich wirklich gesehen, wie ein Mann einen Blitz mit den bloßen Händen auf das Dach schleuderte? War es nicht doch nur ein gewöhnlicher Blitzschlag? Nein, unmöglich. Der Blitz kam von unten, von einer Person. Ich habe ihn gesehen! Edward hat ihn bemerkt, und meine

Neugier trieb mich ihm nach. Das war keine Einbildung. Doch wer steckt hinter diesem Angriff? Wer hat es auf das Haus und die Stadtwache abgesehen? War es dieser Fremde in Grün? Das Gefühl, dass er der Schlüssel zu all dem ist, lässt mich nicht los. Zumal mir meine Träume immer wieder diese Person offenbaren. An ihm ist irgendetwas faul.

Grübelnd mache ich mich auf den Weg zurück in unser Versteck. Mein Kopf ist voller Fragen, und eine dunkle Vorahnung begleitet jeden meiner Schritte. Edward ist beschäftigt, alle Löcher in der Decke zu stopfen. Als ich hereinkomme, bedenkt er mich mit einem aufmunternden Grinsen. Ich widme ihm ein fades Lächeln, bemühe mich jedoch darum, mir nicht anmerken zu lassen, wie tief der Schock darüber sitzt, was ich zu Gesicht bekam. Ich bin mir sicher, dass sich mein Freund nicht täuschen lässt, trotzdem hält er sich zurück.

»Du bist nass«, ist alles, was er anmerkt. Verträumt schaue ich an mir hinab und bemerke erst jetzt, dass er recht hat. Ich bin bis auf die Unterhose durchnässt und mir ist kalt. Edward kichert und wendet sich wieder seiner Arbeit zu. Ich hingegen streife mir die tropfende Kleidung vom Leib und tausche sie gegen trockene. Diese ist zwar nicht unbedingt in einer besseren Verfassung, aber zumindest wird mir wieder warm. Zur Unterstützung heize ich einen kleinen Ofen an, der den Einsturz der Dachbalken überstanden hat. Ich knie mich vor die Tür, schlage zwei Steine aneinander und entzünde beim ersten Aufeinanderschlagen einen Funken, der das Papierknäuel im Ofeninneren entzündet. Sofort entflammt das Papier und ich bedecke es mit einer Kohle. Das sollte uns die nächsten Stunden warm halten und vor einer Erkältung bewahren.

Ich starre in die Flammen und überlege, ob ich Edward etwas von meinen Entdeckungen erzählen sollte. Ehrlich gesagt weiß ich nicht, wie er reagieren wird. Hexerei ist hier ein Reizthema, und die Meinungen könnten nicht gegensätzlicher sein: Einige Menschen glauben nicht daran, andere verbreiten das Wissen um ihre Existenz, aber wollen Hexen und Magier am liebsten vernichtet sehen. Welche Gründe es dafür gibt, lässt sich mir nicht erschließen. Angst und Eifersucht könnten eine Rolle spielen, oder aber der Machtverlust der Menschen, wenn sie wissen, dass etwas über ihnen stehen könnte. Aber das sind nur Spekulationen. Und obwohl Edward der einzige Mensch ist, dem ich vertraue, habe ich Angst vor dem, was passiert, wenn ich ihm die Wahrheit sage. Was, wenn er mich von nun an für verrückt hält?

»Alles okay bei dir?«, holt mich seine Stimme aus meinen düsteren Gedanken zurück. Ich merke, dass ich unentwegt an die Wand gestarrt habe, und blinzle die Tränen vom Starren davon.

»Ja, alles gut«, lüge ich und erzähle ihm schnell von dem brennenden Dach, das durch den Regen gelöscht wurde. Das war nicht meine beste Ablenkung, aber irgendwie scheint es zu funktionieren.

»Ist der Frau etwas geschehen?«, fragt er. Ich schüttle eifrig den Kopf und erzähle ihm, was passiert ist – ohne die Details über Magie, Blitze oder seltsame Umhänge. Das erspare ich ihm.

Später am Tag machen wir uns auf den Weg zum Markt, die Sonne brennt heiß auf unsere Gesichter. Ich verliere einen flüchtigen Blick auf das zerstörte Haus der Wache. Es ist ein Bild des Elends. Wer weiß, wo die Familie jetzt unterkommen wird. Das Haus ist nicht mehr bewohnbar. Häuser fallen hier oft in sich zusammen, und der Graf hat Wichtigeres zu tun, als sich um jeden Schaden zu kümmern.

Mein Blick wandert über den Markt und bleibt am Obststand hängen. Da steht er: der Fremde im grünen Umhang, die Kapuze tief ins Gesicht gezogen, der Stock fest in der Hand. Er kauft ein, als würde er für eine ganze Familie sorgen, mehr als Edward und ich in einer Woche essen könnten. Merkwürdig. Er zahlt mit einem vollen Lederbeutel Münzen. Wanderer haben doch normalerweise nicht so viel Geld. Oder zaubert er sich welches?

Bevor er mich bemerkt, wende ich mich ab und stolpere zu Edward, um ihm beim Tragen des Wassereimers zu helfen. Ich ignoriere sein fragendes Gesicht und nehme ihm den Eimer ab. Immer wieder sehe ich den Fremden vor meinem inneren Auge, wie er mit einem blauen Blitz den Regen herbeirief. Was würde ich dafür geben, solche Kräfte zu haben!

Auf meine Frage hin, ob wir noch ein wenig die Sonne genießen wollen, verneint mein kleiner Freund. Es ist ihm lieber, sich zu verstecken. Die Angst, wieder ins Waisenhaus zurückzukehren, ist viel zu groß, um die Gefahr einzugehen, aufgeschnappt zu werden. Solome ist zwar groß, aber nicht groß genug, um als einzelne Person in der Masse unterzugehen. Obwohl ich eigentlich derjenige bin, der sich vor allem und jedem fürchtet, entscheide ich mich dazu, unseren Unterschlupf noch einmal zu verlassen – ohne Ed.

Ich schleiche mich geschwind durch die Straßen, drehe mich immer wieder um die eigene Achse, um sicherzugehen, dass ich keine Aufmerksamkeit auf mich ziehe. Ohne Vorwarnung stoße ich mit jemandem zusammen, als ich mit dem Rücken voran weiterlaufe.

»Verzeiht«, murmle ich, gerade dabei weiterzugehen. Wenn ich in eine Wache gepurzelt bin, wird das furchtbare Konsequenzen nach sich ziehen. Jene würde mich am Genick packen und mich nach meinen Eltern fragen. Und wenn sie dann herausfindet, dass ich gar keine habe, sondern ein Straßenkind bin, dann–

»Du schon wieder«, fährt mich eine trockene, aber bedrohlich klingende Stimme an. Ich gewinne einen Schritt Abstand und begutachte den fremden Wanderer, der seine Kapuze abnimmt. Seine schulterlangen, blonden Haare schimmern im Sonnenlicht, und seine stechend blauen Augen lassen mich frösteln, obwohl die Sonne heiß auf meiner Haut brennt. Seine Stimme klingt väterlich und seine Gesichtszüge weichen auf, wie er mich begutachtet.

»Verzeiht vielmals, Herr«, stammele ich, bemüht, gewählt zu sprechen, obwohl sich Edward und ich einem anderen Jargon bedienen. Wie oft hatten die Aufseher im Waisenhaus eingetrichtert, uns ordentlich zu artikulieren. Wir verstanden nur nicht, wieso. Schließlich brachte uns eine gute Aussprache und eine gewählte Wortwahl auch nicht hinaus. Aber jetzt könnte es mich aus der Bredouille bringen. Als der fremde Mann mir die Schulter tätschelt, atme ich lautlos auf.

Er mustert mich einen Moment und reicht mir dann einen abgedeckten Korb.

»Für dich und deinen Freund. Ihr braucht etwas zu essen. Und was du heute gesehen hast… vergiss es. Das war nicht für deine Augen bestimmt.« Sein Tonfall ist ruhig, doch der erhobene Finger an seinen Lippen spricht Bände: Stillschweigen. Ein Wort von mir und er könnte Ärger mit dem Stadtherrn bekommen. Der letzte Besucher, der dem Grafen einige Kunststücke offenbarte, wurde wegen Hexerei angeklagt und von einem Inquisitor hingerichtet. Das ist noch nicht lange her.

»Verratet mir Euren Namen. Bitte.« Der Fremde will sich umdrehen, doch hält inne, um mir diese Frage zu beantworten. Er sieht mich eindringlich an und versucht, damit zu bewirken, dass ich es nicht mehr wissen will. Aber ich bleibe standhaft und wiederhole meine Bitte.

»Emanuel de Vontaine«, antwortet er kurz und knapp. Er setzt sich die Kapuze wieder auf und zieht sie sich ins Gesicht. Wäre die Kutte nicht leuchtend grün, könnte er auch als Henker durchgehen. »Vergiss nicht, Philip«, raunt er über die Schulter hinweg, als er sich bereits umdrehte. »Kein Wort zu irgendwem!« Ich bleibe wie erstarrt stehen, unfähig, mich zu rühren. Woher, um alles in der Welt, kennt er meinen Namen? Die einzigen Begriffe, die mir hier an den Kopf geworfen werden, beschränken sich auf ›Schelm‹, ›Bengel‹, ›Tor‹ und gelegentlich auch auf ›Lausbub‹. Keiner dieser Begriffe lässt auf meinen Namen deuten. Ich sehe ihm nach, bis er im Wirtshaus verschwindet, in dem er ein Zimmer bezieht.

Ich verharre eine gefühlte Ewigkeit in den Gassen Solomes. In Gedanken versunken trete ich kleine Steine von mir weg und denke scharf nach. Was will Herr de Vontaine in dieser Stadt? Ich meine, wir können von Glück sprechen, dass er hier ist. Dieser Angriff hätte ganz Solome niederbrennen können und wir wären alle obdachlos gewesen. Wieso hat er das getan? Erst das Dach mit diesem dunkelroten Blitz entzündet und einige Momente später jenes mit einem blauen Strahl gelöscht? Da stimmt etwas nicht. In mich gekehrt, denke ich über die letzte Nacht nach und suche Gemeinsamkeiten zwischen Angriff und Rettung. Während sich die Situation in meinem Kopf von vorne abspielt, bemerke ich, dass die Staturen der beiden einige Unterschiede aufwiesen. Der Angreifer war viel schmaler als de Vontaine und trug einen dunklen Umhang. Ich bezweifle, dass sich der Wanderer extra umzog, um zu Hilfe zu eilen. Die Magie des Angreifers war auch anders. Dunkelrot und so heiß wie das Feuer, das entfacht wurde. De Vontaines Kraft hingegen war eiskalt und blau, wie der Regen selbst. Es muss sich eindeutig um zwei verschiedene Wesen handeln. Wesen, von denen ich glaubte, sie gäbe es nur als Geschichten in den weiten Wäldern von Solome ... und nicht mitten in einer Stadt.

Ich setze an, um nach Hause zu gehen, immerhin habe ich mich schon viel zu lange draußen aufgehalten. Mittlerweile ist es dunkel geworden. Zu gefährlich für ein Waisenkind, um jetzt noch herumzuirren.

»Ist dies neues Diebesgut, du nichtsnutziger Tor?«, brüllt eine Wache, als sie mich in der Straße davonspazieren sieht. Ich schüttle mit dem Kopf und trete mal wieder die Flucht an. An den Korb habe ich gar nicht mehr gedacht und noch dazu habe ich mich nicht einmal bei unserem Gast bedankt.

Zum Glück lässt sich die Wache mühelos abhängen. So kehre ich außer Atem zurück in das Versteck und stelle meinem kleinen Mitbewohner den Korb vor die Nase. Er fragt gar nicht, sondern steckt sofort seinen Kopf unter das Tuch.

»Wow! Wo hast du diese Leckereien her?«, fragt er, ohne es wirklich wissen zu wollen. Anstatt ihn zu belügen, sage ich nichts. Endlich zieht er das Tuch weg und ich kann einen Blick auf den Inhalt werfen. Obst, Gemüse, Fisch und ein paar Süßigkeiten füllen das Baskengeflecht. Natürlich macht sich Ed gleich über Letzteres her. Ich kann mich kaum daran erinnern, wann wir das letzte Bonbon bekamen. Mit einem roten Lolli im Mund macht er sich daran, einen Fisch auf einen Stock zu spießen. Das Abendessen grillt über einer Feuerstelle vor sich her, dann teilen wir das Mahl, so wie jeden Tag. Ich kann mir ein Leben ohne ihn gar nicht mehr vorstellen. Wir sind wie Pech und Schwefel: Er erledigt alles, damit wir ein halbwegs schönes Leben in dieser Bruchbude haben, ich stehle dafür täglich unsere Mahlzeiten. Diese Zeit wird irgendwann vorbei sein. Spätestens, wenn ich alt genug bin, und mir Arbeit suchen kann. Dann werden wir beide in ein schönes Haus ziehen und endlich unseren Frieden finden.

So jedenfalls der Plan.

Als Edward eingeschlafen ist, liege ich immer noch wach und starre das Dach über mir an. Das Feuer neben mir ist schon fast erloschen, nur noch die Glut schimmert zwischen Asche und schwarzem Holz. Diese Ereignisse rauben mir den Schlaf, den ich dringend brauche. Ich könnte mir die Füße vertreten, dann schlafe ich bestimmt besser. Entgegen meiner Vernunft, stehe ich auf und gehe in Richtung Markt. Der Mond scheint hell über der Stadt, kein Licht dringt aus den Häusern hervor. Alles wirkt verlassen und geisterhaft, aus dem Wirtshaus jedoch höre ich Stimmen und Gelächter, Musik und klappernde Krüge. Die Bevölkerung hat jeden Abend etwas zu feiern, obwohl es nie einen triftigen Grund dafür gibt.

Die Wachleute kauern an ihren Posten und geben leise Töne von sich. Ihr Schnarchen wiegt mich in Sicherheit, sodass ich ohne Angst an ihnen vorbeigehen kann. Mein Weg führt mich direkt zum Wachturm, der an der Stadtmauer angebracht ist. Durch diese komme ich sicher auf die Mauer und wieder hinunter. Der Posten ist unbesetzt und auch sonst ist kein Wachmann zu sehen. Ich nutze die Gunst der Stunde und stehle mich über die Wendeltreppe im

Turm hinauf zur Stadtmauer. Der Mond lässt die Wiese erleuchten und den kleinen Fluss, der an Solome vorbeizieht, glitzern. Einzig der Wald wirkt nun noch bedrohlicher als bei Tag. Die dichten Zweige der Laub- und Nadelbäume lassen keinen Lichtstrahl hindurch. Ich habe einst einen Händler sagen hören, dass dieser Wald auch Finsterwald genannt wird. Nur durch diesen Wald hindurch kommt man am schnellsten nach Mino, einem Umschlagplatz der Warenhändler. Obwohl es ein gefährliches Unterfangen darstellt, mit gepackten Taschen den Finsterwald zu passieren, da es angeblich vor Räubern nur so wimmelt, spart man unheimlich viel Zeit. Um den Wald herumzureisen, würde mindestens fünf Tage in Anspruch nehmen. Nun ja, das hat jedenfalls der Händler erzählt. Ob das stimmt, werde ich irgendwann erfahren. Ich stand tatsächlich schon einmal kurz davor, Solome hinter mir zu lassen. Der erste Schritt war beinahe getan. Doch dann kam Edward und hielt meine Hose mit seinen kleinen Händen fest. Da war er vier Jahre alt und sah mich mit seinen großen Augen an. Daraufhin habe ich beschlossen, mich um ihn zu kümmern, bis er groß genug ist, dass ich ihn allein lassen kann. Schon damals war meine Angst vor diesem Wald, Räubern, Hexen und anderen Wesen da draußen viel zu groß, als dass ich es je wahrhaftig in Erwägung zog, davonzulaufen. Wo sollte ich auch hin? Überall wird man nur den Jungen in mir sehen und mich fortschicken. Wenn ich erwachsen bin, wird mir das nicht mehr passieren und ich wäre endlich frei. Und mir stünde es offen, nach meinen Eltern zu suchen.

Ich greife in meine Tasche und hole einen kleinen Lederbeutel heraus. Darin verstecke ich ein paar

wenige Goldmünzen und einen Talisman. Eine faust-
große Münze, mit einer seltsam geformten Prägung.
Je nachdem, wie ich die Münze drehe, ist es eine
Sonne, auf der gegenüberliegenden Seite ein Mond.
Der Talisman steckte mir in der Tasche, als ich im
Waisenhaus abgegeben wurde. Als einziges Mitbring-
sel durfte ich den Glücksbringer behalten. Jedes Mal,
wenn ich ihn mir ansehe, wünschte ich mir, ich
müsste mir keine Gedanken über den Verbleib meiner
Mutter oder meines Vaters machen. Wünschte mir
inständig, dass sie bei mir wären. Bloß durch diese
Münze fühle ich mich ihnen nah. Und mir sind ihre
Beweggründe völlig egal, ich möchte sie nur ein einziges Mal umarmen dürfen. Ich hoffe sehr, dass es
dafür noch nicht zu spät ist, wenn ich den Mut gefasst
habe, von hier fortzugehen.

Ein markerschütternder Knall reißt mich aus den
Gedanken. Erschrocken drehe ich mich um und entdecke eine schwarze Rauchwolke, die in sekunden-
schnelle über einem Stadtteil emporsteigt. Rote Flammen züngeln dazwischen hervor und versetzen mich in
Alarmbereitschaft. Es brennt! Schon wieder! Und ...
oh nein! Dort steht unsere Ruine!
    »Edward!«, rufe ich voller Sorge und hechte über
die Stadtmauer in die Richtung unseres Verstecks.
Mein Herz schlägt bis zum Hals. Der dichte, stickige
Rauch legt sich wie eine bleierne Decke über die Straßen, meine Augen brennen, Tränen verschleiern
meine Sicht. Der beißende Qualm verschleiert meinen
Blick, als ich von der Mauer hinabklettere und zu
unserem Haus gelange. Doch plötzlich — da, inmitten
des Chaos, erscheint der Mann im schwarzen
Umhang. Er dreht sich langsam zu mir um, und mit

einem Ruck richtet er einen schwarzen Stab direkt auf mich. Ist das real? Oder spielt mir der Qualm bereits Streiche? Mein Kopf schwirrt, mein Atem wird knapp, und ein heiseres Husten zwingt mich in die Knie. Luft! Ich brauche Luft. Doch als ich wieder nach oben blicke, ist der Mann verschwunden, als hätte er sich in Rauch aufgelöst. Panik lodert in mir auf, doch ich weiß, ich muss zu Edward. Ich muss sicherstellen, dass es ihm gut geht.

Mit wackeligen Beinen zwinge ich mich auf die Füße und haste weiter, immer schneller, die Angst im Nacken. Jeder Schritt bringt mich näher an unser Versteck und flaut meine Panik etwas ab. Es ist nicht unsere Ruine, die in Flammen aufgeht. Endlich erreiche ich unser Refugium, und da – Edward! Sein Kopf taucht aus dem Loch auf, durch das wir immer ins Freie gelangen. Verwirrung und Sorge spiegeln sich in seinen Augen.

»Was passiert hier?«, fragt er besorgt. Ohne zu zögern, ziehe ich ihn heraus und bringe ihn in Sicherheit, weg vom beißenden Rauch, weg von der Gefahr. Endlich höre ich die Glocken, die das Volk aufscheuchen und zum Wasserholen animieren. An den Leuten vorbei, bringen wir uns in Sicherheit. Meine Augen tasten die Helfenden ab. Wo ist Emanuel de Vontaine? Warum tut er nichts, so wie beim letzten Mal?

Unser Weg führt uns in ein Geheimversteck an der Stadtmauer. Alle paar Fuß sind kleine Steinhäuser angebracht, die als Posten für Wachen bestimmt sind. Dieser hier ist nie besetzt und die Holztür lässt sich sogar abschließen. Innen ist es eng, hier hat normalerweise nur eine Person platz, um eine kurze Verschnaufpause zu machen. Bis auf ein kleines Loch zum Hinausspähen und einer steinernen Bank gibt es hier nichts. Der Dienstposten, unbequem und kalt, ist nicht dafür gedacht, ein Nickerchen zu halten. Trotzdem quetschen wir und zu zweit auf die Bank, die von den Wänden eingeschlossen ist. Um Edward warm zu halten, lege ich mich zuerst auf den kalten Stein. Wobei es aus Platzmangel eher ein Sitzen wird. Edward klettert auf mich und legt sich zwischen meine Beine, sein Kopf ruht auf meinem Bauch. Ich schlage die Arme über seinen Rücken und im Nu flacht seine Atmung ab und er schläft ein. Ich sehe durch das Loch und erspähe das Land vor Solome. Der Finsterwald wirkt in Licht der aufgehenden Morgensonne viel freundlicher, aber der Rauch, der die Bäume erreicht hat, mindert dies ungemein. Es fällt mir zunehmend schwerer, die Augen offen zu halten. Ich verbrachte erneut eine Nacht ohne eine Minute Schlaf. Daher ist es mir, als würde ich träumen, als ich einen blonden Schopf im grünen Gewand zwischen den Stämmen heraustreten sehe. Ohne Zweifel handelt sich dabei um Emanuel, der plötzlich innehält und nach seinem Stab greift. Er streckt diesen gen Himmel und jener erleuchtet im selbigen Blauton, wie die Nacht zuvor. Alsbald höre ich sanfte Tröpfchen auf das Ziegeldach der kleinen Nische aufprallen, bis ein gehöriger Sturzregen einsetzt. Der Wanderer zieht seine Kapuze über den Kopf und eilt zurück in Richtung Stadt. Mehr kann ich durch das kleine Loch nicht erkennen.

Das ist der Beweis schlechthin! Hier sind zwei verschiedene Kräfte am Werk. Jemand versucht, Solome dem Erdboden gleichzumachen. Jede dieser Schandtaten wird *ihm* in die Schuhe geschoben, dem Fremden. Aber ich weiß es besser. Und bin der Einzige, der ihm helfen könnte. Ich denke, er sollte das wissen.

Aufgeregt schäle ich mich unter Edwards Körper aus dem mickrigen Steinhaus und schließe die Tür, sodass mein kleiner Freund unbemerkt bleibt. Im strömenden Regen bewege ich mich zum Haupttor der Stadt. Ich hoffe, Herrn de Vontaine einholen zu können. Als ich jedoch am Tor ankomme, ist er nicht zu sehen. Habe ich ihn verpasst? Ich spähe um die Ecke und sehe, wie er in einem gemütlichen Spaziergang zurückkommt. Er bleibt stehen, als er mich bemerkt.

»Philip«, wispert er, gerade so laut, dass ich es hören kann.

»Ich muss unbedingt mit Euch reden!«, verlange ich. Er beschleunigt seinen Spaziergang und kommt direkt auf mich zu. Prompt packt er mich am Schlafittchen und zieht mich mit sich mit. Ich weiß gar nicht, wie mir geschieht, als er mich in die Ställe der Dienstboten hineinzerrt und an der Schulter ins Stroh drückt. Augenblicklich finde ich mich sitzend neben einem schlafenden Esel wieder.

»Du spionierst mir doch nicht etwa nach?«, fragt mich der Herr, der die Kapuze zurückschlägt und den nassen Mantel von seinen Schultern zerrt. Er hängt ihn über ein Brett, dass die Tiere voneinander trennt. Danach hockt er sich zu mir ins Stroh. Er lehnt sich gegen die Wand und seufzt.

»Ich ... was? Nein!« Mir schlottern die Knie, aber kalt ist mir nicht.

»Dann muss ich dich erneut darum bitten, den Mund zu halten?« Schamesröte dringt in meine Wangen und es dauert eine gefühlte Ewigkeit, bis ich die passenden Worte aus meinem Mund bekomme.

»Ich werde nichts sagen, da könnt Ihr Euch auf mich verlassen.« Er nickt nur und wendet seinen Blick ab. »Ich wüsste nur zu gern, warum all diese schrecklichen Dinge geschehen, seitdem Ihr hier seid.« De Vontaine blinzelt und richtet seine Aufmerksamkeit wieder mir zu. Seine Lippen beben, als würde er jeden Moment explodieren. Eilig spreche ich weiter: »Also, ich meine, warum treibt hier jemand sein Unwesen und macht Euch die Mühe, Solome zu helfen? Ich weiß, dass Ihr nichts damit zu tun habt. Ein in schwarz gekleideter Mann schleicht durch die Straßen, fuchtelt mit seinem Stock umher und dann gibt es diesen dunkelroten Blitz, der sein Ziel wortwörtlich in Rauch aufgehen lässt. Ich habe nicht nur Euch gesehen, sondern immer ihn. Was geht hier vor? Die Geschehnisse können Euch belasten!« Die Augen des Wanderers werden groß.

»Hat dieser Mann dich entdeckt?«, will er wissen. Ich bin schon dabei den Kopf zu schütteln, aber dann fällt mir ein, dass er mich heute sehr wohl entdeckte. Dass er mit seinem Stock direkt auf mich zeigte, verheimliche ich. »Hör zu, bleib immer in deinem Unterschlupf. Mindestens so lange, bis die Sonne aufgeht. Hüte dich davor, diesem Geschöpf noch einmal unter die Augen zu treten. Verstanden?« Mein Gesprächspartner scheint wütend zu sein. Auf mich? Ich kann doch gar nichts dafür. Dennoch nicke ich nervös und drücke mir die erkalteten Finger. Unbehagen macht sich in meiner Magengrube breit.

Er scheint dies zu spüren und fährt fort: »Der Mann, den du diese furchtbaren Dinge hast wirken sehen, ist ein Dunkler Magier. Dunkle Magier haben keine friedvollen Absichten. Sie kennen nur Zerstörung und wie sie sich selbst daran bereichern. Ihre Magie ist getrübt und nicht zu unterschätzen. Wenn sich ihnen etwas, oder jemand«, er schaut mir dabei tief in die Augen, »entgegenstellt, zögern sie nicht, dies aus der Welt zu schaffen.«

»Welche Ziele verfolgt er denn?«, falle ich ihm ins Wort. Immerhin sollte es eine plausible Erklärung geben.

»Gab es in der Vergangenheit nie irgendwelche Eigenarten? Die Leute im Wirtshaus erzählten mir, er sei noch nicht lang Stadtherr. Ist in der Zeit noch nie etwas seltsames geschehen?« Ich starre zu Boden und strenge meine grauen Zellen an. Da gab es tatsächlich schon Situationen, die uns nicht regelkonform vorkamen. Nicht zuletzt der Besuch des Inquisitors. Zitternd erzähle ich von den letzten Ereignissen, über die ich mir bisher nie Gedanken gemacht hatte.

»Als der Graf hier ankam, angeblich beordert vom ehemaligen Stadtherrn, ließ er jeden vortreten und sich vorstellen. Aber da haben wir die Biege gemacht, ähm, ich meine, wir haben nicht an der Volkszählung teilgenommen.« De Vontaine lacht kurz und tätschelt mir die Schulter.

»Sprich, wie du möchtest. Du hast vor mir keine Haltung zu bewahren. Was ist weiter geschehen?«

»Später hingen überall Gesuche mit einem Lohnversprechen an den Hauswänden. Im Namen vom Grafen sollten ihm alle Hexen und Magier vorgestellt werden. Jeder, der ein solches Wesen verriet, wurde entlohnt. Ich weiß noch, dass sich die meisten darüber lustig machten, weil kaum jemand an solche Gestalten glaubt. Als wiederum aber die Plakate verschwanden, tauchten vermehrt Wachen und seltsame Leute auf, die dem Stadtherrn dienten. Seither velassen sie früh morgens das Haus und kehren erst spät in der Nacht dahin zurück. Sie sind allein und ohne Familie. Die seltsamen Wetterphänomene gibt es allerdings erst, seitdem Ihr hier seid.« Mit den letzten Worten schaue ich wieder auf und mache sein Gesicht aus. Es ist erbleicht, sein Blick ist wie erstarrt. Es dauert eine Weile, bis Leben in seine Augen zurückkehrt und er ein künstliches Lächeln aufsetzt.

»Danke, mein Junge.« Der Mann steht auf und zieht sich den Mantel wieder über. Erst jetzt bemerke ich, dass er seinen Stab nicht für eine Sekunde aus der Hand gab.

»Wartet!« Ich springe auf und stelle mich zwischen ihn und den Ausgang. »Wenn er ein Dunkler Magier ist, was seid Ihr dann? Und was tut Ihr hier?« Ein Glucksen entfährt seiner Kehle.

»Was tut's. Ich bin ein Lichtmagier, Philip. Ich war auf der Suche und erhoffte mir hier ein Ergebnis. Scheinbar bin ich auf einem guten Weg. Nur dank dir. Pass auf dich auf und mach keine Dummheiten.« Der Magier zieht die Kapuze über den Kopf und verlässt die Stallungen. Und mich, der mit offenen Mund vor der Tür steht und gar nicht merkt, dass er schon wieder nass wird.

Ich wate durch den Regen und kehre zurück zum verlassenen Dienstposten, wo Edward noch gemütlich schlummert. Ich wecke ihn sanft und überrede ihn dazu, in unseren Unterschlupf zurückzukehren. Je näher wir aber unserem Versteck kommen, desto mehr Menschen sammeln sich um das Geschehnis. Die Flammen haben eines der Häuser getroffen, das von einem der seltsamen Leute bewohnt wird, die so selten in Solome unterwegs sind. Somit wurde auch niemand verletzt. Edward bahnt sich durch die Menge und ich versuche, ihm zu folgen. Dabei höre ich die Gespräche mit, die einige Bewohner führen: »Sagt, ist es denn nicht höchst wundersam …«, und dann das: »Meiner Meinung nach haben diese Geschehnisse etwas mit diesem Fremden zu tun …« Ich höre mehrere Dinge, die darauf aufbauen, dass alles anfing, nachdem de Vontaine in die Stadt kam.

»Glaubst du an die Gerüchte, Philip?« Edward sieht sich im Haus um, kontrolliert, ob durch den Rauch etwas beschädigt wurde. Mit der Frage zieht er mich schlagartig aus den Gedanken.

»Welche Gerüchte?« Ich tue so, als würde ich von all dem nichts wissen.

»Die, dass der Fremde an dem allen schuld sein soll. Glaubst du das?« Das ist eine gute Frage. Ich kann sie ihm nicht beantworten.

»Ich glaube nicht daran«, erwidere ich ihm entschlossen. »Und du?«

»Möglich ist es. Es hat begonnn, als er herkam. Kannst du ausschließen, dass nicht er beim ersten Mal durch die Gassen geschlichen ist? Ich werde dieses Gefühl nicht los, dass du mehr weißt, als du zugeben magst. Seitdem du nach draußen gegangen bist, um nachzuschauen, wer sich dort herumtreibt, bist du ständig weg. Ich glaube, du weißt, wer hinter der Brandstiftung steckt.« Ich werde rot, als Edward das sagt. Obwohl er noch so jung ist, ist er garantiert nicht einfältig. Aber was sage ich ihm jetzt? »Also? Ist er es?«

»Um ehrlich zu sein, habe ich nicht den geringsten Schimmer. Ich wünschte, ich wüsste es. Ich habe niemanden sehen können.« Es ist das erste Mal, dass ich meinen Freund anlüge. Es versetzt mir einen Stich im Herzen, weil ich genau weiß, dass diese Lüge Konsequenzen nach sich ziehen wird. Somit breche ich wenigstens nicht das Versprechen, dass ich dem Lichtmagier gab. *Magier.* Wie seltsam töricht das klingt. Wieso sollte Ed mir das glauben, wenn ich es selbst nicht tue? De Vontaine unterschlägt mir eindeutig Wissen. Wonach suchte er hier überhaupt und was mutmaßt er, gefunden zu haben? Und was in aller Welt habe ich damit zu schaffen? Edward lässt sich nicht so schnell abspeisen. Er wird wieder fragen, unabsehbar, wann. Und genau diese Energie werde ich auf mich übertragen und nehme mir vor, den Magier morgen zu besuchen.

Kurz nachdem mein kleiner Schützling eingeschlafen ist, gähne ich erschöpft und strecke mich, um mich ebenfalls niederzulegen. Der Tag war wieder einmal voller Spannung und Abenteuer, doch ein unbehagliches Gefühl schleicht sich in mir ein – als stünde das Schlimmste noch bevor.

***

Mit trockenem Mund und einem brennenden Durst erwache ich aus einem wirren Traum. Meine Glieder schwer vor Erschöpfung, richte ich mich auf und schleppe mich zum Wassereimer, der auf der anderen Seite des Raums steht. Während ich mir die Augen reibe und gähne, stoße ich plötzlich mit Edward zusammen.

»Wir haben kein Wasser mehr«, murmelt er verschlafen, seine Augen noch halb geschlossen.

»Zieh dich an, wir holen welches«, weise ich ihn an, während ich mir ebenfalls die Kleidung überstreife. Die Sonne beginnt, das Haus zu erwärmen, und draußen höre ich das lebhafte Treiben der Menschen – sie unterhalten sich laut, vermutlich beim Einkaufen. Es könnte bereits später Vormittag sein. Edward steht bereit mit dem Eimer beim Ausgang und wirft mir einen fragenden Blick zu. Ich nicke, und wir treten zusammen hinaus, nur um von der grellen Sonne geblendet zu werden. Mit zusammengekniffenen Augen bahnen wir uns den Weg durch die geschäftigen Straßen zum Brunnen. Müssten wir für das Wasser bezahlen, wären unsere Ressourcen schleunigsten erschöpft. Zumindest die meinen. Wasser lässt sich schlecht stibitzen, wenn es zuvor geschöpft werden muss. Edward halte ich vom Stehlen fern. Er kümmert sich um den Eimer, während ich mich umschaue. In der Ferne erregt etwas Helles meine Aufmerksamkeit – ein Aufblitzen, das mir durch Mark und Bein fährt. Eine Goldmünze? Wie gebannt nähere ich mich dem Glitzern. Ich habe bisher nie eine Person um ihr Geld gebracht. Aber wenn sich eine Gelegenheit wie diese, bietet, muss ich zuschlagen. Irgendwann brauchen wir Medizin, die uns ein Apotheker extra herstellt. Jener würde gern dafür bezahlt werden und nicht beraubt.

Ich habe die Münze erreicht und hebe sie auf, lasse sie gleich in meiner Hose verschwinden. Damit es keiner bemerkt, bewege ich mich locker weiter. Dabei drehe ich mich ein paar Mal um die eigene Achse. Von außen mag es wie ein Tanz aussehen, aber ich beobachte nur meine Umgebung, dass mich ja keiner dabei gesehen hat, wie ich das Geldstück entwendet habe. Als ich mich ein letztes Mal herumdrehe, laufe ich direkt in einen Mann. Ich war mir dessen nicht bewusst, wie schnell ich unterwegs war, als ich an ihm abpralle und zu Boden stürze. Der Mann streckt mir prompt seine Hand entgegen und hilft mir auf.

»Bittet um Verzeihung, Herr. Ich habe Euch nicht gesehen«, stammle ich und sehe ihn nach meiner Entschuldigung an. De Vontaine!

»Keine Augen unter der Stirn, wie? Das ist ja nichts Neues.« Da ist wieder diese gutgelaunte Stimme, als stünde er nicht im Visier aller Leute.

»Ich möchte Euch gegenüber nicht unhöflich sein … Aber gestattet mir diese Frage.« Der Lichtmagier nickt und schaut mir in die Augen. Er erwartet eine andere Frage als die, die ich ihm stelle. »Stellt Ihr mir nach?« Er wirkt kurz etwas verblüfft, doch dann lacht er lauthals, als hätte ich ihm einen Witz erzählt.

»Du bist ein seltsamer junger Mann«, bemerkt er schroff, ohne die Frage zu beantworten. Sein Gesichtsausdruck erklärt aber alles. Ich kontere mutig.

»Seltsam genug, um Euch zu glauben. Und schwachsinnig obendrein, dies vor Euch preiszugeben. Obwohl Ihr mir nicht alles erzählt habt. Welche Suche hat Euch wirklich hierhergeführt und warum hat es der Dunkle Magier offensichtlich auf Euch abgesehen?« De Vontaine reißt genau in diesem Moment die Augen auf.

»Ruhe!«, zischt er mich an. Ich habe ganz vergessen, dass das in falsche Ohren geraten kann. Er zupft kurz an meinem Ärmel, ein stummes Zeichen, dass ich ihm folgen soll. Ich werfe einen schnellen Blick über die Schulter zum Brunnen – doch Edward ist verschwunden. Ich zwinge meine Gedanken zurück auf das Hier und Jetzt und eile hinter dem Wanderer her. Nur ein Zipfel seines grünen Umhangs blitzt zwischen den Menschenmassen auf, bevor er vollständig im Getümmel verschwindet. Ich kämpfe mich durch die Menge, dränge mich an den Leuten vorbei und versuche, den Abstand zu ihm nicht zu groß werden zu lassen. Es ist schwer, denn mit meiner mickrigen Statur verliere ich ihn immer wieder aus den Augen.

Es dauert nicht lange, bis ich sein Ziel erkenne: Das Wirtshaus, in dem er ein Zimmer bezieht. Der Mann schlüpft durch den Eingang, ohne sich umzusehen, und ich folge ihm, mein Herz pocht vor Aufregung. Kaum habe ich die Schwelle übertreten, führt er mich an der Treppe neben der Tür vorbei. Ich habe keine Gelegenheit, einen Blick ins Innere des Wirtshauses zu werfen – dafür ist die Zeit zu knapp, und de Vontaine zu schnell. Er hastet die Treppe hinauf, und ich tue mein Bestes, ihm dicht auf den Fersen zu bleiben. Oben im Flur wendet er sich nach hinten, verschwindet fast schon am Ende des Gangs. Ich hetze hinterher, meine Neugier wächst mit jedem Schritt. Schließlich bleibt er vor einer Tür stehen, öffnet sie und wirft mir einen eindringlichen Blick zu. Ohne zu zögern, trete ich in das Zimmer ein.

Es ist düster, die Fenster sind mit schweren, schwarzen Tüchern verhängt. Die Kargheit des Raumes lässt darauf schließen, dass er nicht vorhat, lange zu bleiben. Ein unbehagliches Gefühl breitet sich in mir aus, während sich die Tür hinter mir leise schließt. Der Mann schreitet zu den Fenstern und schlägt die Vorhänge zurück. Somit flutet gleißendes Sonnenlicht den Raum und lässt diesen weniger gruselig wirken. Das Zimmer ist so winzig, es gleicht eher einer Abstellkammer. Und ich bin mir sicher, dass er auch nicht in das viel zu klein geratene Bett passt. Mein Blick schweift weiter durch das Zimmer. Seinen Stock hat er an die Wand gelehnt. Im Sonnenlicht tanzen die Ornamente wie kleine Sterne auf dem

Stab. Magisch. Mir ist vorher gar nicht aufgefallen, dass der Stab so aufwändig verziert ist.

»Was ist los?«, fragt er in einem wenig vornehmen Jargon.

»Herr de Vontaine, Ihr habt mir noch längst nicht alles erzählt. Wenn ich meinen Mund halten soll, verlange ich eine Erklärung. Wonach sucht Ihr hier?« Überrascht vom Anflug des Mutes, verstecke die zitternden Hände. Er streicht sich mit Daumen und Zeigefinger über den Bart, starrt einen Moment Löcher in die Luft, und bittet mich dann, mich zu setzen.

»Ich wurde entsandt, um das Treiben des Dunklen Magiers zu prüfen. Durch deine Schilderungen ist mir bewusst geworden, dass er im Auftrag seines Herrn handelt. Des Schwarzen Magiers.« Bei Erwähnung dieses Begriffs gefriert das Blut in meinen Adern. »Jener ist auf der Suche nach Etwas und im Begriff, es auch zu finden und zu vernichten. Ich bin hergekommen, um ebendas zu verhindern. Der Schwarze Magier agiert im Hintergrund. Er verfolgt ein Ziel und für mich gilt es, dies zu sabotieren. Denn es läuft darauf hinaus, dass er sämtliche magischen Wesen unterjochen und über sie herrschen will. Als mächtigster Magier unserer Zeit wäre er unantastbar und wir nur noch Marionetten seiner Gier nach Autorität. In unsere Welt gehört ein Gleichgewicht zwischen Dunkler Macht und der unseren, der Lichtmagie. Es gibt eine Person, die dieses Gleichgewicht wahren kann, und genau nach dieser Person lässt er suchen. Das ist der wahre Grund, weshalb all die seltsamen Ereignisse eure Stadt heimsuchten. Theodor von Solome ist ein Dunkler Magier, im Auftrag des Schwarzen Magiers, um sämtliche, unter Menschen lebende, magische Kreaturen auszurotten. Damit ihm bei der Erfüllung seiner Pläne niemand in die Quere kommt.« Ich erschrecke. Unser Stadtherr soll ein Magier sein? Und dazu noch einer der fiesen Sorte?

»Soll das etwa heißen, dass der Graf die Behausung von Magiern in Brand gesetzt hat?« De Vontaine nickt.

»Hexen, Magier oder Zauberer.«

»Wo liegt der Unterschied?« Meine Neugier vertieft das Gespräch in Hemisphären, in welchen mein Verstand aussetzen sollte. Und dennoch fühle ich mich nicht übers Ohr gehauen, sondern glaube dem Lichtmagier jedes Wort.

»Magier, so wie ich und der Graf, können sich der Elementarmagie bedienen. Basierend auf der Lehre der fünf Elemente, beziehen wir unsere Energie aus der Natur. Uns ist es möglich, die Kontrolle über Baumwurzeln zu erlangen, oder aus der Luft ein Feuer zu entfachen. Jedem Magier ist es möglich, eines der fünf Elemente zu wirken, manchen sogar zwei oder drei. Niemals alle fünf. Zauberer schöpfen aus der Quelle der Energie Kraft. Sie sammeln das ein, was wir Magier ohne Zwischenstadium benutzen. Zauberer speichern das Qi der Elemente in einem Medium ab, um es später benutzen zu können, bis ihre Quelle aufgebraucht ist. Es bedarf eines gewissen Talents, eine solche Energie aus der Natur zu extrahieren und zu benutzen. Zu den Zauberern gehören meist jene, die in ihrer Blutlinie bereits Magier vorweisen können, ihnen selbst bleibt das Wirken der Elementarmagie mit ihren eigenen Händen jedoch verwehrt. Tja und Hexen ... Hexen sind von einem ganz anderen Kaliber. Ihnen würde ich an deiner statt nicht in die Quere kommen. Sie können sich zwar keiner Elementarmagie bedienen, dafür jedoch Macht aus der Quelle beziehen und damit arbeiten. Mit dieser Kraft können sie wirklich nützliche, aber auch ungemein furchtbare Dinge tun.«

»Wozu das Ganze?« Mein Kopf ist schon fast am Explodieren, so wirr hört sich das an. Dennoch bleibt die Frage offen, warum er nichts dagegen tut, wenn er doch weiß, dass der Graf ein falsches Spiel spielt. De Vontaine versteht, dass ich auf die Beweggründe des Schwarzen Magiers anspiele.

»Das, wonach der Schwarze Magier sucht, ist hier in Solome. Und ich befürchte, auch ich habe das Objekt seiner Begierde entdeckt. Um dies zu beschützen, muss ich mich dem Dunklen Magier stellen und ihm den Garaus machen. Oder er mir, wir werden sehen.« Ein Schmunzeln durchbricht den mit Spannung erfüllten Raum. Doch bevor ich den Mund auftun und ihn fragen kann, was es mit den fünf Elementen auf sich hat, sieht er zu seinem Stab. Ich folge seinem Blick. Auf einmal erleuchteten die Ornamente am Stab hell wie die Sonne. Erschrocken sehe ich wieder zu de Vontaine, dessen Augen in derselben Farbe leuchten. »Trotz der Gefahr werde ich alles daransetzen, um ihn aufzuhalten. Er darf die Menschen nicht miteinbeziehen. Koste es mein Leben.«

Mittlerweile ist die Dämmerung eingebrochen. Um nicht schon wieder eine schlaflose Nacht zu erfahren, verabschiede ich mich höflich von Emanuel. Beim Gehen hat er mir angeboten, ihn beim Vornamen zu nennen, de Vontaine würde ihn alt klingen lassen. Stirnrunzelnd gehe ich die Treppenstufen hinab. Das Gesprochene liegt wie ein Stein in meinem Magen. Und als ich vor der Tür des Wirtshauses stehe, fällt mir etwas Wichtiges ein: Ich hatte ihn nicht gefragt, woher er meinen Namen kennt.

Ich lege mir die Hände an die Oberarme, weil ich anfange zu frieren. Dabei sehe ich in den Himmel und lächle wegen der funkelnden Pünktchen und stelle fest, dass wir Vollmondnacht haben. Nie war das Wetter so wechselhaft wie in den letzten Tagen.

Mit schnellen Schritten passiere ich den Marktplatz und steuere auf unsere Bleibe zu. Aber was zum ...? Eine in schwarz bekleidete Person steht davor und erhebt genau in diesem Moment seinen Stab. Nein! Edward! Ich renne los und springe gegen den Magier, sodass er ins Stolpern gerät. Dann quäle ich mich durch den quer stehenden Balken hindurch und suche Edward. Im Haus finde ich ihn nicht. Er antwortet auch nicht auf meine kläglichen Rufe.

»Du suchst den Jungen?« Erschrocken drehe ich mich zum Sprechenden herum und sehe ihn an. Durch die Dunkelheit wirkt er wie ein schwarzer Schatten und hat die Kapuze ins Gesicht gezogen, sodass ich sein Gesicht nicht sehen kann. Dabei kann er mit dem Versteckspiel nun aufhören. »Sei beruhigt, er ist nicht hier.« Dabei erhebt er seinen Stab und zielt damit auf mich. Mist! Ein schwarzroter Strahl kommt auf mich zu. Besonnen ducke ich mich unter ihm weg und versuche zu fliehen. Hat er es etwa auf mich abgesehen? Hinter mir erhebt sich eine hohe Flamme an der Holzwand des Hauses. Ich bleibe sofort stehen und bestaune die hohen Flammen mit einer gewissen Ehrfurcht. Dann kriecht die nackte Panik in mir hoch.

»Komm schon her, du einfältiger Lausejunge!«, ruft der Mann, der niemand Geringeres ist, als Theodor von Solome. Ich richte mich auf und renne zur anderen Seite des Raumes, direkt zum Ausgang. Aber er lässt mich nicht, denn er feuert erneut einen Blitz in meine Richtung. »Wohin des Weges?«, fragt er mich. Das Feuer erhellt den Raum. Er kommt auf mich zu und engt mich ein, drängt mich in die Ecke des Hauses. Als er nah genug vor mir steht, grinst er und greift mit seiner Hand nach der Kapuze. Elegant zieht er diese herunter. Ich bin wenig überrascht.

»Warum zerstört Ihr Eure ganze Stadt? Wozu?« Er lacht leicht.

»Ich zerstöre doch nicht die ganze Stadt, mein Junge. Es geht um mehr. Bevor dein letztes Stündlein schlägt, kannst du ruhig davon wissen. Ich habe den Auftrag, nach etwas zu suchen, dass ich zerstören soll. Und ich denke, ich habe es gefunden. Außerdem könnte ich mehr besitzen als diese kleine, nicht nennenswerte Stadt.« Nach dieser Erklärung füllt er das Zimmer mit boshaften Lachen. Er ist doch wahnsinnig!

»Ihr werdet aber nie mehr besitzen, wenn Ihr alles niederbrennt, was Euch bereits gehört.« Ich versuche, ihn hinzuhalten, bis ich ein Mittel zur Flucht gefunden habe. Und offensichtlich scheint es für einen Moment zu funktionieren. Unerwartet schreit er auf und dreht sich um. Ich nutze die Gunst der Ablenkung und renne an ihm vorbei. Der durchgedrehte Magier packt einen Jungen am Arm. Edward lässt die Bratpfanne fallen und schreit vor Schmerz. Ich muss schnell handeln und ziehe Edward aus seiner Gefangenschaft.

»Lauf!«, schreie ich ihn an und Edward verschwindet in einem Loch nach draußen. Damit der Magier ihn nicht erwischt, baue ich mich schützend vor seinem Stab auf.

»Du wirst sterben, wenn du dich mir widersetzt.«
Er drückt mir den Stab direkt auf meinen Oberkörper.
Mein Herz rast. Wird er es tun? Was sollte ihn schon
aufhalten, meinen Abtritt würde niemanden kümmern.

»Stopp!«, ruft Emanuel von der anderen Seite des
Raumes. Er trägt seinen Mantel und die Kapuze ins
Gesicht gezogen. Den Stab fest umschlossen, leuchtet
sein Körper blau auf. Wie in meinem Traum. Diese
Stimme lässt den Stadtherren erschaudern, sodass er
kurz von mir ablässt. Dabei renne ich weg, in die
Richtung von Emanuel, doch es trifft mich etwas
Schmerzendes im Rücken. Es fühlt sich so an, als wäre
ich von einem Blitz getroffen worden und die Stelle,
an der es schmerzt, brennt wie Feuer, auf und unter
meiner Haut. Ich gehe auf die Knie und stöhne. Dann
sehe ich zu Emanuel, dessen Gesichtsausdruck ich
nicht mehr deuten kann, weil alles vor meinen Augen
verschwimmt. Prompt knalle ich mit dem Kopf auf
dem harten Boden. Es war bloß ein Funke Mut, der
mich dazu trieb. Das ist also mein Ende?

Kapitel 3
Ausweg

Ein leises Knarren durchdringt die Stille in meinem Kopf, als der Boden unter den Schritten ächzt, die rastlos auf und ab gehen. Ein stechender Schmerz zieht sich durch meinen Rücken, während der beißende Geruch von Rauch meine Sinne trübt. Ich versuche zu atmen, doch ein Husten entfährt mir, und ich reiße erschrocken die Augen auf. In der flackernden Glut des Kerzenlichts erkenne ich das Gesicht von Emanuel, das sich mit schnellen Schritten nähert – die Sorge in seinen Augen im warmen Schimmer seines Zimmers eingefangen.

»Philip, sag', ist alles in Ordnung?« Ich reibe mir die Augen, damit ich ihn klar sehen kann, und dann versuche ich, mich aufzusetzen. Erfolglos.

»Ich... ich kann nicht...« Meine Stimme ist rau, mein Mund und der Hals furchtbar trocken. Ich fühle mich wie eine Blume, die im Sommer vertrocknet ist. Emanuel versteht mein Belangen und richtet mich auf. Er achtet penibel darauf, meinen Rücken nicht zu touchieren, der schon ohne Berührung höllisch brennt. Bevor ich überhaupt begreife, was passiert ist und dass ich Emanuel sei Dank noch lebe, werde ich panisch.

»Wo ist Edward?« Der Magier kommt mit einem Becher Wasser zu mir herangetreten und setzt sich auf den Schemel, der neben dem Bettgestell platziert ist, in dem ich liege. Er reicht mir den Becher, doch ich verweigere das Wasser, bis er mir erzählt, wo mein Freund ist.

»Der Junge hat sich aus dem Staub gemacht, als ich eintraf. Du kannst von Glück sprechen, dass ihr diesen Angriff überlebt habt. Dem Kleinen ist nichts geschehen, aber du ...«

»Was ist mit unserem Zuhause?« Mein Herz pocht wie wild gegen meinen Brustkorb. Emanuel presst die Lippen aufeinander, bevor er den ausgestreckten Arm wieder zu sich nimmt, da ich immer noch nicht nach dem Becher gegriffen habe.

»Das Feuer hat nahezu alles vernichtet, tut mir leid.« Ich bin starr vor Schreck. Nein, das kann unmöglich sein!

»Aber ... wo sollen wir jetzt hin? Ich gehe nicht zurück ins Waisenhaus. Und Edward …«, bevor ich weiter diskutiere, unterbricht mich mein Gegenüber.

»Du willst hierbleiben?«, fragt er vorsichtig und sieht mich erschrocken an.

»Ich …« Ich räuspere mich und nehme noch einen Schluck Wasser. Bevor ich aber wieder zu Wort komme, fährt Emanuel fort.

»Wir beide müssen von hier verschwinden. Ich bringe dich ins nächste Dorf, dort wird man sich um dich kümmern.« Meine Augen weiten sich und ich verschlucke mich. Nach Mihno? Durch den Finsterwald? Ganz klar, ohne mich!

»Bitte? Ich glaube, ich habe mich eben verhört. Ihr wollt fliehen? Habt Ihr etwa schon aufgegeben?« Emanuel seufzt und atmet tief ein und aus.

»Junge, du verstehst nicht, um was es geht. Ich bin nicht stark genug, allein gegen die dunkle Magie des Stadtherrn anzukämpfen. Das ist riskant. Sei aber versichert, wenn wir gehen, wird er Ruhe geben und dein kleiner Freund wird in Sicherheit sein.« Ich bewege die Lippen, aber kein Ton kommt aus meiner Kehle. Dabei möchte ich ihm sagen, dass ich hier nicht wegkann, nicht ohne Ed. Wenn ich ihn zurücklasse, könnte dies schlimme Konsequenzen für ihn haben.

»Morgen Abend werden wir diese Stadt verlassen. Bis dahin bleibst du im Bett und schonst dich, Philip. Du wirst deine Kraft brauchen.« Damit steht er auf, hebt seinen Umhang vom Tisch und hängt sich diesen um. Dann setzt er sich die Kapuze auf. Ich will protestieren, aber der Unterton seiner Stimme lässt keine Gegenmeinung zu. Er meint es todernst.

»Wohin geht Ihr?« Ich bin im Begriff die Decke zurückzuschlagen und ihm zu folgen, aber er hindert mich daran.

»Bleib liegen. Ich suche nach Edward, damit du ihn in Sicherheit wissen kannst. Jetzt schlaf!«, befiehlt er mir mit einem ernsten Unterton. Ich presse die Backenzähne zusammen und gehorche ihm, auch wenn ich viel lieber mitgekommen wäre. Emanuel verlässt das Zimmer und schließt die Tür hinter sich. Unter Schmerzen lege ich mich wieder zurück und starre die Decke an. Nur eine Kerze neben mir erhellt das Zimmer. Wie lange habe ich wohl geschlafen? Emanuel hat kein Wort darüber verloren. Doch der Schmerz in meinem Körper lässt vermuten, dass nicht viel Zeit vergangen ist. Vorsichtig hebe ich meinen Arm und betrachte ihn. Ich trage nur eine Unterhose, mein restlicher Körper ist entblößt – aus gutem Grund. Auf meinem Arm breiten sich rote, schmerzhafte Flecken aus, und als ich genauer hinsehe, bemerke ich, dass mein ganzer Körper damit übersät ist. Manche Stellen sehen noch schlimmer aus, als hätte ich selbst in Flammen gestanden. Vielleicht war das auch der Fall, denn als der Magier, unser Stadtherr, mich erwischte, fühlte es sich an, als würde meine Haut verbrennen.

Langsam verstehe ich Emanuels Besorgnis und den Drang, eilig von hier wegzukommen. Gibt es denn nichts, das die dunkle Magie des Grafen besiegen kann? Eine verborgene Waffe, ein uraltes Geheimnis? Ja, das klingt wie Fantasie. Aber wenn Magie existiert, warum nicht auch eine Möglichkeit, sie zu bezwingen? Diese Gedanken wühlen in mir auf, verstärken den Drang, etwas zu tun, irgendetwas, um zu helfen.

Doch wie soll ich gegen Magie kämpfen? Ich bin doch nur ein Mensch. Ein Kind.

Mit diesen Gedanken drifte ich langsam in einen Halbschlaf, bis das Knarren der Tür mich aufschrecken lässt. Ein plötzlicher Windstoß bläst die Kerze aus, und mit einem Mal versinkt der Raum in völliger Dunkelheit. Ich kann nichts mehr erkennen, aber mein Herz klammert sich an die Hoffnung, dass nur Emanuel hereinkommt. Eine tiefe, männliche Stimme räuspert sich, gefolgt von einem erschöpften Seufzen. Schritte nähern sich, und bald flackert das Kerzenlicht wieder auf. Der Schatten, der nun den Raum durchzieht, gehört ihm. Emanuel wirft seinen Umhang achtlos beiseite.

Unter Schmerzen richte ich mich langsam auf, meine Augen folgen jeder seiner Bewegungen.

»Habt Ihr ihn gefunden?«, frage ich, während er ein kleines Gefäß vom Schreibtisch nimmt und zu mir kommt. Wie lange war er fort? Die Zeit war für mich zu einem nebulösen Wirrwarr verschwommen.

»Der Junge hat sich versteckt, und zwar gut. Er ist schlau, Philip. Und mutig.« Mein Herz zieht sich zusammen, als ich die Bedeutung seiner Worte erfasse: Edward bleibt verschwunden. Was, wenn ihm etwas zugestoßen ist? Emanuel tritt an mich heran und kniet sich vor das Bett. »Ich habe eine Salbe, die wird deine Schmerzen lindern und den Heilungsprozess vorantreiben.«

»Wir müssen Edward finden. Ich kann nicht von hier fort, und ihn zurücklassen, ohne noch einmal mit ihm gesprochen zu haben. Versteht das doch!« Der Magier nickt rücksichtsvoll, sagt aber nichts. Er wartet, dass ich ihm meinen Rücken präsentiere, um die Salbe aufzubringen. Trotz der Wut in meinem Bauch schäle ich mich aus dem Bett und zeige ihm meinen Rücken. Ich höre ein plopp, gefolgt von einem glitschigen Geräusch und spüre die Kühle, die auf meinem Rücken niedergeht. Angenehme Kälte, die nicht nur meine Haut, sondern auch meinen Geist beruhigt.

»Wie konnte das passieren?«, frage ich, die Erinnerungen wirr in meinem Kopf. »Ich weiß noch, dass der andere Magier mich getroffen hat…«, aber da reißen meine Erinnerungen ab. Emanuel setzt da an.

»Feuer ist seine Waffe, seine Elementarkraft. Er hat deine Haut in Brand gesetzt. Sei froh, dass es dir jetzt so gut geht. Du lagst lange genug in meinem Bett.« Es klingt wie ein Vorwurf und ich neige den Kopf. Niedergeschlagen sehe ich zu Boden, bis der Magier mir den Befehl gibt, ich könne mich wieder setzen. »Was machst du für ein Gesicht? Dich trifft keine Schuld, du warst eben zur falschen Zeit am falschen Ort. Wichtig ist, dass ich dich ab jetzt von dem Stadtherrn fernhalte.« Seine Worte glätten zwar mein Gemüt, doch besser fühle ich mich deshalb noch lange nicht. Währenddessen verschließt er die Salbe und erscheint in meinem Augenwinkel. Ich drehe mich wieder herum und betrachte die roten Flecken auf meiner Haut.

»Es hätte mich nicht schlimmer treffen können.« Feuer ... Mir wird jetzt erst bewusst, wie tödlich der Angriff des Dunklen Magiers war.

»Jedes Element hätte dir Schaden zugefügt, du kannst froh sein, dass du so glimpflich davongekommen bist.« Nun ja, wenn er mit glimpflich diesen Zustand meint ... Fraglich, was noch hätte passieren können. Entmutigt setze ich mich auf den Bettrand.

»Es gibt fünf Grundelemente. Erde, Wasser, Holz, Feuer und Metall. Ein Magier kann sich grundsätzlich eines dieser Elemente bedienen. Der Graf des Feuers, ich mich hingegen des Wassers. Stell dir vor, er hätte das Holzelement gewirkt und die Balken eurer Unterkunft bewegt. Du wärst unter einem Schutthaufen begraben worden. Da hätte ich dir nicht mehr helfen können.«

»Ihr habt eben gesagt, ein Magier könne sich grundsätzlich nur eines Elements bedienen. Gibt es denn welche, die mehr als eins wirken können?« Emanuel lässt sich auf dem Schemel nieder und schmunzelt leise.

»Du bist recht wissbegierig. Normalerweise schütteln die Menschen nur den Kopf, wenn Wörter wie Magie und Elemente im Spiel sind.« Dann räuspert er sich und erzählt mir mehr: »Es kommt selten vor, dass ein Magier zwei dieser Elemente beherrscht, noch seltener drei. Alle fünf zu beherrschen ist unmöglich. Ein solcher Magier wäre sehr mächtig. Es wäre fatal, wenn jener auf der falschen Seite stünde. Dazu gibt es sogar eine Legende. Es heißt, dass sich eines Tages, wenn die Welt in ihr Verderben gestürzt wird, ein Magier erheben wird. Einer, der uns entweder retten wird oder ein schnelles Ende bringt.« Obwohl es mich nicht betrifft, läuft mir ein Schauer über den Rücken. Die letzten Jahre konzentrierte ich mich bloß darauf, wie ich hier mein Überleben sichere. Emanuel hat viel größere Probleme. »Wie geht es nun deinem Rücken?«, ändert er dann schlagartig das Thema. Ich überlege kurz und berühre die Stellen, die vorhin unerträglich schmerzten.

»Wieder gut. Das ging aber schnell«, merke ich an. Emanuel lächelt bloß.

»Das hast du meiner Wassermagie zu verdanken. Dann können wir bald verschwinden. Ich ahne nichts Gutes. Seit dem Übergriff auf dich hat euer Stadtherr keine weitere Magie eingesetzt. Und das wundert mich.« Emanuel steht auf und bewegt sich zum Fenster. Die Vorhänge sind zugezogen, er wischt mit der Hand den Stoff beiseite. Nachdenklich sieht er durch den Spalt des Vorhanges hinaus auf den Platz. Er ist sichtlich besorgt. »Was auch immer in ihm vorgeht. Es geht nicht gut aus.« Er betrachtet die ganze Umgebung. Kein Lichtstrahl fällt in den Raum. Ich frage mich, ob er irgendetwas sehen kann. »Ich werde meine Sachen zusammenpacken. Morgen brechen wir auf«, sagt er entschieden und tritt vom Fenster zurück. Er geht zum Schreibtisch und nimmt ein paar Schriften und andere Dinge, die ich nicht ausmachen kann, in die Hand und stapelt diese in eine Tasche. Ihm ist es Ernst. Dabei frage ich mich, ob ich ihn tatsächlich begleiten will. Hierbleiben kommt nicht in Frage. Aber was soll ich allein in einer neuartigen Umgebung anfangen? Weiterreisen? Mir Arbeit suchen? Ein neues Leben beginnen? Die Angst vor dem Neuen kocht in mir hoch. Ich lege die Beine auf dem Bett ab, winkle die Beine an und schlinge meine Arme darum. Den Kopf lege ich auf den Knien ab und starre die Wand an, bis ich die Augen schließe.

Emanuel schüttelt meine Schulter und ich schlage die Augen auf. Die Sonne flutet das Zimmer und trifft seinen moosgrünen Umhang, der in der Sonne glitzert. Den Stab fest in der Hand, steht er aufbruchbereit am Bett und bittet mich, aufzustehen. In der anderen Hand streckt er mir ein Bündel Kleidung entgegen. Ich nehme diese zaghaft an mich und streiche über den edlen Stoff.

»Zieh das an, so fällst du nicht gleich auf. Ich will noch Wasser holen.« Ich nicke und streife mir das makellose Hemd über und ziehe die neue Hose an. Die Sachen passen wie angegossen. Emanuel wartet so lange, bis ich mir die Schuhe angezogen habe.

Der Marktplatz füllt sich allmählich mit den Stadtbürgern, welche sich angeregt unterhalten. Na ja, wie jeden Morgen. Die kleinen Obst-, Gemüse- und Fischhändler bauen ihre Ware an ihren angestammten Ständen auf, ein Bäcker verkauft frisches Brot, das ich bis hier her riechen kann. Mir läuft das Wasser im Mund zusammen, bis mein Magen grummelt. Ich habe wirklich großen Hunger. Als Emanuel dieses Geräusch vernimmt, muss er etwas lachen.

»Hier, füll diese Flaschen mit Wasser auf. Ich besorge dir etwas zu essen.« Er drückt mir zwei Wasserflaschen in die Hand. Ich nicke und schlage einen anderen Weg ein, um zum Brunnen zu laufen. Da angekommen, muss ich ein wenig warten, da ein alter Mann Wasser holt. Als ich endlich an der Reihe bin, befülle ich die zwei Flaschen mit dem Brunnenwasser und nehme gleich ein paar Schlucke aus dem Brunneneimer zu mir. Durst und Hunger haben mich schon lange nicht mehr so sehr gequält wie jetzt. Ich seufze und lasse das kühle Nass über meine Lippen laufen. Dann forme ich meine Hände zusammen und fülle sie mit Wasser, das ich dann in mein Gesicht spritze. Die beste Erfrischung, die es gibt. Mit dem Ärmel meines Hemds wische ich mir über die Augen und packe die beiden Flaschen in die Hosentaschen. Erst dann bemerke ich, dass sich mitten auf dem großen Marktplatz wieder eine Menge Schaulustiger ansammelt. Was ist denn jetzt schon wieder los? Da alle um mich herum bereits dorthin gelaufen sind, mache ich mich auf den Weg, mich zu ihnen zu gesellen. Ich flitze nach vorn zur Menschenmasse und kämpfe mich durch die Menge, um etwas sehen zu können. Als ich den Stadtherrn sehe, verstecke ich mich wieder hinter einem Mann, damit er mich nicht entdeckt. Direkt neben ihm steht ein älterer Herr, der ein blaues Gewand trägt, mit einer Rolle Papier in der Hand. Es könnte ein Herold sein, diesen Mann habe ich bisher nur einmal gesehen. Bis auf den Herold kommt mir zunächst nichts ungewöhnlich vor. Doch dann höre ich jemanden fluchen und die Masse tut sich etwas weiter rechts von mir auf. Eine Wache hat jemanden am Arm gepackt und zieht ihn zur Mitte. Ich kann es nicht glauben. Emanuel? Was haben sie mit ihm vor?

»Habt Ihr Euren Verstand verloren!«, flucht er.

»Ich bin beauftragt worden, Euch die Missgunst unseres Stadtherrn kundzugeben.« Der Herold sieht Emanuel an und wartet auf eine Reaktion.

»Was bereitet ihm denn Kummer?« Er reißt sich dabei von der Wache los und reibt sich den Arm, bevor er beide ineinander verschränkt. Der Graf wirft Emanuel einen verächtlichen Blick zu.

»Das wisst Ihr. Seitdem Ihr hier Euer Unwesen treibt, wird Solome von einem Unglück nach dem anderen heimgesucht. Drei Blitze trafen Häuser und zerstörten das Leben deren Bewohner. Und Ihr wurdet bei jeder Tat dabei beobachtet.« Emanuel zuckt mit den Augenbrauen und sieht den Überbringer der Nachricht an.

»Beobachtet? Wobei, wenn ich fragen darf?«, erkundigt er sich. Der Blick des Stadtherrn ruht weiter auf dem Magier, doch er gibt dem Herold ein Zeichen und bedeutet ihm, weiterzusprechen.

»Ihr wurdet beobachtet, während Ihr magische Kräfte einsetztet. Deshalb werdet Ihr wegen Zauberei angeklagt und dürft diese Stadt nicht mehr verlassen. Wache, nehmt diesen Mann fest!«, ruft der Herold, und die Wache packt Emanuel wieder am Arm. Die Bürger schreien und stöhnen entsetzt auf, Theodor von Solome grinst in dem Moment, als alle Augen auf unseren Besucher und die Wachen gerichtet sind. Dann bringen sie ihn weg. Die Menschenmasse löst sich auf, aber ich versuche, der Wache zu folgen. Unauffällig natürlich. Ich habe hier noch nie eine Verurteilung erlebt. Aber ich habe schon ein paar Gespräche belauscht, in denen die Leute von solchen redeten. Wenn er der Zauberei angeklagt wird, dann heißt das… das …

Ich folge der Wache bis zu einem Haus, in das er hinein geht und ein paar Minuten später wieder rauskommt. Er hat doch nicht etwa…! Als er weg ist, renne ich hin und versuche, die Tür aufzubekommen, doch ich scheitere kläglich. Ich lehne meine Stirn gegen die Tür. Wenn Emanuel jetzt… dann werde ich bald… Nein, Philip, reiß' dich zusammen, muss ich mir selbst sagen.

Plötzlich höre ich ein leises Flüstern, dass sich so anhört, als würde jemand meinen Namen sagen. Ich halte es für eine Halluzination, doch als ich es noch einmal vernehme, werde ich hellhörig und lasse von der Tür ab. Ich laufe hinter das Haus und erkenne ein kleines Fenster mit einem Gitter davor. Es befindet sich am Boden des Häuschens und ist bloß einen Spalt breit. Ich sehe hinein und kann Emanuel erkennen.

Zum Glück, ihm geht es gut. Man hat ihn in den Keller gesperrt, der als Verlies dienen soll.

»Philip.« Ich knie mich vor das kleine Fenster.

»Wie kann ich Euch helfen, Emanuel?« Er aber schüttelt mit dem Kopf.

»Gar nicht. Ich hätte es wissen müssen.« Ich erinnere mich an die Wasserflaschen und reiche sie ihm rein. Er nimmt sie, trinkt ein paar Schlucke und schweigt daraufhin. »Dieser elende...« Er ist wirklich wütend aber auch verzweifelt. Seine Wut ist scheinbar gegen ihn selbst gerichtet. Er läuft auf und ab und scheint über irgendwas nachzudenken. Ich sehe ihm einfach nur dabei zu und warte darauf, dass er mir Anweisungen gibt. »Hör zu, du musst allein von hier verschwinden. Sie haben jetzt mich, aber damit ist es noch nicht getan. Er weiß, dass du ihn gesehen hast, und das ist alles andere als gut für dich. Verschwinde von hier, heute noch!« Entgeistert sehe ich ihn an. Das kann er doch nicht ernst meinen! Wenn ich den Mut dazu gehabt hätte, hätte ich die Stadt doch schon vor langer Zeit verlassen. Aber den habe ich nicht! Er kann unmöglich so etwas von mir verlangen.

»Ich gehe nirgendwo hin«, meine ich entschlossen und stehe auf. »Jedenfalls nicht ohne Euch. Ich schaffe es, Euch zu befreien. Irgendwie.« Ich entferne mich von der kleinen Hütte aus Stein und drehe dieser den Rücken zu. Emanuel brüllt mir nach, schreit meinen Namen und, dass ich zurückkommen soll. Aber ich tue es nicht. Er hat mir geholfen und das nicht bloß ein Mal. Jetzt muss ich etwas für ihn tun, was, muss mir aber noch einfallen.

Ich laufe wieder zurück in die Stadt, dabei passe ich auch immer gut darauf auf, dass der Graf bloß nicht in meiner Nähe ist. So weit, so gut. Aber wohin jetzt? Die Unterkunft ist dahin, abgebrannt. Und von Edward fehlt jede Spur, was tun? Was soll ich überhaupt tun? Hach, Mist!

Durch meinen Kopf fliegen sämtliche Gedanken, aber nichts Nützliches. Ich bemerke gar nicht, wie es über mir dunkel wird. Der Himmel bedeckt sich mit tiefgrauen Wolken. Erst als der Regen stärker wird, nehme ich ihn überhaupt wahr. Ich schaue nach oben und sehe, dass der Himmel immer dunkler zu werden scheint. Auf einmal gibt der Himmel gänzlich auf, und es schüttet wie aus Eimern. Ich sehe mich um und entdecke eine kleine Nische zwischen zwei Häusern. Ich renne hin und zwänge mich hindurch. Da die beiden Häuser schräg stehen, verschließt sich der Spalt nach oben hin, sodass kein Wasser durchkommt. Glücklich über meinen Zufluchtsort krieche ich immer weiter zurück, geschützt vor Wind und Wasser. Ich kauere mich an die Wand, denn es ist wahnsinnig kalt, und das Reiben an meinen Oberarmen hilft auch nicht. Auf einmal hallt ein lauter Schlag durch den Gang, und ich zucke zusammen. Es donnert und blitzt, und ich bin zum ersten Mal seit Langem wieder allein. Ich habe Angst und wünschte, ich hätte Edward nicht allein gelassen. Dann wüsste ich, wo er sich aufhält, und könnte in Ruhe weiter in dieser Stadt leben, denn ich hätte den Stadtherrn in seiner wahren Gestalt nie gesehen. Wenn ich an einen Gott glauben würde, dann hätte ich gesagt, dass das einen bestimmten Grund hat. Aber bisher kann ich mir nicht erklären, welche Gründe dieser Gott gehabt haben müsste, um mich so zu quälen. Ich habe meine Eltern verloren, mein Zuhause. Ich bin im Waisenhaus aufgewachsen und lebe ein Leben als Straßenkind. Und nun ist meine einzige bewohnbare Unterkunft zerstört, und ich stehe wieder da, wo ich vor einigen Jahren schon einmal stand. Also, was hat es für einen Grund?

***

Ich glaube nicht, dass ich viel geschlafen habe, denn als ich aufwache, tut mir der Kopf weh. Ich krabble aus dem Spalt zwischen den Häusern und reibe mir die Augen. Die Sonne ist noch nicht aufgegangen, aber es wird nicht mehr lange dauern. Ich muss mir einen geeigneten Unterschlupf suchen, bevor die Sonne am Himmel steht – also bevor alle aufwachen, um genau zu sein. Aber damit verliere ich Zeit.

Nach ein paar Minuten kommt der erste Bürger aus seinem Haus und schließt die Tür hinter sich. Er steckt seinen Schlüsselbund in eine Tasche und geht dann seines Weges. Ja genau, das ist doch die Lösung! Der Schlüssel für die Zelle, in der Emanuel festgehalten wird. Und diesen Schlüssel hat definitiv die Wache, die ihn eingesperrt hat. Dummerweise ist das genau der Flurwächter, der mich besonders gut im Auge behält. Da brauche ich Hilfe. Aber von wem nur...

Ich durchforste die Stadt ein wenig, ohne dass mich jemand sieht. Ich achte auf alles gleichzeitig: Suche nach Edward, beobachte den Grafen, versuche, die Wache zu erspähen, und vor allem suche ich nach etwas zu essen. Mein Magen grummelt schon eine ganze Weile, und mein Hals ist trocken. Aber zum Brunnen traue ich mich nicht, denn er ist viel zu öffentlich und befindet sich mitten auf dem Markt-platz. Also quält mich der Durst weiter.

Am Nachmittag durchquere ich ein eher abgele-genes Viertel der Stadt. Hier wohnen hauptsächlich Alte und Kranke. Theodor von Solome kommt nie-mals hierher, denn dies ist nicht das Milieu, mit dem er sich abgeben will. Deshalb setze ich mich auf einen großen Stein, der aus unerklärlichen Gründen mitten auf einem Platz steht, und denke nach. Ich bin Ema-nuel keine große Hilfe. Bevor ich überhaupt einen Finger gerührt habe, haben ihn die Inquisitoren sicher schon verurteilt. Und jeder weiß, wie die Strafe aus-sehen wird. Mist. Ich verberge mein Gesicht in meinen Händen, weil ich einfach nicht mehr weiß, was ich tun soll. Wenn nur Edward hier wäre... Er ist ein schlauer Junge, er wüsste, was ich tun kann. Aber da kommen wir schon auf mein nächstes Problem zurück.

Plötzlich tätschelt mir jemand die Schulter, und ich hebe den Kopf. Ein alter Mann mit grauen Haaren, sehr dünn, aber mit einem breiten Lächeln, sieht mich an.

»Warum so traurig, Junge?«, fragt er mich mit rauer Stimme.

»Wenn ich Euch das alles erzählen würde, würden wir eine Weile hier sitzen.« Er lacht etwas.

»Komm, Junge, ich gebe dir etwas Wasser und ein Stück Brot. Du siehst verdurstet und verhungert aus.« Meint er das ernst? Er wäre die Rettung! Er steht da und sieht mich an, bedeutet mir, ihm zu folgen. Ich überlege kurz, stehe dann aber auf und folge ihm. Sein Schritt ist für sein Alter verdammt schnell, da habe selbst ich Schwierigkeiten, mitzuhalten. Wir laufen auch gar nicht lange, denn er bringt mich zu einem alten Haus in diesem Viertel. Das Dach fehlt zur Hälfte, und ein Fenster ist kaputt. Er geht hinein und winkt mir zu, ihm zu folgen. Ich trete schnell ein, nachdem ich mich vergewissert habe, dass mich niemand beobachtet. Drinnen ist es für einen kurzen Moment dunkel, doch der Mann zündet eine Kerze an und geht voraus. Merkwürdig, da ja das Dach fehlt. Das schwache Licht erhellt den Flur, sodass ich sehen kann, wohin ich trete. Der Mann läuft schnell den Gang entlang und öffnet am anderen Ende eine Tür. Durch diese tritt er hindurch, und ich folge ihm. In diesem Raum jedoch ist es angenehm warm, trocken, und es duftet nach frischem Brot. Die Wände sind sehr hell, mit vielen Kerzen geschmückt. Mein Blick schweift durch den ganzen Raum, bis er an einem Ofen hängen bleibt. Dort backt das Brot, und jemand schaut gerade nach, ob es schon fertig ist. Die Person ist klein und braucht eine Fußbank, um in den Ofen sehen zu können.

»Edward!«, rufe ich erfreut und gehe zu ihm. Er dreht sich um und lächelt.

»Philip!« Er rennt zu mir und umarmt mich. Edward drückt sich fröhlich an meinen Bauch und ist heilfroh, mich wiederzusehen, genau wie ich.

»Ich dachte schon, der Stadtherr hätte dich...«

»Nein, mir ist nichts geschehen. Wie bist du hierhergekommen?« Edward lächelt und sieht den alten Mann an, der immer noch so grinst. Er erklärt mir, dass er geflüchtet ist und sich verlaufen hat. Dann ist er diesem Mann begegnet, der ihn aufgenommen hat. Als Dank dafür, dass er ihn hier wohnen lässt, backt Edward das Brot und hilft ihm. Mir fällt ein Stein vom Herzen; Edward ging es die ganze Zeit über gut.

»Wie kommst du hierher?« Ich erzähle ihm also meinen Teil der Geschichte, auch das mit Emanuel am gestrigen Morgen, aber ich lasse das mit der Magie aus. Mein kleiner Schützling ist sichtlich mitgenommen. Gerade als ich ihm von Emanuels Aufenthaltsort erzähle, wird er ziemlich nervös.

»Der Inquisitor wird keine Gnade walten lassen, wenn das Urteil Hexerei und Zauberei lautet. Unvorstellbar, dass er freigesprochen wird«, kommentiert der Alte, diesmal mit ernster Miene. »Der Tag des großen Feuers ist im Gespräch. Das bedeutet Todesstrafe, Feuertod, Scheiterhaufen.«

»Können wir ihm helfen?«, erkundigt sich Edward ängstlich. Ich zucke mit den Schultern.

»Ja schon... Aber es ist gefährlich.«

»Ich kenne gefährlich nicht. Ich habe den Stadtherrn mit einer Pfanne gehauen, das war total riskant.« Der alte Mann fängt an zu lachen. Er amüsiert sich herzlich bei der Vorstellung, wie Ed dem Stadtherrn eins mit einer Pfanne überbrät. Offenbar kann auch er den Stadtherrn nicht besonders gut leiden. Wen wundert das.

»Ich habe vor, der Wache den Schlüssel zu stehlen, damit ich ihn aussperren kann. Was denkst du?« Zögernd schlage ich meinen Plan vor, doch er grinst und nickt.

»Tun wir das.«

***

Wie versprochen hat mir der alte Mann ein Stück Brot gegeben, das ich im Handumdrehen verputze, und eine Flasche Wasser, die ich nur ein paar Augenblicke später leere. Ich bin ihm dafür sehr dankbar, auch dafür, dass er auf Edward aufpasst. Er bringt uns wenig später wieder nach draußen, und als ich in den Himmel sehe, bemerke ich erst, wie dunkel es geworden ist. Es beginnt zu dämmern, die Wolken leuchten schon rötlich, und die Sonne geht unter.

»Wir müssen uns unbedingt beeilen, Philip«, meint Edward und zieht mich mit. Der Alte warnt uns noch kurz, dass wir uns nicht erwischen lassen sollen.

Außerdem warnt er mich, dass, falls sie uns doch erwischen, meine Strafe nicht milder ausfallen wird als die für Emanuel. Ich schlucke. Edward geht mutig voran, und ich folge schnell. Dennoch ist mir etwas mulmig zumute.

»Hey, Edward«, sage ich leise. Er schaut zu mir und wartet darauf, was ich zu sagen habe. »Wenn wir in Gefahr sind, also, wenn wir erwischt werden, rennst du wieder zu dem alten Mann.« Dabei sehe ich ihm tief in die Augen, während wir weiterlaufen. »Keine Widerrede.« Es klingt zwar wie ein Befehl, aber es genügt, dass ich mich in Gefahr bringe. Egal, was mit mir passieren wird, Edward soll in Sicherheit sein. Ihn geht das Leben des Magiers noch weniger an als mich. Er scheint meine Sorge zu verstehen und nickt. Er verspricht es mir sogar. Soweit, so gut.

Kapitel 4

Edward und ich suchen die Wache, die Emanuel eingesperrt hat, aber dieser Mann will einfach nicht auftauchen. Wir durchkämmen die Stadt, sitzen am Brunnen, beobachten den Marktplatz und warten sogar eine Weile an seiner Tür. Nichts. Das frustriert mich, da ich mir von meinem Plan etwas mehr erhofft hatte. Wir laufen auch am Stadttor vorbei, aus dem ein langer, steiniger Weg in den Wald führt. Ich sehe hinaus und denke daran, dass ich dort sein könnte… Aber dann überdenke ich es schon wieder. Will ich das? Ich kann doch hierbleiben, bei dem netten alten Mann und bei Edward. Was nützt es mir, in die nächste Stadt zu gehen und dort allein weiterzuleben, wenn ich hier ein normales Leben führen kann? Na gut, ich müsste mich wohl auf ewig verstecken, aber das ist annehmbar, damit könnte ich leben.

Edward tätschelt meine Schulter, und ich sehe ihn an. Sein Blick wirkt verängstigt. Dann deutet er auf eine Kolonne aus Wachen, dem Stadtherrn, einem Mann und Emanuel. Sie steuern das Gefängnis an, Emanuels Hände sind mit einem dicken Seil gefesselt.

»Philip, das ist der Inquisitor.« Der Inquisitor also… Er wird Emanuel untersucht haben und wird ihn beobachten. Und erst danach ein Urteil fällen. Aber so wie Emanuel aussieht, lief es nicht sehr gut. Edward zieht mich beiseite, und wir verstecken uns hinter einem Haus, behalten die Kolonne aber im Blick. Sie bringen ihn zurück in die Kammer, und die

Wache verschließt erneut die schwere Tür. Ich seufze leise. Den ganzen Tag haben wir diesen Wachmann gesucht, und nun müssen wir feststellen, dass er die ganze Zeit über an einem Ort war… Die Kolonne teilt sich auf, nur der Graf und der Inquisitor laufen zurück, direkt an uns vorbei.

»Also, Herr Inquisitor. Wie beurteilt Ihr den Vorwurf?«, fragt der Stadtherr.

»Mit meinem endgültigen Urteil vermag ich noch etwas zu verweilen. Doch es ist wohl wahr: sehr auffällig, dass während seiner Abwesenheit kein Unglück geschehen ist. Allerdings ist er erst einen Tag im Kerker, da möchte ich mich noch nicht festlegen.«

»Wann würdet Ihr das Urteil fällen?«, erkundigt er sich sehr eifrig. Allein aus seinem Tonfall höre ich heraus, dass es ihm nicht schnell genug gehen kann, Emanuel zur Strecke zu bringen. Der Inquisitor überlegt kurz.

»Drei Tage. Zum Tagesende soll das Urteil vollstreckt werden.« Dies scheint dem Stadtherrn äußerst zu gefallen. Dieser Mann ist widerwärtig.

Der Inquisitor zieht von dannen, der Stadtherr bleibt mit der Wache zurück. Die beiden scheinen sich blendend zu verstehen, denn sie gehen beide zum Haus des Grafen. Edward sieht mich an und merkt, dass ich ein wenig panisch geworden bin.

»Sie werden ihn doch nicht wirklich… oder?«, fragt er vorsichtig. Um ehrlich zu sein, glaube ich, dass sie es tatsächlich tun werden…

»Nein, ich glaube nicht. Wir haben noch drei Tage Zeit. Holen wir uns diesen Schlüssel.«

***

Der gestrige Abend war ein Reinfall und der heutige Morgen startet nicht besser. Trotz intensiver Suche bleibt auch dieser Tag erfolglos.

Der zweite Tag neigt sich dem Ende zu. Ed und ich sitzen im hellen Raum des alten Mannes, der uns eine unsagbar große Hilfe ist. Er legt seinen Kopf auf meine Schulter und seufzt. Edward macht sich auch große Gedanken, dabei kennt er nur die halbe Wahrheit.

»Es ist unfair, jemanden für etwas zu bestrafen, das er nicht getan hat«, beschwert er sich aus heiterem Himmel. Ja, unfair ist es, aber das Urteil ist dummerweise berechtigt. Schließlich ist er ja ein Magier und hat seine Magie benutzt, das kann man nicht abstreiten. Aber er war nicht derjenige, der etwas zerstört hat. Er hat uns gerettet. Und ich war der Einzige, der das gesehen hat, der seine Unschuld bezeugen und damit dem Grafen gefährlich werden könnte. Wer würde mir glauben? Nicht einmal der Inquisitor würde mir ein Ohr leihen; dafür ist er vom Stadtherrn viel zu voreingenommen.

»Ziemlich unfair… Sag mal, Edward, glaubst du an Magie?«, frage ich kleinlaut.

»Nein«, meint er nur und schüttelt den Kopf. Oh. Ich wäre bereit gewesen, Edward alles zu erzählen.

Aber wie, wenn er mir nicht glauben würde? »Der Stadtherr hat das Feuer gelegt, oder?« Ich nicke langsam. »Er ist mit einer Fackel hineingelaufen.« Vielleicht ist es auch besser, dass er nicht an Magie glaubt.

»Ihr zwei solltet schlafen gehen«, ermahnt uns der Alte, dessen Namen wir nicht einmal kennen. Edward steht gleich auf und zieht mich mit sich. Wir beide gehen in eine Ecke mit ein paar Kissen, Decken und weichen Unterlagen. Dort legt er sich hin und kuschelt sich in den eingehüllten Federhaufen. Ich lege mich neben ihn und streichle seine Wange. Das tue ich so lange, bis er einschläft. Ich selbst kann allerdings nicht so einfach einschlafen. Zu viele Gedanken umschwirren mich, unter anderem auch die Frage, wie es wohl wäre, selbst zaubern zu können. Bald schon merke ich, dass der alte Mann mich beobachtet. Ich setze mich auf und sehe ihn an. Er lächelt, was ihn irgendwie jünger wirken lässt.

»Nervös?«, fragt er mich.

»Nicht wirklich. Ich weiß einfach nicht, was ich tun soll. Ich könnte es mir nicht verzeihen, wenn er stirbt. Ich sehe es als meine Pflicht an, ihn zu retten. Weil er mich gerettet hat.« Der Mann nickt verständnisvoll. Er fragt nicht einmal nach.

»Nun, manchmal ist es besser für sein Gewissen, ein Opfer zu bringen. Welches Opfer das sein wird, entscheidest du selbst.« Eine Preisgabe also. Wie soll das aussehen? Was soll ich denn für ein Opfer bringen? Diese Frage stelle ich dem Mann. Doch er lächelt mich nur an. Wenn ich nur wüsste, was er mir sagen will. »Du wirst erkennen, was zu tun ist, wenn die Zeit dafür gekommen ist. Und jetzt schlaf, ihr habt morgen einen langen Tag.« Der Mann wendet sich ab und geht zu dem einzigen Bett in diesem Raum. Er bläst einige Kerzen aus, wodurch der Raum ziemlich dunkel wird. Das sanfte Dämmerlicht wiegt mich schließlich in den Schlaf, doch dieser ist alles andere als erholsam.

Die Sonne scheint hell über der Stadt, und keine einzige Wolke ist am Himmel zu sehen. Aber wie die Wolken, sind auch keine Menschen hier auf dem Marktplatz. Halt, doch. Weiter vorne tummeln sich einige, eine Vielzahl von Leuten steht an einem Fleck und tuschelt nur leise. Ich renne zum Schauplatz, aber was ich da sehe, will ich nicht wahrhaben. Die Leute haben sich um ein großes Feuer versammelt, vor dem ein Mann in einem schwarzen Umhang steht. Er dreht sich um und grinst hämisch. Es ist... der Stadtherr. Er erhebt seinen Stab hoch in die Luft und lacht laut. Die Menge teilt sich rechts vom Feuer und macht Platz für eine kleine Kolonne, die langsam hindurch schreitet. Auf einem Brett, in Fesseln, liegt Emanuel. Er kann sich absolut nicht mehr bewegen. Das Brett ist ziemlich lang, und deshalb tragen es fünf Männer aus der Stadt hinter dem Inquisitor her. Nachdem sich die Menge wieder geschlossen hat, ruft der Inquisitor etwas in die Menge. Ich glaube, es ist das Urteil. Viele stöhnen erschrocken auf, was mir ein unschönes, flaues Gefühl vermittelt. Die Männer tragen das lange Brett zum Feuer, dorthin, wo der Stadtherr bereits wartet. Sie stellen das Brett mit Emanuel hochkant auf. Die Seile sind so fest, dass er nicht einmal herunterrutscht. Emanuel sagt nichts und schaut nur in die Runde. Dann entdeckt er mich und wirft mir einen bösen Blick zu. Er bewegt seine Lippen, und ich höre seine Worte so deutlich, als stünde er neben mir.

»Du hast aufgegeben. Wegen dir werde ich sterben.« Nein. Nein!

»Ich habe nicht aufgegeben! Ich habe versucht… aber…«

Abrupt werde ich unterbrochen, als der Stadtherr den Befehl gibt, das Brett umzustoßen. Emanuels Blick weicht meinem nicht aus, bis er in die Flammen kippt. Ich zittere und schreie, und mein ganzer Körper schüttelt sich.

Es ist Edward, der mich aus meinen Albträumen reißt. Erschrocken setze ich mich auf und atme schneller. Ich schwitze stark, und als ich sehe, dass Ed und der Mann neben mir sitzen, wird mir klar, dass ich geschrien haben muss. Edward umarmt mich tröstend, was mich tatsächlich etwas beruhigt. Der Alte sieht mich bloß an. Irgendetwas sagt mir, dass er den Grund für meine Unruhe kennt.

»Du hast geschrien. Ist alles okay? War es ein schlimmer Traum?« Edward löchert mich mit Fragen, doch mein Blick bleibt beim Alten, der wissentlich nickt. »Ich habe nicht gewusst, dass dich das so bedrückt«, jammert Edward, als er die Umarmung löst. Ich zucke mit den Schultern. So richtig klar war es mir vorher auch noch nicht. »Wir sollten aufstehen, dieser Tag ist wichtig. Und es ist der letzte, der uns bleibt.« Voller Tatendrang springt Edward auf. Ich allerdings muss den Traum erst einmal richtig verarbeiten.

Nach einiger Zeit stehe ich mit Edward in einer dunklen Gasse, in der wir alles in Ruhe beobachten können. Ganz speziell halte ich nach dem Flurhüter Ausschau. Er muss ja irgendwo hier herumlaufen. Doch jetzt kommt mir plötzlich eine Idee. Der Wachmann kam und ging zusammen mit dem Stadtherrn umher. Es ist doch möglich, dass er jetzt auch bei ihm ist. Und es gibt einen Mann, der immer weiß, wo sich der Stadtherr aufhält. Aber wir sind leider nicht gut aufeinander zu sprechen.

»Der Mann am Fischstand weiß doch immer alles. Gehen wir ihn fragen.« Edward sieht mich etwas schockiert an.

»Ich glaube, er ist der Letzte, der uns helfen möchte. Wir schulden ihm schon unzählige Fische. Er wird uns verraten.« Ich bleibe hartnäckig, auch wenn ich mir der Gefahr bewusst bin. Edward ist mir in diesem Unterfangen nicht wohlgesinnt. Wir laufen die dunkle Gasse zwischen zwei Häusern zurück, die uns zum Marktplatz führt. Wir sehen uns schnell um und eilen zu den Verkaufsständen. Der Mann steht tatsächlich da, bewacht seinen Fisch wie ein Schießhund. Ich nähere mich langsam, aber nicht so langsam, dass er mich nicht bemerkt. Dieses Mal verhalte ich mich ganz normal. Umso früher lenke ich natürlich Aufmerksamkeit auf mich. Der Fischverkäufer sieht mich grimmig an und stürmt auf mich zu.

»Warte nur, du Flegel. Willst mir wieder meinen Fisch stehlen!« Er packt mich am Kragen und ist im Begriff, mich irgendwohin zu schleifen. Unglaublich, dass er seine Fische aus den Augen lässt.

»Nein, wartet!«, bettle ich ihn an. »Ich brauche eure Hilfe, nicht euren Fisch. Wir suchen den Stadtherrn. Könnt ihr uns sagen, wo er ist?« Er hält inne und denkt darüber nach, ob ich ihn austrickse oder die Wahrheit sage. Da aber auch Edward stehen bleibt und seinen Fisch nicht anrührt, merkt er, dass ich es ernst meine.

»Nun gut, vor etlichen Minuten lief er hinunter zum Kerker. Er wird sich auch immer noch dort befinden, so denke ich. Versucht euer Glück dort.« Der Fischverkäufer lässt mich daraufhin los und geht wieder zu seinem Stand, an dem er eine ältere Frau bedient.

»Lass uns dorthin gehen, ja?« Edward geht mutig voraus. Vielleicht haben wir heute tatsächlich Glück.

Wir gehen zum Kerker und verhalten uns ganz unauffällig. In der Nähe des Verlieses verstecken wir uns und schleichen uns leise heran. Ich höre eine Stimme. Es ist die des Stadtherrn. Vorsichtig linse ich um die Ecke, um nachzusehen. Er redet mit dem Wachmann, der den Schlüsselbund an seiner Hose trägt. Wie sollen wir jetzt drankommen? Ich habe eine

Idee ... Aber dafür ist Edward etwas im Weg. Ich knie mich vor ihn und sehe ihn an.

»Edward, erinnerst du dich, was ich dir zum Thema Gefahr sagte?« Er nickt und wiederholt es.

»Wenn wir in Gefahr sind oder erwischt werden, soll ich zu dem Mann zurücklaufen.« Ich nicke.

»Jetzt haben wir eine solche Situation, Ed. Ich werde mir diesen Schlüssel holen müssen, aber ich lasse nicht zu, dass sie dich erwischen, falls sie es bemerken. Sei ein guter Junge und tu, was ich dir sage.« Edward begreift nur langsam, was ich ihm sage und was jetzt auf ihn zukommt. Dann umarmt er mich fest.

»Ich weiche dir nicht von der Seite. Niemals.« Ich erwidere die Umarmung und streichle seinen Rücken. Es tut mir im Herzen weh, ihn jetzt so zu sehen. Aber sicher ist sicher.

»Edward. Ich bitte dich. Du musst auf mich hören. Du hast es versprochen«, presse ich hervor. Ich suche nach ein paar geeigneten Worten, denn alles, was ich jetzt sagen könnte, wäre nicht besonders hilfreich.

»Versprich mir, dann zurückzukommen«, fordert er. Ich lächle ihn an.

»Natürlich.« Ob ich dieses Versprechen brechen muss, wird sich später zeigen. Edward löst die Umarmung und nickt. Ganz langsam nur setzt er sich in Bewegung, und ebenso langsam geht er vorsichtig um die Ecke. Ich weiß, was er da macht. Er will mich austricksen und beobachten, was ich tue, um eingreifen zu können. Ich kenne das; ich habe es ihm schließlich selbst beigebracht. Also warte ich noch einen Moment und behalte die Ecke im Auge. Und tatsächlich. Sein Schopf lugt hervor und er sieht nach, ob ich bereits weg bin. Ich stehe aber nur da, mit ernster Miene und verschränkten Armen. Er erschreckt sich tierisch und verschwindet hinter der Ecke. Da er nach ein paar Minuten nicht mehr zu sehen ist, hoffe ich, dass er gegangen ist, und sehe wieder hinüber zu den beiden Herren. Solange von Solome dort steht, habe ich keine Chance. Doch wie durch ein erhörtes Gebet verabschiedet sich dieser von der Wache und läuft zurück in die Stadt. Damit er mich nicht bemerkt, presse ich mich mit dem Rücken gegen die Wand, die er nicht sehen kann, und halte die Luft an. Er läuft langsam vorbei, sein Blick nach vorn gerichtet. Erleichtert atme ich auf, jetzt muss ich aber echt aufpassen. Die Wache hat seine Augen überall; das kenne ich bereits von ihm.

Die Lösung heißt Anschleichen. Leise husche ich über den Weg zum Kerker und verstecke mich hinter einer Hauswand. Ich warte einen Moment und linse dann um die Ecke. Da steht er, starr, in eine Richtung blickend. Als wäre er im Stehen eingeschlafen. Doch er bewegt seinen Kopf langsam in meine Richtung, also verschwinde ich ganz schnell wieder um die Ecke, hinter der Wand. Wie soll ich an ihn herankommen? Ich gehe um das Haus, besser gesagt um den Kerker, herum und erspähe das kleine Gitterfenster zu Emanuels Zelle. Ich knie mich daneben und sehe hinein. Emanuel sitzt in einer Ecke, sein Stab liegt auf der anderen Seite. Jetzt wird mir auch klar, warum Emanuel bisher nichts dafür getan hat, sich selbst zu befreien. Der Stab ist in zwei Teile gebrochen worden. Selbst sein Umhang haftet nicht mehr über seinen Schultern, was mir vorher nicht aufgefallen ist. Seine Hände sind gefesselt, mit schweren Ketten, die von einer Stange an der Wand herunterhängen. Und beim näheren Hinschauen fällt mir auf, dass auch seine Füße verkettet sind. Dieser Mann ist komplett bewegungsunfähig. Genau so sitzt er auch da, mit dem Wissen, verloren zu haben. Er hat aufgegeben. Und er hat mich vergessen. Doch ich bin hier und frei und ich werde ihn retten.

Ich stehe wieder auf, ohne ein Wort gesagt zu haben, und gehe wieder zu einer Ecke, an der ich die Wache beobachten kann. Gerade sitzt er direkt vor der Tür, der Schlüssel hängt ihm von der Hose. Aber so lange er aufpasst, kann ich nichts tun. Ich setze mich also dahin, wo mich keiner sehen kann, und schmiede mir einen Plan. Bald jedoch bemerke ich, dass ich, egal was ich tun kann, erwischt werde. Mist! Ich sitze so nah vor Emanuels Befreiung und bin trotzdem im Begriff zu scheitern. Das ist nicht fair. In der Zeit der Stille mache ich mir tausende Vorwürfe, weil ich mich schuldig fühle für das, was ihm passiert ist. Ich bin auch schuld daran, dass er hingerichtet werden wird. Auf einmal vernehme ich Stimmen, die miteinander kommunizieren. Deshalb luge ich erneut um die Ecke. Eine Frau bringt der Wache etwas zu essen und geht dann wieder. Der Mann langt kräftig zu und isst fast alles auf, was mich auf eine Idee bringt. Ich setze mich einfach und warte. Sein Essen wird ihm schwer im Magen liegen, was heißt, dass er ein Nickerchen halten wird, denn er wird sich nichts dabei denken. Dann werde ich mir den Schlüssel schnappen und Emanuel aus dem Kerker holen. Ich bin ein Genie.

Nach einer gefühlten Ewigkeit höre ich endlich ein leichtes Schnarchen. Jetzt ist meine Zeit gekommen, jetzt muss ich handeln, denn eine solche Gelegenheit wird sich mir nicht wieder bieten. Wer hätte gedacht, dass die Zeit Probleme löst? Ich schaue mich genau um, ob die Luft rein ist. Alles okay, dann also los. Langsam nähere ich mich dem Mann mit dem Schlüsselbund an der Hose. Ich achte extra darauf, kein Geräusch und keinen Laut von mir zu geben und nicht zu atmen. Die Augen behalte ich immer auf der Wache, auf seinen Augen und seinen Händen. Gott, ich habe echt Schiss, aber ich muss mich zusammenreißen. Für Emanuel.

Ich greife vorsichtig nach dem Schlüssel, der klappert, sobald ich ihn berühre. Erschrocken sehe ich wieder zur Wache und atme erleichtert aus, als diese sich nicht bewegt. Vorsichtig löse ich den Ring von der Hose und nehme den Schlüsselbund an mich. Danach quetsche ich mich zwischen ihm und dem Türrahmen hindurch, um an das Türschloss zu gelangen. Ich überlege einen Moment und sehe die Schlüssel an, dann stecke ich einfach jeden nacheinander in das kleine Schloss und versuche es zu öffnen. Das dauert eine Weile, und mit jedem Schlüssel, der nicht passt, werde ich immer nervöser. Doch endlich, gerade der letzte Schlüssel passt ins Schloss! Ich drehe ihn und öffne die schwere Tür zum Kerker. Sie quietscht ein wenig, deshalb öffne ich sie bloß einen kleinen Spalt, durch den ich hindurchschlüpfen kann. Einmal drinnen, mache ich mich gleich auf den Weg nach unten, wo sich Emanuels Zelle befindet. Dort suche ich den passenden Schlüssel nach dem gleichen Prinzip heraus, aber wesentlich schneller. Keine Ahnung, wie lange der Wächter schläft und wie lange er braucht, um mitzubekommen, dass der Schlüsselbund verschwunden ist. Deshalb dringe ich schnell in die Zelle ein. Glücklicherweise passt der erste Schlüssel gleich.

»Emanuel«, sage ich und schüttle ihn leicht. Er sieht mich ausdruckslos an, alles andere, als ich erwartet hätte. Und ich habe nicht den geringsten Schimmer, wieso.

»Du hast hier nichts verloren«, krächzt er und sieht mich weiter an; seine Miene bleibt dabei unverändert.

»Emanuel, Ihr müsst hier raus, wir müssen unbedingt gehen«, bettle ich ihn an und suche nach dem Schlüssel, der seine Fesseln löst.

»Hör auf, Junge«, sagt er wieder in derselben monotonen Stimmlage. Als wäre er ein Anderer.

»Würde ich dir auch empfehlen«, hallt es in meinen Ohren. Erschrocken drehe ich mich um und blicke dem Stadtherrn direkt ins Gesicht. Vor Schreck lasse ich den Schlüsselbund fallen und stelle mich schützend vor Emanuel. Der Graf lacht daraufhin bloß. »Du kannst ihm nicht mehr helfen, er ist bereits verurteilt. Und für dich wäre es besser gewesen, du hättest dich aus dieser Sache herausgehalten.« Zwei Wachen treten hinter ihm hervor und packen mich an den Oberarmen. Ich schreie und wehre mich, in der Hoffnung, sie lassen mich los. Doch sie fesseln mich mit beiden Armen an zwei verschiedene Ketten, die wie bei Emanuel von der Wand hängen.

»Lasst mich!«, schreie ich immer und immer wieder und strample wild mit den Beinen. Das beeindruckt sie allerdings überhaupt nicht.

»Nun, Philip.« Der Stadtherr sieht mich an und grinst. »Jetzt musst du dich nicht nur des Diebstahls verantworten, sondern auch für das Schützen eines Magiers, wenn nicht sogar für Beihilfe bei der Verübung einer magischen Tat.« Jetzt gehen wohl die Pferde mit ihm durch!

»Was redet Ihr da? Ich habe ihm bei nichts geholfen! Er hat bloß versucht, die Stadt zu beschützen. Der Magier, der verurteilt werden sollte, seid Ihr!« Die Miene des Stadtherrn wird sogleich finster, und seine Augen lodern.

»Morgen wirst du dir den Platz auf dem Scheiterhaufen mit ihm teilen.« Damit dreht er sich um und verlässt die Zelle, die eine der Wachen wieder verschließt. Wütend versuche ich, die Ketten von meinen Handgelenken zu reißen, aber ich schaffe es nicht. Das Einzige, was ich damit bezwecke, ist, dass mir Blut an den Armen hinunterläuft. Ich sehe zu Emanuel, der einfach nur dasitzt und nichts tut, wie die ganze Zeit schon.

»Emanuel… Sagt doch was.« Aber er macht keinen Mucks. Ich seufze, weil ich nicht weiß, was ich tun soll. Statt Emanuel zu retten, habe ich mich selbst zum Tode verurteilt. Und der Lichtmagier sitzt einfach nur da. Ich sehe zum Fenster; dabei gleitet mein Blick über die beiden Hälften von Emanuels Stab. Vielleicht ist ja das sein Problem. Er glaubt, er kann nichts mehr tun. Aber dieser Kampf fängt doch gerade erst richtig an. Schließlich will ich nicht sterben, nur weil der Stadtherr Angst um seine falsche Identität hat.

Wir müssen hier irgendwie rauskommen. Es bleibt bloß die Frage, wie. Emanuel kann ich nicht fragen; er würde sich daraufhin ja nicht einmal mehr bewegen. Ich muss selbst etwas tun, aber ich bin gefesselt. Das Blut von meiner Verletzung am Handgelenk färbt schon den ganzen oberen Ärmel meines Hemdes tiefrot. Neben meiner Wut auf den Stadtherrn baut sich Panik in mir auf, und Angstschweiß bildet sich auf meiner Stirn. Mir wird deshalb etwas schwindelig, und Übelkeit bäumt sich auf. Dieses Gefühlschaos kann ich nicht bekämpfen, und vor allem kann mich keiner beruhigen. Emanuel, wacht doch aus Eurer Hypnose auf!

Da ich immer noch den Stab im Blick habe und die gebrochene Stelle betrachte, beginne ich zu glauben, dass Emanuels Zustand etwas damit zu tun hat. Vielleicht ist er nicht traurig wegen des Stabs, sondern fühlt mit ihm mit? Alles ist möglich, das habe ich in den letzten Tagen gelernt. Ich muss den Stab irgendwie in die Finger kriegen, aber er liegt ziemlich weit weg, sodass ich mit den Fesseln nicht herankomme. Trotzdem versuche ich es. Ich stehe von der Bank auf und laufe in die Richtung des Stocks. Doch die Ketten halten mich zurück, und mir tun die Hände und die Handgelenke weh. Dabei fehlen gerade mal einige Zentimeter. Was würde ich jetzt für einen kräftigen Windstoß hier unten geben.

Ich reiße an den Ketten, in der Hoffnung, dass sie nachgeben. Aber es nützt mir nichts, stattdessen bringt es mir bloß mehr Schmerzen. Ich kann machen, was ich will – ich erreiche die Stabhälften nicht. Erschöpft bin ich im Begriff, aufzugeben. Meine Ärmel sind voller Blut, der rechte sogar mehr als der linke. Mir wird klar, dass ich viel zu sehr an den eisernen Fesseln gezogen habe, denn die Verletzung sieht nicht gut aus. Wenn ich die Wunde nicht stillen kann, brauche ich morgen nicht mehr auf den Scheiterhaufen zu gehen, denn dann sterbe ich bereits heute Nacht. Aber das will ich doch gar nicht. Sterben. Weder dem Blutverlust noch dem Feuer will ich meinen Körper und das Leben darin überlassen. Ich muss an diesen Stab herankommen! Heftig, heftiger als ich wollte, ziehe ich an meiner Fessel. Ein unsagbar stechender und brennender Schmerz durchzieht meinen Arm. Er sinkt herab, und ich muss mich zusammenreißen, um nicht zu schreien. Endlich habe ich es geschafft, einen Arm zu befreien! Jetzt sind die paar Zentimeter kein Problem mehr. Ich halte mich an der Kette fest und lehne mich nach unten. Da ergreife ich die Stabhälften und ziehe mich zurück nach oben. Dann setze ich mich wieder auf meinen Platz und sehe mir den schwarzen Stab mit den silbernen Ornamenten an. Das Holz, aus dem er gemacht ist, wirkt eigentlich so stabil und unzerstörbar. Doch dies hier beweist mir das Gegenteil. Nichtsdestotrotz muss ihn ein starker Mann zerbrochen haben, denn das Holz ist schwer. Ich betrachte die Bruchstelle näher. Vielleicht kann ich den Stab irgendwie wieder zusammensetzen. Durch die Ornamente wird mir das nicht schwerfallen, denn so kann ich leicht bestimmen, wie das eine Ende an das andere gehört. Bleibt nur die Frage, wie ich es befestigen soll. Ich habe noch nie Holz mit Holz verbinden oder einen Stock zusammenbauen müssen. Doch eine Idee kommt mir in den Sinn. Ich lege die beiden Stücke zu Boden und reiße mir ein Stück meines Hemdes herunter, das vom Blut feucht geworden ist. Durch das Blut müsste es halten und irgendwie wieder verkleben. Denke ich. Hoffe ich. Ich nehme die beiden Teile und stecke sie wieder zusammen. Liegend halten die beiden Teile gut, aber wenn ich sie neige, würde der obere Teil sofort wieder abbrechen. Also nehme ich das Stück Stoff, das ich eben aus dem Hemd gerissen habe, und binde es straff um die Bruchstelle. Dann erhebe ich den Stab senkrecht und beobachte, ob er wieder abknickt.

Plötzlich leuchtet der Stab in derselben hellen gelblichen Farbe wie schon einmal. Ich sehe zu Emanuel, dessen Augen ebenfalls hell erleuchten. Er stöhnt auf einmal und richtet sich auf. Er sieht mich an, und ich beobachte, wie sein Blick aufklart. Der Stab und seine Augen hören auf zu leuchten, und ich weiß nicht, was ich jetzt sagen oder machen soll.

»Philip, was tust du hier?!«, fragt Emanuel erschrocken und irritiert, was mich komplett verwirrt. Er saß doch die ganze Zeit hier?

»Ich habe versucht, Euch zu retten. Aber Ihr wolltet Euch nicht retten lassen. Und dann wurde ich erwischt.« Emanuel seufzt und lehnt sich zurück. Er wirkt nachdenklich und vertieft sich in seine Gedanken, bis sich seine Augen weiten.

»Ich erinnere mich wieder... Der Inquisitor hat mich hierher gebracht, um seine Inquisition durchzuführen. Er hat mich zu diesem närrischen Magier gebracht, der mich zuerst noch einmal allein begutachten wollte. Doch statt einer Sichtung drohte er mir, dass sein Herr, der Schwarze Magier, die ganze Sippe der Lichtmagier auslöschen wird – die meine. Und als Diener wird er mit mir anfangen, sagte er. Dann zeigte er mir meinen Stab, den er mir Tage zuvor gestohlen hatte, und zerbrach ihn direkt vor meinen Augen. Ich habe gemerkt, wie etwas meinen Körper verließ. Der Anreiz zu kämpfen war gebrochen, mir war alles gleichgültig. Mein Leben wurde sinnlos; mein Tod schien mir erträglicher als meine bloße Existenz. Ich weiß nicht, was da in mich gefahren ist.« Ich bin schockiert über seine Erzählung. Und das alles, weil ihm jemand seinen Stab zerbrochen hat? »Weißt du, der Stab ist das einzige Medium, über das ich meine Magie nach außen tragen kann. Er ist mir heilig und gehört genauso zu mir wie meine Kräfte. Du hast ihn wieder zusammengesetzt, damit hast du mich bewahrt. Ein blutgetränktes Tuch war ein genialer Einfall von dir.«

»Ich habe Euch nicht gerettet, denn wir sitzen immer noch im Kerker und werden morgen sterben.« Emanuel schmunzelt.

»Vergiss das schnell wieder, wir werden nicht sterben. Jetzt, da ich meinen Stab wiederhabe, sollte uns nichts passieren. Hier werden wir bis morgen allerdings auch nicht rauskommen.« Emanuel lächelt mich an. Was hat er denn vor? Ich fürchte, ich muss ihm mein Leben anvertrauen. Bevor ich mir selbst wieder Angst mache, holt mich Emanuel zurück und deutet auf meine Ärmel. »Hast du dich verletzt?« Ich nicke und lasse meinen Blick zu meiner befreien Hand gleiten, in der ich den Stab festhalte. Als ich das Handgelenk betrachte, halte ich inne. Da… Da ist nichts mehr, keine Verletzung und keine Wunde. Nichts. Perplex schaue ich auch zu dem anderen Handgelenk, das ebenfalls keine Verletzungen mehr aufweist. Aber da waren definitiv welche! Ich wirke wohl etwas sehr verstört, denn Emanuel lacht leise.

»Wie kann das sein…«, überlege ich laut.

»Mein Stab hat sich wohl selbstständig gemacht.« Ich sehe ihn verblüfft an. »Magie geht ihre Wege auch allein, wenn sie in der Not gebraucht wird. Die magische Quelle lag ja auf deinem Schoß. Sei froh, du wärst sonst verblutet.« Ich staune nicht schlecht. Magie ist sonderbar, und ich bin ihr sehr dankbar. Aber vielleicht wäre das ein angenehmerer Tod gewesen, als zu verbrennen. »Schlaf jetzt, morgen wird ein anstrengender Tag.« Er sollte das Wort kurzer vor Tag nicht vergessen, immerhin werden wir morgen ja sterben.

Kapitel 5
Der letzte Tag

Ich wache auf.

Es ist kalt, und die Sonne steht noch nicht am Himmel. Emanuel ist bereits wach und sieht mich an.

»Guten Morgen, Philip.« Ich werde nur langsam wach, erwidere aber seinen Gruß.

»Es wird nicht mehr lange dauern. Einige Männer schleppen schon Holz durch die Straßen.« In puncto Beruhigung ist er wirklich nicht zu gebrauchen.

»Ich hoffe, Ihr habt einen Plan. Wenn nicht, sagt es mir bitte.« Er grinst bloß. Natürlich hat er einen. Oder? Freut er sich auf den Tod? Ich jedenfalls nicht. Doch bevor ich ins Zweifeln gerate, erklärt er mir, was er vorhat.

Emanuel und ich diskutieren lauthals und reden sehr forsch miteinander, als ich ein Klicken und das Geräusch einer schweren Tür vernehme, die aufgestoßen wird. Theodor von Solome gibt den Wachen

Anweisungen, unsere Ketten zu lösen und uns mit Seilen zu fesseln. Emanuel sieht mich an, mit wütendem, grimmigem Gesicht. Ich erwidere seinen Blick und sehe dann flehend und bittend zum Stadtherrn.

»Bringt mich endlich weg von diesem Ungeheuer! Er ist ein Magier! Verbrennt ihn!«, brülle ich dem Stadtherrn entgegen, der daraufhin nur lacht.

»Gerne. Aber du wirst seinem Urteil folgen. Da kannst du noch so bitten und flennen.« Er grinst mich an, als wäre er der Teufel selbst.

»Dann… dann will ich wenigstens seinen Stab in der Hand halten, wenn wir brennen. Ich will, dass er zusieht, wie er zu Asche zerfällt!« Der Graf überlegt einen Moment und nickt.

»Nun gut, so soll es sein. Möge dir dieser Wunsch erfüllt werden.« Höllisch grinsend verlässt er die Zelle, und die vier Wachen ketten uns ab. Einer der Wachen nimmt den Stab an sich und trägt ihn neben mir her. Ich werde zuerst herausgebracht und schaue Emanuel ins Gesicht. Er lächelt kurz und zwinkert mir zu. Ich erwidere das Lächeln, ohne dass es auffällt, und gehe dann hinaus. Die beiden bringen mich zum Marktplatz und direkt zu einem Haufen voller Äste, Hölzer und gespaltener Baumstämme. In der Mitte steht ein riesiger Pfeiler, nein, sogar zwei davon. Eine hölzerne Treppe aus zersägten Baumstämmen führt nach oben, zu einer Art Podium, aus dessen Mitte die Pfeiler herausragen. Am hintersten werde ich festgebunden, mit Blick auf den gesamten Platz. Als die ersten Leute mich sehen, rennen sie aufgeregt herbei und bestaunen die Vorführung. Einige Frauen sind geschockt und tuscheln. Einige sagen Dinge wie: ›er ist doch noch ein Kind‹ und: ›er hat das nicht verdient.‹ Eine der Wachen gibt mir den Stab in die Hand, den ich festhalte. Meinen Blick richte ich starr auf die Menge, die sich mehr und mehr zusammenfindet. Mehr Getuschel, mehr Gerede. Schließlich kommt Emanuel oben an und wird, wie ich, unsanft an den Pfeiler gedrückt und festgebunden. Das Seil reibt an meinen Gelenken, wenn ich versuche, meine Hand zu bewegen. Doch das bereitet mir gerade die wenigsten Sorgen. Es dauert auch nicht lange, bis der Stadtherr sich vor die Schaulustigen stellt. Die Menschen werden schlagartig ruhig. Ich kann einfach nicht fassen, wie untertänig sie ihm sind und nicht bemerken, dass er alle bald ins Unglück stürzen wird. Aber sie würden ohnehin niemandem glauben. Für sie ist der Stadtherr eine Art Gott, der ihnen Zuflucht gewährt, einen Ort, an dem sie leben dürfen. Warum sollten sie etwas Schlechtes von ihm denken? Auch ich war ihm gutmütig gestimmt, bis ich entdeckte, *was* er ist.

»Bürger von Solome!«, ruft er laut. »Unglück und Missgunst wurden über uns gebracht. Böse Mächte waren am Werk und wollten uns verschrecken, uns verängstigen. Aber wir lassen uns nicht von Hexerei vertreiben!« Die Männer grölen, und die Frauen, die mich vorhin noch bemitleidet haben, schweigen. Der Graf redet weiter und zieht das Volk in seinen Bann. Emanuel räuspert sich. Jetzt, da alle abgelenkt sind, händige ich Emanuel den Stab aus – wie geplant. Ich habe Schwierigkeiten, ihm den Stab zu reichen. Da meine Hände festgebunden sind, kann ich mein Gelenk nicht richtig benutzen. Der Stab wackelt und droht, mir aus der Hand zu rutschen. Doch das darf nicht passieren, denn sonst… Im letzten Moment stabilisiert sich der wackelnde Stab und erreicht Emanuels Hand. Er packt sofort zu und versteckt den Stock hinter seinem Rücken. In dem Moment, in dem er seinen Stab berührt, leuchtet dieser kurz auf. Gott, ich hoffe, es funktioniert.

»… Sollen beide ihre gerechte Strafe bekommen?« Wieder grölt die Menge. »Sollen sie für ihre Sünden brennen?« Und die Leute jubeln eifrig.

»Brennen! Brennen!«, rufen sie alle. Sie lassen sich von den Gefühlen des Stadtherrn leiten. Das widert mich an. Theodor von Solome selbst dreht sich nun zu uns um und lächelt boshaft. Fällt das denn keinem der Menschen da unten auf? Der Inquisitor hält die Fackel, mit der der Stadtherr das Feuer entfachen wird. Wenn er könnte, würde er es durch seine magischen Kräfte entfachen, aber das würde ihn ja verraten. Daher nimmt er dem Inquisitor die Fackel ab und schaut zu uns. Er bewegt seine Lippen, während er nach oben sieht.

»Danke, dass ihr es mir so leicht gemacht habt, meine Aufgabe zu erfüllen.« Es sticht in meinem Kopf, als stünde er direkt neben mir. Und doch spricht er so leise, dass es kein anderer wahrzunehmen vermag. Mit diesen Worten hält er die

Flamme an die Äste, die sofort Feuer fangen und zu rauchen beginnen. Der Rauch versperrt uns die Sicht auf die Menschenmenge. Doch wir haben Rückenwind, sodass der Qualm nicht in den Augen brennt. Dennoch wird es langsam heiß und unerträglich stickig. Der Rauch zieht in unsere Richtung, und ich fange an zu husten. Der Qualm setzt sich in meiner Lunge fest, und ich habe das Gefühl zu ersticken. Es treibt mir Tränen in die Augen und raubt mir meine Kraft, sodass ich kaum noch stehen kann. Plötzlich leuchtet etwas neben mir tiefblau, und ich sehe, dass es Emanuel ist. Sein ganzer Körper schimmert, und kurz darauf auch meiner. Mein ganzer Körper kribbelt und wird leicht. Drehe ich durch? Ist das das Ende? Langsam löse ich mich auf, dann überkommt mich ein seltsames Gefühl, und um mich herum verschwindet alles in einem grellen Weiß.

Blaue Flecken tanzen vor meinen Augen hin und her, wie kleine Sterne. Ich fühle nichts – keinen Schmerz, keine Wut, keine Erleichterung. Da ist nichts, gar nichts mehr. Alles fühlt sich so leer an. Ich friere, doch mir ist nicht kalt. Mein Körper zittert. Ist das der Tod? Fühlt er sich so an?

Ich schrecke hoch und bin klatschnass. Sofort sehe ich Emanuel an, der vor mir hockt und seinen Stab auf mich richtet. Er beschüttet mich gerade mit Wasser und hat mich so aus diesem seltsamen Traum geholt.

»Da bist du ja endlich wieder. Ich dachte schon, du schaffst es nicht.« *Schaffe was nicht?* Ich sehe ihn fragend an, noch viel zu benebelt, um selbst etwas zu erfragen. »Magie ist gefährlich. Ich habe uns durch einen Zauber an einen anderen Ort gebracht. Dabei mussten sich unsere Körper auflösen. Wenn man nicht stark genug ist, verweilt man in diesem aufgelösten Zustand – weder tot noch lebendig. Du hast es gespürt, nicht wahr?« Ich nicke nur langsam. Es war ein grauenhaftes Gefühl, wenn ich jetzt darüber nachdenke.

»Alles war, als wäre ich nicht mehr richtig da. Es hat sich seltsam angefühlt… wobei, ich habe eigentlich gar nichts gefühlt…«, erkläre ich ihm, obwohl ich weiß, dass er dieses Gefühl kennt.

»Dein Körper war stark genug und hat es heil überstanden. Zum Glück. Aber jetzt müssen wir hier weg. Wir sind nicht weit von der Stadt entfernt, und ich bin mir sicher, dass der Dunkle Magier etwas mitbekommen hat. Er ist nicht dumm.« Damit erhebt er sich und bietet mir seine Hand an, um mir aufzuhelfen. Ich ergreife sie und versuche, mich aufzurichten. Emanuel muss mich jedoch festhalten, da ich im Begriff bin, wieder umzukippen. Alles dreht sich. »Verstehe. Dein Körper und dein Blut müssen erst wieder richtig ins Leben zurückfinden.«

Nach einer Weile komme ich wieder einigermaßen zu mir, mein Kopf wird zunehmend klarer. Trotzdem gibt mir Emanuel seinen Stock zum Abstützen. Ich nehme ihn, und gemeinsam gehen wir los – direkt ins Neue und Ungewisse. Dorthin, wovor ich all die Jahre solche Angst hatte: weg von der Stadt.

Kapitel 6
Lichtmagie

Wir laufen lange geradeaus. Emanuel sagt kein Wort, geht nur still weiter. Jetzt wirkt er tatsächlich wie ein Wanderer: Seinen Mantel hat er eingepackt, und er stützt sich auf seinen Stab. Während wir gemächlich dahinschreiten, denke ich viel nach – über Magie und über das, was Emanuel mir dazu gesagt hat. Er hatte etwas von Elementarkraft erwähnt und dass er nur Elementarmagie anwenden könne. Doch was war dann das Auflösen? Kein Element könnte diesen Zustand hervorrufen, das kann ich mir nicht vorstellen.

»Emanuel...«, räuspere ich mich.

»Du denkst über die Flucht nach, nicht wahr? Wie wir entkommen konnten.« Woher weiß er, was ich wissen will, bevor ich es ausspreche? Das macht mir etwas Angst.

»Ihr sagtet, Ihr könnt nur Elementarmagie anwenden. Aber das war keine, richtig?« Emanuel lächelt, schaut weiter geradeaus.

»Richtig. Aber es gibt ein paar wenige Ausnahmen. Das war eine davon.«

»Wohin gehen wir überhaupt?« Fragen über Fragen, doch mein Begleiter ist ganz entspannt. Emanuel zuckt mit den Schultern.

»Einfach geradeaus. Bisher bin ich immer irgendwo angekommen.« Seine Antwort bringt mich zum Grübeln, ob er das ernst meint oder nur so tut, als wüsste er nicht, wohin wir gehen. Dieser Mann bleibt ein Rätsel, das ich wohl nie ganz lösen werde. Doch bis auf Weiteres gilt: Vertrauen haben. Das hat er mir nun bewiesen.

Wir laufen verdammt lange, bis die Dämmerung einbricht. Mein Magen knurrt mörderisch laut, und ich habe seit einer gefühlten Ewigkeit nichts mehr gegessen. Emanuel scheint es auch nicht besser zu gehen. Hat er überhaupt etwas gegessen? Essen Magier überhaupt? Emanuel hat mir noch längst nicht alles erzählt.

»Da vorn ist ein kleines Dorf. Dort werden wir um eine Unterkunft für die Nacht bitten. Ich spreche, du bist still«, erklärt er knapp, ohne eine Antwort abzuwarten. »Morgen vor Sonnenaufgang brechen wir wieder auf. Sollte dich ein Geräusch wecken, versuche, es zu ignorieren. Wenn Dunkle Magier hier wieder am Werk sind, möchte ich diesmal nichts damit zu tun haben.« Seine Aussage überrascht mich. Ist er nicht derjenige, der immer bis zum Ende gegen Dunkle Magier und Zauberer kämpfen will? Andererseits, sein Ende war vor kaum einem Tag zum Greifen nah. Ich kann verstehen, dass ihm jetzt nicht nach Kämpfen zumute ist.

»Und was, wenn der Magier uns überfallen will?« Er denkt kurz nach, dann zuckt er mit den Schultern.

»Wenn es sich lohnt, werde ich den Kampf aufnehmen. Sei unbesorgt, bei mir bist du sicher.«

Nachdenklich nicke ich und gehe weiter neben ihm her. Nach einer Weile und nach dem dritten trockenen Husten reicht mir Emanuel eine Wasserflasche aus Leder. Dankbar nehme ich sie entgegen, aber sie ist leer. Will er mich etwa ärgern?

»Mach sie auf«, bittet er ruhig und ernst. Ich öffne die Flasche, und Emanuel tippt sie mit seinem Stab an. In diesem Moment leuchtet der Stab blau auf, und die Flasche wird schwer. »Jetzt kannst du trinken.« Etwas unsicher nehme ich einen Schluck. Es schmeckt wie ganz normales Wasser. Einfach unglaublich. »Heb die Flasche gut auf, du wirst sie brauchen.« Ich nicke und binde sie mir um. Ein langes Lederband, das an der Flasche befestigt ist, hängt über meiner Schulter und hält die Flasche an meiner Hüfte. Magische Fähigkeiten sind in solchen Situationen wirklich äußerst nützlich, vorausgesetzt, man hat die richtigen Kräfte dazu.

Nach der kurzen Rast gehen wir weiter und erreichen vor Einbruch der Nacht ein kleines Dorf. Es ist von einem großen Holzzaun umgeben, und ein breites Tor wird von zwei Wachen beaufsichtigt. Emanuel steuert genau darauf zu. Das Dorf wirkt nicht sehr einladend, weil kaum Menschen draußen sind. Mir wäre es lieber, nicht hier zu übernachten, doch Emanuel kümmert das wenig. Er spricht mit den Wachen und erklärt, dass er eine Unterkunft sucht. Eine der Wachen führt ihn zum Bürgermeisterhaus, in das beide hineingehen. Emanuel gibt mir die Anweisung zu warten. Ich seufze, aber gehorche. Ich mache kehrt und sehe mich im Dorf um. Kaum Menschen sind zu hier, in den Häusern brennt kein Licht. Die Gebäude sind viel kleiner als in Solome. Nach einer kurzen Weile kommen Emanuel und die Wache wieder heraus, und Emanuel deutet mir an, ihm zu folgen. Der Wachmann führt uns hinaus zu einem kleinen Häuschen am Bach. In der Nähe stehen weitere Häuschen, in denen ein Licht brennt. Vor den Türen stehen Tiere wie Kühe und Enten.

Emanuel bedankt sich kurz und tritt mit mir in das Häuschen ein. Ich gehe voraus und laufe direkt in eine Spinnenwebe. Mir stehen die Haare zu Berge, und ich wische mir die Reste wie ein Verrückter vom Gesicht. Emanuel lacht laut und überlässt mich einfach meinem Schicksal. Nachdem ich mich befreit habe, lege ich mich auf einen Haufen weiches Heu. Die Augen schließen sich fast von allein, und ich bin schneller eingeschlafen als jemals zuvor. Das Heu juckt und piekst zwar, doch ich schlafe tief und fest.

Mitten in der Nacht holt mich ein lautes Klirren aus dem Schlaf. Ich reibe mir die Augen und versuche, etwas zu erkennen, aber es ist zu dunkel. Leise stehe ich auf, um Emanuel nicht zu wecken, obwohl er mir geraten hatte, solche Geräusche zu ignorieren. Meine Neugier ist zu groß und übertüncht die leise Stimme in meinem Kopf, ich sollte besser liegen bleiben. Vorsichtig öffne ich die Tür und spähe hinaus. Es ist stockdunkel, kein Mond, und Wolken verdecken die Sterne. Ich kann nur die Umrisse der Häuser und einiger Tiere erkennen. Sonst scheint alles ruhig. Aber ich habe das Geräusch doch gehört! Ich trete ein paar Schritte hinaus und sehe mich um. Da spüre ich plötzlich einen stumpfen, stechenden Schlag am Hinterkopf. Schmerz, Schwindel – und dann falle ich auf die Knie, kippe nach vorne und verliere das Bewusstsein.

***

Ich stöhne und bewege mich. Das Heu piekst mir in den Rücken. Als ich die Augen öffne, sehe ich die Decke über mir. Mein Kopf dröhnt, und ich drücke die Augen stöhnend wieder zu. Doch dann sitze ich auf. Emanuel ist nicht da, seine Schlafstelle ist leer, und die Sonne scheint bereits durch die Latten des Häuschens. Ich gehe nach draußen, kneife die Augen zusammen und blicke in die strahlende Sonne. Mein

Kopf schmerzt heftig. Was ist bloß los mit mir? Während der Schmerz langsam nachlässt, sehe ich auf dem Boden rote Tropfen. Da fällt mir alles wieder ein – wie ich hinausging und niedergeschlagen wurde. Emanuel ist weg, und ich wurde von der Hütte aus angegriffen. War er das? Hat er das alles von Anfang an geplant – die Flucht, den Weg hierher und dann die Reise allein? Wütend gehe ich in die Hütte und lasse mich auf das Heubett sinken. Ein neuer Gedanke erwacht in mir: Vielleicht muss ich nicht bleiben und in einem sinnlosen Leben hier versauern. Ich werde gehen, auf der Suche nach etwas Besserem. Ich bin wütend. Prompt gehe ich wieder nach draußen und nehme ein paar Schlucke aus dem Bach. Etwas zu essen finde ich auf die Schnelle nicht, aber das macht mir jetzt nicht viel aus. Ich habe keine Zeit, lange nach etwas Essbarem zu suchen – das kann ich später noch tun. Ich will einfach nur hier weg. Also verlasse ich das kleine Dorf und mache mich auf den Weg. Ich weiß genau, woher wir kamen, also laufe ich in die entgegengesetzte Richtung. Jetzt heißt es, bloß nicht zurückschauen. Auch wenn ich weiß, dass ich viel hinter mir lassen muss.

Was mich am meisten schmerzt, ist der Gedanke, dass Edward auf sich allein gestellt zurückbleibt. Er wird mir fehlen, er fehlt mir sogar schon jetzt. Er ist ein aufmerksamer und pfiffiger Kerl, sehr schlau und neugierig, wie ich. Aber genau diese Eigenschaften versichern mir, dass er es allein schaffen wird. Zudem befindet er sich in guten Händen, also sollte ich mir keine Sorgen machen. Ob er sauer ist? Aber eigentlich dürfte er unsere Flucht nicht mitbekommen haben. Auch die ganze Geschichte mit der Magie habe ich ihm verschwiegen, um ihn davor zu schützen. Ich hoffe, er kann in Ruhe aufwachsen und seinen Traum leben, wenn er alt genug ist – den Traum vom Auswandern, den ich gezwungenermaßen gerade beginne.

Kapitel 7
Ganz allein in der Fremde

Zwei Tage kämpfe ich mich durch Dornengestrüpp und verzweigte Äste, als ich den angrenzenden Wald durchquere. Heute bin ich schon den halben Tag gelaufen, habe aber das Gefühl, als wäre ich noch nicht sehr weit gekommen. Die Sonne lugt zwischen den Baumkronen hindurch, obwohl der Wald sehr dicht ist. Ich kann hingehen, wo ich will. Überall Gestrüpp. Um mich herum ist nur Wald, ich sehe also nicht, ob ich irgendwo auf eine Wiese oder ein Feld gelangen könnte. Soweit ich sehen kann: nur Wald. Es ist gut möglich, dass ich im Kreis laufe, es sieht ja alles gleich aus. Ich hoffe, dass ich noch hier rauskomme, bevor es dunkel wird. Ich zucke bereits jetzt bei jedem Geräusch zusammen, aus Angst irgendein Tier könnte hinter mir sein. Bisher sind es aber nur die Vögel, die sich vor ihrem Ast abstoßen, um loszufliegen. Manchmal kann ich Rehe in weiter Ferne ausmachen, erleichtert, dass sie so weit weg sind. Trotzdem reagiere ich bei jedem Geräusch panisch und beschleunige meinen Gang. Das hilft mir aber auch nicht, schneller voranzukommen. Ziellos laufe ich einfach weiter, rutsche aus oder stolpere. Irgendwann bin ich außer Atem und muss mich unbedingt setzen. Ich erspähe einen Stein und setze mich darauf. Ich verspüre einen erdrückenden Durst. Jetzt ist der Moment da, in dem ich Emanuel gerne hier hätte. Neugierig sehe ich mich um und versuche, irgendetwas auszumachen, dass nach Ausgang ruft. Vielleicht einen Pfad oder Trampelweg, der mich hier herausführt. Alles, was ich sehe, sind Bäume – was auch sonst. Aber links neben mir ist es heller als im Rest des Waldes. Die Sonne scheint zwischen den Baumkronen hindurch und lässt grünes Gras leuchten. Ich bilde mir ein, dass es nicht nur eine Waldlichtung ist. Die Sonne ist so grell, dass ich nicht sehen kann, was dahinter ist. Vielleicht mehr Wald? Vielleicht aber auch ein Ausgang. Ich stehe also wieder auf und kämpfe mich weiter durch den Wald und die Sträucher. Je näher ich meinem Ziel komme, desto nervöser werde ich. Ich hoffe so sehr, dass es nicht nur eine Lichtung ist. Ich will unbedingt hier raus. Ich komme näher und näher. Jetzt stehe ich direkt im Licht und die Sonne blendet mir die Augen. Ich kneife sie zusammen, bis meine Augen sich an das grelle Licht gewöhnt haben. Dann blicke ich mich um und seufze erleichtert. Ich stehe vor einer großen Wiese, überall wachsen weiße Blumen, und das Gras leuchtet. In nicht allzu weiter Ferne sind überall Berge und Wälder. Eine leichte Windbrise bläst mir durch die verschwitzen Haare. Ich schließe meine Augen und atme tief durch. Ich bin so froh, endlich aus dem Wald rausgekommen zu sein, dass ich mich vor Freude ins Gras legen will. Hm, warum eigentlich nicht? Gegen einen kleinen Raststopp ist doch absolut nichts einzuwenden. Ich lege mich ins weiche Grün und betrachte den Himmel und die Wolken, auch wenn nicht viele davon da sind. Etwas Schlaf wäre jetzt nicht verkehrt, aber dafür ist es zu früh. Diese Nacht habe ich genügend Zeit zu schlafen. Jetzt sollte ich mir erst einmal eine Quelle suchen, von der ich Wasser herbekommen kann. Ich setze mich also wieder auf und überlege, in welche Richtung ich gehen könnte. Vielleicht erst einmal den Pfad nach, der sich durch viele Regenfälle gebildet haben muss. Die Steine sind wackelig und noch etwas rutschig, deshalb muss ich höllisch aufpassen. Wenn mir jetzt etwas passiert und ich nicht mehr laufen könnte, wüsste ich nicht, was ich machen sollte. Wahrscheinlich fluchen und mich darüber aufregen, dass Emanuel nicht hier ist. Im Grunde regt es mich sowieso auf, ich versuche aber schon, mich zusammenzureißen und mir andere Erklärungen für ihn zu überlegen. Vielleicht gibt es ja wirklich einen anderen Grund, weshalb er mich allein zurückließ. Aber das ist wahrscheinlich Wunschdenken.

Zurück zur Wassersuche. Nachdem ich den Hang hinuntergegangen bin, komme ich auf einen größeren

Weg. Wasser hat sich hier einen Weg gebahnt. Ich setze einen Fuß voraus, um zu sehen, wie stabil der Boden ist. Nach ein paar weiteren Schritten bin ich mir sicher, dass ich ohne Sorgen hier entlanglaufen kann. Vielleicht komme ich an eine Wasserstelle, wenn ich dem ausgetrockneten Fluss hier folge. Am Flussbett entlang, erreiche ich ein Tal. Der Flusslauf endet in einer Wiese und nicht an einer Wasserstelle, entgegen aller Erwartungen. Na ja, was soll's. Ich setze mich in diese Wiese und denke nach. Die Sonne steht schon im Westen und meine Umgebung kühlt sich allmählich ab. Es wird nicht mehr lange dauern, dann wird es dunkel sein. Ich habe kein Wasser, keinen Schlafplatz und sehe rundherum auch keine Lösung für auch nur eines der beiden Probleme. Wenn es morgen wieder so heiß wird, dann habe ich schlechte Karten. Morgen muss ich die Suche also dringend fortsetzen. Jetzt sollte ich mir allerdings einen Schlafplatz suchen. Aber wo kann ich hin, dass ich mich einigermaßen sicher fühle? Bei diesem Gedanken sehe ich einen großen Baum an, welcher mir sofort Erleuchtung bringt. Natürlich, da oben kommt garantiert kein wildes Tier hin, das mich verspeisen möchte. Ich laufe also zu dem Baum und laufe um ihn herum. Klettern kann ich nicht sehr gut, noch dazu ist der Stamm sehr hoch und keine Äste sind dort, an denen ich mich festhalten könnte. Mit den Fingern kralle ich mich in die Baumrinde und setze einen Fuß an, doch plumpse gleich wieder auf den Boden. Diese Vorgehensweise scheitert kläglich mehrere Male. Doch irgendwann kann ich den nächsten Fuß nach oben ziehen und mich weiter fortbewegen. Und tatsächlich, gerade verschwindet die Sonne hinter den Bäumen, da erreiche ich den ersten Ast. Dort setze ich mich hin und schaue mich um, aus Hoffnung, mehr zu sehen. Wasser ist nicht zu entdecken. Nur das kleine Dorf, aus welchem ich kam. Ich habe es wirklich nicht weit gebracht. Ich klettere dann einfach auf einen stabilen und großen Ast, von dem ich nicht gleich herunterfallen kann. Mir fallen zwei Äste ins Auge, die sehr dicht nebeneinander wachsen. Zwischen den beiden lege ich mich rein und finde es unheimlich bequem. Kaum liege ich, döse ich auch schon und schlafe einfach ein.

Ein eigenartiges Zischen weckt mich unsanft aus dem Schlaf. Ich befürchte erst, es ist ein Gewitter, das aufzieht, aber ich schaue durch die Zweige, hinauf zur Baumkrone, wo die Sterne hindurchfunkeln. Es ist keine Wolke in Sicht und von Regen keine Spur. Daher frage ich mich, woher das laute Geräusch stammt. Ich klettere ein wenig höher, um eine bessere Aussicht zu haben. Als ich auf einem Ast sitze und aus dem Baum hervorluge, um zu sehen, was los ist, streift mich ein heller Schein. Ich blinzle und überlege, was das wohl gewesen ist, bis im nächsten Moment wieder etwas Helles neben mir erleuchtet. Ich erschrecke und will nach links ausweichen, doch schon schlägt etwas neben mir ein. Es ist ein Blitz. Aber es kann gar kein Blitz sein, der Himmel ist klar. Ich klettere den Baum hinab, zum Boden, in der Hoffnung, es würde dann aufhören. Aber über mir schlagen weiterhin diese Blitze ein. Panisch springe ich hinunter. Es ist dunkel und still. Ich sehe den Baum hinauf und stelle fest, dass da nun keine Blitze mehr sind. Habe ich mir das jetzt bloß eingebildet? Plötzlich leuchtet es vor mir auf. Es ist ein tiefrotes Leuchten. Ein Leuchten, das ich kenne. Eine Gestalt fängt an zu lachen. Es ist eine boshafte Lache, welche ich direkt einordnen kann.

»Hallo Philip. Ich habe euch schon gesucht«, sagt er. Der Klang seiner Stimme überzeugt mich letztlich komplett davon, dass sich Theodor von Solome vor mir aufbäumt. Wie konnte er mich finden und wie hat er herausbekommen, dass wir flohen?

»Lasst mich in Ruhe, ich habe Euch nichts getan!«, rufe ich ihm entgegen. Ich weiß aber, dass ich damit nichts erreichen werde.

»Mir scheint, als hat dich dein neugewonnener Freund allein zurückgelassen. Tragisch.« Was will er von mir? »Macht dich das denn nicht wütend?« Anstatt ihm darauf zu antworten, blicke ich weiterhin in seine Richtung. Das Licht verblasst allmählich und ich kann seine Statur und sein Gesicht ausmachen.

»Was wollt Ihr?« Obwohl ich es bereits weiß, will ich trotzdem seine Antwort hören.

»Ihr zwei dachtet, ihr könnt ein Spiel mit mir spielen. Aber ich habe es durchschaut.« Ich gehe langsam rückwärts, mit dem Wissen, dass ich fliehen sollte. »Ich lasse mich nicht von einem Magier und einem

Waisenjungen täuschen!«, schreit er und feuert einen seiner Blitze auf mich ab. Ich springe zur Seite, damit er mich nicht triff. Mist, der Mann will zu Ende bringen, was er angefangen hat.

»Hört auf! Wie Ihr schon sagtet. Ich bin nur ein Waisenjunge! Keine Gefahr für Euch!« Ich muss ihn irgendwie hinhalten und überlegen, was ich tun kann. Er ist sehr viel stärker als ich, das weiß ich. Und dieses Mal kann ich auch nicht darauf hoffen, dass Emanuel mir hilft.

»Pah, keine Gefahr!«, höhnt er. »Du bist schlau. Du bist aus dem Waisenhaus geflohen und hast bis heute allein überlebt.« Er hält kurz inne. »Ich frage mich, ob dein kleiner Freund schon aufgehört hat, um dich zu weinen.« Er lacht wieder und macht mich wirklich wütend. »Haltet den Mund!«, schreie ich aufgebracht, was ihn nur zum Lachen bringt und nochmals einen Blitz auf mich feuern lässt. Dieses Mal streift er meinen Arm, bevor ich mich wegducken kann. Die Stelle fängt an zu brennen und schmerzt höllisch. Panisch lösche ich die Flammen an meiner Kleidung. Sein Grinsen wird breiter, was mich beinah zum Durchdrehen bringt. Ich fühle so viel in diesem Moment. Panik, Angst, Schmerz, Trauer, Hass, Hilflosigkeit. Irgendwie alles auf einmal. Aber das stärkste Gefühl, dass der Dunkle Magier in mir auslöst, ist die Wut.

»Erst lassen dich deine Eltern zurück und jetzt auch noch der Mann, der dir zur Flucht verhalf. Tut das nicht weh?« Wenn ich könnte, dann… Meine Hand klammert sich um einen Stein, den ich dann hemmungslos in seine Richtung werfe. Er wehrt ihn aber spielend mit einem Blitz ab und ist sichtlich unbeeindruckt. »Ich folge euch, seitdem ihr entkommen seid. Dieser Lichtmagier war dumm, dich zurückzulassen. Ich bin mir sicher, dass er mich bemerkt hat. Vielleicht dachte er, ich sei nur hinter ihm her.« Wieder lacht er maliziös. »Dabei bist du ja mein Ziel.« Ein weiterer Blitz trifft mich am Arm, den ich nicht habe kommen sehen. Mein Arm fühlt sich taub an. Ich beiße die Zähne zusammen und kneife die Augen zu, weil es höllisch schmerzt. Ich lasse seine Worte kurz Revue passieren und frage mich, weshalb gerade ich sein Ziel bin. Ich bin ein gewöhnlicher Mensch, ich bin doch keine Gefahr für ihn oder andere Dunkle Magier.

»Hört auf! Was wollt Ihr überhaupt?«

»Dich töten.« Hitze steigt in mein Gesicht. Ich verstehe das nicht. »In dir schlummert eine gefährliche Macht. Nicht nur ich habe diese Kraft gespürt. Bevor sie erweckt wird, muss ich dich zu den Göttern schicken.« Mit seinem letzten Satz feuert er mehrere Blitze auf mich. Ich versuche, ihnen so gut wie möglich auszuweichen, und verstecke mich hinter dem großen Stamm des Baumes, auf dem ich geschlafen habe. Was redet er denn für wirres Zeug. Aber vielleicht dachte Emanuel wirklich, dass er es auf ihn abgesehen hat. Er wollte mich schützen!

Ich lehne meinen Kopf an den Stamm des Baumes und atme tief ein. Warum lasse ich mich so provozieren? Das rückt mich immer näher an sein Ziel. Aber das kann ich nicht zulassen. Langsam beruhige ich mich und stehe dann auf. Ich komme hinter dem Baumstamm hervor und bin bereit zu kämpfen.

»Wenn Ihr mich töten wollt, dann tut das.« Er lacht wieder und hält das wohl für einen Scherz. Aber während er lacht, werfe ich wieder einen Stein nach ihm, der ihn sehr hart am Kopf trifft.

»Nun gut Junge, du willst es so!« Der Boden unter mir und ihm wird schwarz. Es sieht aus wie ein riesiges Loch, in das ich zu fallen drohe. Dann richtet er seinen Stab auf mich und grinst. »Aus diesem Kreis kommst du nicht raus, wenn du einmal drin bist. Fliehen kannst du nun nicht mehr!« Er lächelt und schießt einen Blitz auf mich, dem ich entkommen kann. Am Rand seines Kreises versuche ich wieder zurück zum Baum zu gelangen, doch als ich versuche, über den Rand zu gehen, werde ich von einer unsichtbaren Mauer daran gehindert. Ich begehe den Fehler dem Magier den Rücken zuzudrehen. Dieser ergreift seine Chance und schießt wieder, trifft aber nur ins Leere. Schlagartig drehe ich mich herum. Die Lage scheint aussichtslos. Muss ich mich jetzt endgültig von meinem Leben verabschieden? Im Moment spricht nichts für mich. Ich kann eine Weile hin und her rennen. Es wird ihm aber mehr Freude bereiten, als es mir helfen wird. Er verhält sich wie eine Katze, die mit ihrem Essen erst spielt, bevor sie ihrer Beute die Kehle aufreißt. Ich seufze nur und werde unaufmerksam, weil ich überlege, was ich tun kann. Er trifft mich an der Schulter. Der Druck seiner Magie ist so stark, dass dieser mich an die unsichtbare Wand wirft und ich nach unten, auf die Knie sinke. Ich sitze auf der schwarzen Fläche und lehne mich an dieser Wand an. Mit einem schmerzerfüllten Blick sehe ich zu ihm. Er lächelt. Es ist sein Triumph. Langsam zielt er mit seinem Stab auf mich. Es ist für ihn ein Leichtes. Ein Stoß noch, dann hat er das, was er will. Ein Blitz noch, dann…

»Viel Vergnügen bei den Göttern«, wünscht er und der wohl letzte, tiefrote Blitz kommt aus seinem Stab geschossen. Es passiert wie in Zeitlupe. Ich will das aber nicht!

Ich will nicht sterben.

Ich habe viel vor.

Ich will so viel sehen.

Und ich will ihn aufhalten. Ihn und seine treibende Kraft, den Schwarzen Magier. Schützend strecke ich die Hände aus, kneife die Augen zusammen und schreie laut. Ich. Will. Nicht. Sterben.

Ich warte überraschend lange darauf, dass mir etwas wehtut oder mich etwas trifft. Aber das ist nicht der Fall. Stattdessen ist es der Dunkle Magier, der schmerzerfüllt aufstöhnt. Ich öffne die Augen und sehe, was vor mir passiert. Meine Hände kribbeln stark und leuchten dunkelrot, wie eine reife Kirsche. Mein ganzer Körper zittert und strahlt ebenfalls ein rotes Leuchten aus. Ich bin erschrocken über mich selbst und abgelenkt. Als ich wieder zu meinem

Gegner blicke, ist er schon im Begriff, einen Blitz auf mich abzufeuern. Sein Gesicht ist verzerrt. Ich strecke die Hände aus, denn mein Wille, nicht zu sterben, ist noch nicht verflogen. Meine Hände leuchten auf, und eine Art rote Flamme schießt aus meinen Handflächen. Das schmerzt und kribbelt zugleich. Es fühlt sich an, als würde jemand mit einem Messer in meine Handflächen stechen. Die Flamme erreicht den Dunklen Magier und hüllt ihn in ein rotes Licht, aus dem er sich zu befreien versucht. Dabei lässt er seinen Stab fallen. Ich balle meine Hände zu Fäusten und stöhne vor Schmerz. Das Leuchten um mich herum wird schwächer. Der Kreis löst sich auf, und ich kann wieder nach hinten ausweichen. Jetzt bekomme ich Angst und Panik. Was war das eben? Ich kann doch unmöglich ...

»Du entkommst mir nicht!«, ruft er und geht auf mich zu. Was auch immer das gerade war – auf einmal ist es weg, und der Baumstamm hinter mir hindert mich am Zurückweichen. Ich presse mich im Stehen an das Holz und weiß nicht, was ich machen soll. Egal, was ich da gerade getan habe, ich muss es wiederholen. Er wird nicht aufgeben. Mein Gegner hebt den Stab wieder auf und zielt auf mich. Der Stock drückt mir gegen die Rippen und presst mich noch fester gegen die Rinde des Baumes. Ein leidendes Stöhnen entweicht meinen Lippen. Ich seufze. Das war es dann wohl. Der Magier will erneut einen dieser Blitze auf mich abfeuern, denn der Stab beginnt zu leuchten – doch dann wird er von einem hellblauen Licht zur Seite gedrückt, das den Magier wieder ein paar Schritte von mir zurückweichen lässt.

»Finger weg von dem Jungen.« Plötzlich steht Emanuel vor mir und bietet dem Grafen die Stirn. Er trägt seinen grünen Umhang und nimmt die Kapuze ab, wobei ihm die Haare ins Gesicht fallen. Kurz lächle ich vor Freude, dass Emanuel gekommen ist, um mich zu retten. Doch er schaut nicht zu mir. Seine gesamte Konzentration gilt dem anderen Magier.

»Ich habe mich schon gefragt, wann Ihr hier auftaucht.« Dann feuert der Magier erneut einen Blitz ab, den Emanuel scheinbar mühelos abwehrt.

»Dasselbe gilt für Euch. Allerdings habe ich mich wohl verschätzt, was Eure Absichten betrifft«, meint er knapp und ist diesmal derjenige, dessen Angriff abgewehrt wird. Ich muss dringend aus diesem Gefecht fliehen und bewege mich langsam zur Seite, leise und hoffend, dass keiner von beiden mich bemerkt. Ich glaube fast, dieser Kampf wird kein Ende finden. Jetzt stehe ich direkt auf der anderen Seite des Baumes, gegenüber von Emanuel und hinter dem Stadtherrn. Da nur Emanuel mich im Blick haben könnte, bewege ich mich langsam rückwärts. Meine Nackenhaare stellen sich auf, als es unter meinen Füßen knackt. Ich bin auf einen morschen Ast getreten, der mich verrät. Schon dreht sich der Dunkle Magier zu mir um. Erschrocken bleibe ich wie angewurzelt stehen. Er feuert einen Blitz auf mich ab, schreit jedoch im selben Moment kläglich auf und geht zu Boden. Der Blitz trifft erneut meine Schulter, die er schon einmal erwischt hat. Ich schreie auf, den Schmerz kaum ertragend. Meine Knie zittern heftig, doch ich bleibe stehen und beobachte das Geschehen vor mir. Plötzlich leuchtet etwas blau auf. Emanuel und der Dunkle Magier strahlen in einem blauen Licht, das dem Magier scheinbar qualvolle Schmerzen bereitet – er schreit und flucht. Nach und nach verblasst er, als würde er sich auflösen.

Als der Stadtherr schließlich wie vom Erdboden verschluckt verschwindet, erlischt auch das blaue Leuchten. Emanuel eilt zu mir.

»Alles in Ordnung?« fragt er mich, aber ich lächle nur.

»Ich bin froh, dass Ihr wieder hier seid.« Dann geben meine Knie nach, und ich sacke zusammen. Emanuel fängt mich auf. Ich bin völlig erschöpft, mein ganzer Körper schmerzt, besonders meine Hände und meine Schulter. In Emanuels Armen verliere ich schließlich das Bewusstsein.

Kapitel 8
Der Fall

Offensichtlich bewege ich mich. Aber ich wache gerade erst auf, also kann ich unmöglich selbst gegangen sein. Ich blinzle und stöhne zugleich. Mein Körper schmerzt, ohne dass ich mich überhaupt rühre, und der Schmerz ist so stark, dass ich schwitze. Emanuel, der mich huckepack trägt, bemerkt, dass ich wach werde. Sanft setzt er mich ab und lässt mich an einem Baumstamm lehnen. Am meisten macht mir wahrscheinlich mein Kopf zu schaffen. Ich seufze und sehe ihn an. Er hockt vor mir und schaut mir besorgt in die Augen.

»Hallo, Philip. Wie geht es dir?«, erkundigt er sich. Ich räuspere mich kurz.

»Nicht sehr gut.« Meine Stimme klingt kratzig, fast wie bei einer heftigen Erkältung.

»Das wundert mich nicht«, meint er nur und steht wieder auf. Dabei streckt er sich, und seine Knochen knacken. »Es tut mir leid, dass dich dieser verfluchte

Magier so zugerichtet hat. Hätte ich auch nur im Geringsten geahnt, dass er es eigentlich auf dich abgesehen hatte, dann wäre ich bei dir geblieben. Aber so dumm, wie ich war, habe ich seine Absicht erst zu spät erkannt.« Seine Stimme zittert ein wenig. Es tut ihm tatsächlich leid.

»Aber warum ich?« Ich verstehe es immer noch nicht, obwohl ich es mir selbst erklären kann.

»Warum?« Emanuel schaut überrascht und kann kaum glauben, was ich ihn gerade gefragt habe. »Du hast magische Kräfte in dir. Diese roten Flammen, die dir aus den Händen geschossen sind ... Das ist Magie. Und die Magie, die du benutzt, ist sehr stark. Er hat es leider gemerkt, dass du eine solche Kraft in dir trägst. Bevor du diese Kraft in dir erweckst, wollte er dich unschädlich machen. Jeder neue Magier, der nicht auf der Seite des schwarzen Magiers kämpft, muss so schnell wie möglich diese Welt verlassen. Dafür ist ihnen jedes Mittel recht. Dazu töten sie sogar einen Siebzehnjährigen, der von seiner Macht gar nichts weiß. Darum.« Was Emanuel erzählt, jagt mir selbst Angst ein.

»Ich habe magische Kräfte? Woher?« Natürlich wusste ich schon, dass die roten Flammen etwas Magisches sind. Aber warum zeigen sie sich erst jetzt?

»Das ist eine gute Frage. Mit magischen Kräften wird man geboren. Dass sie jetzt erst erweckt wurden, ist verblüffend.«

»Verblüffend?« Ich blinzle und kann kaum glauben, was er da gerade sagt.

»Damit das Kind solche Kräfte in sich tragen kann, müssen beide Eltern Magier sein.« Er hält kurz inne und schaut sich um. Prompt spricht er weiter. »Möglicherweise haben sie deine Kräfte versiegelt, bis du sie wirklich brauchst; wenn nur noch deine Kräfte dir das Leben retten können. Eine solche Situation hattest du letzte Nacht. Das ist die einzige Erklärung, die ich parat habe.« Er seufzt. Ich lehne meinen Kopf gegen den Baumstamm und schließe die Augen. Das ist mir zu abstrakt, ich kann mir das nicht vorstellen. Meine Eltern waren Magier? Ich besitze Kräfte, von denen ich nie etwas wusste und welche sich erst entfesseln konnten, als ich in Lebensgefahr schwebte?

»Du wirst es verstehen«, redet mir Emanuel gut zu. Ja, vielleicht hat er recht. Irgendwann werde ich es verstehen. Aber jetzt wirkt alles so unfassbar. »Komm, du musst aufstehen und versuchen, selbst zu laufen. Ich kann dich nicht den ganzen Tag tragen.« Emanuel bietet mir seine Hand an, damit ich aufstehen kann. Ich ergreife sie mit dem Arm, dessen Schulter noch in Ordnung ist. Als er meine Hand drückt, um mich hochzuziehen, schreie ich auf. Meine Hände schmerzen. Er lässt sofort los, weil er sich erschrocken hat, und ich plumpse zurück auf den Boden. Ich sehe mir meine Hände an und werde panisch. Meine Handflächen sind tief gerötet und drumherum ziert sich eine noch dunklere Linie. Meine Haut ist rissig und blutet jetzt. Was ist das?

»Diese Nacht hat das noch nicht so wehgetan«, jammere ich.

»Du kannst das Feuerelement wirken.« Emanuel inspiziert meine Hände. »Du hast sie dir verbrannt. Aber das haben wir gleich wieder.« Er greift in seinen Umhang und holt irgendein kleines Gefäß heraus. Das Ding kenne ich schon. Es handelt sich um die Salbe, die er auf meinem Rücken aufgetragen hat, als ich das erste Mal auf den Dunklen Magier traf. Er trägt etwas davon auf meine beiden Hände auf. »Beiß' die Zähne zusammen, es wird gleich höllisch weh- tun.« Dann verreibt er die Salbe auf meinen Handflä- chen und auf den Handrücken. Ein irrsinnig stechen- des Brennen durchfährt meine Arme, beruhigt den Schmerz jedoch bald und betäubt meine Hände. Das- selbe wiederholt er an meiner Schulter. Nach ein paar Minuten atme ich erleichtert auf und komme von allein auf die Beine. Mir wird kurz schwindelig, und ich wanke, sodass Emanuel mich festhalten muss. Er gibt mir Wasser aus seiner Flasche und wartet einen Moment, bis ich mich etwas besser fühle. Dann läuft er einfach los. Noch immer wackelig auf den Beinen, muss ich ihm nachlaufen. Nicht viel später gehen meine Beine von allein, obwohl mein Oberkörper jetzt viel lieber liegen würde.

»Ach ja, Philip?« Ich sehe ihn fragend an. »Der Schlag vor der Hütte tut mir leid.« Dabei grinst er. Ich halte inne. Es war nur eine Vermutung, dass Emanuel das getan hat. Er wollte mich loswerden, das steht fest. Dafür war der Schlag jedoch überflüssig.

»Ich revanchiere mich, wenn ich die Gelegenheit dazu habe.« Er nickt und meint, dass ich das unbedingt tun sollte.

Nach einer Weile schmerzen meine Handflächen wieder. Ich brauche eine Pause. Unglaublich, wie stark Emanuel ist. Er geht zügig über die Wiesen oder durch den Wald, atmet dabei nicht schwer und scheint keinerlei Probleme damit zu haben, so viel zu laufen. Und ich komme kaum noch vorwärts. Seine Ausdauer möchte ich haben! Doch ich kann wirklich nicht mehr weiter und lasse mich wortlos ins Laub eines Baumes am Waldrand sinken.

»Was machst du denn da?«, fragt Emanuel, nachdem er sich zu mir umgedreht hat.

»Ich kann nicht mehr!«, jammere ich. Soll er doch weitergehen, wenn ihm das nicht gefällt.

»Hm … Vielleicht habe ich etwas zu viel Tempo vorgelegt. Ist gut, machen wir eine Pause.« Er kommt zu mir zurück und setzt sich neben mich. Dann trinkt er und gibt mir etwas ab. Nach einer Weile des Schweigens muss ich dringend etwas loswerden.

»Emanuel, ich möchte das noch einmal tun.«

»Wovon sprichst du?« Keine Ahnung, ob er wirklich nicht weiß, was ich meine oder ob er es nur aus meinem Mund hören will.

»Magie wirken. Ich will lernen, wie das geht. Ihr könnt eure Kräfte immer nutzen, wann ihr sie braucht. Das will ich auch.« Emanuels Augen werden groß, als ich ihm das offenbare, doch er blinzelt schnell.

»Nun, das konnte ich mir schon denken. Aber dafür solltest du eine Schule für Magier besuchen. In der Stadt, in die ich will …« Ich unterbreche ihn sofort.

»Nein! Ich will es von Euch lernen!« Der Gedanke daran, einen weiteren Magier kennenzulernen, macht mir Angst.

»Schlag dir das aus dem Kopf, Junge. Ich bilde keine Magier aus, für nichts in der Welt. Wenn du deine Kraft kontrollieren lernen willst, dann durch einen geschulten Lehrer. Wenn du das nicht willst, kann ich dir nicht helfen.« Seine Augen lodern seit meiner Frage und wirken aggressiv. Ich hatte nicht erwartet, dass ihn meine Bitte so stört. Er kann sich doch Magie bedienen, da kann es doch nicht so schwer sein, es jemandem beizubringen? Mit ihm zu diskutieren, erfüllt mich mit Scham. So gebe ich nach.

»Also schön. Dann ein Lehrer in der Stadt. Was ist das für eine Stadt?« Emanuel beruhigt sich schnell und räuspert sich.

»Es ist meine Heimat, Lumina. Dort leben ausschließlich Lichtmagier und der Magiersenat. Bevor du weiterfragst: In diesem Senat sitzen die ältesten Magier der Stadtgeschichte und halten Sitzungen darüber ab, wie sie uns von der Schreckensherrschaft des Schwarzen Magiers befreien können. Sobald wir dort sind, werde ich sie über die jüngsten Ereignisse in Solome unterrichten.« Ein Schauer fährt mir über den Rücken. Wird er alles erzählen? Wird meine Person zur Sprache kommen? Was werden sie dort mit mir machen? Ich weiß, dass ich magische Kräfte habe, aber noch nicht, welcher Natur diese entspringen. Könnte es sein, dass ich zu den Dunklen Magiern gehöre? Und wenn ja, was erwartet mich in Lumina?

***

Zwei Tage kämpfen wir uns durch Wälder, streifen durch Wiesen und überqueren Flüsse. Wir haben kaum ein Wort miteinander geredet, nur ab und zu flucht Emanuel. Entweder weil Gestrüpp sich in seinem Mantel verheddert, oder er in eine Pfütze tritt und sein Schuh vor Nässe trieft. Aber manchmal glaube ich, er flucht, weil ich zu weit nachhänge, mich nicht so agil zwischen den Büschen Hindurchwinde oder vor mich herträume. Immerhin habe ich eine starke Kraft in mir entdeckt. Aber für meinen Begleiter scheint dies keine große Sache zu sein. Ich frage mich, warum er keinen Hehl daraus macht, vor allem, da ich ihm nun auf Schritt und Tritt nach Lumina folge.

Durch das abwechselnde Schweigen und Stöhnen meines Begleiters zieht sich der Tag hin und, obwohl wir erst wenige Tage zusammen sind, kommt es mir wie eine Ewigkeit vor. Ich hoffe nur, dass er wieder redseliger wird. Sonst kann er wirklich allein weiterziehen, diese erdrückende Stimmung nervt!

Als die Zeit kommt, zu der die Sonne am höchsten steht, setze ich mich hin. Wir sind schon wieder endlos lange ohne Pause gelaufen, dabei brauche ich dringend einen Schluck Wasser und etwas Ruhe. Wenn Emanuel will, soll er doch weitergehen. Es überrascht mich auch nicht, als er an der nächsten Ecke hinter einem Baum verschwindet. Ich lege mich auf den Boden und atme tief durch. Solch lange Wanderungen bin ich nicht gewohnt. Eine Weile auf Wasser und Nahrung zu verzichten, ist dabei das kleinere Problem. Meine Haut juckt wie die Hölle, ein Bad wäre dringend nötig. Selbiges gilt für meine Kleidung. Sie stinkt, ist dreckig, fleckig und außerdem von den Angriffen des Dunklen Magiers und unzähligen dornigen Ästen zerrissen. Am liebsten würde ich in den nächsten See springen. Leider sind wir schon lange an keinem mehr vorbeigekommen. Und ich hätte gern ein neues Hemd, aber woher soll ich das nehmen? Seit unserem letzten Aufenthalt in einem Dorf – und das war nur der Dorfrand – habe ich keine Menschenseele mehr zu Gesicht bekommen. Entweder läuft Emanuel absichtlich um Dörfer und Städte herum, oder er weiß selbst nicht genau, wohin ihn sein Weg führt, und hofft einfach, irgendwann irgendwo anzukommen. Das würde wenigstens seine grummelige Laune erklären.

»Philip?«, ruft er verunsichert, als er bemerkt, dass ich nicht nachkomme. Ich hebe die Hand und winke kurz. »Was machst du da unten?«, ruft er verunsichert. Schritte bewegen sich durch das Gras und kommen neben meinem Kopf zum Stehen. Er blickt auf mich herab, und ich öffne die Augen. Seinen Ausdruck kann ich nicht ganz deuten; seiner Stimme nach zu urteilen, ist er jedoch weder verärgert noch genervt.

»Ich brauche eine Pause«, antworte ich knapp.

»Warum hast du nichts gesagt?« Ich sehe ihn mit einem ›Warum wohl?‹-Blick an, lege den Kopf leicht schief und hebe die Augenbrauen. Emanuel seufzt und versteht den Grund. Nickend setzt er sich neben mich.

»Hör zu, ich war müde und erschöpft. Ich brauchte einfach meine Ruhe, das ist alles. Meine Stimmung hat im Moment nichts mit dir zu tun. Außerdem möchte ich mein Ziel schnell erreichen – den Senat unterrichten und dir die Chance geben, deine Kräfte unter Kontrolle zu bringen. Außerdem muss ich meinen Pflichten nachkommen ... Ich war nun länger als geplant unabkömmlich. Leider haben uns der Stopp im letzten Dorf und der Kampf mit dem Dunklen Magier Zeit und Strecke gekostet. Normalerweise wären wir längst da.« Ich öffne den Mund, um etwas zu sagen, doch er redet weiter, bevor ich dazu komme. »Wie dem auch sei, wir müssen uns beeilen. Noch ein Tagesmarsch, und wir sind da. Dafür müssen wir aber diese Nacht durchlaufen. Es wird hell sein, wir haben Vollmond. Und im Notfall haben wir ja Licht.« Dabei deutet er mit einem leichten Lächeln auf seinen Stab. Einen Tag und eine Nacht durchlaufen? Ich kann jetzt schon nicht mehr – wie soll ich das durchhalten? Gar nicht, ich werde umfallen und ihn anflehen, mich zurückzulassen. Ja, genau.

»Emanuel …«, beginne ich schwankend.

»Du schaffst das schon. Ich verspreche dir, dass du, sobald wir da sind, ein langes Bad im warmen Wasser nehmen und dich von der Reise erholen kannst. Wie klingt das?« Okay, damit überzeugt er mich. Also stimme ich zu, und er hilft mir, wieder auf die Beine zu kommen. Jetzt heißt es erst mal: Zusammenreißen.

»In welche Richtung geht es?«, will ich wissen – nicht, dass ich ihm wieder abhandenkomme …

»Für jemanden, der noch nie dort war, ist es schwer, zu erklären. Aber hör zu: Um die Stadt zu finden, musst du diesem Stern folgen.« Emanuel deutet nach oben, auf einen fade leuchtenden Stern, der ihm nach zu einem Sternbild gehört. Aber damit kenne ich mich nicht aus. »Das ist der Schütze, und dieser Stern dort ist die Spitze seines Pfeils. Wenn du ihm folgst, wirst du Lumina finden. Nur Magiern ist es möglich, die Stadt der Lichtmagier zu finden.« Ich nicke und bin etwas erleichtert. Das kann ja nicht so schwer sein.

Wir machen uns wieder auf den Weg und laufen ohne Pause. Bis zum Einbruch der Nacht dauert es nicht mehr lange, und meine Schuhe sind jetzt schon durchgelaufen. Der Himmel ist wolkenverhangen und der aufgehende Mond spendet kein Licht. Es wird duster, als wir einen dichten Wald betreten, der das übrige Mondlicht in seinen Baumkronen verschluckt. Emanuel nimmt seinen Stab und bringt ihn zum Leuchten. Das bläuliche Licht ist nur ein seichtes Glimmen, aber immerhin können wir sehen, wo wir hintreten. Ich folge Emanuel auf Schritt und Tritt, aus Angst, ihn aus den Augen zu verlieren oder heftig zu stolpern. Außerdem kann ich das Sternbild nicht mehr sehen und habe einige Bedenken, was den Weg angeht, den Emanuel nimmt. Weiß er überhaupt, wohin er läuft? Seine Schritte wirken auf mich so willkürlich. Dennoch hastet er mit mir schnell durch den Wald, als würde er vor etwas fliehen. Aber was könnte das sein? Ich weiß nicht, ob es überhaupt etwas gibt, das ihm Angst machen könnte. Ich laufe ihm einfach hinterher und spare mir das Fragen, da ich ohnehin kaum zu Atem komme.

Ich blicke starr auf den Boden, um nicht über Äste, Gestrüpp oder Wurzeln zu stolpern. Prompt stolpere ich in Emanuel hinein. Der Lichtmagier hat angehalten. Ich stammle eine Entschuldigung zusammen, doch Emanuel reagiert nicht darauf – er sagt gar nichts. Schnell bemerke ich, dass das Licht einen großen blauen Schein um uns wirft, sodass ich Emanuel fast nicht mehr sehen kann. Nebel ist aufgezogen und verdichtet sich im gesamten Wald. Ist das schon länger so? Ich wette, ich habe seit einer Ewigkeit nicht mehr aufgesehen. Haben wir uns verirrt? Ist das der Grund, warum Emanuel stehen bleibt?

»Philip, wir legen eine kurze Pause ein«, entscheidet er knapp, fast wie ein Befehl. Ich setze mich ins feuchte Moos und winkle die Beine an, während ich zu Emanuel aufsehe, der sich verunsichert umschaut.

Wir haben uns verlaufen. Und jetzt? »Du musst kurz hierbleiben«, sagt er trocken. In mir bricht Panik aus.

»Emanuel, wenn Ihr jetzt geht, dann findet Ihr mich doch nie wieder.« Schon bin ich im Begriff, aufzustehen, doch Emanuel drückt mich mit der Hand wieder zurück zum Erdboden.

»Allein bin ich schneller. Bleib sitzen, ich bin gleich wieder bei dir.« Nun, dann will ich ihn nicht aufhalten. Ohne meine Meinung dazu zu hören, geht er seines Weges. Er lässt mich in der Dunkelheit zurück, doch plötzlich leuchtet der Nebel, und ich kann den Himmel sehen. Der Mond scheint wieder zwischen den Ästen hindurch und erhellt den ganzen Wald. Genauer gesagt bringt das Mondlicht den Nebel zum Leuchten. Es sieht gespenstisch und gruselig aus, wie in einem Albtraum, in dem sich hinter dem nächsten Baum ein Monster verbirgt. Ich bin mir sicher, dass ich kein Auge zutun kann.

Nach kurzer Zeit stehe ich auf und halte Ausschau nach einem bläulichen Leuchten. Doch nirgends ist etwas zu sehen. Soll ich weiter warten? Das wäre wohl das Beste. Noch einmal ohne Emanuel durch die Welt zu streifen, muss nicht sein. Er hat mir zwar gesagt, wo er hingehen wird und wie ich dorthin gelangen kann … aber ob ich den Weg finde, als Neuling, ganz allein? Ich mache mir viele Gedanken darüber, obwohl ich voller Zuversicht bin und davon ausgehen sollte, dass Emanuel zurückkommt und seine Reise mit mir fortsetzt. Ich vertraue ihm – sehr sogar.

Ob das auf Gegenseitigkeit beruht, kann ich jedoch nicht sagen.

Unheimliche Geräusche flüstern durch den Nebel: knackende Äste, verstohlene Tierlaute. Ich sehe nichts, aber höre genug, um die Dunkelheit lebendig zu spüren. Doch von Emanuel fehlt jede Spur – und das seit einer gefühlten Ewigkeit. Ein mulmiges Gefühl kriecht in mir hoch, und ich beschließe, nach ihm zu rufen. Mein Schrei hallt gespenstisch im Nebel, bleibt unbeantwortet. Emanuel hat mich sicher nicht absichtlich zurückgelassen; er hätte mir sonst kaum den Weg zur Stadt erklärt. Aber … wo ist er?

Ich versuche, meine Angst zu ignorieren. Vielleicht ist er nur ein Stück vorausgegangen, um aus dem Wald heraus eine bessere Sicht zu bekommen. Soll ich ihm lieber folgen? Einen Moment lang beobachte ich die Umgebung, hoffe auf den bläulichen Schimmer seines Stabs. Nichts. Der Nebel verschluckt alles.

Mit einem mulmigen Entschluss peile ich die Richtung an, in die er verschwunden ist, und mache mich auf den Weg. Der Nebel ist so dicht, dass ich kaum die Hand vor meinen Augen sehe. Ein plötzlicher, eisiger Windstoß weht durch die Bäume und lässt mich frösteln. Unsicher taste ich mich vorwärts, höre nur mein eigenes, angestrengtes Atmen. Noch einmal rufe ich seinen Namen – aber wieder bleibt alles stumm. Irgendetwas stimmt hier ganz und gar nicht.

Plötzlich rutsche ich aus, verliere das Gleichgewicht und taumle nach vorn. Mein Magen zieht sich zusammen, während ich den Boden unter meinen Füßen verliere. Die Welt um mich dreht sich in einem endlosen Fall. Ich will schreien, doch die Luft bleibt mir im Hals stecken. Sekunden vergehen wie Stunden, bis ich mit einem schmerzhaften Ruck auf harten Boden aufschlage. Der Aufprall treibt mir die Luft aus den Lungen; ich liege benommen und keuche, unfähig, mich zu bewegen, während mir der Kopf schwindelt.

Dann schwindet das Licht um mich, und die Dunkelheit nimmt mich endgültig in ihre Arme.

Kapitel 9
Lumina

Früh – zumindest glaube ich, dass es Morgen ist – wache ich auf. Ich liege auf dem Rücken, und die Sonne scheint mir ins Gesicht. Die Luft ist kühl, doch allmählich beginnt die Sonne, meine Umgebung zu wärmen. Erleichtert darüber, noch am Leben zu sein, blinzle ich in den Himmel, während sich meine Augen an das grelle Licht gewöhnen. Der Horizont leuchtet noch in den Rottönen des Sonnenaufgangs.

Langsam richte ich mich auf, doch ein stechender Schmerz schießt mir in den Rücken, und ein gequältes Stöhnen entweicht mir. Der Klang hallt von den Felsen wider. Ich schlucke den Schmerz herunter und sehe nach oben – die Klippe ragt steil über mir. Mein Sturz war tief, das weiß ich jetzt. Aber ich habe irrsinniges Glück gehabt, auf diesem schmalen Felsvorsprung zu landen.

Neben mir gähnt ein tiefer Abgrund, dessen Boden im Schatten verschwimmt. Ein Schauer überläuft mich, als ich erkenne, wie knapp ich dem Tod entkommen bin. Nur ein paar Schritte weiter, und der Fall wäre tödlich gewesen. Doch ein Gedanke trifft mich wie ein Blitz: Wenn ich gefallen bin, was ist dann mit Emanuel? Möglicherweise liegt er weiter unten. Ihm könnte Schlimmeres widerfahren sein. Ich schließe kurz die Augen, um mich zu sammeln.

Eines ist klar: Hier oben kann ich nicht bleiben. Ich muss absteigen, ihn suchen. Und ich muss in diese Stadt gelangen – das ist jetzt mein einziger Weg nach vorn.

Ich schlucke hart. Will ich wirklich da hinunter? Ein Blick über den Rand genügt, um zu wissen, dass es hier kein Zurück gibt. Ein falscher Schritt, und ich stürze bestimmt dreitausend Fuß in die Tiefe. Es wäre mein Ende. Tief durchatmend zwinge ich mich, ruhig zu bleiben. Mein Blick schweift die Felswand entlang, und schließlich entdecke ich einen Vorsprung, an dem ich mich festhalten könnte. Doch als ich daran ziehe, bröckelt der Stein heraus und stürzt in den Abgrund. Meine Kehle wird trocken. Das fängt ja gut an.

Ich finde bald eine brauchbare Stelle und beginne vorsichtig den Abstieg. Die kalten, scharfkantigen Felsen bohren sich in meine Finger, und die porösen Steine machen jeden Schritt zum Risiko. Achtsam setze ich Fuß für Fuß auf schmale Vorsprünge und winzige Vertiefungen in der Felswand. Bloß nicht nach unten sehen. Millimeter für Millimeter klettere ich tiefer, doch die Sonne brennt unnachgiebig auf mich herab. Ich spüre den Schweiß auf meiner Stirn und an meinen pochenden Handflächen, die noch nicht vollends verheilt sind. Doch ich kann ihn nicht wegwischen – jeder Halt ist entscheidend, jeder Fehlgriff ein möglicher Ausrutscher. Meine Hände zittern, meine Kraft schwindet, und die Hitze macht mich benommen.

Jeder Muskel in meinem Körper schreit nach einer Pause, doch ich weiß, dass Stillstand hier keine Option ist. Weiter und weiter kämpfe ich mich nach unten, während die Sonne wie Feuer auf meinem Rücken brennt. Irgendwann werden meine Finger taub, mein Griff schwächer, und ich bemerke kaum noch, wie mein Fuß einen porösen Stein berührt. Der Fels bröckelt weg, ich rutsche, und mit letzter Kraft klammere ich mich mit einer Hand an die Felswand. Ein weiterer Griff löst sich, und ich verliere das Gleichgewicht. Meine Hand greift ins Leere, und ein Moment des Schreckens erfüllt mich, als ich merke, dass ich einen entscheidenden Fehler machte. Dann stürze ich – ein rasender Fall in die Tiefe. Der Wind pfeift in meinen Ohren, und in mir lodert blanke Panik. Das Einzige, was mir bleibt, ist der wilde Gedanke: War das das Ende?

Nein. Ich lande hart auf dem Hintern. Im ersten Moment bin ich benommen, traue mich gar nicht, mich zu bewegen. Doch dann wird mir klar: Ich habe den Abstieg irgendwie geschafft, ohne es zu merken.

Der Fall dauerte nur in meinem Kopf eine halbe Ewigkeit, doch, wenn ich es recht bedenke, konnte es sich nur um Sekunden gehandelt haben.

Erleichtert richte ich mich auf und blicke in die Ferne. Vor mir erstreckt sich ein endloses Tal, durch das sich ein Fluss wie ein glitzerndes Band schlängelt. Orientierung habe ich keine, nur den brennenden Wunsch, Emanuel zu finden. Wo kann er nur stecken?

Ich beschließe, die Felswand entlangzulaufen und suche jeden Winkel ab – hoffend, aber gleichzeitig auch fürchtend, ihn irgendwo zu entdecken. Bald bin wird mir klar, dass er nirgends zu sehen ist. Kein Zeichen eines Sturzes, kein Hinweis auf etwas Unheilvolles. Emanuel muss sich woanders aufhalten. Erleichtert, aber auch beunruhigt darüber, nun allein den Weg nach Lumina finden zu müssen, trete ich an den Fluss und folge dem Ufer.

Das Wasser rauscht unbarmherzig, und seine Strömung lässt mir keine Wahl: eine Überquerung ist ausgeschlossen. Schwimmen kann ich kaum, also suche ich nach einer Möglichkeit, das Ufer zu wechseln. Ein Floß oder Boot wäre ideal – doch dann entdecke ich etwas in der Ferne, das Hoffnung weckt. Eine Brücke!

Schnell mache ich mich auf den Weg dorthin, mein Herz schlägt schneller. Doch als ich näher komme, zieht sich mein Magen zusammen. Die Hängebrücke ist in einem erbärmlichen Zustand: viele Bretter fehlen, andere hängen locker und morsch herab. Es scheint lebensgefährlich, sie zu betreten.

Enttäuscht lasse ich mich an das Ufer sinken und starre fassungslos auf das ruinierte Bauwerk. Die Erleichterung und das Hoffen verschwinden in einem Augenblick. Mein Plan, weiterzukommen, zerbricht – ich sitze wieder einmal fest, orientierungslos und gezwungen, mir einen neuen Ausweg zu überlegen.

Das Wasser färbt sich rötlich, und ich schaue auf. Die Sonne versinkt langsam am Horizont, taucht alles in ein Farbenspiel aus Rot, Lila und Orange. Die Farben sind beinahe hypnotisch, und für einen Moment spüre ich so etwas wie Frieden inmitten des Chaos. Doch der Augenblick ist flüchtig – die Dämmerung bringt Dunkelheit, und ich erinnere mich, wie hilflos ich im Dunkeln bin.

Zum Glück erhebt sich bald der Vollmond, silbern und klar, und sein Licht bricht sich glitzernd auf der Wasseroberfläche. Die Dunkelheit scheint weniger bedrohlich. Ich richte meinen Blick zum Himmel und suche das Sternbild des Schützen. Meine Augen finden die Pfeilspitze, und mir stockt der Atem. Der Weg liegt tatsächlich auf der anderen Seite des Flusses. Wäre die Strömung nicht so wild und die Brücke nicht zerstört, wäre das Übersetzen ein Leichtes. Und ein Boot? Der Gedanke ist hoffnungslos. Wie soll ich hier eines finden? Mit jedem Schritt, den ich nicht weiterkomme, vermisse ich Emanuel mehr – als Meister des Wassers hätte er gewiss einen Weg über den Fluss gefunden.

Überraschend durchbricht ein kleiner Lichtpunkt das Dunkel auf dem Fluss. Ein heller, orangefarbener Fleck tanzt auf den Wellen, immer größer und heller werdend. Es sieht aus wie eine Fackel, die über das Wasser schwebt und sich langsam nähert. Das Bild erinnert mich an früher, als Edward und ich in der Stadt durch die Schatten huschten, sobald eine Wache mit einer Fackel vorbeizog. Edward… wie mag es ihm wohl gehen?

Das Licht nähert sich langsam, ein winziger, glimmender Punkt auf den Wellen, der direkt auf mich zuhält. Mein Herz schlägt schneller, während Angst und Neugier sich in meinem Kopf ein Duell liefern. Doch die Neugier gewinnt, und so bleibe ich stehen und warte ab. Das Wasser plätschert leise, und allmählich zeichnen sich die Konturen einer Gestalt ab, die in einem kleinen Boot den Fluss überquert. Der Fährmann trägt einen langen, schwarzen Umhang, die Kapuze tief über das Gesicht gezogen, sodass nur der Mund und ein wenig seines Barts sichtbar sind. Das Boot schaukelt leicht, als er am Ufer anlegt. Ich gehe zwei Schritte zurück. Der Bootsmann wirkt verflucht unheimlich.

»Eine Überfahrt?«, fragt er rau, seine Stimme dunkel und kratzend. Ein Schauer läuft mir über den Rücken. Er ist aber der einzige, der mich auf die andere Seite bringen kann. Ich schlucke, und meine Stimme zittert, als ich antworte:

»Was wollt Ihr dafür?« Meine Hand wandert zögerlich zur Tasche, doch er scheint darauf nicht zu achten.

»Setz dich«, ist seine einzige Antwort, in derselben frostigen Tonlage. Ein paar Herzschläge lang zögere ich. Egal, wie seltsam er mir vorkommt – das ist meine einzige Chance. Ich klettere ins Boot und setze mich still auf die schmalen Planken. Der Mann greift nach einem langen Ruder, stößt sich vom Ufer ab und beginnt, uns über das dunkle Wasser zu manövrieren. Die Fackel, die neben ihm lodert, wirft sein Gesicht in schauriges Licht, sodass seine Augen unter der Kapuze wie tiefe Höhlen wirken. Ich wage kaum zu atmen und halte den Blick starr auf den Boden des Bootes gerichtet. Unvermittelt durchbricht seine Stimme die Stille.

»Was treibt einen Jungen wie dich zu so später Stunde hier raus?« Die Frage hängt zwischen uns, und ich überlege fieberhaft, was ich antworten soll. Die Wahrheit kann ich ihm unmöglich erzählen – dass ich magische Kräfte habe und auf dem Weg zur Stadt der Lichtmagier bin…

»Ich suche… nach einer Stadt«, meine ich bloß.

»Welche Stadt?«, fragt er. Was soll ich jetzt darauf antworten? Philip, denk dir was aus!

»Meine… Heimatstadt. Ich… war schon sehr lange nicht mehr dort.« Er glaubt mir das niemals. Aber trotzdem nickt er und rudert weiter. Vielleicht hat er bemerkt, dass ich es nicht preisgeben möchte. Er muss es ja nicht wissen, ich kenne ihn überhaupt nicht.

Genauso gut könnte ein Dunkler Magier vor mir sitzen, der mich mir nichts dir nichts über Bord werfen wird.

Es dauert noch eine Weile, bis ich von meinem Platz nach vorne geschleudert werde, als wir auf Boden auflaufen. Wir sind am Ufer angekommen. Nun klettere ich aus dem Boot und stelle mich daneben. Ich warte darauf, dass er irgendwas sagt, dass er irgendetwas will.

»Du bewahrst Geheimnisse, das ist gut.« Seine Stimme ist auf einmal anders, weicher und friedlicher. Das bereitet mir Angst. »Ich weiß, dass du auf der Suche nach Lumina, der Stadt der Lichtmagier bist. Du bist ein Magier, das ist nicht zu übersehen. Ich bringe dich hin.« Beinah rutscht mir das Herz in die Hose. Woher weiß er das alles? Er steigt aus dem Boot und zieht es weit vom Wasser weg, dann läuft er los. Kurzerhand dreht er sich um. »Was ist denn? Vertrau mir.« Ich nicke bloß vorsichtig und gehe ihm langsam hinterher. Die Fackel, die im Boot neben ihm leuchtete, hält er jetzt in der Hand und weist uns den Weg. Ich halte Abstand. Vertrauen – das ist etwas, das mir schwerfällt, vor allem in Magier. Doch trotz meiner Zweifel folge ich dem fremden Mann, der schweigend vorausgeht. Dass er genau jetzt aufgetaucht ist, ist zu viel des Zufalls. Ein ungutes Gefühl zieht in mir auf, aber wenn er wirklich die Stadt der Magier kennt und uns dorthin führt, könnte es mein einziger Weg sein.

Sein Tempo ist rasant, und ich habe Mühe, Schritt zu halten, mein Blick ruht konzentriert auf seinem

Umhang, damit er mir nicht entwischt. Bald betreten wir einen kühlen, dunklen Wald. Ein eisiger Wind lässt mich frösteln, und ich reibe mir die Oberarme. In der Ferne höre ich das Rauschen von Wasser. Der Fährmann stoppt und zeigt auf einen tosenden Wasserfall, der von einer steilen Klippe herabstürzt.

»Da müssen wir durch,« sagt er friedlich.

»Durch den Wasserfall? Aber wie?« Ich kann kaum glauben, dass er das ernst meint.

»Folge mir.« Er verschwindet zwischen zwei eng aneinanderliegenden Felsen, und ich schlüpfe ihm hinterher. Der Spalt öffnet sich bald zu einem schmalen, dunklen Weg, und kaltes Wasser tropft von oben auf meinen Kopf. Als ich nach oben blicke, sehe ich, dass wir uns direkt hinter dem Wasserfall befinden, geschützt von der Felswand. Vor uns öffnet sich eine dunkle Höhle, der einzige Lichtschein kommt von der Fackel in seiner Hand. Ohne dieses Licht hätte ich keinen Schimmer, wo ich hintreten soll – hier ist es stockdunkel, und die Wände scheinen enger zu werden.

Der Mann wirft mir gelegentlich kurze Blicke zu, um sicherzustellen, dass ich ihm folge. Die Dunkelheit um uns herum ist schwer und drückend, die Kälte unerbittlich, und das plätschernde Wasser erfüllt die Höhle mit einem unheimlichen Echo. Plötzlich bleibt der Mann stehen und dreht sich zu mir um. Mit einem ernsten Blick deutet er stumm auf den Gang hinter ihm, wo die Finsternis noch undurchdringlicher wirkt.

»Da entlang. Geh immer geradeaus, und du wirst bald da sein.« Er drückt mir die Fackel in die Hand und wendet sich ab, um in die andere Richtung zu verschwinden.

»Wartet! Ihr könnt mich nicht hier allein lassen!« Ich greife nach ihm, doch verfehle seinen Mantel. Er geht unbeeindruckt weiter.

»Ich kann und ich werde. Dein Ziel ist nah«, ruft er, seine Stimme wird leiser und leiser, bis ich die letzten Worte kaum noch verstehe. Fantastisch. Und was, wenn das alles nur eine Falle ist? Was, wenn ich ihm aufgesessen bin und er mich bewusst in die Hände Dunkler Magier treibt? Das flaue Gefühl in meinem Magen verstärkt sich. Sein schwarzer Umhang, die tiefe Stimme… Er wusste sogar, dass ich magische Kräfte besitze. Vielleicht kehrt er zurück, um mich endgültig loszuwerden.

Ein kalter Luftzug streicht plötzlich über meine Haut, lässt mich aufhorchen. Ich sollte schleunigst nach dem Ausgang suchen, und ich habe keine Zeit, hier stehen zu bleiben. Also laufe ich los, den Gang entlang, den er mir gezeigt hat. Schritt für Schritt dringt das Licht der Fackel durch die Dunkelheit, doch mein Herzschlag wird schneller, als ich schließlich an eine Gabelung gelange. Fünf Tunnel strecken sich mir entgegen, jeder von ihnen führt ins Unbekannte. Aber zurück kann ich nicht.

Entschlossen schlucke ich, halte die Fackel fest und nehme den Gang ganz rechts. Spinnenweben hängen tief und klebrig im Weg, schmiegen sich an mein

Gesicht und lassen mich schaudern. Rasch halte ich die Fackel nach vorne, um die Weben zu verbrennen, bevor sie mich wieder berühren. Der Luftzug wird stärker, frischer. Ein Ruck geht durch mich. Das ist der richtige Weg – ich kann es fühlen. Entschlossen gehe ich schneller voran und versuche, das Zittern meiner Schritte zu ignorieren. Plötzlich gleitet mein Fuß auf dem rutschigen Boden weg, und ich verliere den Halt. Mit einem zufälligen Griff kann ich mich an einer Kante festhalten, während die Fackel in meiner anderen Hand bedrohlich wackelt. Unter mir klafft ein tiefes, bodenlos erscheinendes Loch, das die Dunkelheit gierig hineinzieht. Mein Herz rast, und ich spüre die Anspannung in meinen Fingern, die sich in das kalte, glatte Gestein krallen. Um mit beiden Händen zu greifen, muss ich die Fackel loslassen. Die Flamme zischelt, während sie in die Tiefe stürzt und bald im Nichts verschwindet. Ich schließe die Augen, atme tief ein und greife mit der freien Hand über mich, um mich hochzuziehen. Aber meine Arme zittern, die Wände sind glatt und rutschig, und jeder Versuch scheint vergeblich. Die Muskeln in meinen Armen brennen und kalter Schweiß perlt über mein Gesicht.

»Hilfe!«, rufe ich in die Leere, meine Stimme hallt nur unheilvoll zurück. Wer sollte mich hier hören? Niemand ist da – keine rettende Hand, kein vertrautes Gesicht. Für einen Moment spielt mir der Gedanke einen Streich: Wäre ich nie mit Emanuel gegangen, hätte ich jetzt vielleicht nicht solche Angst, solche Pein. Doch ich kann nicht aufgeben, nicht jetzt.

Der Schmerz in meinen Fingern wird stärker, die Kraft schwindet. Ich spüre, wie mein Griff langsam nachgibt, wie mir meine Finger gegen meinen Willen dem Stein entgleiten.

»Nein!«, flüstere ich, fast flehend. Der letzte Funken Kraft ist kurz davor, zu verlöschen. Meine Finger verlieren ihre Kraft, bevor ich mit dem anderen Arm wieder zugreifen konnte. Ich schreie erschrocken auf und glaube, jetzt tief zu fallen. Doch etwas packt mich am Arm und es hallt »Hab dich« zu mir herunter. Ein stechender Schmerz durchzuckt meine Schulter für einen Moment. Dann brennt diese qualvoll, fast so, als würde sie in Flammen stehen. Dabei werde ich wieder nach oben gezogen und zurück auf sicheren Boden gebracht.

»Kaum lasse ich dich allein, stellst du Unfug an«, raunt eine tiefe männliche Stimme in mein Ohr. Ich erkenne ihn sofort. Emanuel.

»Wenn Ihr mich nicht allein lassen würdet, könnte ich gar keinen Unfug anstellen«, entgegne ich ihm. Er lächelt mich an und umarmt mich, sichtlich froh, mich wiederzusehen.

»Komm Philip, wir müssen endlich unsere Reise beenden.« Ich atme erleichtert auf. Wir sind kurz vor unserem Ziel! Doch auch ein Hauch Wehmut schwingt innerhalb dieser Erleichterung mit. Wenn wir in der Stadt sind, werden sich unsere Wege trennen, denn ich muss ausgebildet werden und er… hat sicherlich andere Dinge vor. Nun, so hatte er es wohl geplant und so wird es geschehen. Emanuel steht auf und zieht mich an der Hand auf die Beine. Die andere Hand hält seinen hellblau leuchtenden Stab so fest, wie es geht. Er bringt uns beide leichtfertig durch die Tunnel, dabei achtet er aber genau darauf, dass ich ihm nicht wieder abhandenkomme.

»Sag Philip«, durchbricht er die Stille. Seine Stimme hallt von den Tunnelwänden wider. »Wie hast du es überhaupt ohne mich bis hierher geschafft?« Ich sehe ihn an und räuspere mich kurz, dann erzähle ich ihm die Geschichte. Wie ich die Klippe hinuntergestürzt und den Rest hinuntergeklettert bin. Wie ich dann zur Brücke kam und die Hoffnung verloren habe, und dass mich der seltsame Fährmann über den Fluss gebracht und hierhergeführt hat. Emanuel hört mir aufmerksam zu. Ob er mir das überhaupt glaubt? Emanuel sieht mich nachdenklich an und nickt langsam.

»Ein in schwarz gekleideter Mann, sagst du …« murmelt er, als könnte er sich selbst einen Reim darauf machen. Seine Augen funkeln interessiert, als ich ihm davon erzähle, wie er mir die richtige Richtung gewiesen hat, nur um dann plötzlich zu verschwinden.

»Er wusste, was ich suchte«, füge ich hinzu, »und ich hatte nichts davon gesagt.«

»Nun«, sagt Emanuel nach einem Moment des Schweigens, »das klingt nach einem Zauberer. Vielleicht sogar nach einem Schutzmagier.« Ich sehe ihn fragend an. Er merkt meine Verwirrung und erklärt: »Schutzmagier sind für die Welt der Magie das, was Wächter oder Hüter für ein Königreich sind. Sie helfen magischen Wesen, wann immer es notwendig ist – wenn sie es für richtig halten, natürlich. Sie drängen sich selten auf und meiden Konflikte. Viele dieser Magier bezeichnen sich selbst als Schutzmagier und achten darauf, magische Orte und Wesen zu bewahren.«

»Und sie können einfach so wissen, wann jemand in Gefahr ist?«, frage ich voller Neugier.

»Nicht immer«, antwortet er mit einem schmalen Lächeln. »Meistens haben sie ein Gespür dafür, manchmal genügt nur ein Blick, und sie erkennen, dass ein Wesen ihre Hilfe braucht. Aber sie können nicht immer und überall sein, wenn eine Situation zu eskalieren droht.«

»Wo wart Ihr überhaupt? Hat der Nebel Euch verschluckt?« Der Magier lacht laut.

»Vielleicht«, sagt er amüsiert und klopft mir auf die Schulter. »Du bist ein kleiner Tollpatsch, weißt du das? Das nächste Mal hörst du gefälligst darauf, was ich sage.« Es amüsiert ihn und gleichzeitig geht er sehr tadelnd mit mir um. Ich schnappe nach Luft, um mich zu verteidigen, doch halte inne. Ich kneife die Augen fest zusammen, denn wir haben das Ende des Tunnels erreicht und laufen der grellen Sonne entgegen. Ich brauche eine Weile, bis ich mich an das Licht gewöhnt habe, doch dann öffne ich die Augen und staune nicht schlecht. Wir stehen auf einem Vorsprung und dreihundert Fuß vor uns erstreckt sich eine prachtvolle Stadt. Sie ist groß und wird von einer Mauer umgeben. Dort stehen genau acht Villen, drum herum Wiese, bevor dichte Häusermengen folgen. In der hinteren Mitte türmt sich ein palastähnlicher Bau auf. Die Dächer leuchten in diversen Farben. Emanuel geht schon voraus und muss mich dazu zwingen, ihm weiter zu folgen. Ein gerader Weg führt uns vom Berg hinunter, direkt zu einem großen Tor. Von Weitem sah das gar nicht so groß aus… Die Mauer rund um die Stadt wirkt jetzt erdrückend und mächtig. Im Vergleich zu Solome ist diese Mauer viel prunkvoller und wirkt gleich viel sicherer. Da stellt sich mir aber die Frage, ist es hier wirklich sicher? Die Stadt ist gut versteckt und trotzdem wurde eine Mauer um sie herum gebaut. Mache ich mir grundlos Sorgen? Emanuel und ich passieren das Stadttor. Der Weg ist breit und führt an den Häusern vorbei, direkt ins Stadtinnere. Wir kommen allmählich dem Palast näher. Ich erkenne erst Details, als wir angekommen sind. Die Stadt ist einfach riesig, da erinnert mich meine Heimatstadt an ein kleines Dorf. Überall stehen Leute, meistens Männer. Sie halten viel Abstand zu uns, ich weiß aber nicht genau warum. Es wird an mir liegen. Ich erinnere mich an die Blicke der Bürger aus Solome, als Emanuel bei uns ankam. Für sie bin ich ein Fremder.

Emanuels Blick bleibt stur geradeaus gerichtet, es scheint, als wäre er über das Verhalten gar nicht erstaunt, als wäre es immer so. Ich jedoch sehe sie an und mir fällt sofort ein kleines Detail auf. Ihre Kleidung. Die Männer sind, wie soll ich sagen, stattlich angezogen. Sie tragen lange Hosen, ein helles Hemd und dazu eine sehr elegante Jacke ohne Ärmel, wie man das auch immer nennt. Die Frauen tragen ein schönes Kleid, einen kleinen Hut dazu und sehen fast wie die Frauen aus, die von Adel sind. Diese hier sind aber wesentlich schöner. Aber abgesehen von den Menschen, nein, Magiern, sind die Häuser ebenso prunkvoll. Sie sind groß und wirken belebt. Lumina ist ganz anders als Solome: Größer, mächtiger, schöner und interessanter. Während ich mich umsehe, gehen wir immer weiter auf das riesige Anwesen zu. Die Häuser der Bewohner enden hier und eine große Wiese mit vielen Blumen bildet sich um den Weg herum. Wir betreten den Weg, der zur Eingangstür führt. Zwei Männer mit weißer Kutte stehen gerade am Rand und senken den Kopf, als Emanuel an ihnen vorbeigeht. Ich sehe nach links und nach rechts. Das Haus ist mindestens dreißig Fuß lang. Es ist weiß und die Säulen, die das Vordach tragen, sind schwarz-weiß gemustert. Fenster befinden sich hinter dem Vordach. Die Säulen verbinden sich zu einem Bogen, der sich über jedes Fenster erstreckt. Es sieht beinah aus, wie ein kleines Schloss. Emanuel bleibt vor der großen Tür stehen und wartet kurz. Die schwere Holztür öffnet sich ein paar Augenblicke später. Doch Emanuel geht noch nicht sofort hinein. Er dreht sich zu mir um und sieht mich eindringlich an. »Ich möchte, dass du still bist und keine Fragen stellst.

Bleib dicht bei mir. Wenn du etwas gefragt wirst, dann antworte.« Ohne auf ein Nicken oder dergleichen zu warten, dreht er sich um und geht los. Es ist mittlerweile wohl selbstverständlich für ihn, dass ich auf ihn höre. Als hätte ich auch eine andere Wahl. Ich folge ihm schweigend, aber aufmerksam. Im Inneren des Anwesens schaue ich mich gut um. Ein großer Saal folgt gleich nach dem Eingang. Vorne links und rechts führen zwei Treppen nach oben. Zur rechten Seite sowie zur linken befinden sich wieder zwei große Türen. Überall stehen mindestens zwei Männer, die die Tür oder die Treppe bewachen. Wahrscheinlich, damit kein Eindringling durch das Haus kommt. Dieser Senat muss wirklich sehr wichtig sein. Jede der Wachen senkt ehrfürchtig den Kopf, bis Emanuel an ihnen vorbeigegangen ist. Dann stehen sie wieder gerade und aufrecht. Als ich sie passiere, rühren sie sich kein Stück. Emanuel geht die Treppenstufen nach oben, aber nicht bloß die eine. Es folgen einige mehr, die uns bis ganz nach oben führen. Dort stehen wir wieder vor einer Tür, die Emanuel sofort geöffnet wird. Er betritt vorsichtig den Saal. Links und rechts stehen Bänke, auf denen Alte und Junge sitzen. Geradeaus befindet sich ein großer Tisch, dahinter sitzen sechs Männer auf großen Stühlen. Als Emanuel den Raum betritt, stehen alle auf, auch die Männer, die am Tisch sitzen. Der Raum ist voller Menschen, nein, voller Magier. Nicht alle Plätze sind besetzt. Hier und da ist ein freier Platz. Auch vorne scheint ein thronartiger Stuhl frei zu sein. Einer der Magier von vorne steht auf und kommt lächelnd auf uns zu. Er trägt strahlend weiße Kleidung, oder besser gesagt ein strahlend weißes Gewand, weshalb seine stechend blauen Augen besonders zur Geltung kommen. So wie ich ihn betrachte, fällt mir auf, dass alle weiße Kleidung tragen. Seine Haare sind blond, aber viel heller als die von Emanuel. Des Weiteren glaube ich, einzelne silberne Haarsträhnen auszumachen. Er nimmt Emanuels Hand und begrüßt ihn außerordentlich freundlich.

»Emanuel. Wir haben deine Heimkehr schon lange erwartet«, betont er besorgt.

»Nun, auf dem Weg hier her hat mich das Ein oder Andere aufgehalten.« Die offensichtliche Geheimniskrämerei gibt unserem Gegenüber zu verstehen, dass er sich jetzt nicht mit ihm darüber unterhalten wird. Der Mann nickt und geht zurück zu seinem Platz. »Die Dunkle Magie wird immer stärker. Der Schwarze Magier hat nun auch leistungsfähige Magier auf seine Seite ziehen können. Diese Macht wird nicht bloß größer, sie wird auch immer ungehaltener.« Emanuel wendet sich dabei an die verbliebenen fünf. »Jungmagier werden verfolgt und getötet.« Dabei drückt er mich ein wenig hinter sich, um mich zu verstecken. »Es ist euch kein Geheimnis, dass Dunkle Magier alle Mittel, die sie haben, nutzen, um uns Lichtmagier auszulöschen. Nun tun sie das auch vor Angesicht der Menschen.« Ich weiß, dass Emanuel die Hinrichtung meint und den Angriff auf mich. »Wir müssen endlich etwas dagegen tun. Auch, wenn ich das selbst erledigen muss.« Mit seinem letzten Satz bricht der Saal in Gemunkel aus. Ich weiß nicht, was sie sagen, ich verstehe kaum ein Wort.

»Das würde uns gnadenlos in einen Krieg stürzen«, meldet sich einer der Magier von links. Wer genau das gesagt hat, weiß ich nicht.

»Dunkelheit und Licht befinden sich bereits im Krieg. Im Moment ist es ein stiller Krieg, den jeder Magier für sich selbst führt«, erklärt Emanuel kurz. »Wir können uns nicht ewig zurückhalten. Der Kampf wird kommen, früher oder später.« Wieder lautes Gemunkel. Ein Magier, der bis jetzt vorne stillschweigend da saß, steht auf und meldet sich zu Wort. »Jeder hier sollte mittlerweile verstehen, dass die dunkle Magie nicht nur unseren Frieden stört. Die Dunklen Magier vernichten Dörfer und deren Bewohner. Außerdem verfolgen sie Lichtmagier jeden Alters. Wir müssen handeln, bevor wir dies nicht mehr tun können.« Im ganzen Saal wird es ruhig, sehr ruhig.

»Was sollten wir tun?«, ruft irgendjemand, der im Saal sitzt. Es herrscht absolute Stille und alle Blicke sind auf Emanuel gerichtet.

»Ich werde mich persönlich darum kümmern«, verspricht Emanuel dem Senat.

»Emanuel!« Der Magier, der ihn vorher begrüßt hat, springt entsetzt auf. Im Saal zeigen sich fassungslose Gesichter und es entsteht wildes Gerede.

»Nein, ich habe mich entschieden«, erklärt er selbstsicher. Darf er das überhaupt?

»Nun gut«, sagt ein weiteres Mitglied des Senats, das vorne sitzt. Alles um uns herum beruhigt sich wieder. »Das besprechen wir später noch.« Seine Stimme wirkt zerbrechlich und kühl, aber sicher. Emanuel nickt.

»Gut. Dann empfehle ich mich.« Damit dreht er sich herum, wobei schon wieder alle aufstehen und warten, bis er den Raum verlassen hat. Er geht an mir vorbei und ich folge ihm wieder aus dem Haus hinaus.

»Du hast Fragen, raus damit«, merkt Emanuel mir an. Das Schweigen hat mich verraten.

»Die Magier, die vorne sitzen, sind die anders als die anderen?«

»Im Senat sitzen auserwählte Magier der Stadt. Die Sieben, die vorne sitzen, sind die sieben Urmagier. Das bedeutet, dass diese sieben die Geschichte von Lumina begründet haben. Der älteste Magier ist über zweihundert Jahre alt.« Daraufhin schmunzelt er leicht. Zweihundert Jahre?

»Das heißt, Magier sind unsterblich?« Er nickt.

»Wenn sie sich nicht töten oder hinrichten lassen schon, ja. Ein Magier stirbt nicht ohne Weiteres.« Allmählich finde ich, ein Magier zu sein, doch ziemlich aufregend. »Aber wenn sein Begleiter ihn umbringt, stirbt er.« Ich schlucke und sehe Emanuel an, der ein ernstes Gesicht macht. Etwas vorsichtig will ich ein »Tut mir leid« von mir geben, doch er fängt bloß an zu lachen. »Ich necke dich nur etwas.« Er lächelt mich an. Hier zu sein scheint ihm gutzutun. Zusammen mit ihm gehe ich ins Zentrum der Stadt. Dann übernimmt Emanuel die Führung und bringt mich zu einem der größeren Anwesen am Rand der Stadt. Um das große, weiße Haus herum führt ein Zaun aus Metall, der das Haus und den Garten schützen soll. Wer auch immer hier wohnt, der oder diejenige scheint äußerst wichtig zu sein. Emanuel stößt das Tor einfach auf und betritt mit mir den Weg durch den Garten, direkt zum Hauseingang. Der Garten ist sehr gepflegt, Blumen wachsen, das Gras ist saftig grün und nahezu perfekt. Hier hat offenbar jemand viel Zeit, den Garten zu pflegen. Emanuel scheint aber eher weniger beeindruckt von allem und führt mich bloß zur Tür. Statt zu klopfen, was ich erwartete, öffnet er sie einfach. Er lässt mich zuerst hineingehen und ich laufe vorsichtig den Flur entlang. Ich stehe nun mitten in einem großen Raum und sehe mich staunend um.

Kapitel 10

Herr von Vontaine

»Willkommen im bescheidenen Anwesen de Vontaine.« Verblüfft sehe ich mich um. Die Wände strahlen in einem hellen Gestein, einige Säulen zieren den Eingangsbereich und ein roter Teppich führt zur Treppe. Der Aufgang ist breit und nimmt die ganze Wandseite ein. Ein Rundfenster, beglast mit farbigen Scheiben, spendet Licht und macht den Eingangsbereich zu etwas Besonderem. Bescheiden? Mit so einer Unterkunft geht er freiwillig von hier weg? Langsam werde ich echt skeptisch. »So. Ich zeige dir das Bade- und Esszimmer. Wir essen zur siebten Stunde, insofern du meine Gesellschaft in Anspruch nehmen möchtest.« Emanuel geht die Treppe plötzlich nach oben. Ich eile ihm nach, denn ich habe das Gefühl, dass ich ihm folgen soll. Tatsächlich, er bringt mich in einen großen Raum, in dem ein langer Tisch steht und viele Stühle darum herum.

»Wohnen noch mehr hier?«, frage ich verunsichert. Er lacht daraufhin, als hätte ich ihm einen Witz erzählt. Dann verstummt er und räuspert sich etwas verlegen. »Entschuldige bitte. Nein, hier wohnt sonst keiner.« Das nehme ich einfach mal so hin, mir bleibt sicher nichts anderes übrig. »Ich zeige dir dein Zimmer.« Mein Zimmer? Ich bekomme ein eigenes Zimmer? Aufgeregt folge ich ihm eine weitere Treppe hinauf und dort den Flur entlang. Er bleibt kurz vor der Tür stehen und dreht sich zu mir herum.

»Philip«, beginnt er ernst. »In deinen vier Wänden kannst du tun und lassen, was dir beliebt. Doch außerhalb dieser Tür wirst du dich benehmen müssen. Kein Herumwandern, keine Spionage. Alle Räume, die du betreten darfst, sind dein Zimmer, das Badezimmer und das Esszimmer. Gerne darfst du den Garten betreten und hier aus- und eingehen, wie du magst. Der Rest hier ist für dich tabu. Ich dulde keine Ausnahmen und keine Entschuldigung. Verstanden?« Ein wenig überwältigt von dieser Aussage nicke ich. Sein Gesicht hat sehr ernste Züge angenommen, somit weiß ich, dass er keine Scherze macht.

»Ich habe Euch verstanden, Emanuel.« Zufrieden lächelt und nickt er. Dann macht er mit Platz, damit ich in das Zimmer gelange. Ich öffne die Tür und staune nicht schlecht, als ich den Raum betrete. Eine hellgrüne Wand erfrischt das komplette Zimmer und passt sehr gut zum holzbraunen Fußboden. Der Schrank, die Kommode und auch das Bett haben dieselbe Farbe wie der Boden. Aber trotzdem wirkt alles immer noch sehr hell. Die Bettwäsche ist weiß, ebenso wie die Vorhänge am Fenster. Es gefällt mir sehr gut, auch wenn alles recht einfach gehalten ist. Das ist trotzdem mehr, als ich bis jetzt hatte. Ich drehe mich um die eigene Achse und sehe mich um. Der Schrank ist voll mit Kleidungsstücken. Ich nehme mir ein Hemd heraus und halte es mir an. Es passt mir sicher hervorragend. Eine weitere Tür weckt meine Aufmerksamkeit. Prompt lege ich das Hemd auf dem Bett ab und nähere mich der Pforte. Ich betätige den Türknauf und trete in den dunklen Raum ein. Ich sehe kurz nichts, doch als ich über die Türschwelle gehe, erleuchtet plötzlich der Raum in einem strahlenden Licht, als wäre ein riesiges Fenster an der Decke, das die Sonne hereinlässt. Ich bemerke, dass ich im Badezimmer bin. Eine riesige Wanne steht inmitten des Raumes. Gleich neben der Tür befinden sich ein Waschbecken und ein kleines Regal, in dem sich weiße Handtücher stapeln. Hier ist es wie im Paradies. Witzigerweise juckt mein ganzer Körper, als ich die Wanne entdeckt habe. Ein warmes Bad wäre wirklich toll.

***

Im Handtuch eingewickelt sitze ich auf dem Bett und entspanne ein wenig. Nach dieser Reise ist es unglaublich schön, in einem weichen Bett schlafen zu können. Um ehrlich zu sein, bin ich glücklich darüber, dieses Gefühl erfahren zu dürfen. Mein Blick schweift an der Wand entlang. Dort befindet sich eine Uhr, der kleine Zeiger steht schon auf der Sieben, der größere auf der Fünf. Ich sehe die Uhr genauer an, die schwarzen Zeiger haben eine sehr schöne Form, sie sind verziert mit Ranken und blauen Blumen. Die Ziffern sind weiß und sehr schön geschrieben. Wer die Uhr wohl gemacht hat… Moment, es ist nach Sieben! Aufgeregt springe ich auf und werfe das Handtuch auf den Boden. Dann nehme ich mir ein Hemd, Unterwäsche und eine Hose aus dem Schrank, welche ich mir schnell anziehe. Dann verlasse ich flott das Zimmer und eile ins Esszimmer. Emanuel sitzt bereits am Tisch und isst, während er ein Buch liest. Leise geselle ich mich zu ihm und setze mich auf seine linke Seite. Er mustert mich und die Kleidung, seufzt leise, aber legt das Buch zur Seite.

»Gefällt es dir?«

Ich nicke lächelnd. »Ich finde es toll. Die Badewanne ist wirklich traumhaft! Und das Zimmer… Noch nie durfte ich in so einem weichen Bett schlafen!« Emanuel grinst stolz.

»Dachte ich mir. Hör zu, ich werde morgen nach einem Lehrer für dich suchen. Es wird schwer, denn es muss jemand sein, der mit dir bei null anfangen kann, verstehst du? Normalerweise sind Magierkinder so weit von ihren Eltern ausgebildet worden, dass sie ihre Magie kontrollieren können. Doch du … kannst sie ja nicht mal rufen. Deshalb wird es schwer. Und ich weiß nicht, ob es dein Lehrer schaffen wird. Sei also nicht gleich enttäuscht, wenn es vorerst nicht klappt.« Nachdem er seine Ansprache beendet hat, kommen zwei junge Männer rein und stellen einen großen Teller vor mich und schenken mir Wasser in einen Becher. Wahnsinn, Emanuel hat sogar Bedienstete. »Iss, ja?« Ohne dass er eine Antwort hören will, isst er weiter und erwartet, dass ich dasselbe tue. Ich aber lass mir das natürlich nicht zweimal sagen. Ich habe schon eine halbe Ewigkeit nichts mehr zwischen die Zähne bekommen. Also hau ich rein, was geht.

Satt lehne ich mich in den Stuhl. Ich habe so viel gegessen, dass mir der Bauch weh tut. Das scheint auch Emanuel sehr zu amüsieren. Dann jedoch steht er auf.

»Geh' bitte bald schlafen. Ich wünsche dir eine erholsame Nacht.«

»In Ordnung. Ich Euch auch«, erwidere ich. Als er weg ist, stehe ich auf und strecke mich. Ich könnte mich gut an all das hier gewöhnen. Wie kann Emanuel freiwillig auf Wanderschaft gehen, wenn er hier alles hat? Irgendetwas stimmt hier nicht. So wie ich es verstanden hatte, will er sich um irgendetwas kümmern. Ich frage mich bloß, um was er sich kümmern muss. Egal, was es ist, es scheint ziemlich wichtig zu sein, jedenfalls für ihn.

Ich gehe wieder nach oben in mein Zimmer, um mich hinzulegen. Allerdings denke ich dabei viel darüber nach, was mich hier noch erwarten wird. Vielleicht sollte ich besser morgen weiter darüber nachdenken.

Müde kuschle ich mich ins Bett und gähne. Ich bin echt fertig, was für ein Tag!

Kapitel 11
William Ayton

Ich wache auf, als das komplette Zimmer in ein tiefes Rot, gemischt mit Lila- und Orangetönen, getaucht ist. Ich erhebe mich, laufe zum Fenster und sehe nach draußen. Der Sonnenaufgang – wie schön. Wahrscheinlich ist es jetzt Zeit, um zu essen. Ich schaue kurz auf die Uhr und sehe, dass es kurz nach fünf Uhr morgens ist. Das bedeutet, dass ich noch etwas Zeit habe. Also, was tun? Schnell entscheide ich mich dazu, mich etwas in der Stadt umzusehen. Aus dem Kleiderschrank nehme ich einen Mantel heraus, so einen wie Emanuel immer trägt. Er ist schwarz und hat einen roten Saum. Aber dieser hier liegt am Oberkörper an und wird erst ab der Hüftregion weiter. Noch dazu hat diese Jacke Knöpfe, die ich allerdings offen lasse. Ich betrachte mich kurz im Spiegel, der neben der Tür steht. Ich sehe gut aus. Diese Kleidung erinnert mich sehr an die des Adels, wobei diese Sachen viel vornehmer aussehen. Gefällt mir. Dazu ziehe ich Stiefel an, die mir bis unter die Knie gehen, etwas höher noch, als die Jacke endet. In Kombination sieht das richtig super aus.

Langsam gehe ich die Treppe hinunter, ohne Lärm zu machen. Ich weiß nicht, wo Emanuel schläft, aber ich will ihn auf keinen Fall wecken. Ich sehe auch keine Diener, also eile ich schnell zur Tür, die ich selbst aufmache und so leise wie möglich schließe. Danach gehe ich durch den Garten, direkt zum Inneren der Stadt.

Die Stadt ist wie leergefegt. Als würde niemand hier wohnen. Dabei sah das gestern noch ganz anders aus. Ich frage mich bloß, warum.

Ich gehe quer durch die Straßen, finde aber niemanden vor. Nicht einmal Wachen, so wie es in meiner Heimatstadt gang und gäbe war. Aber andererseits wüsste ich gar nicht, ob die Bewohner es für nötig halten, da sie sich mit ihren Fähigkeiten selbst verteidigen können.

In Gedanken an die neue Stadt versunken, merke ich gar nicht, wie ich das Stadttor passiere. Ein Weg führt hinaus zu einer großen, weiten Wiese. Hier stehen überall Blumen, und das Gras leuchtet. Jetzt, da die Sonne aufgegangen ist, leuchten die Blumen auch in allen möglichen Farben. Als wir gestern hier ankamen, sah das ganz anders aus. Da war es kurz vor der Dämmerung, jedenfalls stand die Sonne schon recht tief. Aber jetzt lässt sich alles, wortwörtlich, in einem anderen Licht sehen. Ich gehe eine Weile durch das Gras um die Stadt herum. Es ist noch feucht vom

Morgentau, weshalb meine Schuhe ebenfalls feucht werden. Aber das macht mir nichts aus, denn ich bin viel zu abgelenkt von dem, was ich sehe. Die Stadtmauer ist gewaltig hoch. Wenn ich genau hinsehe, fällt mir eines auf: Es gibt keinen Makel an diesem Bau. Diese Mauer wurde erst vor Kurzem errichtet. Ich frage mich, wann sie gebaut wurde und, vor allem, aus welchem Grund.

»Es ist ziemlich gefährlich für einen jungen Magier, sich ohne Begleitung hier draußen herumzutreiben.« Diese Stimme reißt mich aus meinen Gedanken. Da ich zuerst nicht merke, woher sie kommt, schaue ich mich hektisch um. Ich bin wenig ängstlich, denn die Stimme klingt eher belehrend als unheilvoll. Noch dazu meine ich, diese Stimme zu kennen, woher genau kann ich jedoch nicht einordnen. Eine kräftige Hand legt sich auf meine Schulter, und ich fahre herum. Ich blicke einem älteren Mann in die Augen. Das stechende Blau kommt mir sofort bekannt vor.

»Entschuldigt, ich wusste nicht, dass es verboten ist, die Stadt zu verlassen.«

Er lacht leicht und nimmt die Kapuze von seinem Kopf. Seine Haare glänzen in der Sonne, und wie gedacht, lugen wenige, aber auffällige silberne Haarsträhnen hervor. »Ist es auch nicht. Es ist bloß gefährlich.« Er lächelt. »Dein Name lautet Philip.« Es ist mehr eine Feststellung als eine Frage. Ich kräusle die Stirn. Woher... »Emanuel hat von dir gesprochen. Gehen wir ein Stück zusammen?« Ich nicke kurz, er lächelt und läuft weiter. Der Magier vor mir ist einer der besagten Urmagier. Bevor ich ihn danach fragen kann, spricht er wieder drauf los: »Du bist also ein Magier, der von seinen Fähigkeiten nicht das Geringste wusste. Das ist sehr interessant. Was ist mit deinen Eltern?«

»Das ist eine gute Frage. Das wüsste ich selbst gern. Ich bin in einem Waisenhaus aufgewachsen. Na ja, eigentlich habe ich vorwiegend auf der Straße gelebt. Ich habe meine Eltern nicht kennenlernen dürfen. Und erinnere mich weder an ihre Namen noch ihren möglichen Aufenthaltsort. Nicht einmal, ob sie überhaupt noch leben.« Der Mann hört mir aufmerksam zu.

»Merkwürdig. Emanuel hat dir sicher erzählt, dass Kinder mit magischen Fähigkeiten diese von klein auf erlernen und durch die Hilfe ihrer Eltern kontrollieren können. Ich habe noch nie einen Magier getroffen, der erst mit siebzehn Jahren erlernt, mit seinen Fähigkeiten umzugehen.« Er lacht, als sei das alles ein Scherz. Wahrscheinlich findet er das amüsant; mir jedoch ist diese Situation unangenehm. »Aber es sollte möglich sein. Schließlich soll ja auch mal ein Magier auftauchen, der alle fünf Grundelemente beherrscht.« Wieder schmunzelt er. Ich kann nicht richtig einschätzen, ob er das ernst meint oder mich veräppelt.

»Ist es denn wirklich so unwahrscheinlich, dass ein solcher Magier auftaucht?« Ich kann mich daran erinnern, dass Emanuel davon sprach, dass Magier grundsätzlich nur ein Element wirken können. Wenige mehr, und erst recht niemand alle fünf.

Der Urmagier hält inne und schaut über die Schulter zu mir. Etwas Verdrießliches liegt in seinem Blick, aber nur für einen kleinen Moment.

»Mach dir keine Gedanken, das war ein törichter Vergleich. Emanuel ist übrigens ein sehr guter Lehrer.« Ich bleibe stehen, was der Magier erst nach ein paar Schritten bemerkt. »Was hast du?«

»Emanuel wird mich nicht unterrichten, das hat er mir deutlich zu verstehen gegeben. Im Grunde bin ich deshalb auch hier.« Er legt seine Hand an sein Kinn und streichelt seinen stoppeligen Bart auf und ab.

»Verstehe«, sagt er bloß. Den Grund würde ich gerne erfahren. »Du musst wissen, Emanuel hat mit einer sehr schwierigen Vergangenheit zu kämpfen, denn –«

»Stark, was zur Hölle bedrängst du meinen Schützling?« Wir drehen uns ertappt um. Mit zerzausten Haaren und einem nur halb zugeknöpften Hemd kommt Emanuel überraschend von hinten auf uns zu. Irgendetwas sagt mir, dass er uns schon eine Weile gefolgt ist und gerade jetzt einschreitet, als der Magier mir etwas über den Grund verraten wollte, aus dem Emanuel mich nicht ausbilden will.

»Er war so einsam hier draußen, also bin ich ein paar Schritte mit ihm gegangen«, erklärt er sich selbst verteidigend. Emanuel bleibt gegenüber von uns stehen.

»Schön, dann muss ich euch nicht mehr vorstellen.« Emanuel verschränkt tadelnd die Arme, was meinem Begleiter gar nichts ausmacht.

»Ah, vorstellen. Ich wusste, ich habe etwas vergessen.« Grinsend wendet er sich zu mir um. »Mein Name ist Thomas Stark. Nenn mich Thomas. Emanuel bevorzugt Stark, wahrscheinlich, um sich über mich lustig zu machen.« Daraufhin schnaubt Emanuel abfällig und zieht mich an der Jacke zu sich. Stark klingt besser als Thomas, vielleicht folge ich Emanuels Beispiel.

»Wir haben keine Zeit für einen Plausch. Philip muss essen, und dann werde ich ihm seinen neuen Lehrer vorstellen.« Er legt den Arm über meine Schultern und zieht mich in seine Richtung, womit er mir andeutet, ihm sofort zu folgen. Je mehr er mich dazu drängt, desto sicherer bin ich, dass er nicht wollte, dass Thomas etwas verrät. Warum macht er daraus so ein Geheimnis? Offenbar scheint ja jeder über ihn Bescheid zu wissen. Jedenfalls habe ich das Gefühl, dass es so ist. Was soll's, vielleicht finde ich bald mehr heraus.

Jetzt nimmt mich Emanuel wieder mit zurück in die Stadt und in sein Haus. Er sagt kein Wort. Ob er sauer ist, weil ich das Haus verlassen habe? Eigentlich hat er es mir ja erlaubt. Er ist wohl eher aufgebracht, dass Thomas mir beinahe etwas verraten hätte. Früher oder später werde ich ihn trotzdem noch einmal darauf ansprechen. Auf der Reise hierher hat das nicht besonders gut geklappt. Er geht die Treppe nach oben und setzt sich im Esszimmer an den großen Tisch, wo schon das Frühstück bereitsteht.

»Setz dich hin und iss!«, bedeutet er mir in einem befehlenden und harschen Ton. Ich tue, was er mir sagt, trotzdem brennt mir diese Frage wirklich auf der Seele.

»Emanuel«, stoße ich hervor, aber er stoppt mich mit einer einfachen Handbewegung.

»Ich will nichts mehr davon hören. Akzeptiere es«, weist er mich barsch zurecht. Schweigend setze ich mich hin und esse etwas Obst, da mir eben der Appetit vergangen ist. Emanuel ist eine friedliche Seele und sehr freundlich. Aber sobald ich auf das Thema zu sprechen komme, verändert sich sein Charakter von Grund auf.

Nach einer Weile räuspert er sich leise und seufzt gleich darauf. »Tut mir leid, ich rede niemals darüber und will auch nicht, dass es ein anderer tut. Sei bitte etwas nachsichtig. Lass uns jetzt gehen«, fordert er mich auf. Ich nicke, stehe auf und folge ihm hinaus und durch die Stadt.

Die Bewohner führen jetzt ein reges Stadtleben, ganz im Gegensatz zum heutigen Morgen. Sie reden miteinander, Kinder spielen auf der Straße, die Kaufleute verkaufen ihre Waren. Es ist fast so wie zu Hause. Doch als Emanuel die Massen durchquert, macht ihm alle Platz, und jeder verneigt sich ein wenig. Emanuel ist und bleibt ein Rätsel für mich.

»Emanuel, sagt mal, wohin gehen wir?«

»Zu einem Lehrer für dich, wie versprochen.« Ich schlucke. Ob er mir überhaupt helfen kann, wenn doch schon kleine Kinder mehr können als ich? »Ich habe mir sagen lassen, er sei der Beste. Sei etwas zuversichtlich.« Er versucht, mir Mut zuzusprechen, was mir aber nicht hilft. Emanuel führt mich quer durch die Stadt, durch Gassen und Straßen, über Wege und Wiesen, bis wir an ein Haus gelangen. Emanuel setzt jeden Schritt geschickt, während ich mir Gedanken darüber mache, ob ich jemals zurückfinde.

Das Haus, vor dem wir jetzt stehen, ist viel kleiner als das von Emanuel. Es ist mickrig, steht aber auch außerhalb und ziemlich nah an der Stadtmauer. Plötzlich öffnet sich die Tür und ein Mann mit schwarzen Haaren und in dunkler Kleidung tritt hervor. Anders als viele, die ich bisher kennengelernt habe, ist er recht jung. Er lächelt, als er Emanuel erblickt, woraufhin er das Haus verlässt, um ihm die Hand zu reichen.

»Emanuel de Vontaine, schön, Euch wiederzusehen. Eure Rückkehr hat auf sich warten lassen.«

»Durchaus, es gab ein paar Probleme, mit denen ich fertig werden musste.« Dabei sieht er mich an. Ich weiß nicht, ob er meine Zustimmung hören will oder ob ich dieses sogenannte Problem darstellen soll.

»Dann ist das also dein Begleiter Philip. Ich habe gestern von ihm erfahren. Was verschafft mir denn diese Ehre?« Er betont das Wort sehr scharf.

»Ganz recht. Hör zu, wir … nein, er braucht deine Hilfe.« Der Mann nickt wissend.

»Seine Geschichte hat bereits die Runde gemacht. Aber Emanuel, ich habe keine Ahnung, ob ich das schaffe. Eigentlich wärt Ihr selbst dafür am besten geeignet.« Emanuel verdreht die Augen und schüttelt den Kopf.

»Du bist der beste Lehrer, den ich kenne. Wenn du ihm seine Kräfte nicht entlocken und ihm das Magiewirken beibringen kannst, dann keiner.« Lächelnd nickt Emanuel ihm ermutigend zu.

»Ich kann Euch das Versprechen geben, mein Bestes für ihn zu tun. Ob es was wird, liegt allein bei ihm.« Zufrieden atmet Emanuel auf.

»Das ist ein Wort«, meint er dazu und schaut mich danach an. »Also, ich werde dich zur Abenddämmerung wieder hier abholen. Eins noch: Das Erlernen, sich der Magie zu bedienen, kann ebenso mühsam sein wie das Laufenlernen eines Kindes. Erwarte nicht zu viel.« Langsam glaube ich, dass Emanuel mir das nicht zutraut. Ist es, weil ich schon so alt bin? Glaubt er nicht daran, dass ich es schaffe? Egal, was es ist, ich werde mich anstrengen und ihm beweisen, dass ich es kann.

»Habt Dank, wir werden schon zurechtkommen.« Emanuel nickt und lässt mich mit dem Mann allein.

»Nun gut«, äußert sich mein Lehrer. »Ich bin William Ayton, Freunde nennen mich auch Will. Sag bitte du zu mir. Ich werde für die nächste Zeit zwar dein Lehrer sein, aber ich möchte, dass du mich als Freund siehst und nicht als Sklaventreiber. Komm rein.« Mit einer einfachen Handbewegung winkt er mir zu und öffnet dabei die Tür. Er bedeutet mir, dass ich vorausgehen soll. Also schlüpfe ich durch den Türspalt. Als ich im Haus mitten im Gang stehe, ziehe ich auf Wills Bitte meine Schuhe aus und laufe barfuß weiter. Ich gelange in einen leeren Raum, nur ein großer Teppich ist auf dem Boden ausgerollt. Die Fenster sind mit schwarzem Stoff verdeckt, weshalb kaum Licht hereinkommt. Die Lichtquelle beschränkt sich auf ein Fenster, bei dem der Vorhang verrutscht ist, sodass ein durch den Spalt enorm helles Licht in den Innenraum strahlt. Will quetscht sich mit einem flachen Tisch an mir vorbei, den er in die Mitte des Raumes stellt. Dann geht er zu den Fenstern und zieht die Vorhänge beiseite, was das Zimmer in ein angenehmes Licht taucht.

»So, das hätten wir.« Er nickt zufrieden und gibt mir ein Kissen. Er nimmt sich selbst eins, legt es vor den niedrigen, runden Tisch (der mir in der Finsternis gar nicht aufgefallen ist) und setzt sich darauf. Von unten sieht er mich erwartungsvoll an, weshalb ich schnell begreife, dass ich es ihm gleichtun soll. Also setze ich mich im Schneidersitz an den tiefgelegten Tisch, gegenüber von William, und sehe ihm ins Gesicht. »Es ist schon eine kleine Weile her, dass ich einen Schüler hatte, weißt du? Und dass Emanuel gerade mich darum bittet, dich auszubilden, verwundert mich etwas. Aber gut.« Er schlägt seine Hände auf die Tischplatte und wirbelt Staub auf. »So soll es sein. Also, Philip. Hast du deine Magie bereits gewirkt?« Schnell nicke ich.

»Ein einziges Mal nur«, antworte ich ihm. Soll ich ihm die näheren Umstände auch schildern? Will sieht mich wieder mit diesem erwartungsvollen Blick an, was mich dazu bewegt, weiterzureden. »Emanuel und ich haben uns trennen müssen, also bin ich auf eigene Faust losgelaufen. Allerdings hatte ich einen Verfolger, einen Dunklen Magier aus meiner Heimatstadt. Er wollte mich umbringen und hat seine Magie gegen mich eingesetzt. Und dann, irgendwie, haben meine Hände und mein Körper rot geglüht, als ich die Hände schützend vor mich gehalten habe.« William hört mir aufmerksam zu und sieht mich dabei eindringlich an. Als ich mit meinem Bericht fertig bin, nickt er mehrmals, schweigt jedoch eine Weile.

»Unsere Kräfte sind im Grunde dazu da, um uns zu schützen. In deinem Fall haben sie dich vor dem Tod bewahrt. Allerdings bleibt es mir ein Rätsel, warum du von deinen Fähigkeiten nichts wusstest. Oder anders gesagt, warum sie sich nicht schon früher gezeigt haben. Bei Kindern ist es gewöhnlich so, dass sie zufällig ihre Magie verwenden, sich merken, wie sie das gemacht haben, und so lernen, sie richtig einzusetzen. Ich bin mir sicher, deine Eltern haben alles dafür getan, dass deine Kräfte niemals zutage kommen …« William wirkt nachdenklich, erzählt mir im Grunde aber kaum etwas Neues. Die Antwort auf das Warum werden wir niemals finden, es sei denn, meine Eltern tauchen hier auf und erklären es. Aber das wird nicht passieren, daran glaube ich nicht mehr. Ganz nebenbei gesagt, würde ich sie auch gar nicht erkennen. Ich habe mir lange genug Gedanken über meine Eltern gemacht; irgendwann sollte ich endgültig aufhören.

Während William auf einen Punkt im Raum starrt, sehe ich mich etwas um. Mir fällt jetzt erst das große Bild hinter Will auf, das sehr merkwürdige Szenen zeigt. Eine Figur fällt mir besonders oft auf: Sie ist immer ganz in Weiß, egal, in welcher Szene sie sich befindet. Etwas ist anders zum Ende des Bildes. Da wird eine Figur in dunkler und eine in weißer Kleidung dargestellt. Irgendwas sagt mir, dass das diese Legende darstellen soll, von der Emanuel mir erzählt hat und die er als lächerlich abgetan hat. Will scheint ebenfalls aus seiner Trance erwacht zu sein und folgt meinem Blick hinter sich. »Ah, die Legende des Weißen Magiers.«

»Emanuel hat kurz davon gesprochen. Aber ich denke nicht, dass er an die Geschichte glaubt.« Meine Aussage lässt William schmunzeln.

»So ziemlich keiner glaubt noch daran. Der Weiße Magier ist eigentlich dazu da, um die Welt wieder ins Gleichgewicht zu bringen. Da aber der Schwarze Magier immer stärker wird, reicht es langsam nicht mehr aus, auf diesen einen Magier zu warten, der uns vor einem Krieg bewahrt.« Ich beobachte weiterhin das Bild. »Der Weiße Magier als solcher taucht nicht einfach so auf. Er ist wie wir ein gewöhnlicher Magier. Das Einzige, was ihn von uns allen unterscheidet, ist, dass er die fünf Grundelemente beherrscht, wozu ein normaler Magier niemals in der

Lage wäre. Vielleicht hat Emanuel dir schon ein wenig darüber erzählt, ich weiß es nicht. Aber ein Magier kann höchstens zwei Grundelemente beherrschen, und das ist schon ein recht seltenes Phänomen. Zu unserem Pech besitzt der Schwarze Magier sogar drei Stück. Er ist damit uns allen bereits überlegen. Mittlerweile wäre der Weiße Magier der Einzige, der eine Chance gegen ihn hätte. Der Legende nach erscheint er dann, wenn die Welt ihn am meisten braucht. Da ich sehr davon überzeugt bin, nehme ich an, dass wir im Moment noch stark genug sind. Diese Stadt und alle Bewohner hier werden im Namen aller Lichtmagier gegen die dunkle Seite kämpfen. Im Moment sind wir hier sicher. Aber wer weiß schon, wie lange…«

»Warum nehmt ihr euch seiner nicht selbst an? Es kann doch nicht so schwer sein, seinem Leben ein Ende zu setzen?« William lächelt fad.

»Dagegen sprechen zwei Dinge. Erstens: Wenn ein Magier einem anderen mit seiner Magie das Leben nimmt, entrinnen ihm seine Kräfte. Dieser Mord würde dich wieder in ein machtloses Geschöpf verwandeln. Zweitens…« Will schüttelt schnell den Kopf. »Ich habe genug erzählt. Das sind Dinge, über die du dir keine Gedanken machen solltest. Und jetzt schauen wir mal, wie wir deine Kräfte wecken können.«

Draußen wird es allmählich dunkel, und ich bin erschöpft. William ist mit mir nach draußen gegangen und hat mich quer durch die Stadt gejagt. Ich weiß nicht, wo genau er sich versteckt, aber ich muss vorsichtig sein. Wir versuchen uns an einem Rollenspiel. William spielt den Schwarzen Magier, und er hat versprochen, keine Gnade walten zu lassen, wenn er schneller sein sollte als ich. Ich verstecke mich jetzt im Dunkeln. Dass ich ihn nirgends finde, macht mir Angst. Erst recht, weil ich nicht einschätzen kann, ob er tatsächlich mit mir kämpfen will. Ich habe auch keine Ahnung, was er damit erreichen möchte. Ich verstecke mich gerade hinter einem Busch und sehe mich hektisch um. Ich erkenne und höre nichts. Also springe ich wieder auf und laufe weg. Nach ein paar Schritten glaube ich, meinen Namen zu hören. Das verwirrt mich und macht mir riesige Angst. Ich merke nicht, wie sehr ich mich in diese Verfolgungsjagd hineinsteigere. Ich schwitze und bekomme kaum Luft. Plötzlich pralle ich gegen ein weiches Objekt, bis ich merke, dass es ein Mensch ist.

»Jetzt habe ich dich«, lacht er. Ich krümme mich auf dem Boden zusammen, auf den ich gefallen bin, und schlage die Hände über meinem Kopf zusammen. Ich warte darauf, dass mich irgendein Zauber trifft, aber es passiert nichts. William nimmt meine Hand und zieht mich langsam nach oben. »Das war wohl nichts«, meint er bloß und fährt mir durch die Haare. »Panik löst deine Kräfte also nicht aus, ebenso wenig wie Angst. Dabei war es das, was ich zuerst vermutet hatte, nachdem du mir deine erste Berührung mit Magie geschildert hast. Hattest du denn keine Angst, als du diesem Magier gegenüberstandest? Allein und ohne Hilfe, mit dem Wissen, dass du sterben könntest?« Ich überlege kurz und erinnere mich schnell an das komplette Szenario, das mir damals geboten wurde.

»Ich hatte höllische Angst.« Das Bild, wie der Dunkle Magier vor mir stand und seinen Stab gegen meine Rippen presste, jagt mir immer noch einen eiskalten Schauer über den Rücken. Dabei wollte ich das schnell vergessen.

»Wir machen morgen weiter«, sagt er schroff und lässt mich einfach stehen. Er selbst geht seiner Wege, womöglich frustriert darüber, dass es nicht geklappt hat. Emanuel hat mir oft genug gesagt, dass ich nicht gleich Erfolg haben werde, und das Ergebnis beweist, dass er Recht hatte. Wenn ich doch nur wüsste, wie ich es geschafft hatte, meinen Fähigkeiten freien Lauf zu lassen, dann könnte ich Will dabei helfen, mir zu helfen. Aber das alles ging so schnell, dass ich mich an die Hälfte kaum noch erinnern kann. Alles, was ich weiß, ist, dass ich große Angst hatte.

»Philip, bist du soweit?«, haucht mir von hinten eine Stimme in den Nacken. Emanuel kommt, um mich nach Hause zu bringen. Ich drehe mich zu ihm um und nicke. Er begutachtet mich eine kurze Weile und seufzt dann. »Du bliebst erfolglos, richtig? Geht's dir gut?«

»Ja, es geht mir gut. Ich denke, William ist ratlos. Er hat versucht, mir Angst zu machen und mich in Panik zu versetzen. Das hat aber nicht geklappt.«

»Kannst du dich nicht mehr daran erinnern, wie du dein Unterbewusstsein zum Magiewirken gebracht hast?« Ich schüttle den Kopf. Seitdem Will weggegangen ist, denke ich nur noch darüber nach. »Ich kann dir da nicht beistehen, schließlich war ich nicht vor Ort. Leider.«

»Bis ich nicht herausfinde, wie ich zu meinen Fähigkeiten kam, kann William mir nicht helfen …« Ich seufze und sehe Emanuel dabei an. Er wirft mir kurz einen bemitleidenden Blick zu, bevor er wieder nach vorne sieht und mich zum Haus zurückführt. Dort angekommen, geht er zur Tür hinein, hält aber inne und schaut nach hinten, als ich ihm nicht folge.

»Was hast du?«

»Emanuel … Mir ist heute klar geworden, dass ich das nicht schaffe.« Er lächelt mir zu und nimmt mich in den Arm. Die Umarmung weckt in mir ein unbekanntes Gefühl, eines, das wohl nur ein Sohn zu seinem Vater fühlen kann. Ich fühle mich sofort besser. »Ich sagte doch, es ist noch kein Meister vom Himmel gefallen. Selbst der Schwarze Magier hat einmal da angefangen, wo jeder andere auch anfängt.« Nach einem Augenblick lässt er mich wieder los und bedeutet mir, ins Haus zu gehen. Seine Worte waren zum ersten Mal seit einer gefühlten Ewigkeit aufmunternd und fast väterlich. Das bedeutet mir eine Menge, da ich meinen Vater ja nicht kenne. Ich folge Emanuel ins Haus. Er geht ins Esszimmer, ich allerdings habe überhaupt keinen Appetit. Das merkt Emanuel sofort und gibt mir die Erlaubnis, in mein

Zimmer zu gehen. Ich laufe die Treppenstufen nach oben, gehe den Gang entlang, öffne die Tür und lasse mich sofort ins Bett fallen. Mit dem Gesicht im Kissen vergraben, atme ich tief aus. Bevor ich keine Luft mehr bekomme, drehe ich mich um und starre die Decke an. Eigentlich bin ich total müde. Die Hetzjagd durch halb Lumina hat mich fertiggemacht, und am liebsten will ich nur schlafen. Aber ich muss mich dringend erinnern. Ich muss mich an das Gefühl erinnern, als sich meine Kräfte entfalten konnten. Komme, was wolle.

Todmüde und erschöpft schließe ich die Augen und nicke ein. Nicht einmal meine Kleidung habe ich abgelegt, weil ich zu müde war, um aufzustehen. Ich glaube, ich habe mir nicht mal die Schuhe ausgezogen. Ich sinke in einen Traum ein, der mir seltsam bekannt vorkommt. Aber es ist trotzdem etwas ganz anderes.

***

Ich stehe in absoluter Finsternis. Um mich herum nur pechschwarze Leere. Doch dann erblicke ich es: ein blasses, hellblaues Leuchten, schimmernd wie ein Stern in weiter Ferne. Ohne zu zögern, renne ich darauf zu, und als ich näher komme, erkenne ich, was es ist – Emanuels Stab. Der Stab, der so viel Macht birgt und den er nie aus den Augen lässt. Doch Emanuel selbst? Nirgendwo zu sehen.

Ein Schauer läuft mir über den Rücken. Ich drehe mich, starre ins Nichts. Warum nur fühlt sich das alles so bedroh-

lich an? Plötzlich blitzt es, und der Raum erstrahlt in gleißendem Licht. Da steht er: ein Mann in einer langen schwarzen Kutte. Sein Gesicht verborgen, nichts als schwarze Leere, die mir ins Mark dringt. Dann ein widerhallendes, bösartiges Lachen, das mir das Blut in den Adern gefrieren lässt.

Instinktiv wende ich mich ab und renne – schneller, als ich jemals gerannt bin. Doch das Lachen verfolgt mich, kriecht wie kalte Finger in meinen Nacken. Ich wage es, über die Schulter zu blicken – und erstarre. Die Gestalt steht wieder da, keinen Schritt von mir entfernt, als wäre mein Laufen nur eine Illusion.

Langsam hebt der Mann die Hände und nimmt die Kapuze ab. Sein Gesicht tritt hervor, grausam vertraut: Theodor von Solome, der Dunkle Magier. Der Mann, der mir den Tod gebracht hätte. Sein Grinsen schneidet wie ein Messer durch die Finsternis, und dann, wie aus dem Nichts, erscheint ein kreisrunder Abgrund unter uns. Ein Schlund der Dunkelheit.

Ich blicke mich verzweifelt um und erkenne die vertraute Gestalt des großen Baumes, meinen Rückzugsort. Der Baum, in dem ich Schutz gefunden hatte, bis ein lauter Knall mich herausgerissen hat. Und jetzt bin ich wieder hier, hilflos dem Angriff des Magiers ausgeliefert. Energieblitze schießen auf mich ein. Sie brennen sich tief in mein Fleisch, jeder Schlag eine Welle aus Schmerz. Ich sinke auf die Knie, unfähig, weiterzukämpfen, den Stab fest in meine Hände geklammert. Ich weiß, Emanuel wird nicht kommen.

Doch als der Dunkle Magier seinen Zauber sammelt, bereit zum letzten vernichtenden Schlag, presse ich die

Hände fester um Emanuels Stab. Etwas erwacht in mir, tief
und mächtig…

»Wach auf, hallo, Philip. Mach die Augen auf!« Emanuel rüttelt an mir, und ich schrecke hoch. Meine Atmung ist beschleunigt, mein Herz pocht wie verrückt, und ich schwitze. Ich sehe mich um. Draußen ist es noch dunkel. Die einzige Lichtquelle kommt von einer Lampe, die Emanuel festhält und die ein hellblaues Licht abgibt. Er sieht mich an, und ich erkenne die Besorgnis in seinen Augen. »Geht es wieder?« Mein ganzer Körper zittert; mein Traum hat mir ganz schön zugesetzt.

»Es geht schon. Ich habe schlecht geträumt.«

»Du hast ziemlich laut geschrien«, pflichtet er mir bei, und ich erröte. Geschrien? »Was hast du geträumt?« Ich halte ein paar Sekunden inne, entscheide mich dann aber doch, es ihm zu erzählen. Ich habe bloß das erlebt, was mir widerfahren ist, wahrscheinlich weil ich mir so viele Gedanken darum gemacht habe, bevor ich eingeschlafen bin. Allerdings gab mir dieser Traum keine Aufschlüsse darüber, wie ich es zur Magie bringen konnte, denn Emanuel hat mich dummerweise geweckt. Dieses Detail lasse ich aus.

»Du machst dir eindeutig zu viele Gedanken. Du wirst das schon schaffen. Es hat doch schon einmal geklappt, also wird es auch noch mal klappen. Jetzt zieh dich um und leg dich wieder hin. Versuch, noch etwas zu schlafen, bevor es wieder hell wird. William hat sicher einen Plan, was er tun kann, schließlich ist er einer der besten Lehrer, die ich kenne.« Auf seine Bitte hin, mich umzuziehen, gehe ich ins Badezimmer und wechsle meine Kleidung. Im Schlafanzug gekleidet, lege ich mich zurück ins Bett und decke mich ordentlich zu. »Gute Nacht«, wünscht Emanuel und verlässt das Zimmer. Völlig übermüdet drehe ich mich auf die Seite und schlafe sofort wieder ein. Doch dieses Mal träume ich nichts.

Emanuel lässt mich durch einen seiner Bediensteten wecken, damit ich pünktlich zum Frühstück erscheinen kann. Ich ziehe mir die Sachen vom Vortag an, lasse die Jacke aber hier. Wenn Will mich wieder durch die ganze Stadt jagt, werde ich darin ersticken. Fertig angezogen gehe ich hinunter zu Emanuel, der mich bereits am Tisch erwartet. Er sieht etwas besorgt aus und hat dunkle Ringe unter den Augen. Habe ich ihn letzte Nacht lange wachgehalten? »Guten Morgen«, begrüßt er mich, als ich in sein Blickfeld trete. Er liest etwas, vermutlich einen Brief. Was darin steht, scheint ihm weniger zu gefallen. Ich will ihn danach fragen, doch es scheint eine private Angelegenheit zu sein. Als ich mich setze, steckt Emanuel den Brief schnell in seine Tasche. Er sieht mich an und begutachtet mich.

»Wie geht es dir?«, erkundigt er sich, und in seiner Stimme klingt immer noch ein Hauch von Besorgnis mit.

»Gut«, antworte ich kurz und knapp, wenn auch nachdenklich. Dieser Traum war verdammt merkwürdig. Ich sollte besser nicht weiter darüber nachdenken und mich heute auf den Unterricht konzentrieren.

»Es war nur ein Traum; das wird dir nicht wieder passieren. Dafür sorge ich.« Er lächelt mir aufmunternd zu, aber ich kann ihm keinen Glauben schenken. »Die nächste Nacht wird wieder erholsamer sein.« Daraufhin nicke ich nur. Vielleicht hat er recht; ich muss mich beruhigen, sonst leidet Williams Training darunter. Schweigend esse ich eine Scheibe Brot mit Käse und trinke Tee. Dann bin ich auch schon satt. Eigentlich bin ich daran gewöhnt, nicht so viel essen zu müssen. Allein Brot war für Edward und mich damals schon so etwas wie ein Festessen. Edward… Ob es ihm gut geht? Was er wohl macht?

»Komm, Philip, es wird Zeit.« Ich stehe auf und folge Emanuel bis zu Williams Haus. Dieses Mal merke ich mir den Weg für den Fall, dass Emanuel mich hier vergessen sollte. William steht schon bereit, begrüßt Emanuel und nimmt mich mit hinein, wie schon am Vortag. Allerdings ist er heute wie ausgewechselt. Seine Haut ist blass, und seine Augen wirken müde und glanzlos. Im ersten Moment frage ich mich, ob seine Stimmung wegen der gestrigen Enttäuschung so niedergeschlagen ist.

»Wir haben heute nicht viel Zeit. Ich bringe dir bei, wie du Ruhe bewahren kannst, wenn du in Panik gerätst. Setz dich.« Will setzt sich im Schneidersitz auf

175

sein Kissen und bedeutet mir, dasselbe zu tun. »Am besten geht das durch Meditation. Schließe deine Augen.« Ich schließe die Augen und atme tief durch. »Jetzt denk an nichts und lausche der Stille.« Ich atme ruhig und höre nur meinen eigenen Atem. Alles ist still; kein Ton dringt an meine Ohren. Vorhin in der Stadt war so viel Trubel und Geschrei von Kindern zu hören. Hier ist es jedoch absolut ruhig. Diese Stille ist etwas merkwürdig, sogar unheimlich. Ich kämpfe mit mir selbst, die Augen geschlossen zu halten.

Sterne tanzen mir vor den Augen, was mich ziemlich davon ablenkt, an nichts zu denken und der Stille zu lauschen. Ich beobachte das ein wenig, werde aber hellhörig, als ich eine Stimme vernehme. Es ist eher ein Wispern unverständlicher Worte. Dann wird es wieder still. Plötzlich erscheint das Gesicht des Stadtherrn meiner Heimatstadt vor meinen Augen und grinst. Seine Augen stechen dabei wirklich bedrohlich hervor. »Hallo, Philip«, krächzt die Stimme in mein Ohr. Ich erschrecke, versuche aber, ruhig zu bleiben. Das ist doch nur ein Trick von Will, um mir wieder Angst zu machen. Also bleibe ich stumm und versuche, das Bild auszublenden. Emanuel hatte mir versichert, dass da, wo dieser Magier sich jetzt befindet, er uns nichts mehr antun kann. Ein Blitz leuchtet vor meinen Augen auf. Aber das Gesicht bleibt, wo es ist. *»In dir schlummert eine gefährliche Macht. Ich darf nicht zulassen, dass diese Macht geweckt wird.«* Dann erscheint sofort das Bild vor meinen Augen, wie er vor mir steht und zum letzten Zauber ausholt, um mich zu töten.

Sofort öffne ich die Augen. Ich atme schnell und panisch. Vor mir stehen Will und Emanuel, die scheinbar nicht wissen, was sie tun sollen. Als Will sieht, dass ich die Augen geöffnet habe, kniet er sich vor mich. Sofort wird mir eins klar: Das war kein Trick meines Lehrers.

»Philip«, sagt er nur, sonst nichts. Ich weiß nicht genau, warum Emanuel auch hier ist und vor allem, warum ich das alles nicht mitbekommen habe.

»Was ist denn los?«, will ich wissen. William schaut hilfesuchend zu Emanuel.

»Du hast geredet. Unverständliche Sachen. William hat mich gebeten, herzukommen. Scheint mir, als wäre Meditation nicht das Richtige für dich.« Das glaube ich auch. Der Magier scheint sich in meinen Kopf festgesetzt zu haben. Ich habe nun schon zum zweiten Mal dieses Bild vor meinen Augen, in dem er mich umbringen will. Aber dieses Mal habe ich mich daran erinnert, was er zu mir gesagt hat. In mir soll eine gefährliche Macht schlummern… Ich weiß ganz genau, dass er das wirklich zu mir gesagt hat. Ich habe scheinbar nur vergessen, dass er das getan hat. Das wirft mir allerdings schon ein paar Fragen auf. Unter anderem: Was für eine Macht und warum sollte diese gefährlich sein? Ich weiß nun, dass ich magische Kräfte besitze. Aber wie können diese Fähigkeiten gefährlich sein, wenn ich nicht mal weiß, wie ich sie aus mir herauskriegen kann? Und das Wichtigste… Woher wusste er überhaupt von meinen Kräften, bevor ich sie eingesetzt hatte? Ich muss unbedingt mit Emanuel darüber sprechen.

»Machen wir hier erst mal Schluss. Geh nach Hause und ruh dich dort aus«, weist William mich an. Ich sehe zu Emanuel, der nickt.

»Du kannst dich entfernen. Ich habe noch etwas zu erledigen«, raunt er mir zu. Nur gut, dass ich mir heute Morgen den Weg hierher eingeprägt habe.

Ich gehe allein zurück zu Emanuels Anwesen. Meine Gedanken kreisen dabei nur um eines: Ich glaube langsam auch, dass Emanuel mehr weiß, als er zugibt. Will er mich deshalb nicht ausbilden? Wegen dieser gefährlichen Kräfte? Überlässt er mich deshalb einem anderen Lehrer, der offenbar keine Ahnung hat, was er tut? Es sind so viele Fragen offen, die einer Erklärung bedürfen. Von Emanuel werde ich aber keine Antwort bekommen, er wird alles gut bewahren. Warum ist Emanuel nur so, wie er ist? Hätte ich wenigstens darauf eine Antwort, so könnte ich verstehen, warum er das macht, was er macht – und warum er es nicht macht.

Plötzlich beginnt es zu regnen. Bis eben schien die Sonne noch hell am Horizont, jetzt aber bedecken dunkle, schwere Wolken die helle Scheibe. Es tröpfelt kurz, dann kommt aber alles nieder, was will. Schnell flüchte ich ins Haus. Tropfend nass stehe ich in der großen Eingangshalle. Ich hatte den Regen nicht erwartet, sonst wäre ich schon etwas schneller gelaufen. Ach, was soll's. In diesen klitschnassen Klamotten gehe ich nach oben in mein Zimmer, um mich umzuziehen. Nachdem ich wieder trockene und warme Sachen angezogen habe, setze ich mich aufs Bett. Ich habe nicht den blassesten Schimmer, was ich tun soll. Hier herumsitzen und Nichtstun? Dafür bin ich nicht hergekommen. Nach draußen gehen kann ich auch nicht, da es immer noch in Strömen regnet. Aber auf Emanuels Bitten hin darf ich hier auch nicht herumwandern. Allerdings wüsste ich nur zu gern, was er zu verstecken hat. Ich bin nun mal ein sehr neugieriger Mensch. Und da Emanuel nun noch etwas zu erledigen hat… Ich schleiche mich leise aus dem Zimmer heraus. Niemand soll mich hören, auch nicht Emanuels Bedienstete. So wie ich Emanuel einschätze, werden sie den Auftrag haben, mich davon abzu-halten, hier herumzuspazieren. Ich tänzle so schnell und leise, wie ich kann, den Gang entlang und stehe nun vor der breiten Treppe, die nach oben und unten führt. Bisher kam ich noch nie weiter nach oben als bis hierher. Wenn Emanuel etwas versteckt, dann womöglich da oben. Leise erklimme ich die Stufen, sehe mich mehrmals um, um mich zu vergewissern, dass mir niemand folgt. Dann stehe ich eine Etage weiter oben im Gang. Dieser hier ist breiter als die unteren. Und vor allem wirkt hier alles lebendiger, oder besser gesagt, belebter. Ich denke, hier oben könnte Emanuel sein Zimmer beziehen. Es ist bloß ein Gefühl. Der Gang an sich ist genauso wenig aus-sagend gestaltet wie die anderen. Auch die großen und schweren Holztüren sind exakt dieselben. Leise betätige ich den Türgriff und verschaffe mir somit Zutritt zu einem Zimmer. Im Inneren des Raumes stehen ein Bett, ein Schrank und ein großer Schreibtisch, der mit viel Papier und Briefen überhäuft ist. Das ist der endgültige Hinweis darauf, dass dieses Zimmer definitiv Emanuel gehören muss. Ich gehe in das Zimmer hinein und direkt zum Schreibtisch. Vielleicht liegt ja auch hier der Brief, den Emanuel heute Morgen bekommen hat? Hier liegen schließlich viele Briefe, also welcher von denen könnte es denn sein... Ich weiß bloß, dass der Brief etwas Rotes auf dem Umschlag hatte. Ein Siegel. Was aber darauf zu sehen war, weiß ich nicht, denn ich habe es nicht ausmachen können, so schnell hat Emanuel ihn weggesteckt.

Ohne Unordnung zu schaffen, sehe ich mich um. Bei genauerem Betrachten fällt mir gleich auf, dass viele Briefe mit einem roten Siegel hier herumliegen. Ich kann unmöglich alle lesen und dann entscheiden, welcher Brief heute Morgen in seine Hände fiel. Also belasse ich es dabei und lasse auch vom Schreibtisch ab. Ich entdecke eine Tür neben der Eingangstür. Ich bin der Annahme, dass diese auch zu einem Badezimmer führen muss, so wie in meinem Zimmer. Hier werde ich nicht fündig nach Antworten. Da fällt mir die zweite Tür gegenüber diesem Zimmer wieder ein, weshalb ich das Schlafzimmer verlasse. Leise schleiche ich mich durch den Flur und gelange zur anderen Tür. Bevor ich diese öffne, schaue ich mich noch einmal hinter mir um. Ich höre nichts und sehe niemanden. Also auf.

Als ich mitten im Zentrum des Raumes stehe, weiß ich nicht recht, was ich von all dem halten soll. Der Raum ist nicht sehr groß, jedoch gefüllt mit Regalen voller Kleidung. Der grüne Umhang liegt über einem Ständer, der die Form eines Körpers hat, weshalb der Mantel darauf sehr gepflegt und elegant wirkt. Aber das ist nicht die Sache, die mich so stutzig macht. Gleich daneben steht ein ähnlicher Kleidungsständer, der ein weißes Gewand trägt. Ich weiß ganz genau, wo ich ein solches Gewand bereits einmal gesehen habe. Selbiges trug Thomas Stark, als wir in der Stadt ankamen und den Senat aufgesucht hatten. Die sieben Urmagier trugen exakt dieses Gewand, kein anderer sonst. Jetzt wird mir auch allmählich klar, dass ich den Mann kenne, dessen Platz nicht belegt war. Emanuel ist einer der Urmagier. Warum verheimlicht mir Emanuel, dass er einer der Sieben ist? Er vertraut mir nicht, das ist es. Und mir fällt plötzlich auch auf, wieso. Ich missbrauche sein Vertrauen in genau diesem Moment. Er hat mich gebeten, nicht herumzuwandern, und trotzdem habe ich es getan. Darüber habe ich nicht nachgedacht, das war ein Fehler.

Langsam weiche ich aus dem Zimmer zurück und will die Tür schließen, da brüllt im Gang jemand lautstark meinen Namen. Ich kenne diese Stimme nur zu gut, das Brüllen jedoch hat mich so sehr erschrocken, dass ich mich abrupt umdrehe und mich gegen die nun geschlossene Tür quetsche.

»Verdammt! Was habe ich dir gesagt!« Ich sehe Emanuel an, dass er furchtbar wütend ist. Sein

Gesicht ist errötet und seine Augen leuchten tiefblau. In seiner Stimme wallt ein seltsamer Klang mit, der mich erschaudern lässt und mir beinah die Luft wegnimmt. Hundertprozentig klar wird es mir dann, als seine Hände und Arme plötzlich eine bläuliche Flamme von sich geben. Panisch renne ich an ihm vorbei und springe die Treppenstufen nach unten, so schnell ich kann. Emanuel ruft mehrmals nach mir und dass ich zurückkommen soll. Aber er macht mir Angst. Noch dazu weiß ich nicht, was er mit mir anstellen wird, wenn ich zurückkomme. Ich habe seine Regeln missachtet, er wird mich umbringen. Barfuß und ohne Jacke renne ich nach draußen in den kalten Regen, der nach wie vor nicht nachgelassen hat. Der Regen durchnässt mich schneller, als mir lieb ist. Ich wische mit meiner Hand über mein Gesicht, pralle jedoch gegen einen anderen Körper. Weil ich nichts gesehen habe, war mir nicht klar, dass noch jemand hier draußen ist. Aber derjenige packt mich mit einem festen Griff an den Schultern, damit ich nicht hinfalle.

»Philip?« Es ist Stark, dem ich in die Arme gelaufen bin.

»Entschuldigt.« Schnell befreie ich mich aus seinem Griff und fliehe auch vor ihm. Die größte Angst habe ich, dass Emanuel, in seiner Wut, mir folgen könnte. Deshalb laufe ich schnell zur Stadtmitte, durch Schlamm und Dreck, um schließlich zum Stadttor zu gelangen, welches mich aus der Stadt der Magier herausführt. Nicht weit von dem Tor entfernt, rutsche ich auf dem nassen Gras und dem Schlamm darunter aus und lande unsanft auf dem Rücken. Der kalte Regen prasselt mir ins Gesicht, was viel unangenehmer ist, als der stechende Schmerz, der sich über meinen Rücken zieht. Ich schaue hinauf in den Himmel, welcher immer noch die dunklen Wolken trägt, die ihr ganzes Wasser über mich ergießen. Ich spüre einen heißen Tropfen auf meiner Wange. Wird der Regen etwa warm? Nein, ich weine. Nicht nur aus einem Grund, sondern aus jedem erdenklichen Grund, über den ich bisher keine Träne vergossen habe. Ich weine wegen meiner Eltern, die ich nie kennengelernt habe. Über Edward, den ich im Stich ließ. Über Emanuel, weil ich sein Vertrauen missbraucht und ihn wütend gemacht habe. Aber vor allem weine ich aus Verzweiflung. Verzweiflung darüber, dass in mir eine gefährliche Macht stecken soll, über die niemand mit mir reden will und welche offenbar auch keiner so richtig entfesseln kann außer mir selbst. Dabei habe ich nicht den blassesten Schimmer darüber, wie ich es bewerkstelligen könnte.

Ich schließe meine Augen und lausche dem Regen. Das Geräusch der Regentropfen macht mich unglaublich traurig. Dabei sollte ich doch eigentlich etwas ganz anderes empfinden. Ich habe erfahren, dass ich ein Magier bin, das ist eigentlich völliger Wahnsinn! Dennoch bin ich nicht glücklich darüber, gerade weil Emanuel scheinbar nicht wirklich an mich glaubt.

Ich habe sein Vertrauen missbraucht, in Ordnung. Aber hat er mir tatsächlich welches geschenkt? Wird er mir gegenüber jemals ehrlich sein? Emanuel hat so viele Geheimnisse, an die er mich nicht heranlassen würde. Dabei ist er für mich schon fast wie ein Vater. Entweder merkt er das nicht oder will das gar nicht sein. Aus welchem Grund sollte er mich sonst nicht ausbilden wollen? Selbst Thomas hat mich gefragt, warum Emanuel dies nicht übernimmt, dabei scheinen die beiden sich zu mögen, als wären sie Freunde. Wenn er mir bloß das beantworten würde. Damit ich mir sicher sein kann, dass es nicht an mir liegt.

Ich vernehme allmählich leises Stampfen im Matsch und Stimmen, die sich nähern.

»Verdammt noch eins, Stark.« Es ist Emanuels Fluchen, welches ich unschwer erkenne. In seiner Stimme ist Ruhe eingekehrt, sie wirkt also nicht mehr so, als wolle er mich in der Luft zerreißen. Jetzt ist da etwas anderes. Etwas, das ich nicht zuordnen kann.

»Emanuel, woher soll ich denn wissen, dass er vor dir flüchtet?« Nun höre ich die beiden ganz deutlich. Ich traue mich aber nicht, etwas zu sagen. Noch dazu steckt mir ein Kloß im Hals, sodass ich nicht einmal in der Lage wäre, überhaupt etwas zu sagen. Meine Augen zu öffnen fällt mir ebenfalls ziemlich schwer. Ich denke nicht mal daran, mich zu bewegen, da mir bei jedem kleinsten Versuch der Rücken schmerzt. Ich hätte wohl besser aufpassen sollen.

»Das ist doch jetzt völlig unbedeutend. Ich muss ihn finden. Außerhalb der Mauern hat er keine Chance…«

»Hat er die denn innerhalb dieser Mauern?« Stark verpasst Emanuel einen großen Denkanstoß, den keiner besser hätte formulieren können. »Himmel!«, ruft Stark plötzlich in meine Richtung und kommt auf mich zu gerannt.

»Philip!«, ruft Emanuel besorgt in mein Gesicht. »Hörst du mich?« Gerne würde ich ihm antworten, aber meine Lippen bewegen sich nicht. Für einen Moment herrscht Stille bei den beiden, bevor mich einer von ihnen auf den Arm nimmt und wegträgt. Wir bewegen uns ziemlich schnell durch den Regen, bis dieser dann verschwindet und eine Tür ins Schloss fällt. Aber das ist auch das Letzte, was ich vernehmen kann. Ich höre nur noch ein Quietschen oder auch eine Art Summen. Es fühlt sich alles so an, als würde ich ganz, wirklich nur ganz langsam in Ohnmacht fallen. Ich habe aber nicht das Gefühl, dass ich wirklich weggetreten bin. Ab und zu spüre ich kleine Stöße, ein Piksen und sanfte Berührungen. Das war es eigentlich schon. Es ist aber mehr, als ich gefühlt habe, als ich ohnmächtig war. Da bin ich nur weggeklappt und dann wieder aufgewacht. Jetzt fühlt es sich eher so an, als wäre ich wach. Unfähig, mich zu bewegen, zu sprechen oder zu hören. Was ist bloß los mit mir? Der Sturz hat mich wohl mehr verletzt, als ich vorerst angenommen hatte. Das alles ist im Grunde gar nicht so schlimm, wäre da nicht diese höllische Langeweile, die ich verspüre. Die Zeit vergeht scheinbar gar nicht, und ich komme mir vor wie in der Ewigkeit. Sieht so der Tod aus? Nein, tot bin ich nicht. So fühlt es sich nicht an. Oder vielleicht doch? Ist das am Ende alles, was bleibt?

Plötzlich kribbeln meine Hände furchtbar und werden richtig heiß, als würde jemand heißes Wasser darüber kippen. Dieses Gefühl hört aber auch nicht mehr auf, ganz im Gegenteil. Das Kribbeln zieht sich über meine Arme hin zu meiner Brust. Dann beginnt mein ganzes Gesicht wie Feuer zu brennen und zu kribbeln. Aber das ist noch nicht alles. Ich höre, dass eine Blase in meinem Kopf platzt, und plötzlich vernehme ich wieder Stimmen.

»Schau mal, seine Finger. Ich glaube, er kommt wieder zu sich«, erklärt Starks männliche Stimme. Als ich das höre, kribbeln sofort mein kompletter Körper und mein ganzes Gesicht. Das Gefühl ist grauenvoll, aber viel besser als dieses Nichts zu fühlen. Dennoch bleibe ich ganz ruhig liegen, bis das Kribbeln abgeklungen ist, und öffne dann die Augen. Ich sehe in zwei Gesichter, die sich von rechts über mich beugen. »Da ist er ja wieder«, lächelt Stark. »Dann kann ich euch ja beruhigt allein lassen«, fügt er noch hinzu, bevor er aufsteht. Es bedarf eines kleinen Augenblicks, bis ich irgendwas herausbringe. Und das auch nur, weil Emanuel mich besorgt ansieht.

»Mir geht es… gut.« Meine Stimme scheint ziemlich eingerostet zu sein.

»Glaube ich dir nicht.« Er schmunzelt bloß. »Kannst du dich aufrichten?« Ich bin mir nicht ganz sicher, ob ich kann. Trotzdem versuche ich mein Bestes, meinen Oberkörper nach oben zu bringen.

Emanuel stärkt mir den Rücken mit seiner Hand und bringt mich ins Sitzen. Das alles fällt mir ungeheuerlich schwer, und gerade das Sitzen fühlt sich an, als würde mir die Luft weggenommen werden. »Du bist ausgerutscht und in eine seltene Dornenpflanze gefallen. Stark hat zehn Dornen aus deinem Rücken herausziehen müssen. Diese Pflanze ist ziemlich giftig, selbst für Magier. Einen Menschen würde die Pflanze mit nur einem Dornenstich außer Gefecht setzen. Ein Magier würde bei zehn Stichen sterben. Bei dir steckten sie direkt im Rücken für eine ziemlich lange Zeit. Unglaublich…« Emanuel seufzt kurz, als wolle er etwas vom Thema ablenken. Ich bin vor ihm weggelaufen, weil ich die Regeln gebrochen habe. Es fällt mir schwer, zu sprechen und mich zu entschuldigen. »Philip, hör zu. Es tut mir leid.« Das ist jetzt merkwürdig. Dass sich Emanuel zuerst entschuldigt, habe ich gar nicht erwartet. Ich will etwas sagen, muss aber husten. Emanuel wartet auch ab, was ich zu sagen habe, denn er schaut mich an, bis ich fertig bin.

»Emanuel… Ihr braucht Euch nicht zu entschuldigen. Ich war derjenige, der einen Fehler begangen hat.«

»Und du hast es aus einem simplen Grund getan. Ich bin dir gegenüber nicht ehrlich, und das weiß ich auch. Aber im Moment kann ich dir noch nichts erklären.« Etwas betrübt schaue ich drein. Dabei brennen mir die ganzen Fragen wie Feuer auf der Seele.

»Aber eine Sache muss ich wissen…« Ich sehe Emanuel eindringlich an und hoffe, dass er mir wenigstens zuhört. »Ich habe mich daran erinnert, was der Stadtherr, mein Angreifer, zu mir sagte, bevor er mich überhaupt angriff.« Emanuel scheint hellhörig zu werden und sieht mich fragend an. »Er sagte, dass meine Kräfte gefährlich stark seien und dass ich deshalb sterben sollte. Sagt mir, was hat er damit gemeint?« Emanuel streicht sich mit dem Daumen und dem Zeigefinger über seinen Bart und scheint nachzudenken.

»Das kann ich dir nicht beantworten. Denke nicht so viel nach. Das bekommt deiner Ausbildung nicht gut. Wir können über all das reden, wenn du es geschafft hast, deine Kräfte selbst zu entfesseln.« Damit steht er auf und geht zur Tür. Jetzt erst fällt mir auf, dass ich wieder zurück in Emanuels Haus getragen wurde und in meinem Bett sitze. »Ruh dich jetzt aus und schlaf bitte. Morgen wird dich William weiter unterrichten.« Mit diesen Worten verlässt er das Zimmer und schließt die Tür.

Es bringt einfach nichts. Emanuel ignoriert meine Anliegen völlig. Und es scheint mir, als wisse er genau, was der Dunkle Magier meinte. Aus welchem Grund nur will er mir das nicht erzählen? Ich verstehe das immer noch nicht. Ich hoffe bloß, er hat einen plausiblen Grund dafür.

Das Sitzen allein macht mich schnell müde. Ich lasse mich zurück in das weiche Kissen fallen und schließe die Augen. Dieses Mal gehen mir keine Gedanken durch den Kopf. Dort herrscht gerade unendliche Stille und das Bild von Emanuel, wie er völlig außer sich gerät, weil ich herumschnüffle. Dieses Gesicht werde ich nie wieder los, das weiß ich.

Kapitel 12
Das Urteil lautet ...

Am Morgen erwache ich von allein und richte mich auf. Obwohl ich eigentlich völlig platt vom gestrigen Tag sein sollte, fühle ich mich ausgeruht und voller Energie.

Ich sehe zum Fenster hinaus. Draußen regnet es immer noch, als würden Eimer ausgeschüttet werden. Und irgendetwas sagt mir, dass ich heute wieder im Regen stehen werde...

Ich frühstücke gemeinsam mit Emanuel, obwohl er heute besonders wortkarg ist. Eilig stopfe ich mir ein Marmeladebrot in den Mund. Ich springe vom Stuhl auf, obwohl ich den letzten Bisschen noch nicht hinuntergeschluckt hatte, und flüchte aus der eisigen Aura, die Emanuel ausstrahlt. Nach dem Gang durch den Regen zu Williams Haus empfängt er mich barfuß und mit einem Regenschirm.

»Hallo Philip. Heute wird es spannend. Ich will unter anderem sehen, inwieweit dich das Wetter beeinflusst. Deshalb trainieren wir heute hier draußen.« Als hätte ich es nicht geahnt. William lächelt und winkt mich zu sich. Er erwähnt mit keinem Wort den gestrigen Reinfall. Dann läuft er los, wohin auch immer. Ich folge ihm und werde bis auf die Knochen durchnässt, da ich leider keinen Schirm habe. Er führt uns beide weit weg von den Häusern der Bewohner, zu einem großen Platz. Ich vermute, es ist ein Trainingsplatz. Auf dem Boden zeichnen sich weiße Linien ab und vereinzelt stehen Stangen am äußeren Rand. In der Mitte stellen wir uns hin, William mir gegenüber. Er legt den Schirm weg und kreuzt seine beiden Mittel- und Zeigefinger zu einem X. Als er diese wieder auseinanderzieht, leuchten seine Hände grün. Was hat er denn vor? Hinter mir schießen große, dicke Wurzeln aus dem Boden, die ich erst bemerke, als sie meine Handgelenke packen und mich nach hinten ziehen. Ich stoße heftig gegen einen dicken Baumstamm, der bis eben auch noch nicht hier war, und die Wurzeln schlingen sich um meinen Oberkörper. Sie fesseln mich an den Baumstamm. Alles, was ich noch bewegen kann, sind meine Beine und mein Mund. Das ist aber auch schon alles. Will tritt näher an mich heran, sodass seine Stimme im prasselndem Regen nicht untergeht. »Eine Situation hat dazu geführt, dass du deine Kräfte einsetzen konntest. Irgendein Gefühl war dafür verantwortlich. Angst und Panik sind es nicht, Ruhe ist es auch nicht.

Dann werden wir mal sehen, um welches Gefühl es sich tatsächlich handelt.« Eine kleine Handbewegung schnürt die Wurzeln fester um mich herum. Ohne Zweifel bedient er sich des Holzelements. Will kann unglaublich gut mit seinen Kräften umgehen. Er tut mir zwar weh, weiß aber ganz genau, wann der Punkt erreicht ist, an dem ich nicht mehr kann. Denn als ich nach Luft ringe, stoppt er die Wurzeln beim Zuziehen. Er wird mir nichts tun, das weiß ich. Ich bin mir allerdings nicht sicher, wie weit er gehen wird. Er hat schließlich auch ein Ziel, das er unbedingt erreichen will.

»Will… das… schmerzt…«, keuche ich. Aber William tut nichts dagegen.

»Dann halt mich doch auf, wenn du kannst.« Er provoziert mich. Die Schmerzen schüren meine innere Wut. »Glaubst du wirklich, ein Dunkler Magier wird von dir ablassen, weil du Schmerzen hast? Nein, gerade dann weiß er, er wird gewinnen.« Ich muss weiter in dieser unangenehmen Position verharren, und nun kommen weitere Wurzeln aus der Erde, die meine Füße am Boden festhalten. Meine Arme werden nach oben gerissen, somit diene ich als Zielscheibe für Williams nächsten Angriff. Ich kann mich kaum rühren, mein Oberkörper ist starr an den Baumstamm gepresst. Um Luft ringend, wird mir bewusst, dass ich meinen wundesten Punkt zur Schau stelle. Das Herz. Eine spitze Wurzel würde alldem hier den Garaus machen. »Hast du Angst?«, fragt mich mein Gegenüber. Seine Stimme ist allerdings nicht besorgt, sondern scharf. Ich weiß nicht, was er damit erreichen will, das allerdings macht mich wahnsinnig. Neben ihm erhebt sich eine dünne Wurzel. William öffnet seine Hand zu einer Kralle, und die Wurzel erstarrt und wird zu einem Pfeil. Mein Gesicht wird heiß. Es braucht nicht lange, dann gibt Will den Befehl, dass die pfeilartige Wurzel auf mich zuschießt. Nun ist es um mich geschehen, ich schließe die Augen. Ich warte auf einen Treffer, der nie kommt. Verwirrt recke ich meinen Kopf in die Höhe und erkenne, wie Williams Licht in seinen Händen erlischt. Die Wurzeln lösen sich auf, und ich falle unsanft auf den Boden. Mit den Händen stütze ich mich ab und richte mich wieder auf. Dann halte ich mir die Handgelenke. Sie wurden von dem rauen Holz wund gerieben. William kommt auf mich zu. Ich sehe bloß auf seine Stiefel und den tropfnassen Umhang, als er vor mir steht. »Was hättest du getan, wenn ich ein Dunkler Magier wäre, Philip?« Ich zucke mit den Schultern. Was weiß ich, eine andere Frage ist doch viel sinnvoller.

»Was hätte ich denn tun können?«

»Dich mit Magie zur Wehr setzen. Junge, sie werden dich kaum verschonen. Emanuel hat uns viel über seine Reise berichtet. Ohne ihn wärst du wohl schon zweimal draufgegangen. Er wird nicht immer an deiner Seite stehen, um für dich die Hand ins Feuer zu halten. Und es ist nicht gerade ratsam, beim ersten Gegner draufzugehen, der dich umbringen will.« Natürlich hat er recht damit. Aber was soll ich denn nur machen? Ich werde das Gefühl nicht los, dass er es mittlerweile bereut, zugestimmt zu haben, mich zu unterrichten. Dann soll er mich doch in Ruhe lassen. »Oder ist das dein Ziel?«, reißt er mich aus meinem Gedankengang.

»Natürlich nicht.« Das ist das erste Mal, dass ich die Möglichkeit habe, mich zu erklären. Ich werde wütend. Als ob ich darauf hinarbeite, mich umbringen lassen zu wollen. »William, ich will es doch lernen. Ich kann es aber nicht!« Ich ertappe mich dabei, wie ich ihn anschreie. »Ich werde es nie können!« Verzweifelt versuche ich, vor ihm wegzulaufen, doch da brechen wieder dicke Wurzeln aus dem Boden und versperren mir den Weg. Erschrocken drehe ich mich wieder zu William, dessen Hände erneut aufleuchten. Sein Grinsen reizt mich tierisch. Ich will das hier nicht. Mein Lehrer ist sich offensichtlich dessen nicht bewusst, was er tut. Von hinten fesseln mich die Wurzeln wieder, während William mit seinen Fingern herumfuchtelt. Ich schreie auf, und die Wurzeln ziehen mich schneller als gedacht an die Rinde eines neuen Baumes. Dieses Mal viel weiter hoch als vorher. Auch die Füße kettet mir William mit Hilfe der Wurzeln an den Baum. Abermals kann ich mich nicht bewegen. Meine Hände werden zur Seite gerissen, damit mein Körper wieder diese ungeschützte Angriffsfläche bietet. Langsam reicht es mir, das ist reine Tortur. Wie kann Emanuel bloß behaupten, dass William einer der Besten sei? Seine Methoden sind meiner Meinung nach höchst fragwürdig. Was bringt es ihm denn, wenn er mich hier fesselt? Was bringt es ihm, mir zu zeigen, wie es wäre, wenn nicht er derjenige ist, der mir das antut, sondern eher ein Dunkler Magier? Wenn es ein Dunkler Magier wäre, würde ich ihm jetzt so gerne einen Denkzettel verpassen. Und im Grunde verhält er sich auch nicht anders. Wenn ich hier runterkomme, dann werde ich… Ich will, dass er aufhört, sofort! Ich schreie laut und reiße meine Hände vom Baum. Die Wurzeln geben sofort nach und lassen mich los, sodass ich in die Tiefe stürze. Ich fange meinen Sturz ab, und als ich wieder stehe, bemerke ich, dass mein ganzer Körper leuchtet. Und zwar in genau dem Rot, wie einst meine Hände im Kampf gegen Theodor von Solome. Ich fühle mich jetzt unglaublich stark. Ich schaue mir meine Hände an und sehe, dass sie flammend rot glühen. Unglaublich, ich habe es geschafft! »Ja! Ja! Wir haben es!« William springt vor Freude in die Luft. »Ich habe gewusst, dass das klappt! Ja wohl!« Ich werde von Williams Jubeln abgelenkt, merke, dass er mir nichts Böses will und dass das alles nur eine Farce für ihn war. Das Leuchten um mich herum klingt ab. »Ein starker Wille richtet offenbar mehr aus, als jedes andere Gefühl in dir.« Ein starker Wille? Das ist das Geheimnis? Ich sehe meine Hände an. Wieder sind sie rot und schmerzen teuflisch. Schon wieder habe ich mich an meiner eigenen Magie verbrannt. Aber warum passiert das nur mir? William entdeckt mein schmerzverzerrtes Gesicht, und kommt schnell auf mich zu. Er nimmt eine Hand und begutachtet diese. »Das war beim ersten Mal auch schon so…«, flüstere ich. Es tut weh.

»Du wirst lernen, dass dir das Feuer aus der Magie nicht schaden darf. Momentan wirkst du Magie nur aus Gefühlen. Wenn du sie beherrschst, wird es besser.« Er schaut mir gleich wieder ins Gesicht. »Komm mit, zurück ins Haus.« Ich nicke und folge ihm dorthin. In seiner Küche bewahrt er einen Krug auf. Er bringt das Gefäß zu mir und nimmt den Deckel ab. Anhand des Geruchs weiß ich gleich, dass es sich um dieselbe Salbe handelt, wie die, die Emanuel mir auf den Rücken auftrug. William schmiert sie mir auf die Hände, die daraufhin ganz übel brennen. Ich muss mich wirklich arg zusammenreißen, Tränen schießen mir in die Augen. Doch so schnell, wie der Schmerz kam, verklingt er auch schon wieder.

»Wenn das so weitergeht, habe ich bald keine Lust mehr auf mein Element«, jammere ich. Mein Lehrer lacht bloß und drückt meine Schulter. »Ich glaube, ich weiß da etwas.« Fragend sehe ich ihn an. William verlässt die Küche und macht in einem anderen Raum des Hauses ziemlich viel Krach. Was hat er denn bloß vor? Nach einiger Zeit kommt er mit einem Lächeln wieder zurück und überreicht mir ein schwarzes Gefäß.

»Was ist das?«

»Eine Creme. Sie verhindert, dass die Magie auf der Haut klebt, bis du gelernt hast, wie du das Feuer kontrollieren kannst. Sie stinkt zwar höllisch, wird dir jedoch helfen, wenn du sie vor jedem Training auf deine Hände bringst.« Er lächelt glücklich. Ich ziehe den Stöpsel des kleinen Krugs heraus. Sofort kommt mir ein widerwärtiger Geruch entgegen. Der Gestank von tausend faulen Eiern steigt mir in die Nase und treibt mir die Tränen in die Augen. Mit angehaltenem Atem trage ich schleunigst die glibberig-grüne Salbe auf und verschließe das Gefäß. Als mir die Luft knapp wird, traue ich mich, zu atmen. Überraschenderweise riechen meine Hände nicht anders als sonst. Gerne würde ich nun ausprobieren, ob sie tatsächlich hilft, und meine Kräfte rufen. Nur… wie ging das gleich noch mal?

William beschlagnahmt mich nicht nur den ganzen Tag, sondern eine ganze Woche, nein, sogar länger. Ich weiß es gar nicht so genau, ich war auch kaum zu Hause. Will ließ mich die Nächte durchtrainieren. Geschlafen habe ich den Tag über, da wir nachts Ruhe hatten und ich mich besser konzentrieren kann. Die Stadt jedoch haben wir nie verlassen. Emanuel habe ich lange nicht gesehen. Wenn ich William danach frage, zuckt er bloß mit den Schultern.

»Emanuel ist immer mal eine Zeit lang wie vom Erdboden verschwunden und dann wieder da. Er weiß ja, dass du in guten Händen bist. Er kommt schon wieder«, war dann seine Antwort darauf. Ich bin mir dessen aber nicht so sicher. Er hat mir versprochen, mit mir zu reden, wenn ich gelernt habe, mit meinen Kräften umzugehen. Und das habe ich nun gelernt. Mehr oder weniger.

Will verhindert, dass ich Magie wirke. Er übt mit mir nur immer wieder, wie ich meine magischen Kräfte rufen kann. Das wird auf Dauer verdammt langweilig. Und frustrierend noch dazu. Denn ich bin immer noch nicht in der Lage dazu, sie zu rufen, wenn ich sie brauche. Sie tauchen dann auf, wenn ich keinen anderen Ausweg mehr habe. Nicht mal Will weiß, warum und wie er das ändern könnte. Er meinte aus Scherz einmal, dass ich mich lieber immer so fühlen sollte, als wäre Magie mein letzter und einziger Ausweg. Obwohl ich mir seinen Rat zu Herzen nahm, scheiterte jeder Versuch. Immer. Ich liege in meinem Bett und starre die Decke an, als mir eine Idee kommt. Aufgeregt darüber, ob sie funktionieren könnte, schleiche ich mich aus meinem Zimmer, um Emanuel aufzusuchen. Bevor mich William deswegen auslacht, könnte er mir einen entscheidenden Tipp geben. Doch das Haus ist wie leergefegt und Emanuel ist nirgends zu finden. Dies führt mich zurück ins Bett. Die ganze Zeit über wälze ich mich im Bett umher und frage mich, was wohl so wichtig ist, dass Emanuel nie da ist. Früh am Morgen, ich habe kaum ein Auge zugetan, entschließe ich mich dazu, dieses Geheimnis zu lüften. Ich stehe auf und verlasse mein Zimmer. Dann gehe ich schnurstracks nach oben. Ich weiß, dass Emanuel mir dies verboten hatte, und bisher habe ich mich stets bemüht, dieser Anweisung Folge zu leisten, gerade nach seinem Wutausbruch und meiner Flucht, woraufhin dummerweise noch Schlimmeres passiert ist. Allerdings ist er ja jetzt nicht da. Und diese Frage brennt mir auf der Seele. Wo ist er und was tut er? Ist es das, was ich denke? Ich gehe zu seinem Ankleidezimmer. Wenn er sich nicht in Lumina aufhält, hat er seinen Mantel an und seinen Stab dabei. Ich öffne die Tür langsam, wobei ein blaues Licht erstrahlt. Dieses beleuchtet das ganze Zimmer, sodass ich alles sehr gut sehen kann. Doch etwas hier sehe ich nicht mehr. Der Ständer, gleich neben dem, an dem sein grüner Umhang hängt, ist leer. Selbst sein Stab lehnt an der Wand neben seinem Mantel. Das heißt, er ist unbewaffnet und wahrscheinlich dort, wo die anderen Senatoren sind. Vielleicht in diesem großen Saal, in dem wir waren, als wir die Stadt erreichten. Aber warum? Das muss ich herausfinden. Es wird Emanuel nicht unbedingt fröhlich stimmen, denn ich werde selbst hingehen.

Ich stehe tatsächlich vor der Tür des riesigen Hauses. Doch anders als beim letzten Mal öffnet niemand das Tor und lässt mich hinein. Für einen Moment überlege ich, einfach wieder zu gehen, aber meine Neugier ist stärker. Also versuche ich es selbst und stemme mich gegen die Pforte. Doch sie bewegt sich keinen Millimeter, egal was ich tue. Aufzugeben kommt für mich nicht infrage. Ich schleiche um das palastähnliche Gebäude, in der Hoffnung, an einer anderen Stelle hineinzukommen. Ich umrunde das Haus mehrere Male, finde aber nichts. Gerade als ich wieder um die Ecke zur Tür komme, öffnet sich diese plötzlich. Ich verharre hinter der Wand und beobachte, wie drei

Männer in weißer Kleidung herauskommen. Emanuel ist jedoch nicht dabei. Ich warte, bis sie vorbeigezogen sind, dann schlüpfe ich rasch durch den Türspalt, bevor sich die Tür wieder vollständig schließen kann. Schnell verstecke ich mich hinter dem nächsten Objekt, das mir ins Blickfeld kommt, um nicht entdeckt zu werden. Vorsichtig luge ich hervor und prüfe die Umgebung. Ein paar weitere Männer in Weiß kommen die große Treppe hinunter, der rote Teppich unter ihren Füßen raschelt leise. Doch anders als die Männer zuvor, gehen sie nicht zur Tür, sondern wenden sich nach rechts, zu einer der großen Holztüren, die sofort geöffnet wird. Ich warte kurz ab und merke dann, dass zwei Magier die Tür passieren. Sofort husche ich zu einer Säule und verstecke mich dahinter, bis der nächste Vorbeigehende die Tür passiert. Es dauert nicht lange, bis der Weg frei ist, und ich schlüpfe leise hindurch, verstecke mich aber schnell wieder, so unauffällig wie möglich. Der Mann, mit dem ich durch die Tür ging, läuft den Gang entlang bis zum Ende. Ich folge ihm vorsichtig, immer darauf bedacht, keine Geräusche zu verursachen. Am Ende des Gangs hält er vor einer kleinen, unauffälligen Tür an, öffnet sie und tritt hindurch, bevor er sie leise hinter sich schließt. Ich will ihm unachtsam nachgehen, doch plötzlich höre ich ein leises Flüstern und zucke zusammen. Sofort verschwinde ich hinter einer Statue und halte den Atem an. Hat mich jemand entdeckt? Doch ich höre nur ein Klicken und spähe vorsichtig hinter der Statue hervor. Die Magier sind verschwunden.

Ich muss mir unbedingt ein weißes Gewand besorgen, sonst werde ich sofort auffallen, sobald ich an den Ort gelange, zu dem sie alle gehen. Mein Blick schweift durch den Gang, auf der Suche nach etwas, das ich als Mantel verwenden könnte. Am besten etwas mit Kapuze, um mein Gesicht zu verhüllen. Ich bin mir sicher, dass mittlerweile jeder weiß, wer ich bin – allein schon, weil Emanuel es jedem mitgeteilt hat. Schließlich wussten sowohl Thomas Stark als auch William von mir und der Geschichte, wie Emanuel und ich hierhergekommen sind. Zu meinem Bedauern finde ich nichts, das als Verkleidung geeignet wäre. Doch jetzt entdecke ich eine Truhe, die bisher nur wie eine gewöhnliche Sitzgelegenheit ausgesehen hat. Eilig gehe ich hin und öffne den Deckel. Darin liegt ein weißes Tuch. Das könnte passen. Schnell werfe ich es mir über, doch merke dann, dass es gar kein Tuch ist. Es handelt sich um eine sehr leichte Kutte mit Kapuze, die ich mir tief ins Gesicht ziehe, sodass ich zwar verborgen bin, aber immer noch alles sehen kann. Verhüllt betätige ich die Türklinke und betrete den Anfang einer langen Steintreppe, die nach unten führt. Das kommt mir sehr merkwürdig vor, fast gruselig, und ich bin kurz davor, mich umzudrehen und einfach zu gehen. Doch schon kommen ein paar Männer im Umhang den Gang entlang. Umzukehren würde mich sofort verraten, also schlucke ich und gehe die Treppenstufen hinab.

Als ich die schmale Steintreppe hinter mir lasse, schaue ich mich um. Der Unterschied zwischen hier und den oberen Räumen könnte nicht größer sein. Während oben alles schön, sauber und kunstvoll gestaltet ist, wirkt dieser Ort alt und verlassen. Es erinnert mich ein wenig an das Gefängnis aus Solome. Die Wände sind kalt und grau, keine Bilder hängen daran und keine Statuen stehen herum. Es ist einfach ein großer Raum. Doch hier fühle ich mich ganz anders. Diesmal ist es nicht die Angst, die mir die Kehle zuschnürt. Es ist, als würde eine unsichtbare Macht meinen Körper zerquetschen und mich schwächer machen. Es fühlt sich an, als wäre ich krank. Mir gefällt es hier überhaupt nicht.

Also konzentriere ich mich auf den Grund, weshalb ich hier bin. Ich halte Ausschau nach Emanuel, doch hier sieht jeder gleich aus. Eine Ansammlung von Senatsmitgliedern in weißen Kutten füllt den Raum. Vorsichtig bewege ich mich durch die Menge und versuche, so unauffällig wie möglich zu bleiben. Je weiter ich gehe, desto schwieriger wird es, mich durch die Menschen hindurchzuwinden. Schließlich halte ich an, als kein Durchkommen mehr möglich ist, und lasse meinen Blick einfach umherschweifen.

Ich blicke in die Gesichter der Anwesenden, entdecke aber niemanden, den ich kenne. Plötzlich bricht ein lautes Grölen aus der Menge hervor, und ich schaue nach vorn. Ein Mann steigt auf eine erhöhte

Plattform und zieht seine Kapuze ab. Sein Gewand unterscheidet sich von dem der anderen – es ist ebenfalls weiß, aber mit grünen Nähten verziert. Erst jetzt fällt es mir auf: Emanuels Gewand sieht genauso aus.

Der Mann ist älter, mit weißem Bart und weißen Haaren. Seine Augen wirken müde, doch sein Blick strahlt etwas völlig anderes aus. Herablassend, als wüsste er, dass er Macht über alle hier hat. Blicke können viel verraten. Ich kenne den Mann nicht, aber er jagt mir Angst ein.

Ich lasse ihn hinter mir und sehe weiter umher, doch plötzlich ruft der Mann: »Ruhe!« und bringt damit alle zum Schweigen. Ich drehe mich wieder zu ihm um. Seine Stimme hat etwas Eiskaltes, beinahe Unheimliches.

»Danke für euer zahlreiches Erscheinen, werte Senatoren.« Wie gebannt von seiner Stimme, verfolge ich seine Ansprache. »Der Grund hierfür ist sehr simpel. Großes Unheil wurde über uns alle gebracht, unsere beiden Welten scheinen außer Kontrolle zu geraten, die gesunde Aufteilung zwischen Licht und Dunkelheit geht in die falsche Richtung. Und ihr alle wisst, wer dafür verantwortlich ist!«

Plötzlich packt eine Hand meine und ein Arm legt sich um meinen Brustkorb. Um kein Aufsehen zu erregen, da ich hier gar nicht hingehöre, lasse ich das zu. Die Kraft des Unbekannten zieht mich nach hinten, also gehe ich rückwärts. Ich werde aus der Masse herausgezogen, weg von dem Magier, der kurz eine Pause einlegt, während andere Magier pfeifen und irgendetwas rufen. Niemand bemerkt, dass ich und mein Angreifer in eine Nische hinter einer Wand verschwinden, die zu einer anderen Tür führt. Dort dreht er mich zu sich um.

»Himmel, was tust du hier unten?! Du hast hier nichts verloren.« Ich dachte schon, Emanuel hätte mich wieder erwischt. Aber diesmal stehe ich vor Stark, dessen Augen sowohl wütend als auch besorgt glitzern. Ich kann ihm seine Frage nicht einmal beantworten, aber ich habe selber welche, die ich ihm stellen muss.

»Was passiert hier? Und wo ist Emanuel?« Ich spreche sehr leise, aber mit Nachdruck, um eine Antwort zu erzwingen. Stark seufzt und schaut sich noch einmal um, bevor er mir antwortet.

»Philip, ich weiß es nicht. Ich habe keine Ahnung, wo sich Emanuel zurzeit aufhält, und noch weniger weiß ich, was hier vorgeht. Allerdings habe ich eine Ahnung - und ich hoffe, ich irre mich – dass beides miteinander zusammenhängt.« Wieder schaut er sich um, sicher, dass uns niemand zuhört oder sieht. »Hier läuft etwas, von dem ich – wie auch alle anderen im Senat – keine Informationen habe. Zumindest die meisten nicht. Aber jetzt…«

»Emanuel de Vontaine!« Stark bricht abrupt ab und schaut über mich hinweg. Erschrocken drehe ich mich wieder zu dem Mann auf dem Podest um. Emanuel? Selbst Stark stößt einen grimmigen Seufzer aus. »Zeige dich uns.« Etwas in mir sagt, dass er sich besser nicht zeigen sollte. Ein ungutes Gefühl beschleicht mich, dass hier nichts Gutes passieren wird. Denn ich weiß, dass Emanuel hier ist. »Du hast dich lange genug versteckt. Komm aus deinem Versteck heraus.« Vielleicht ist es ein gutes Zeichen, dass er sich nicht zu erkennen gibt. Emanuel ist nicht dumm; er wird wissen, dass er besser verborgen bleiben sollte. Doch ich kann mir ein Seufzen nicht verkneifen.

»Hier bin ich«, hallt plötzlich eine selbstsichere Stimme durch den Raum. Stark stöhnt genervt auf und brummt leise. Auch ich verstehe nicht, warum er sich ausgerechnet jetzt zeigt.

»Dummkopf«, murmelt Stark und ergreift meine Hand. Er zieht mich mit sich in die Menge. Wir schieben uns bis ganz nach vorn. Wenn Emanuel mich hier unten sieht, bringt er mich um. Weiß er das denn nicht?

»Emanuel, du weißt, welche Schuld du auf dich geladen hast. Und welche Folgen diese Schuld nach sich gezogen hat.«

»Ja, das weiß ich«, entgegnet Emanuel trocken. Zwei Magier halten ihn links und rechts fest. Er stöhnt leise auf, offenbar vor Schmerz. Großer Gott, was geht hier vor?

»Himmel«, flucht Stark leise. »Dummkopf.« In seiner Stimme liegt unverhohlene Fassungslosigkeit, dass Emanuel sich tatsächlich hat gefangen nehmen lassen. Die beiden Magier zerren Emanuel nach oben zu dem Mann auf dem Podest, ohne ihn loszulassen.

»Emanuel de Vontaine, du wirst beschuldigt, Hochverrat an den Lichtmagiern begangen zu haben. Es wurde bereits ein Urteil gefällt.« Hochverrat? Das klingt alles andere als gut. Was hat er nur getan?

»Ich höre«, sagt Emanuel ruhig.

»Das Urteil lautet Verbannung aus Lumina.« Aus einigen Ecken ertönt empörtes Gemurmel, aus anderen harte Zustimmung. »Nimmst du das Urteil an? Zum ersten Mal zögert Emanuel. Er zögert sogar sehr lange. Wird er überhaupt noch antworten? Stark schüttelt energisch den Kopf, als würde er hoffen, dass Emanuel die Annahme verweigert.

»Nein, Emanuel, nein«, flüstert Stark so leise, dass ich das Gesagte nur erahnen kann.

»Emanuel, ich frage dich ein letztes Mal: Nimmst du das Urteil an?« Die Stimme des Mannes wird schärfer, aggressiver. »Ich …«, beginnt Emanuel und schaut seinem Gegenüber in die Augen. Das intensive Blau seines Blicks sticht hervor. Doch er wird unterbrochen, als ein aufgelöster Mann in den Raum stürmt.

»Die … die …« Er ringt nach Atem, unfähig, seine Worte sofort zu fassen. Alle Blicke richten sich auf ihn. »Die Stadt wird angegriffen … von …« Die beiden Magier, die Emanuel festhalten, lassen ihn los und rennen die Treppe hinauf. Einer von ihnen kehrt kurz darauf zurück und schreit zwei Worte, die den Raum erstarren lassen: Dunkle Magier.

Panik bricht aus. Einige Anwesende geraten in Aufruhr, während andere bereits nach oben stürmen.

»Bleibt alle ruhig! Wir werden die Stadt beschützen«, ruft der Mann vom Podest. »Männer mit Familien, geht zu euren Frauen und Kindern. Die sieb... die sechs Urmagier – kommen sofort im Senat zusammmen. Jetzt!« Damit verlässt er seinen Platz und verschwindet aus dem Raum. Emanuel ist bereits fort. Doch niemand scheint sich jetzt noch um ihn zu kümmern. Kein Wunder – Dunkle Magier, hier … Das ist alles andere als gut. Stark greift nach meiner Hand und zieht mich weg, bevor die Menge uns mit nach draußen reißt.

»Philip, hier entlang!« Er führt mich in Richtung des Ortes, an dem wir uns zuletzt unterhalten hatten. Aber was ist mit Emanuel? Wo ist er? Stark bahnt sich einen Weg durch die Menschenmenge und erreicht mit mir eine Tür, verborgen zwischen zwei Wänden. Er öffnet sie und schiebt mich durch den schmalen Rahmen. Drinnen ist es dunkel, so dunkel, dass ich absolut nichts sehen kann.

»Stark!«, schreit plötzlich eine Stimme hinter uns, bevor die Tür ins Schloss fällt. Emanuel zwängt sich durch den Türspalt und tritt zu uns. Stark schnippt mit den Fingern, und sofort beginnen Lampen an den Wänden zu leuchten. Emanuel und ich bleiben kurz stehen und sehen uns an, während Stark schon vorausgeht. Das Licht folgt seinem Schritt und lässt uns zurück im Halbdunkel.

»Was ist mit euch? Kommt schon, wir haben keine Zeit zu verlieren! Wir müssen von hier verschwinden«, drängt Stark. Emanuel nickt und folgt ihm sofort. Ich hingegen bleibe einen Moment zögernd stehen. Es ist so lange her, dass ich Emanuel zuletzt gesehen habe. Und jetzt, da ich ihm wieder gegenüberstehe, soll er aus der Stadt der Magier verbannt werden. Es scheint, als wüsste jeder, warum – nur ich nicht. Aber das ist ja nichts Neues.

Als Stark und Emanuel immer weiter in die Dunkelheit vordringen, schließe ich eilig zu ihnen auf. Ihr Schritt ist so schnell, dass es fast einem Rennen gleicht. Stark führt uns weiter durch den langen Gang.

»Wohin gehen wir?«, rufe ich nach vorn. Stark räuspert sich kurz, bevor er antwortet. »Dieser Tunnel wurde beim Bau der Stadt angelegt. Er führt ein Stück weit außerhalb der Stadt wieder heraus.« Er wirft mir einen kurzen Blick über die Schulter zu. »Allerdings wurde er seit Jahren nicht mehr genutzt. Ich selbst bin hier nur ein einziges Mal entlanggelaufen. Damals diente der Tunnel dazu, dass die Urmagier das Senatsgebäude unbemerkt verlassen und betreten konnten.« Ich nicke nur, nehme die Erklärung still hin.

»Was ist mit den anderen?«, frage ich.

»Sie beschützen die Stadt. Ein Leben außerhalb können sie sich nicht vorstellen – und ein Leben unter Menschen schon gar nicht. Deshalb kämpfen sie«, antwortet Stark. Seine Stimme klingt angespannt. »Allerdings macht es mir Sorgen, dass die Dunklen Magier angreifen. Das ist mir neu.« Dabei wirft er einen Blick zu Emanuel. Doch dieser schweigt und starrt stur nach vorn. Es ist offensichtlich, dass Emanuel etwas verschweigt. Stark scheint es ebenfalls zu bemerken. Mir ist das schon längst aufgefallen, und es lässt mir keine Ruhe: Warum tauchen Dunkle Magier immer dort auf, wo Emanuel sich aufhält? Und warum gerate ich dabei jedes Mal mitten hinein?

Emanuel bleibt die ganze Zeit stumm, und auch Stark sagt kein weiteres Wort. Beide sind zu sehr damit beschäftigt, die stickige, warme Luft einzuatmen. Das Eilen strengt sie an, und auch ich spüre, wie meine Schritte schwerer werden. Ich hoffe nur, dass wir bald aus diesem Tunnel herauskommen. Der Weg scheint endlos, aber er muss doch irgendwo enden?

Plötzlich wird es vor uns heller. Endlich! Wir schlüpfen aus dem Tunnel und finden uns weit entfernt von der Stadt wieder.

»So, und was jetzt?«, fragt Stark und dreht sich zu Emanuel um.

»Ihr beide geht voraus«, sagt Emanuel. »Ich muss zurück. Mein Stab ist noch in meinem Haus und …«

»Moment!«, unterbricht Stark ihn barsch. »DU lässt den Jungen ganz sicher nicht bei mir zurück. Soll ich etwa auf deinen Sack Flöhe aufpassen, oder was?« Vielen Dank auch. Ich verziehe das Gesicht, doch Stark bemerkt es nicht. »Wenn einer zurückgeht, dann ich. Du hast hier außerdem noch etwas zu klären.«

»Aber Thomas …«, beginnt Emanuel, doch Stark hat sich schon umgedreht und verschwindet wieder im Tunnel. Ich bleibe mit Emanuel zurück. Er seufzt und starrt in die Dunkelheit des Tunnels.

»Emanuel … warum sind wir geflohen? Warum hat man Euch aus der Stadt verbannt? Und wo wart Ihr die ganze Zeit?«, sprudeln die Fragen aus mir heraus. Sie haben mich zu lange gequält, um sie noch länger zurückzuhalten. Emanuel sieht mich an, schweigt einen Moment und sagt dann: »Komm mit. Ich erkläre dir alles auf dem Weg.«

»Welchen Weg? Wohin gehen wir?« Doch er gibt keine Antwort. Stattdessen dreht er sich um und führt mich über eine weite Wiese hin zu einem Laubwald. Die saftig grünen Blätter bieten uns Schutz vor neugierigen Blicken, auch wenn wir beide immer noch die weiße Kleidung tragen. Auf die Frage, wonach er sucht, sagt er lediglich: »Das wirst du gleich sehen.«

Bald erreichen wir eine kleine, unscheinbare Holzhütte. Sie wirkt alt und baufällig. »Hier warten wir auf Thomas«, erklärt Emanuel und deutet mir an, einzutreten. Die Hütte sieht aus, als könnte sie jeden Moment zusammenbrechen. Das modrige Holz riecht man schon aus einiger Entfernung. Doch als ich den ersten Schritt über die Türschwelle setze, geschieht etwas Unerwartetes: Der Innenraum leuchtet in einem Lila-Blauton auf, und die kleine Hütte verwandelt sich in ein geräumiges Zimmer. Es gibt einen Kamin, einen Tisch mit Stühlen, eine kleine Küche und Betten im hinteren Teil des Raumes. Von außen wirkt die Hütte winzig, doch hier drinnen ist sie erstaunlich groß. Verblüfft sehe ich zu Emanuel.

»Du kannst dir merken: Nichts ist so, wie es scheint«, sagt er ruhig. Ich nicke langsam, während ich ihn betrachte. »Ihr seid auch nicht so, wie Ihr scheint. Ich brauche endlich Antworten auf all meine Fragen. Ihr habt mich lange genug mit Ausreden hingehalten.« Diesmal lasse ich nicht locker. Wer weiß, wann ich noch einmal die Gelegenheit habe, ihn in Ruhe und ohne Unterbrechung zu sprechen.

»In Ordnung, du hast Recht«, beginnt Emanuel schließlich. »Du hast dir viele Antworten verdient, das sehe ich ein. Deine erste Frage war, warum wir geflohen sind, richtig?« Ich nicke stumm, während er kurz inne hält, als müsste er seine Worte ordnen.

»Die Dunklen Magier haben die Stadt angegriffen«, erklärt er schließlich. »Sie suchen etwas – etwas, das ihnen gefährlich werden könnte. Und bevor diese Gefahr zu groß wird, wollen sie sie beseitigen. Ich weiß, was sie so sehr fürchten. Deshalb bin ich in den letzten Wochen untergetaucht und habe spioniert. Erst heute Nacht hatte ich einen zündenden Gedanken, wie wir die Dunkle Macht loskriegen. Nur dies würde eine Arbeit von mehreren Jahren völlig zerstören.« Er zögert kurz, bevor er fortfährt: »Nun, die Sache mit meiner Verbannung … das hat seinen Grund.« Ich sehe ihn skeptisch an. Emanuel seufzt, als ihm klar wird, dass er mich nicht mehr vertrösten kann.

»Ich weiß, ich weiß. Ich erkläre es dir. Eigentlich spreche ich nicht gern darüber – ich hasse es sogar, wenn andere das tun. Aber es ist eine Tatsache: Viele der Magier geben mir die Schuld daran, dass die Dunkle Magie immer stärker wird und dass der Schwarze Magier bald unaufhaltsam sein könnte.«

»Sie geben Euch die Schuld? Aber Ihr habt doch nichts getan!«

Emanuel setzt sich schwer auf einen der Stühle. Es scheint, als würde er eine lange Geschichte vorbereiten. »Dunkle Magie gibt es schon immer, als Gegengewicht zur Lichtmagie«, beginnt er. »Beides kann nicht unabhängig voneinander existieren. Ein Dunkler Magier ist von Natur aus besessen von Macht. Du musst wissen: Wie du, hatte auch ich vor langer Zeit eine Familie.« Ich blinzle ihn an. Das würden die vielen hergerichteten Zimmer erklären. »Meine Frau und ich waren sehr glücklich miteinander, zusammen mit unserem Sohn«, fährt Emanuel fort. Seine Stimme wird leiser, als die Erinnerungen ihn zu überwältigen scheinen. »Doch meine Frau war krank. Sehr krank. Sie liebte unseren Sohn über alles und tat etwas, das ich bis heute nicht verstehe. Aber darauf will ich jetzt nicht hinaus.« Er schluckt schwer, bevor er weiterspricht. »Mein Sohn … Er verspürte keine Angst vor der Dunklen Magie, sondern etwas ganz anderes: eine gewisse Erregung. Er zeigte beängstigende Fähigkeiten, und er flehte mich an, ihn zu unterrichten. Ich tat es. Ich lehrte ihn Geduld und versuchte, ihm zu zeigen, dass Hass in der Magie keinen Platz hat. Doch ich habe nicht erkannt, in welche Richtung es ihn zog.« Emanuel macht eine Pause, und ich sehe, wie schwer es ihm fällt, weiterzusprechen. »Sein Streben nach Macht wurde übermächtig«, sagt er schließlich. »Er fühlte sich unaufhaltsam und trainierte besessen. Der schwarze Mantel der Dunklen Magie legte sich über seine reine Lichtmagie, seine Kräfte … und seine Seele. Macht wurde zu seinem einzigen Antrieb, der Wille, alles zu besitzen. Sein Ziel war es, der stärkste Magier der Welt zu werden – jener legendäre Magier, der in den Prophezeiungen erwähnt wird.« Er spricht von der Legende des Weißen Magiers. Prompt wird mir klar, wieso Emanuel in der Schuld gesehen wird. Er sieht mir in die Augen, und ich spüre, dass ich die Antwort bereits kenne. Meine Augenbrauen schießen nach oben, während ich seine Worte in meinem Kopf forme.

»Euer Sohn ist der Schwarze Magier.« Emanuel nickt langsam, ein Ausdruck tiefer Trauer auf seinem Gesicht.

»Ja«, sagt er leise. »Und er ist unaufhaltsam.«

***

Emanuel sagt eine ganze Weile nichts mehr, und ich ebenso wenig. Was könnte ich auch sagen? Sollten sie ihn tatsächlich nur deshalb verbannen, weil sein Sohn der Schwarze Magier ist? Im Grunde trägt Emanuel doch keine Schuld daran. Obwohl ich spüre, dass er sich selbst trotzdem dafür verantwortlich macht. Kein

Wunder, dass er mich auf keinen Fall trainieren will. Plötzlich ergibt vieles einen Sinn. Doch eine Sache bleibt unklar: Warum hat er daraus ein solches Geheimnis gemacht, wenn doch ohnehin jeder Bescheid wusste?

»Sagt, Emanuel, warum habt Ihr das nicht schon viel früher erzählt?«, breche ich schließlich die Stille.

»Der Grund ist ziemlich simpel«, antwortet er und sieht mich ernst an. »Stell dir doch mal vor, ich hätte es dir direkt gesagt, als du mich gefragt hast – nach all dem, was dir bereits passiert ist und was uns in der Stadt widerfahren ist. Sei ehrlich: Hättest du mir dann noch vertraut? Wärst du trotzdem mit mir mitgekommen?« Seine Worte lassen mich innehalten. Diese Sichtweise hatte ich bisher nicht bedacht, aber sie öffnet mir die Augen.

»Wahrscheinlich nicht«, gebe ich zu. Nach all den Angriffen und Drohungen des Dunklen Magiers – alias Theodor von Solome – hätte mich die Information, dass Emanuel der Vater des derzeit mächtigsten Dunklen Magiers ist, mit Sicherheit in die Flucht geschlagen. Ich hätte ihm tatsächlich nicht mehr vertrauen können. Noch dazu hätte ich daran gezweifelt, dass Emanuel wirklich ein Lichtmagier ist. Aber jetzt ist alles anders. Ich kenne ihn besser und glaube zu wissen, auf welcher Seite er steht. Plötzlich springe ich erschrocken vom Stuhl auf, als Stark die Tür aufreißt und sie laut hinter sich zufallen lässt. Sein Mantel sieht aus, als hätte er eine Schlacht hinter sich – schwarze Brandflecken ziehen sich über den

Stoff, und auch sein weißes Gewand ist schmutzig und zerrissen.

»Schön! Das bekomme ich nie wieder sauber«, meckert er theatralisch und wirft den Mantel auf einen Stuhl.

»Wie sieht es aus?«, fragt Emanuel ruhig, während Stark sich schwerfällig setzt.

»Sie kommen zurecht«, murmelt dieser. »Zauberer und Magier zweiter Klasse, nichts, was sie nicht bewältigen könnten. Aber er war nicht unter ihnen. Ich frage mich, was das alles soll.«

»Er hat es auf etwas abgesehen«, erklärt Emanuel, doch Stark schnippt mit den Fingern und ergänzt: »Oder auf jemanden.« Sein Blick ist so ernst, wie zuvor noch nie. Die beiden schauen sich an, und obwohl sie für mich in Rätseln sprechen, wissen sie, worüber sie reden. Mit einem weiteren Schnippen lässt Stark plötzlich Emanuels Stab in seiner Hand erscheinen und reicht ihn ihm, während er in der anderen Hand den grünen Mantel hält. Emanuel greift nach dem Stab, zögert jedoch. »Aber Philip muss erst ausgebildet werden«, versucht er zu widersprechen, als ob ich ihm nur im Weg stehen würde.

»Hast du schon vergessen, wen du ausgebildet hast? Du bist der beste Lehrer der Welt. William ist verletzt, er könnte ihm nicht helfen. Was damals geschah, wird sich nicht wiederholen.« Stark spricht mit einer solchen Überzeugung, dass ich fast glaube, er hätte gewusst, dass Emanuel mir die Wahrheit bereits offenbart hat. »Nur du kannst ihm jetzt helfen.« Lange tauschen die beiden einen bedeutungs-vollen Blick aus. Ich merke, wie schwer es Emanuel fällt, diese Entscheidung zu treffen. Aber Stark hat recht – Emanuel kann sich nicht ewig vor der Vergangenheit verstecken. Was passiert ist, ist passiert.

Emanuel betrachtet seinen Stab einen Moment lang, dann nickt er Stark langsam zu. Er erhebt sich und nimmt ihm den Mantel ab. »Dann vertritt mich, solange ich abwesend bin. Bevor es wieder eine Rebellion im Senat gibt.«

Stark nickt. »Und was soll ich bezüglich Adams tun?«

»Nichts«, antwortet Emanuel knapp. »Das wäre das Beste. Ich kümmere mich darum, wenn ich zurück bin.« Während er spricht, streift Emanuel seinen weißen Mantel ab und steht in einem schlichten Hemd und einer Hose da. Es ist ein langes, weites Hemd – ein Anblick, der ungewohnt ist, da er fast immer seinen grünen Mantel trägt. Er bindet seine offenen Haare zu einem lockeren Knoten, und in diesem Moment fällt mir auf, dass auch ich noch die weiße Kutte trage. Schnell ziehe ich sie mir über den Kopf und hänge sie über einen Stuhl. Emanuel wirft sich den von Stark mitgebrachten grünen Mantel über. Thomas wendet sich nun mir zu und reicht mir eine schwarze Jacke.

»Ah, ja, hier für dich«, sagt er mit einem Lächeln. »Beim nächsten Mal solltest du deine Sachen besser verstecken.« Peinlich berührt nehme ich die Jacke entgegen und ziehe sie schnell über. Stark zwinkert mir zu, als wolle er mich aufmuntern, und fügt hinzu: »Ich wünsche euch viel Glück.«

Wir bedanken uns beide hastig bei ihm, und Emanuel zieht mich direkt aus der Tür hinaus. Er bewegt sich schnell durch den dichten Wald, so flink, dass ich Mühe habe, ihm zu folgen. Aber ich lasse ihn nicht aus den Augen.

»Du bist schnell geworden«, bemerkt er atemlos, als wir weiter eilen. Als sich der Wald lichtet, bleibt er abrupt stehen und dreht sich zu mir um. »William hat dich gut trainiert. Ich merke, dass die letzten Tage dir viel gebracht haben.« Würde er doch nur wissen, wie frustrierend es trotzdem ist.

»Ich habe meine Kräfte rufen können«, erkläre ich ihm, »aber ich kann sie nicht wirklich kontrollieren. Und ich kann sie nicht immer herbeirufen. Sie kommen nur, wenn sie es für nötig halten.« Ein Hauch von Verzweiflung schwingt in meiner Stimme mit, und ich hasse mich dafür. Es ärgert mich so sehr, dass ich nicht einfach Magiewirken kann wie die anderen. Ich habe so viel trainiert… warum funktioniert es bei mir nicht? Emanuel nickt verständnisvoll. »Philip, das braucht seine Zeit. Dein Körper ist nicht darauf ausgelegt, so viel Energie auf einmal freizugeben. Würde er das tun, würdest du wahrscheinlich umkippen. Und im schlimmsten Fall würdest du gar nicht mehr aufstehen.« Seine Worte lassen mich innehalten. »Ich glaube kaum, dass das das Ziel deines

Trainings ist, oder?« Seine Frage ist rhetorisch, aber ich schüttle trotzdem den Kopf.

»Aber wie lange braucht mein Körper noch dafür?«, frage ich ungeduldig.

»Sei nicht so ungeduldig«, erwidert Emanuel mit einem leichten Lächeln. »Auch deine Zeit wird kommen. Kleinkinder zaubern in erster Linie nur dann, wenn sie sich in Gefahr befinden – um sich zu verteidigen.« Ich sehe ihn verwirrt an. Was versucht er mir damit zu sagen? Ich bin kein Kleinkind, nur ein Anfänger. Aber… sind Kleinkinder nicht im Grunde auch nur Anfänger?

Die Sonne sinkt langsam gen Westen, und der Himmel färbt sich in zarte Pink- und Orangetöne. Während Emanuel Holz für ein Lagerfeuer sammelt, sitze ich an einem Hang und blicke hinunter in das Tal vor uns. Bäume, Wiesen, Wasser – mehr kann ich von hier oben nicht erkennen. Keine Hütten, keine Häuser, keine Menschen, die in diesem Tal leben könnten. Natürlich könnte ich mich irren. In den Wäldern könnten sich Dörfer verstecken, die durch das dichte Blätterwerk gut geschützt sind. Ich lasse mich nach hinten ins Gras fallen. Der weiche Boden federt meinen Sturz ab, und ich schließe kurz die Augen, um tief durchzuatmen. Doch bevor ich wirklich entspannen kann, reißt mich Emanuels raue Stimme aus der Ruhe.

»Du hast doch nicht etwa vor zu schlafen, oder?« Erschrocken schnippe ich nach oben und sehe ihn an.

Er steht direkt hinter mir, die Arme verschränkt, ein belustigtes Grinsen auf den Lippen. »Eine schöne Aussicht, nicht wahr?«, sagt er, ohne wirklich eine Antwort zu erwarten. »Aber warte, bis der Vollmond aufgegangen ist. Du wirst Augen machen.« Seine Andeutung lässt nichts Gutes erwarten. Ich ahne bereits, worauf er hinauswill.

»Ihr wollt mich heute Nacht trainieren, stimmt's?« Emanuel nickt nur und reicht mir seine Hand, um mir aufzuhelfen. Gemeinsam gehen wir zurück zur Feuerstelle, und er stellt sich etwas abseits, sodass er mich gut beobachten kann.

»Hier, das ist deine Aufgabe«, sagt er mit einem ernsten Ton und zeigt auf die Holzscheite in der Feuerstelle. »Kein Feuer, kein Essen.«

Emanuel setzt sich im Schneidersitz hin, sein Blick fest auf mich gerichtet. Ich seufze und greife in die Tasche meines Mantels, aus der ich das Töpfchen mit der Creme ziehe, die William mir gegeben hat. Schnell reibe ich meine Hände ein und beginne zu überlegen, wie ich dieses Problem lösen soll. Ich hatte Emanuel bereits erklärt, dass ich nicht einfach auf Knopfdruck Magie wirken kann. Und mit seinem Blick, der auf mir lastet, fällt es mir erst recht schwer, mich zu konzentrieren.

»Ach, und keine Eile«, fügt er scheinbar beiläufig hinzu, mit einem fast schon schelmischen Lächeln. Findet er das etwa lustig? Ich kann es nicht fassen. Aber gut, ich werde ihm zeigen, was ich kann.

Ich atme tief ein und aus, versuche, meine innere Ruhe zu finden, genau so, wie William es mir beigebracht hat. Doch plötzlich raschelt es laut neben mir. Irritiert öffne ich ein Auge und sehe, wie Emanuel in seiner Tasche kramt. Der Lärm, den er dabei macht, ist alles andere als dezent. Es ist unheimlich nervig und bringt mich völlig aus der Konzentration.

»Müsst Ihr das wirklich jetzt machen?«, frage ich genervt.

Emanuel sieht kurz auf, ein unschuldiger Ausdruck auf seinem Gesicht. »Oh, stört das etwa?« Er macht sich eindeutig einen Spaß daraus. Wütend kneife ich die Augen zusammen und konzentriere mich erneut auf die Aufgabe. Dieses Feuer wird brennen, ob es will oder nicht. »Emanuel, ich kann mich kaum konzentrieren… Könntet Ihr vielleicht …?« Er sieht mich an, mit einem undefinierbaren Blick.

»Ja?«, fragt er, als würde er mich testen.

Ich zögere, winke dann aber ab. »Ach, nichts.« Ich wende meinen Blick wieder dem Holz zu und starre es an, als könnte ich es allein durch Willenskraft entzünden. Minuten vergehen wie eine Ewigkeit, bis Emanuel schließlich aufsteht und sich hinter mich stellt.

»Bist du ein Brett oder was?«, fragt er, bevor er ohne Vorwarnung meine Oberarme greift und sie nach vorn drückt. Er bringt sie in eine Position, die eher wie eine Verteidigungshaltung aussieht. Dann stößt er mich leicht mit dem Knie in die Kniekehle, sodass ich kurz absacke. Bevor ich jedoch das Gleichgewicht verliere, zieht er mich wieder hoch, bringt mich in eine stabilere Schrittstellung und nickt zufrieden. »Diese Position gibt dir mehr Standfestigkeit«, erklärt er und stößt mich von der Seite an, damit ich es selbst merke. »Außerdem kann die Energie so besser durch deinen Körper fließen und sich bündeln. Wenn du verkrampft und wie ein Brett stehst, brauchst du dich kaum zu wundern.« Emanuel läuft einmal um mich herum, betrachtet mich prüfend und bleibt schließlich vor mir stehen.

»Auf was wartest du?« Ich seufze und lasse die Haltung wieder fallen.

»Emanuel, es geht einfach nicht. Ich kann es nicht. Ich habe keine Ahnung, was ich machen soll.«

Emanuel verdreht die Augen. »Und was willst du von mir hören? Ich kann dir nicht sagen, wie ich es mache. Jeder Magier ist anders. Es gibt keinen Zauberspruch und keine Anleitung dafür. Du bist schließlich keine Hexe. Du bist ein Magier.« Ich hatte insgeheim gehofft, dass er mir eine einfachere Lösung geben könnte. Doch offenbar liege ich falsch. »Und hör auf, ständig zu sagen, dass du es nicht kannst«, fügt er hinzu. »Du willst es nicht und blockierst deine innere Energie damit.«

»Ich will es doch!«, rufe ich, die Verzweiflung schwingt in meiner Stimme mit. »Es passiert einfach nichts, egal wie sehr ich es will.« Emanuel mustert mich mit einem säuerlichen Blick. Er wirkt enttäuscht und verärgert, aber auch nachdenklich. Ich seufze tief, versuche meine Frustration zu unterdrücken, und nehme wieder die Haltung ein, die er mir gezeigt hat. Meine Hände halte ich vor mir ausgestreckt, die Handflächen auf das Holz gerichtet.

Ich konzentriere mich auf meine Hände, stelle mir vor, wie die Energie in meinem Inneren langsam durch meinen Körper fließt, wie sie sich in meinen Fingerspitzen sammelt. Ich visualisiere ein Feuer, das in meinen Händen lodert, spüre ein leichtes Kribbeln. Doch nichts passiert.

»Das ist doch schon mal ein Anfang«, sagt Emanuel ermutigend und lächelt. Aber ich bin enttäuscht. Früher hat es funktioniert, warum jetzt nicht? Natürlich, William hatte mir auch keine andere Wahl gelassen. Seine Vorliebe für Fesseln aus Wurzeln zwang mich regelrecht dazu, meine Kräfte zu nutzen.

»Lassen wir das«, sagt Emanuel schließlich und setzt sich mit verschränkten Beinen auf den Boden. Er zieht zwei Steine aus seiner Tasche und reibt sie aneinander, bis Funken entstehen und das Holz in der Feuerstelle zu rauchen beginnt. Toll, zwei olle Steine können mehr als ich. »Setz dich«, fordert er mich auf und klopft neben sich auf den Boden. Ich folge seiner Aufforderung und sehe zu, wie das Feuer zu brennen beginnt, die Flammen wild tanzen. »Schau genau hin«, sagt er. »So ähnlich lebt auch dein Inneres. Nur wenn du Ruhe findest und dich wirklich konzentrierst, kannst du dich und deine Macht kontrollieren. Stell es dir wie das Meer vor: Bei einem Sturm ist die See unruhig, die Wellen toben. Erst wenn der Sturm sich legt und der Himmel aufklart, kannst du mit einem Boot hinausfahren. Verstehst du, was ich dir damit sagen will?« Ich nicke zögerlich, auch wenn ich mir nicht sicher bin, ob ich es wirklich verstehe.

Emanuel legt sich ins weiche Gras und starrt in den Himmel. Nach einer Weile räuspert er sich nachdenklich.

»Was beschäftigt Euch?«, frage ich schließlich.

Er setzt sich wieder auf und sieht mich an. »Ich denke über etwas nach«, sagt er vage.

»Und was ist es?«

Emanuel neigt den Kopf, als würde er abwägen, ob er es mir sagen soll. Dann nickt er, als hätte er eine Entscheidung getroffen. »Wir können nicht jahrelang darauf warten, dass dein Körper und deine Magie eins werden«, erklärt er. »Ich glaube, ein kleiner Anstoß könnte deinem Körper nicht schaden.«

»Was habt Ihr vor?«, frage ich zögernd. »Ich verstehe nicht… Was genau meint Ihr mit einem Anstoß?«

Emanuel erhebt sich und kniet sich vor mir hin, sein Blick ernst und durchdringend. »Es ist bloß ein Versuch«, beginnt er. »Ich habe vor, deinem Körper einen magischen Anstoß zu geben, der es dir erleichtern soll, deine Kräfte zu rufen. Doch es birgt Risiken. Dieser Eingriff wird deinen Körper durcheinanderbringen und könnte sogar tödlich enden. Aber ich glaube an deine Stärke und deine Macht. Deshalb möchte ich es versuchen. Was sagst du dazu?«

Mein Herz schlägt schneller. »Ich… ich weiß nicht«, stammele ich. »Was, wenn ich wirklich sterbe?«

Emanuel nickt langsam. »Deshalb ist es ein Risiko. Du bist nicht verpflichtet, meinen Vorschlag anzunehmen.« Ich sehe ihn an, während meine Gedanken rasen. Seine Worte hallen in mir wider. So wie es jetzt läuft, kann Emanuel mich nicht richtig trainieren. Er wartet darauf, dass ich irgendwann von allein meine Kräfte beherrsche. Aber was, wenn ich diese Chance nie nutzen kann? Ein magischer Anstoß könnte alles ändern.

Doch die Gefahr bleibt. Wäre ich bereit, dieses Risiko einzugehen?

Ich bin so weit gekommen. Was hätte ich jetzt noch zu verlieren?

Ich atme tief durch. »Ja, ich will es tun.«

Emanuel mustert mich einen Moment lang, dann nickt er. »Gut.« Mit einer einzigen Geste richtet er seine leuchtende Hand auf das Feuer. Es erlischt mit einem zischenden Laut, und Dunkelheit breitet sich aus. »Steh auf«, fordert er mich auf, während er selbst aufsteht.

»Jetzt gleich?«, frage ich, meine Stimme klingt unsicher, mein Herz pocht wie wild.

»Worauf willst du warten?«, entgegnet er knapp. Er hat recht. Zögern bringt nichts. Ich erhebe mich und tue, wie mir geheißen wurde. »Zieh deinen Mantel aus«, sagt Emanuel. Ich lege den Mantel auf das kalte Gras, und sofort spüre ich die kühle Nachtluft auf meiner Haut. Der Mond scheint hell, taucht die Lichtung in silbriges Licht und wirft Schatten von Emanuel und mir auf den Boden. Emanuel rammt seinen

Stab in den weichen Untergrund, sodass er sicher stehen bleibt. Dann wendet er sich mir zu.

Er legt zwei Finger seiner rechten Hand auf meine Stirn und zwei Finger seiner linken Hand auf meinen Oberkörper. Ein eiskalter Schauer läuft mir über den Rücken, als mir bewusst wird, dass seine Finger genau auf Höhe meines Herzens ruhen.

»Das könnte schmerzhaft werden«, warnt er. »Aber du darfst auf keinen Fall von mir weichen. Bleib stehen und halte durch, bis ich fertig bin. Andernfalls…«, er hält inne, als würde er nach den richtigen Worten suchen, »…kann ich nicht garantieren, dass du unbeschadet davonkommst.« Er sieht mich eindringlich an, vielleicht in der Erwartung, dass ich noch Fragen habe. Doch ich habe keine. Mein einziger Gedanke ist: Zieh es durch, bevor ich meine Meinung ändere. Als ich stumm bleibe, schließt Emanuel die Augen. Sofort beginnen seine Fingerspitzen bläulich zu leuchten. Dort, wo seine Finger meine Haut berühren, breitet sich ein prickelndes Gefühl aus. Es ist, als würde der betroffene Bereich einschlafen, doch das Gefühl wird schnell intensiver und wandelt sich in einen brennenden Schmerz. Mein ganzer Körper schreit danach, dem Schmerz auszuweichen, sich zu bewegen, loszureißen. Doch ich bleibe stehen, klammere mich an den Gedanken, stark zu sein. Mit jeder Sekunde scheint der Schmerz stärker zu werden, wie ein Feuer, das sich in meinem Inneren ausbreitet. Ich stöhne vor Anstrengung und Qual auf. Emanuel hält seine Augen geschlossen, vollkommen fokussiert.

Seine langen, blonden Haarsträhnen beginnen leicht zu schweben, getragen von der Energie, die er freisetzt. Es ist ein beeindruckender, zugleich beängstigender Anblick, der mich irgendwie motiviert, durchzuhalten. Emanuels Magie ist überwältigend. Sie ist so stark, dass mein Körper kaum noch gehorcht. Selbst sein eindringliches Flüstern – »Halte durch« – kann den Schmerz nicht lindern. Mein ganzer Körper zittert, und ich kämpfe verzweifelt, auf den Beinen zu bleiben. Doch dann geben meine Knie nach. Instinktiv greife ich nach seinem Hemd, um mich aufrecht zu halten, doch meine Finger verlieren bald ihre Kraft.

»Noch einen Moment«, murmelt Emanuel, seine Stimme dringt wie aus weiter Ferne an mein Ohr. Ich kann nicht mehr. Der Schmerz überwältigt mich völlig. Mit einem erstickten Laut lasse ich los und stürze nach vorn. Der Aufprall auf den Boden reißt die Luft aus meinen Lungen.

»Nein, Philip!« Emanuels Ruf klingt verzweifelt, fast vorwurfsvoll. Ich versuche, mich zu bewegen, meinen Körper zu zwingen, wieder aufzustehen, aber es ist zu spät. Meine Muskeln gehorchen mir nicht mehr. Alles verkrampft sich ein letztes Mal, dann breitet sich Dunkelheit aus.

Ich spüre, wie Emanuel sich neben mich kniet, wie er mich an den Schultern packt und leicht schüttelt. Doch ich kann nicht reagieren. Sein Gesicht ist das Letzte, was ich sehe, bevor ich endgültig das Bewusstsein verliere.

Es gibt keine Geräusche mehr, nur eine unendliche Stille. Und in dieser Stille herrscht Dunkelheit. Eine Dunkelheit, die alles verschlingt. Es fühlt sich an wie damals, als ich in die Dornenpflanze gefallen bin – das Gefühl, gefangen zu sein, ohne Fluchtmöglichkeit. Doch diesmal ist es anders. Ich bin mir nicht sicher, ob ich überhaupt noch lebe. Wenn Sterben sich so anfühlt, ist es seltsam und schwer zu begreifen. Aber etwas in mir sagt, dass ich nicht fort bin. Ich bin noch hier.

Dann bricht ein Licht durch die Schwärze. Ein helles, blendendes Licht, das sich vor mir öffnet. Und in diesem Licht sehe ich einen weißen Mantel, dessen Saum im Wind flattert. Der Mantel gehört einer Person, die einen Stab hält, der blau leuchtet. Emanuel. Ich erkenne sein Gesicht unter der Kapuze. Seine Züge sind angespannt, konzentriert, und er richtet den Stab auf etwas, das ich nicht erkennen kann. Plötzlich taucht aus dem Nichts eine dunkle Gestalt auf – ein Schatten, Rauch, ein flackerndes, unfassbares Etwas. Es scheint nicht wirklich greifbar zu sein, und doch ist es da, real und bedrohlich.

Der Schatten bewegt sich auf Emanuel zu, windet sich um ihn, bis das blaue Leuchten seines Stabs und das Licht, das ihn umgab, nach und nach verblasst. Emanuel wird von dem Schatten eingehüllt, verschlungen. Sein Körper, der Stab, der weiße Mantel – alles verblasst, bis nichts mehr übrig ist. Dann wendet sich der Schatten mir zu. Er nimmt langsam Gestalt an, und zwei glühende Augen werden sichtbar. Ein breites, höhnisches Grinsen zeichnet sich ab, das von kaltem Gelächter begleitet wird. Der Schatten kommt näher, seine Präsenz ist erdrückend.

Ich erkenne ihn jetzt. Der Schwarze Magier. Panik durchfährt mich, und mein Herz rast, als ich begreife: Er ist hier, und er will mich töten.

Kapitel 13

Feuer und Wasser

Schreiend schnippe ich nach oben. Doch ich bereue es sofort. Ich halte mir den Bauch und ringe nach Luft. Langsam lege ich mich wieder hin und atme ruhig ein und aus. Alles dreht sich um mich, mein Kopf dröhnt, und ich fühle mich taub. Es dauert einige Momente, bis der Druck auf meinen Ohren nachlässt und ich langsam die Augen öffne. Ich blicke nach oben in einen glasklaren, blauen Himmel. Keine einzige Wolke ist zu sehen. Die Sonne scheint auf meinen Körper und wärmt ihn. Erneut richte ich mich auf, dieses Mal nur langsam und vorsichtig. Nun wird mir nicht gleich wieder schwindelig, trotzdem ist mir seltsam zumute. Mein Kopf droht zu platzen, deshalb reibe ich mir mit den Händen über das Gesicht.

Plötzlich erschrecke ich gewaltig und stehe auf. Ich wanke zwar noch, aber ich schaue mich aufgeregt um. So schnell ich kann, renne ich zum See, den ich erblickt habe, auch wenn meine Beine noch nicht richtig fit sind. Der See ist keine hundert Fuß entfernt, doch jeder Schritt quält mich. Aufgebracht starre ich ins klare, stille Wasser. Bin das ich? Mein Gesicht ist kantiger als vorher - männlicher, und meine Haare sind kurz geschnitten. Aber das, was mich am meisten schockiert und mich dazu brachte, mein Spiegelbild sehen zu müssen, ist der stoppelige Bart über meinem Kinn, meiner Oberlippe und den Wangenknochen. Wie lange, gottverdammt, habe ich in diesem todesähnlichen Zustand verbracht? Tage? Monate? Jahre?

Ich stehe wieder auf und merke, dass ich größer geworden bin. Das Hemd, das ich trage, hatte ich vorher gar nicht an. Jemand muss mich umgezogen und mir die Haare geschnitten haben. Das überfordert meine Gedanken zusätzlich, und ich setze mich ans Ufer des Sees. Dabei starre ich mein Spiegelbild an und denke nach. Es steht außer Frage, dass ich das bin, aber ich kann mir nicht erklären, warum. War ich allen Ernstes so lange weg? So wie ich aussehe, könnte ich gut fünf Jahre älter sein. Der siebzehnjährige Junge, der ich einmal war, bin ich nicht mehr – jedenfalls nach außen hin nicht. Wie kam es dazu? Was ist passiert?

Ich lege mein Gesicht in meine Hände und versuche krampfhaft, mich daran zu erinnern, was passiert ist. Ich weiß noch, dass ich unsanft auf harten Boden gefallen bin und plötzlich alles schwarz vor meinen Augen wurde, bis ich eben wieder erwachte.

An das, was davor geschehen ist, kann ich mich nicht erinnern. Verzweifelt versuche ich weiter zurückzudenken, doch da ist nur Leere.

Dann erscheint ein Gesicht neben meinem Spiegelbild. Es ist faltig, die Augen sind von einer schwarzen Umrandung umgeben. Das Gesicht sieht müde, alt, sogar krank aus. Über seinen Wangen und dem Kinn wächst ein kurzer Bart. Durch die blonden Härchen lugen silberne Strähnen hervor, wie in seinen Haaren. Doch das, was am meisten heraussticht, sind seine leuchtend blauen Augen. Ich kenne dieses Gesicht und diesen Mann. Nur woher? Als ich darüber nachdenke, füllt sich das Bild. Neben dem Mann taucht ein kleiner Junge auf. Er ist nicht älter als zehn und trägt viel zu große Kleidung. Er sieht zu mir und lächelt. Auf der anderen Seite des Mannes tauchen noch zwei Gesichter auf. Auch diese kenne ich, kann sie aber nicht zuordnen. Eines der Gesichter wirkt beinahe so alt wie das Erste. Die Haare sind blond, aber viel heller, als die des ersten Mannes. Auch seinen Schopf zieren silberne Strähnchen. Das vierte Gesicht ist am jüngsten. Wenn mir bloß die Namen oder wenigstens ein paar Assoziationen zu den Gesichtern einfallen würden… Doch bevor ich mir alle noch einmal ansehen kann, verblassen sie wieder. Ein Gesicht, versteckt unter einer schwarzen Kapuze, erscheint jetzt und grinst breit. Ich nehme sofort den Kopf hoch und die Hände weg. Dieses Gesicht erkenne ich – der Schwarze Magier.

»Philip!«, ruft jemand. Philip? Ja, Moment, Philip. Das bin ich! Ich habe beinahe meinen Namen vergessen. Verwirrt schaue ich mich um, kann aber niemanden entdecken. Die Sonne blendet mich, da sie gerade im Begriff ist, unterzugehen. Aus jener Richtung vernehme ich die Rufe. Es dauert nicht lange, und Umrisse werden sichtbar. Ich halte mir die Handkante an die Stirn, damit ich besser sehen kann. Ein Mann in einem grünen Mantel kommt auf mich zugerannt. Ich erhebe mich von meinem Sitzplatz und warte darauf, erkennen zu können, wer auf mich zuläuft. Er scheint mich zu kennen, also kann er mir das alles erklären. Als er mich erreicht, schließt er mich in seine Arme. Ich konnte ihn mir gar nicht so genau betrachten. Wer ist das?

»Gott sei Dank, du bist aufgewacht. Ich habe mir Sorgen gemacht.« Ernste Besorgnis schwingt in seiner Stimme. Er kommt mir bekannt vor, mehr aber auch nicht.

»Was ist hier los?« Der Mann sieht mich an, so wie ich ihn. Dieses Gesicht… das ist eines von den Wasserspiegelbildern. »Wer seid Ihr?« Er reißt die Augen auf und blickt mich entgeistert an.

»Du kannst dich nicht erinnern?«, stellt er erschrocken fest. Ich sehe ihn noch einmal an und versuche, darüber nachzudenken. Doch ich schüttle den Kopf. Der Mann seufzt. Er geht vor mir auf und ab, reibt sich dabei mehrmals über seinen kurzen Bart, als würde er nachdenken. Sein Gewand leuchtet in der Abendsonne und erweckt in mir ein merkwürdiges

Gefühl, als wäre etwas Unheilvolles passiert. Plötzlich bleibt er stehen und kommt auf mich zu. Er erhebt seine Hand und tippt mir mit dem Zeigefinger auf die Stirn. Dann leuchten seine Augen hell auf. Was ist das? Was wird das hier? Meine Wangen kribbeln, und ich merke, wie ich anfange, zu leuchten. Ein tief dunkles Rot umhüllt meinen Körper, meine Hände fangen an zu brennen. Eindringlich sieht mir der Mann in die Augen. Ich will zurückweichen, doch meine Beine gehorchen mir nicht mehr.

Auf einmal kribbelt mein Kopf, und meine Augenlider werden schwer, bis ein Blitz durch mich hindurch fährt. Ich zucke zusammen, und in meinem Kopf laufen Bilder im Schnelldurchlauf ab. Ich schreie laut auf und halte mir den Kopf. Vor Schmerz gehe ich zu Boden und drücke meine Stirn gegen das Gras. Stimmen hallen in meinen Ohren, weshalb ich mir diese zuhalte. Dann verschwindet alles so schnell, wie es kam, und ich krümme mich auf dem Boden zusammen. Mein Körper zuckt wie wild. Ich höre und sehe nichts, außer einem kleinen Licht mitten in einem dunklen Raum. Es beginnt plötzlich hin und her zu tanzen. Dann werden es immer mehr, und schließlich explodieren alle Lichter und hüllen mich in ein wohliges Weiß ein. Ich muss blinzeln und sehe direkt in die Sonne. Weil alles so hell ist, reibe ich mir die Augen und setze mich wieder auf. Was zum Kuckuck war das denn? Verwirrt sehe ich mich um, erkenne aber kaum etwas. Die helle Sonne blendet meine empfindlichen Augen.

»Philip.« Eine vertraute Stimme raunt mir leise zu. Ich sehe diesen Mann an, und plötzlich wird mir alles wieder bewusst. Sein Bild erscheint klar in meinem Kopf, und damit alles, was mit ihm zu tun hat. Da ist von Solome, der uns umbringen will, unsere Flucht durch Wälder und Täler. Dann meine Kräfte, Lumina, der Senat und die Verurteilung Emanuels. Alles feuert wie ein Blitz durch meinen Kopf, genauso schnell und genauso erleuchtend. Aber dennoch sind Lücken zurückgeblieben.

»Alles in Ordnung?« Emanuel tätschelt meine Schulter und sieht mich an. Ich schüttle kurz den Kopf, um aus dem Starren herauszukommen, in dem ich mich gerade befinde.

»Ich denke schon…« Dabei sehe ich ihn an. »Was ist passiert? Ich kann mich nur noch an einen stechenden Schmerz in meiner Brust erinnern.«

»Ich habe deinem Körper einen kleinen Anstoß gegeben, du bist allerdings schneller von mir gewichen, als mir lieb war. Erst dachte ich, du würdest sterben. Es hatte anfangs auch den Anschein, doch du hast dich innerhalb weniger Stunden wieder erholt. Ich war mir nicht sicher, wann du wieder aufwachen würdest, deshalb habe ich dich hierhergebracht. Das war vor etwa vier Tagen. Ich konnte nicht zulassen, dass *sie* uns finden. Mit der Zeit habe ich feststellen müssen, dass das vorzeitige Ende meines Anstoßes beträchtliche Konsequenzen mit sich gebracht hat. Welche, muss ich dir ja nicht mehr erklären. Du hast es ja gesehen.« Damit meint er meinen beachtlichen Altersschub und die Veränderung, die dieser mit sich brachte.

»Ich kann mich nicht an alles erinnern«, gebe ich ihm zu verstehen. Emanuel nickt leicht und seufzt.

»Ich weiß. Aber es wird dir schon noch in den Sinn kommen. Immer wenn du jemanden siehst, der in deiner Erinnerung eine wichtige Rolle spielt, wirst du dich wieder erinnern.« Bis dahin bleibt Emanuel alles, an dem ich mich festhalten kann. Na gut, soll es eben so sein. Zum Glück kann ich mich gut an meine Kräfte erinnern, der Grund, warum wir überhaupt hier sind. Mich interessiert es brennend, im wahrsten Sinne des Wortes, ob der Anstoß meines neuen Lehrmeisters wirklich geholfen hat. Emanuel geht Selbiges ebenfalls durch den Kopf. Er wirkt aufgeregt und schaut mich schon eine Weile mit einem verräterischen Blick an.

»Wichtiger als die Erinnerung ist aber die Gewissheit, ob dieser Anstoß erfolgreich war. Es würde mich grämen, wenn dieses Unterfangen unnötig gewesen wäre.« Ich lächle, weil ich wusste, dass er so etwas von sich geben würde. Also stehe ich auf und strecke mich ausgiebig. Er tut es mir gleich und wartet auf mich. Er bringt mich zu einer Feuerstelle, auf der sich schon trockene Zweige und Äste türmen. Ich starre sie für ein paar Sekunden einfach nur an. Ich weiß gar nicht, ob ich das jetzt tun möchte. Was, wenn es nichts gebracht hat und ich immer noch da stehe, wo ich vorher auch war? Diese Enttäuschung will ich Emanuel und vor allem mir selbst eigentlich gar nicht antun. Dennoch muss ich es wissen. Noch bevor Emanuel mich fragen kann, ob alles in Ordnung sei, balle ich meine Hände zu Fäusten und schließe die Augen. Das Bild einer lodernden Feuerstelle erscheint in meinem Kopf, und ich halte die Hände von mir weg. Konzentriert starre ich in meinen Gedanken auf das lodernde Feuer. Ich sehe zu, wie es sich bewegt und wie die Flammen schlagen. Dann spüre ich einen Stich in meinen Fingerspitzen, ähnlich einer Nadelspitze. Ich muss kurz lächeln und öffne die Augen. Meine Fingerspitzen glühen, und ein feurig roter Strahl verlässt meine Hände, der genau auf die Feuerstelle trifft und diese entzündet. Ich nehme die Hände runter und mein Lächeln wird breiter. Es hat geklappt, endlich! Ich habe gezaubert, von allein, ohne Hilfe! Voller Freude springe ich in die Luft und rolle mich lachend über die Wiese. Dieser Erleichterung lasse ich freien Lauf, ich freue mich einfach. Emanuel steht weiterhin neben mir, und selbst ihm ist ein Lächeln nicht zu schade. Er hat es geschafft. Seine Macht ist größer, als ich zu glauben vermochte. Nach einigen Momenten reicht er mir die Hand und zieht mich auf die Beine.

»Genug Zeit verschwendet, Zeit zu trainieren.«

***

Die nächsten Tage nimmt Emanuel mich recht hart unter seine Fittiche. Sein Training widmet sich in erster Linie nicht meiner Fähigkeit, sondern der Technik. Würde mich ein Dunkler Magier angreifen, wäre ich ein leichtes Opfer. Emanuel lehrt mich, meine Augen immer offen zu halten und, das Wichtigste, mich nicht umbringen zu lassen – und das natürlich auf verschiedene Arten. Er zeigt mir vorerst ein paar Trockenübungen, wie ich mich verteidigen und angreifen sollte, ohne Schaden zu nehmen. Es sind lediglich Techniken, die er mir beibringt. Mein Element lasse ich bloß am Abend raus, wenn ich das Lagerfeuer für uns entzünden soll. Das schönste Gefühl ist, wie sich die Magie auf meinen Handflächen anfühlt. Ich äußere mich natürlich nicht zu seinen Methoden, er muss schließlich wissen, was er da tut. Immerhin hat er den Schwarzen Magier trainiert. Doch Tage später, und ich übe immer noch dasselbe wie zu Anfang, will ich mehr. Woher soll ich wissen, dass das, was ich übe, auch hilfreich sein wird? Also bitte ich eines Abends Emanuel darum, einen echten Kampf auf Leben und Tod mit mir zu inszenieren.

»Du bist noch nicht so weit«, schlägt er mir die Bitte aus.

»Und was, wenn doch? Das könnt ihr nicht wissen, wenn ihr es nicht probiert habt.« Emanuel betrachtet mich und hebt eine Augenbraue. Er weiß, dass ich nicht lockerlassen werde, bis er mir entweder einen guten Grund nennt oder zustimmt. Nach einer kurzen Weile räuspert er sich, denn er findet keinen guten Grund.

»Nun gut, Philip. Ich werde dich nun als meinen Gegner betrachten. Zusätzlich werde ich dich auch nicht mit Samthandschuhen anfassen. Also gib Acht.« Ich lächle breit und nicke ihm zu. Gut so, anders hätte ich es auch gar nicht gewollt. »Auf was wartest du?«, fordert er mich auf. Ich springe von dem Feuer auf und laufe etwas weiter weg von ihm. Er hebt seinen Stab auf, der neben ihm liegt, und stellt sich sofort zum See. Das erleichtert ihm das Magiewirken, da seine elementare Quelle in unmittelbarer Nähe liegt. Wahrscheinlich hätte ich besser darüber nachdenken und mich zum Feuer stellen sollen. Doch bevor ich das begreife, beginnt Emanuel mit seiner ersten Attacke und löscht das Feuer mit einem lauten Zischen. Verdammt noch mal. Aber das bedeutet natürlich nicht gleich das Ende. Ich strecke mich noch einmal und atme tief ein und aus. Jetzt geht es wirklich zur Sache. Todesmutig starte ich den Angriff auf ihn, welchem er mit Leichtigkeit ausweicht. Mir sollte klar sein, dass er alles, was er mir beigebracht hat, auch selbst nur zu gut beherrscht. Er wird jeden Angriffsschlag parieren können. Ich muss mir etwas einfallen lassen. Etwas, womit er nicht rechnet. Zunächst muss ich ihn vom See weglocken und das, ohne dass er es bemerkt. Ich klettere in einen Baum und setze mich auf einen Ast. Von hier aus kann ich ihn nicht nur sehr gut beobachten, sondern auch reagieren, falls er mich wieder angreifen will. Ich hoffe natürlich, dass er sein geschütztes Umfeld verlässt und zu mir in das

Waldstück kommt. Denn hier kann ich das tun, was ich am besten kann – mich verstecken.

»Was denn, Philip? Gibst du schon auf?«, provoziert er, und sein Gelächter hallt zu mir herüber. Ob er weiß, dass ich hier oben sitze? Tatsächlich, er verlässt seinen Standort und geht in Richtung Wald. So weit, so gut – den Plan habe ich allerdings noch nicht zu Ende gedacht. Während ich einen Plan ausbrüte, bemerke ich, dass Emanuel verunsichert ist. Er geht nur vorsichtig an den Waldesrand heran und schaut vorher in jede Windrichtung. Trotzdem betritt der Magier den Waldboden, woraufhin tote Äste unter seinen Füßen knarzen und ihn verraten. Als er hinter meinem Baum steht, lasse ich mich fallen und greife ihn von hinten an. Mein roter Strahl erreicht ihn jedoch nicht, denn er bringt sich schnell hinter einem Baum in Sicherheit. Nach meinem Angriff tue ich es ihm gleich und luge hinter dem Stamm hervor. Ich suche nach ihm, kann ihn jedoch nicht entdecken.

»Falsche Richtung.« Ertappt drehe ich mich wieder nach vorn und sehe, dass Emanuel vor mir steht. Er zielt mit seinem Stab auf mich, doch ich greife an, woraufhin er rot aufleuchtet und mit einem Knall in die Luft gleitet. Emanuel schaut nach oben und streckt seine Hand aus, um ihn zu fangen. Ich hingegen ergreife die Flucht aus dem Wald. Die Bäume bieten ein gutes Versteck – allerdings nicht nur mir. Das war ein Fehler meinerseits. Also begebe ich mich wieder auf offenes Terrain, von dort aus kann ich Emanuel wenigstens genau beobachten. Ich muss nur darauf achten, dass er nicht zurück zum See kommt. Mitten auf der Wiese bleibt Emanuel einfach stehen und sieht in meine Richtung. Die Sonne verschwindet genau in diesem Moment und es bricht die Nacht herein. Um uns herum wird alles dunkel, das lässt uns aber keinesfalls aufhören. Um uns zu erleuchten, hebe ich die Hände nach oben. Flammen sprießen aus dem Boden. Nun wird unser Kampf gefährlich. Da es Emanuel ablenkt, starte ich erneut einen Angriff, der ihn dieses Mal arg trifft. Er fällt zu Boden, stützt sich aber ab und stellt sich mit Schwung wieder hin. Sofort schwingt er mit seinem Stab durch die Luft, woraufhin Wasser meinen Flammenkreis löscht und Rauch aufsteigt, der mir die Sicht versperrt. Panisch schaue ich mich um, weil ich Emanuel nicht mehr ausmachen kann. Nicht mal den Umriss seines Körpers kann ich wahrnehmen. Doch er lässt auch nicht lange auf sich warten, denn von hinten schlingt sich etwas um meinen Hals und reißt mich zu Boden. Ich kann es nicht von mir wegstreichen, da es Wasser ist, das mich festhält. Am Boden räkelnd, ringe ich nach Luft. Dabei sollte ich viel lieber nachdenken, was ich jetzt tun sollte. Schon kommt mir die erleuchtende Idee. Ich lasse meinen Körper rot aufleuchten und mit einem Zischen lösen sich die Fesseln um meinen Hals. Ich springe auf und drehe mich wie wild umher, bis ich Emanuel entdecke. Er ist wieder zum See gelangt und kontrolliert hinter sich zwei Wasserstränge. Die Ornamente seines Stabes leuchten hell. Mit dem Feuerelement bin ich mehr oder weniger machtlos gegen ihn. Mit dem Wasser kann er jeden Feuerangriff erwidern und eliminieren.

»Gibst du jetzt auf? Hast du verstanden, dass du noch nicht so weit bist?« Emanuels Worte treffen mich, und für einen Moment bin ich geneigt, ihm zuzustimmen. Der Schmerz, die Erschöpfung, die Niederlage – alles drängt mich dazu, aufzugeben. Doch dann erinnere ich mich.

An die Regeln, die ich mir selbst auferlegt hatte, als ich noch ein Waisenjunge war, der ums Überleben kämpfte: Du musst überleben. Du darfst keine Angst haben. Und vor allem – gib niemals auf.

Meine Hände ballen sich zu Fäusten, und augenblicklich züngeln Flammen um meine Finger. Mein Herz schlägt schneller, meine Entschlossenheit wird zur Glut, die in mir aufflammt.

»Ich gebe erst auf, wenn einer von uns am Boden liegt und winselt«, erwidere ich und sehe Emanuel herausfordernd an. Dieser nimmt meine Provokation gelassen hin und greift sofort an. Wasserstränge schießen aus seinen Händen, peitschen durch die Luft wie lebendige Schlangen. Ich weiche aus, springe zur Seite, ducke mich, immer wieder. Aber es hört nicht auf. Mit einer schnellen Bewegung errichte ich einen flammenden Schild vor mir, doch das Wasser zischt und dampft, und der nächste Schlag trifft mich mit voller Wucht. Ich werde zu Boden geschleudert, die Luft wird mir aus den Lungen gepresst, und für einen Moment ist alles verschwommen. Als ich wieder klarer sehe, steht Emanuel schon über mir. Sein Stab drückt auf meine Brust, kalt und unnachgiebig. Wenn das hier ein echter Kampf wäre, wäre dies der Moment, in dem er alles beenden könnte.

Doch ich gebe nicht auf.

Mit aller Kraft greife ich nach seinem Stab. Die Ornamente an der Waffe glühen rot auf, und ein Schock durchzuckt meinen Körper. Emanuel zieht den Stab hastig zurück und taumelt ein paar Schritte nach hinten, während ich mich mit Mühe wieder aufrichte. Meine Kräfte schwinden, meine Muskeln brennen vor Anstrengung, doch ich bringe meine Hände in eine defensive Haltung. Schritt für Schritt weiche ich zurück, bemüht, Abstand zwischen uns zu bringen.

»Sieh doch ein, Philip, du kannst das hier nicht gewinnen«, sagt Emanuel, seine Stimme ruhig, aber eindringlich. Seine Worte entzünden nur neuen Trotz in mir.

»Dann verliere ich eben, aber ich werde nicht aufgeben«, antworte ich und starre ihn entschlossen an. Emanuels Augenbrauen ziehen sich zusammen, und ein Hauch von Respekt blitzt in seinem Blick auf. Doch er wartet nicht lange. Mit einem geschickten Schritt geht er wieder zum Angriff über, seine Bewegungen fließend, präzise. Ich bin kaum in der Lage, mich zu verteidigen. Statt zurückzuschlagen, springe ich von einer Seite zur anderen, um seinen Angriffen zu entkommen. Sein Druck zwingt mich zurück, weiter in den Wald hinein. Schließlich finde ich Deckung hinter einem Baum. Atemlos presse ich mich an den Stamm, meine Brust hebt und senkt sich heftig. Emanuel läuft an mir vorbei. Ich halte die Luft an, als er direkt neben meinem Versteck stehen bleibt. Doch er bemerkt mich nicht. Ein kleiner Hoffnungsschimmer flammt in mir auf. Doch als ich mich leise in Bewegung setzen will, verraten mich die Äste unter meinen Füßen. Ein leises Knacken reicht aus, und Emanuel dreht sich blitzschnell um. Sein Stab leuchtet auf, und ich sehe, wie ein Strahl auf mich zuschießt. Panisch reiße ich die Hände hoch, schütze mein Gesicht und schließe die Augen.

Doch nichts trifft mich.

Langsam öffne ich die Augen und blicke direkt in Emanuels erstauntes Gesicht. Seine Augen sind weit aufgerissen, fixieren meine Hände. Ich folge seinem Blick – und bin ebenso schockiert. Meine Hände glühen nicht mehr rot. Sie leuchten blau. Und die Energie, die um mich herum fließt, ist kein Feuer.

Es ist Wasser.

Kapitel 14
Unentdeckte Mächte

Emanuel steht wie gelähmt vor mir. Unsere Kräfte ringen noch um den Sieg, bis ich von ihm ablasse und aufhöre zu leuchten. Dasselbe passiert bei ihm, im gleichen Moment. Ich weiß nicht, was ich sagen soll, und auch Emanuel gibt keine Reaktion von sich. Auf einmal beginnt mein Körper heftig zu zittern. Das Zittern ist so stark, dass ich es nicht kontrollieren kann. Emanuel nimmt mich plötzlich in die Arme, keine Sekunde später geben meine Beine nach. Langsam lässt er mich auf den Boden hinabgleiten und lehnt mich mit dem Rücken gegen einen Baumstamm. Vor meinen Augen doppelt sich das Bild meines Lehrers, und ich halte mir den Kopf, woraufhin Emanuel mir etwas Wasser holt. Wir beide sagen eine Weile nichts: Ich, weil mein Körper und Kopf verrücktspielen, und Emanuel, weil er wahrscheinlich nicht weiß, was er sagen soll. Er räuspert sich zuerst.

»Das ist unglaublich«, raunt er.

»Warum kann ich das auf einmal?«, frage ich ihn verwirrt. Emanuel massiert sich die Schläfen und legt den Kopf in den Nacken. Es dauert ein Weilchen, bis er antwortet.

»Ich weiß, dass eine unglaubliche Kraft in dir steckt. Allerdings habe ich nicht erwartet, dass diese Macht so schnell wächst. Ich habe diese Situation unterschätzt.« Emanuel grübelt lange, ich weiß allerdings nicht, worüber. Er sollte mich viel lieber darüber aufklären, was mit mir los ist. Mir bereitet dieses zweite Element Sorge, da mir Emanuel damals etwas sehr Wichtiges erzählt hatte. Es gibt fünf Grundelemente: Erde, Wasser, Holz, Feuer und Metall. Ein Magier kann sich grundsätzlich eines dieser Elemente bedienen. Es kommt selten vor, dass ein Magier zwei dieser Elemente beherrscht. Warum muss ausgerechnet ich einer dieser seltenen Fälle sein? Ich bin doch so schon ein bunter Hund, weil ich so lange nichts von meinen Kräften wusste.

»In dir steckt mehr, als du bisher angenommen hast«, sagt Emanuel nachdenklich, ohne mich dabei direkt anzusehen. »Ich glaube, mit meinem Anstoß, der dich darüber hinaus altern ließ, habe ich deine Kräfte geweckt. Ich habe dir die Macht verliehen, auf andere Elemente zugreifen zu können.« Emanuel presst die Lider zusammen und massiert sich die Schläfen, ganz so, als hätte er etwas Verbotenes getan.

»Wartet einen Augenblick, Emanuel. Nur weil ich ein zweites Element beherrsche, muss das doch noch lange nichts heißen!« Langsam dämmert es mir, was er andeuten will. Es ist stockduster, Wolken schieben sich über den Mond und scheinen bald zu brechen. Ich bin aufgewühlt und sehe Emanuel panisch an.

»Es bedeutet alles. Kennst du die Legende des Weißen Magiers? Ich bin mir sicher, dass William dich darüber unterrichtet hat.« William? Als ich den Namen höre, blitzen in meinem Kopf Bilder auf – ziemlich viele sogar. Ich sehe ihn vor meinem geistigen Auge, wie er mich trainiert und mich viele Dinge lehrt. Mir fällt wieder ein, wie wir zusammen im dunklen Raum saßen und er mir die Legende erklärte.

»Ich erinnere mich... Der Legende nach besitzt der Weiße Magier alle fünf Grundelemente und soll die Welt wieder ins Gleichgewicht bringen. Ja, was hat das alles mit der Situation zu tun? Ihr glaubt doch nicht etwa...«

Er zögert und sieht mich an. »Seitdem ich dich kenne, weiß ich, dass jener legendäre Magier unter uns weilt. Philip, du hast jahrelang nichts von deinen Kräften gewusst und bist binnen kürzester Zeit genau so stark wie andere Magier in deinem Alter. Wenn nicht sogar stärker.« Sein Blick ist aufgewühlt und durchbohrt den meinen. Von weitem kann ich leisen Donner vernehmen, und eine kühle Brise weht mir durch die Haare. Es wird jeden Moment anfangen zu regnen. »Du kannst schon zwei Elemente rufen, noch dazu zwei so unterschiedliche. Weißt du eigentlich, wie unwahrscheinlich es ist, Feuer und Wasser gleichzeitig in sich tragen zu können? Lange genug wurde nach jemandem gesucht, der stark genug ist, um sich gegen den Schwarzen Magier behaupten zu können. Dieser Magier steckt in dir.«

Erschrocken reiße ich die Augen auf.

»Ich denke, Ihr interpretiert zu viel in das Geschehene. Ich werde niemals so stark sein, um dem Schwarzen Magier auch nur ein Haar zu krümmen. Ich konnte nicht einmal gegen Euch ankommen.«

Eine dunkle, rauchige Stimme ertönt hinter Emanuel. Zutiefst erschrocken fährt er nach oben und dreht sich herum, dabei stellt er sich schützend vor mich und umklammert seinen Stab. »Dieser Meinung bin ich auch.« An Emanuels Bein vorbeischauend, sehe ich, was passiert. Ein Mann, nur wenig älter als ich, gekleidet in einen schwarzen Mantel und ein schwarzes Hemd, baut sich vor Emanuel auf. Er trägt stiefelähnliche Schuhe und eine lange Hose. Durch seine Kleidung und die blonden Haare wirkt seine Haut blass. Sein Aussehen kommt dem meines Beschützers unheimlich nahe; das kantige Gesicht und die blauen Augen, die aber einen dunklen Schein innehaben. Ich brauche nicht lange, um festzustellen, um wen es sich handelt: Emanuels Sohn, der Schwarze Magier.

»Du glaubst doch nicht wirklich, dass dieser Junge etwas gegen mich in der Hand hat?«, lacht er. »Dein Humor wird immer besser, Vater.« Dabei spricht er das Wort ›Vater‹ so aus, als würde er es verfluchen. Er wirkt kalt und respektlos, allerdings befindet er sich in jener Position, in der ihm das erlaubt ist.

»Verschwinde sofort, James!«, ächzt Emanuel wütend.

»Sicher. Ich lasse dich in Ruhe, damit du diesen Jungen ausbilden kannst – vielleicht hat er dann im Kampf gegen mich wenigstens eine kleine Chance. Verzeihung.« James lässt wieder seine Zähne aufblitzen, während er gehässig grinst. »Schon vor einiger Zeit ist mir zu Ohren gekommen, dass jener Magier aufgetaucht ist, der das Potenzial hat, mir meinen Ruf streitig zu machen. Aber das werde ich nicht zulassen. Dieser Idiot hat es ja schon versäumt, ihn umzubringen. Er konnte ja nicht einmal dir etwas anhaben.« Spricht er etwa von Theodor von Solome, der sich als Dunkler Magier entpuppte und mich verfolgte? »Ich musste eine Weile nach dir suchen. Selbst nach dem Angriff auf deine geliebte Stadt hattest du immer noch ein Ass im Ärmel. Unglaublich. Doch die Wellen eurer Energie haben euch verraten.« Aus der Handfläche des Magiers zuckt ein dunkelblauer Blitz. Um uns zu schützen, errichtet Emanuel augenblicklich eine Mauer aus Wasser. Doch sobald der Blitz darauf trifft, färbt sich die Mauer schwarz und fällt in sich zusammen. Ich weiß, dass ich nicht länger hier am Boden sitzen bleiben kann. Ich muss aufstehen – Emanuel kann nicht uns beide beschützen. Langsam quäle ich mich wieder auf die Beine, wobei ich mich am Baumstamm abstütze. Während ich versuche, stabil zu stehen, liefern sich Emanuel und sein Sohn direkt vor mir einen Kampf.

»Gib auf, alter Mann! Du wirst diesen Kampf nicht gewinnen können. Wie du weißt, bin ich im Besitz von drei Elementen. Niemand kann sich mir in den Weg stellen.«

»Als würde mich das aufhalten. Wenn ich falle, dann im Namen aller Lichtmagier. Das verspreche ich dir, James.«

»Emanuel, seid Ihr verrückt? Das würde doch niemandem etwas nützen!«, falle ich ihm ins Wort. Ohne seinen Blick von seinem Sohn abzuwenden, schmunzelt er über meine Einwände.

»Ich habe nicht gesagt, dass ich vorhabe, mich besiegen zu lassen.«

»Du vielleicht nicht, aber dein Schützling wird dem nicht entkommen.« Plötzlich löst sich James in Rauch auf. Emanuel packt mich am Arm und zieht mich eilig aus dem Waldstück heraus. Meine Beine kribbeln noch, aber ich folge ihm, so gut ich kann.

»Seine Macht beschränkt sich nicht nur auf die Elemente, Philip. Du musst aufpassen. Er ist unberechenbar. Weiche seinen schwarzen Blitzen aus – lass dich niemals treffen. Hörst du?« Ich nicke, um ihm zu zeigen, dass ich ihn verstanden habe. Wir rennen über die Wiese, während der angekündigte Regenschauer einsetzt. Doch vor uns taucht erneut der schwarze Rauch auf. Noch bevor sich die Gestalt wieder zusammensetzt, schießen schwarze Blitze in alle Richtungen. Einer davon trennt Emanuel und mich, da wir in entgegengesetzte Richtungen springen. Kurz blicke ich auf meine Hände und balle sie zu Fäusten. Ich kann das. Ich muss Emanuel jetzt helfen.

Kampfbereit nehme ich die Position ein, die er mir gezeigt hat, und suche seinen Blick. Er nickt leicht. Ich bin alles, was er im Moment hat. Aber das ist nicht viel.

»Ah, jetzt wird es endlich interessant«, lacht James. Dieser Magier hält das alles für einen Scherz, da bin ich mir sicher. Er glaubt fest daran, uns beide mühelos besiegen zu können. »Hah!«, stößt er aus und entfesselt einen Regen aus Blitzen. Emanuel wehrt die Angriffe nacheinander ab, während ich den tödlichen Strahlen ausweiche – bis einer droht, mich zu treffen. Instinktiv glüht das Feuer in meinen Handflächen auf und wehrt den Angriff ab. Ohne nachzudenken, hole ich zum Gegenangriff aus. Mein Feuer trifft James, was mich selbst überrascht. Emanuel zögert keine Sekunde und greift ebenfalls an. Doch unser Gegner reagiert nur mit einem amüsierten Schmunzeln.

»War das schon alles?«, fragt er mit einem bösartigen Lächeln im Gesicht. Er streckt die Hände in die Luft, die plötzlich dunkelblau aufleuchten. Über uns ziehen sich die Wolken zu einem bedrohlichen Schwarz zusammen. Emanuel stößt einen Fluch aus und schreit meinen Namen.

»Lauf!«, ruft er. Ich zögere einen Moment, sodass er den Befehl wiederholen muss. »Jetzt verschwinde!« Was auch immer dieser Magier gerade tut, es sieht nicht gut aus – weder für mich noch für Emanuel. Aber ich werde nicht weglaufen und ihn im Stich lassen. Zu oft bin ich vor meiner Verantwortung davongelaufen. Dies ist nicht der richtige Zeitpunkt dafür.

Ich zögere keinen Moment länger und stürze mich in die Gefahr. Ich nutze die Gelegenheit, als James uns den Rücken zuwendet, und greife an. Mit beiden Händen schleudere ich ihm einen Feuerstrahl in die Brust. Er stöhnt, geht auf die Knie – und bleibt dort. Starr vor Schock über das, was ich getan habe, bleibe ich regungslos vor ihm stehen. Doch der Schwarze Magier hebt seinen Kopf und blickt mir direkt in die Augen. Plötzlich schnellt sein Arm vor, packt mich an der Kehle, und er zwingt mich zu Boden.

»Das war dumm von dir.« Seine Stimme ist kalt und voller Verachtung. Bevor er mir die Luft abschnüren kann, greift Emanuel ein. Mit einem Energieschwall stößt er den Magier von mir weg. Erschöpft streckt Emanuel mir die Hand entgegen und hilft mir auf die Beine. Doch dieser Moment der Unachtsamkeit wird ihm zum Verhängnis. Der Magier nutzt die Gelegenheit und schleudert einen dunkelblauen Blitz. Er trifft Emanuel direkt, der weit von mir weg auf den Boden geworfen wird. Nun richtet James seine Aufmerksamkeit wieder auf mich. »Du bist tatsächlich stark. Jemanden wie dich könnte ich gut gebrauchen, um meine Pläne durchzusetzen.«

»Ich bin keiner von euch! Niemals würde ich ein Dunkler Magier sein wollen!« Meine Stimme bebt, doch ich versuche, standhaft zu bleiben.

»Idiot. Als ob du da eine Wahl hättest.«

»Nicht…«, wispert Emanuel gebrochen. Ich schaue zu ihm hinab. Sein Gesichtsausdruck ist von Besorgnis und Panik geprägt. »Lass ihn…«, fleht er mit letzter Kraft. In diesem Moment drehe ich mich zurück zum schwarzen Magier, doch bevor ich reagieren kann, trifft mich ein schwarzer Blitz. Einer von denen, vor denen mich Emanuel vor wenigen Augenblicken gewarnt hatte.

Ein Schrei entfährt mir, als der Schmerz durch meinen Körper rast. Es fühlt sich an, als würde ich von einem Wasserfall stürzen und auf Millionen scharfer Felsen aufprallen, deren Spitzen wie Messer in mein Fleisch schneiden. Um mich herum beginnt ein gleißend weißes Licht zu leuchten, das langsam dunkler wird. Ich sehe noch, wie Emanuel sich mühsam erhebt. Sein Blick ist voller Entsetzen, als das Licht in mir allmählich erlischt und in tiefes Schwarz getaucht wird.

Kapitel 15
Eine finstere Überraschung

Ich blinzle und stöhne leise, während ich mich aufrichte. *Wo bin ich?* Mit einem mulmigen Gefühl setze ich mich auf und lasse meinen Blick durch den Raum schweifen. Der Raum ist klein und ungemütlich, und ich kann mich nicht daran erinnern, jemals hier gewesen zu sein. Ich weiß gar nichts mehr. Nicht einmal meinen Namen. Unsicher erhebe ich mich und beginne, durch das dunkle Zimmer zu laufen, auf der Suche nach etwas Vertrautem. Doch es gibt nichts. Mein Blick bleibt an einem Schreibtisch hängen, auf dem ein helles Licht aus einer Laterne flackert. Darauf liegt ein kleines Kärtchen, auf dem in schwarzer Tinte ein Name geschrieben steht. *Philip.* Mhm. Das muss wohl mein Name sein. Leider gibt es keine weiteren Hinweise. Unter dem Kärtchen entdecke ich einen Stapel Kleidung. Erst jetzt fällt mir auf, dass ich komplett nackt bin. Ohne zu zögern, schnappe ich mir die Sachen und ziehe sie an. Alles ist schwarz, bis auf den

Mantel, der am unteren Ende des Stapels liegt. Er ist von außen leuchtend rot. Rot wie das Feuer in mir. In diesem Moment erinnere ich mich: Ich bin ein Magier. Ein starker Magier. Doch das scheint auch schon alles zu sein, was mir in den Sinn kommt.

Nachdem ich mich angekleidet habe, werfe ich einen Blick in den Spiegel. Ich könnte etwa fünfundzwanzig Jahre alt sein. Mit einer schnellen Bewegung streiche ich mir durch die kurzen braunen Haare und fahre über meinen Bart. Vielleicht lässt mich der Bart älter wirken, als ich wirklich bin. Wer weiß? Dennoch kommt es mir vor, als wäre die Person im Spiegel ein Fremder. Diese schwarzen Augen... *Sind das wirklich meine?* Ungläubig starre ich mein Spiegelbild an, bevor ich nach der Laterne greife und mich weiter umschaue. Endlich entdecke ich eine Tür, direkt gegenüber von mir. Zögernd nähere ich mich und drücke die Klinke herunter. Obwohl ich erwartet habe, dass sie verschlossen ist, schwingt die Holztür mit einem lauten Knarzen auf. Vor mir liegt ein finsterer Gang.

Langsam trete ich aus dem Zimmer heraus und leuchte mir den Weg mit der Laterne. Der Gang scheint endlos zu sein, doch nach einer Weile erreiche ich eine Treppe, die nach oben führt. Ohne zu zögern, beginne ich die Stufen hinaufzusteigen. Am oberen Ende stoße ich eine weitere Tür auf. Sie führt mich in einen größeren Raum, der vollständig aus Stein besteht. Die Fenster stehen offen, und gleißendes Sonnenlicht strömt herein, erhellt die kargen Wände.

Der Raum ist leer, abgesehen von zwei großen Türen an den gegenüberliegenden Seiten.

Mein Blick fällt auf die Tür, durch deren Fenster das Licht am hellsten scheint. Entschlossen gehe ich darauf zu und durchschreite sie. Sofort werde ich von der grellen Sonne geblendet. Ich kneife die Augen zusammen, bis sie sich an das Licht gewöhnt haben, und trete schließlich ganz hinaus. Ich lasse den Blick schweifen und nehme die Umgebung in mich auf. Wo, zum Teufel, bin ich? Ich schaue mich um und erspähe mehrere Holzhütten, die verstreut im Dorf stehen. Ein großes Steinhaus ziert die Mitte, daneben ein Gebäude, das eine Schenke sein könnte. Ich kann mich nicht daran erinnern, jemals hier gewesen zu sein. Langsam ziehe ich weiter durch das Dorf. Nicht weit entfernt sehe ich einen Wald. Ich gehe ein Stück weiter, doch plötzlich erstarre ich. Im Wald bewegt sich etwas. Oder ist es jemand?

»Philip, du bist aufgewacht.« Erschrocken drehe ich mich um und sehe einen blonden jungen Mann, der strahlend auf mich zukommt. Trotz seines freundlichen Auftretens verspüre ich den Drang, zurückzuweichen. Doch ich bleibe stehen. Aus Höflichkeit verbeuge ich mich leicht vor ihm.

»Wir können von Glück sprechen, dass du unbeschadet zurückgekommen bist.«

»Bitte? Zurückgekommen? Ich weiß nicht, wovon Ihr redet«, entgegne ich sofort.

»Grundgütiger, unbeschadet ist wohl das falsche Wort.« Der junge Mann, der sich als James vorstellt, spricht hastig weiter: »Ich bin dein Freund. Ein Licht-magier hat uns angegriffen, völlig grundlos.« Die Worte sprudeln nur so aus ihm heraus, und er wirkt sichtlich aufgeregt. »Er hat dich schwer verletzt. Ich dachte schon, du überstehst den Weg hierher nicht mehr. Aber du hast es bis vor unsere Tore geschafft, bevor du zusammengebrochen bist.« James winkt mich näher zu sich, und gemeinsam gehen wir zurück ins Dorf.

»Ist das so…«, murmele ich nachdenklich. An nichts davon kann ich mich erinnern. Mein Kopf fühlt sich leer an. »Ich kann mich nicht erinnern. Wo sind wir hier? Was ist meine Aufgabe?«

»Du bist in *Nox*, unserem kleinen Dorf. Hier finden unseresgleichen sicheren Unterschlupf.« Mit diesen Worten legt James einen Arm um meine Schulter, seine Hand berührt sie flüchtig. ›*Unseresgleichen*‹ – die Dunklen Magier. Langsam kehren meine Erinne-rungen zurück. Plötzlich sehe ich vor meinem inneren Auge einen alten Mann mit blonden Haaren und einem grünen Umhang. Er hatte seinen Stab auf mich gerichtet und versucht, mich zu töten. James muss mich gerettet haben. Dieser Lichtmagier... Irgend-woher kenne ich ihn, doch die Gefühle, die sein Bild in mir auslösen, sind gemischt – Zorn und Trauer zugleich.

»Du hast mich also gerettet. Dann liegt es wohl an mir, dir zu danken.« James lacht kurz auf.

»Du würdest dasselbe für mich tun.« Ein kalter Schauer läuft mir über den Rücken. *Würde ich das?* Im

Chaos meiner Gefühle suche ich nach einem klaren Empfinden für James. Ich bin ihm zugleich abgeneigt und zugewandt, als ob ein Teil von mir nicht will, dass ich ihn als Freund ansehe.

James führt mich in eine der Hütten. Ich trete ein, doch er folgt mir und verschließt die Tür hinter sich. Plötzlich taucht der Raum in bedrohliche Dunkelheit. Ein leises Geräusch, ähnlich einem Fingerschnippen, durchbricht die Stille, und die Decke wird von unzähligen leuchtenden Punkten erhellt – wie ein Sternenhimmel. Dies ist James' Behausung.

»In mir staut sich ein brennender Hass«, beginnt er. Seine Stimme ist ruhig, doch die Worte sind schwer von Emotionen. »Ein Hass, genährt vom Wunsch nach Vergeltung und von der Sucht nach dem, was ich hätte haben können.«

»Gegen wen richtet sich dieser Hass?« James funkelt mich mit bösen Augen an. In seinem Blick liegt eine Antwort, die ich nicht deuten kann.

Er sagt nichts. Nach einem Moment fährt er fort: »Die Lichtmagie ist stark. Wir dürfen nicht zulassen, dass sie uns überrennt. Wir sind ein Volk, und uns steht die Macht ebenso zu wie ihnen. Die kommende Schlacht ist unausweichlich – notwendig und unwiderruflich. Doch ich kann sie nicht allein führen. Ich brauche dich, Philip. Nur du kannst mich zu meinem Ziel führen.« Ein Schauder durchfährt mich, als James mich mit seinen dunklen Augen fixiert. Sie durchbohren mich, und ich spüre, dass es keine Bitte ist.

Es ist ein Befehl.

Nach einer gefühlten Ewigkeit verlassen wir das Haus und betreten das Freie. Die frische Luft tut meinen Lungen sehr gut, also atme ich tief ein und aus. Mittlerweile ist es dunkel geworden, und nicht einmal der Mond steht am Himmel. James lässt von mir ab. Es ist ziemlich kalt, weshalb er seinen Mantel schließt. Ich blicke nach oben zu den Sternen.

»Komm schon, das Konzil wartet nicht ewig«, reißt mich mein Gefährte aus dem Gedanken, den ich gerade fassen wollte.

»Als würden sie nicht auf den Schwarzen Magier warten.« Leicht erschrocken über meine eigene Aussage lächle ich ihn an, woraufhin er schmunzelt. Wie aus dem Nichts weiß ich wieder Dinge, die ich kurzfristig vergessen hatte. Das Konzil der Dunklen Magier berät sich zurzeit häufig darüber, ob die Lichtmagier angegriffen werden sollen, um den Krieg zu beginnen. James ist derjenige, der sie zu überzeugen versucht, dass es keinen anderen Ausweg gibt. Der Angriff auf uns wird seine Sichtweisen dem Konzil gegenüber stützen. Wir gehen einen steinigen Weg entlang, bis wir das mächtige Steingebäude erreichen, an dem ich tagsüber bereits vorbeikam. Ich öffne die Tür und lasse James den Vortritt, gehe ihm dann langsam nach. Im Inneren sind einige Plätze aufgereiht, die vermutlich hundert Fuß nach vorne reichen. Auch sind diese alle gut besetzt. Während James über einen roten Teppich nach vorne schreitet, steht die Masse auf und wird laut. Ich kann Forderungen und andere Rufe vernehmen. Allen geht es nur um das eine: den Krieg.

James nimmt an der Stirnseite auf einem großen, thronähnlichen Stuhl Platz. Er schwingt die Beine über eine Lehne und lehnt sich quer über den Sitz. Links und rechts von ihm, auf weniger prunkvollen Plätzen, sitzen einige andere Magier. Ein Platz gleich zu James' Rechten ist frei – meiner. Ruhig nehme ich Platz und warte, dass James etwas sagt. Dieser beruhigt die Menge erst einmal mit einigen einfachen Gesten.

Bald steht einer der Magier auf und ruft laut ein »Lord« in unsere Richtung. James gibt ihm die Erlaubnis zu sprechen. »Was gedenkt Ihr zu tun? Wieder mal hat ein Lichtmagier versucht, Euch den Garaus zu machen. Wenn wir uns das weiterhin gefallen lassen, wird es diese Sippe nicht mehr geben.«

»Seid unbesorgt, mir ist nichts geschehen. Das Attentat wurde nicht ausdrücklich gegen mich verübt, sondern gegen uns alle. Unsere Sippe ist stark, ihr Magier seid stark. Und wir werden uns weiterhin einem bitteren Kampf stellen. Unser Ende ist noch lange nicht gekommen. Und wenn wir uns von diesem Angriff einschüchtern lassen, dann tragen die Lichtmagier den Sieg davon. Einen unverdienten Sieg.«

»Ihr seid doch komplett übergeschnappt, Ihr lasst uns alle sterben!«, brüllt er ihn beinah an. Ich erschrecke, aber kaum merkbar. Das war ein großer Fehler.

»Du stellst mich und meine Anweisungen also infrage.« Der Magier versinkt in der Menge, doch keiner von ihnen beweist ihm Solidarität. Die schützenden Männer um ihn herum treten zur Seite. James steht auf. Sein Gang ist langsam und bedrohlich. Plötzlich sinkt der Dunkle Magier auf die Knie und verbeugt sich tief vor seinem Herrn.

»Meister …«, winselt er, ohne den Kopf zu heben. Seine Angst spüre ich bis hierher. Doch James interessiert es nicht und gibt eine kleine Handbewegung Richtung zweier Wachen. Sie kommen eilig hinzu und packen den Hetzer an den Oberarmen, ziehen ihn auf die Beine und reißen ihn aus dem Raum und durch die Tür. Es dauert keine Sekunde, dann erfolgt ein spitzer, schmerzerfüllter Schrei. James' Untertanen kommen wieder zurück und nicken ihm zu.

»Möchte noch jemand?« James bewegt sich im Kreis und schaut in die bleichen Gesichter des Konzils. »Nein? Gut.« James räuspert sich und geht zurück zu seinem Stuhl. Doch er setzt sich nicht, sondern baut sich vor den Magiern auf. »Magier der Dunkelheit«, hallt es von den Wänden wider. »Natürlich können wir uns dieser Tortur nicht länger unterziehen. Die Lichtmagier versuchen, uns auszulöschen, weil sie glauben, dass Dunkle Magie nicht in diese Welt gehört. Wir müssen uns endlich behaupten. Dieses Volk ist stark, wir sind stärker. Die Dunkle Magie kann – und wird – siegen. Lasst uns die Geschichte neu schreiben. Am Ende werden wir es sein, die über diese Welt herrschen.« Er grinst, während ihm die Masse zujubelt. Ich schaue zu ihm und weiß, was er sich dabei denkt. Am Ende wird er es sein, der über diese Welt herrscht. Die Dunklen Magier sind nur seine Marionetten, die im Kampf gegen die Lichtmagier fallen werden. Aber sie wissen es nicht, keiner weiß das. Nur James und aus einem unerklärlichen Grund auch ich.

Nachdem James den Jubel ausreichend genossen und sich die Menge verflüchtigt hat, um in dem Gasthaus etwas zu trinken, gesellt er sich zu mir. Ich halte mich entfernt der Masse allein auf, denn mir scheint das Treiben suspekt. Tief in meinem Inneren widerstrebt es mir, hier zu sein. Und dieses merkwürdige Gefühl werde ich einfach nicht los. Es wird auch nicht zwingend besser, als James in meine Nähe kommt – eher im Gegenteil.

»Du machst mir Sorgen, sonst hast du dich immer unter die Gesellschaft gemischt«, erklärt mir James. Ich und Gesellschaft? Mein erster Gedanke daran ist der, dass ich die Allgemeinheit lieber meiden möchte.

»Dir ist bewusst, dass du den Lichtmagiern soeben den Krieg erklärt hast?«

James schmunzelt. »Nicht nur den Lichtmagiern. Da gibt es jemanden, dem ich den Krieg einfach nicht vorenthalten möchte. Der Lichtmagier, der uns angegriffen hat, heißt Emanuel de Vontaine. Und er ist mein Vater.« Daraufhin schweige ich kurz. Sein Vater ist ein Lichtmagier und er ist der dunkelste Magier auf der ganzen Welt? Merkwürdige Geschichte. »Philip, er wird mich finden und vernichten.

Kannst du dir ausmalen, was er unserer Sippe damit für Schaden zufügt? Er wird keinen Halt machen, auch nicht vor dir.« James' Blick ist verstört, gleichzeitig verängstigt. So habe ich ihn noch nie gesehen, ich muss ihm helfen. »Du musst etwas für mich tun.« Leise wispert er mir etwas ins Ohr. Dann wird mir etwas klar: Emanuel de Vontaine ist mein Feind und mein Auftrag ist es, ihn zu töten.

Kapitel 16
Drei gegen einen

Am nächsten Morgen packe ich ein paar Sachen zusammen, um mich auf die Suche nach de Vontaine zu machen. James verabschiedet sich von mir persönlich, wünscht mir Glück und hofft, dass ich gesund zurückkomme. Ich kann ihm nichts versprechen, doch das Ziel werde ich bis dahin vor Augen haben und nicht eher ruhen, bis ich erreicht habe, was mir befohlen wurde. Leicht zerfahren stehe ich am Rand der Niederkunft der Dunklen Magier. Ich habe nicht den leisesten Schimmer, wohin ich gehen soll. Irgendetwas sagt mir, dass ich hier noch nie in meinem Leben war, allerdings vermittelt mir James das Gefühl, sein bester Freund zu sein. Es ist, als würden wir uns schon ewig kennen, als wären wir Freunde. Aber mein Herz sagt mir etwas anderes.

Ich hole tief Luft und setze den ersten Schritt. Jetzt heißt es nur noch weg von hier, um meinen Auftrag zu erfüllen. James erklärte mir den Weg zu einer

Stadt, in der ich mich umsehen soll. *Lumina* hat er sie genannt. Vor meinem geistigen Auge erscheint ein Bild einer lichterfüllten Stadt. Sie kommt mir bekannt vor. Vor einem großen weißen Haus tummeln sich Magier in weißen Kutten, alle halten ihre Stäbe und die Hände auf mich.

Schnell schüttle ich den Kopf. Was für eine seltsame Erinnerung. Aber sie wird hilfreich sein, es ist immerhin die Stadt der Lichtmagier. Und wo Lichtmagier sind, wird auch Emanuel de Vontaine sein. Voller Elan marschiere ich davon. Ich kann mich an den Weg in diese Stadt erinnern, erkenne sogar einige Merkmale auf meiner Reise. Doch ab einem bestimmten Punkt verblassen die Erinnerungen mehr und mehr. Ich bin schon zwei Tage gewandert und bin keiner Seele begegnet. Ich befürchte, ich habe mich derart verirrt, dass ich kläglich versagen werde. Ich kann James jedoch nicht enttäuschen. Wenn ich scheitere, wird das furchtbare Konsequenzen geben. Das will ich auf keinen Fall riskieren.

Aber erst einmal muss ich pausieren und meine Gedanken neu ordnen. Langsam lasse ich mich ins kühle Gras fallen und starre in den Himmel. Ich kann die Sterne sehen und beobachte sie eine Weile. Die kalte Luft lässt mich frösteln, doch es stört mich nicht. Unvermutet wird mir warm ums Herz, und ich fühle mich auf einmal anders. Ich schließe die Augen, weil es sich gut anfühlt. In meinem Kopf leuchtet ein Bild auf, das ich nicht zuordnen kann. Ein kleiner Junge, in zerlumpter und viel zu großer Kleidung, steht vor mir, lächelt mich an und hält dabei einen Fisch in die Höhe. Das Bild verschwimmt, und mein Kopf fühlt sich an, als würde er in wenigen Augenblicken explodieren. Es ist fast so, als würde ein Blitz durch mich hindurch fahren. Das hat definitiv nichts Gutes zu bedeuten. Ich liege eine Weile flach, bis sich der Schmerz verzogen hat und ich die Augen wieder öffnen kann. Die Sterne verschwinden allmählich, und es wird hell. Ich muss unbedingt weiter, doch ich bin ziemlich müde. Einen passenden Schlafplatz habe ich noch nicht gefunden. Ich stehe auf und strecke mich, dabei knacken meine Knochen. Ich habe das Gefühl, in letzter Zeit viel älter geworden zu sein…

Ich laufe einen weiteren Tag ohne Pause, ohne Wasser und – was für mich gerade das größte Problem darstellt – ohne Schlaf. Ich bin mittlerweile schon eine halbe Ewigkeit auf den Beinen, das Gehen fällt mir schwer, und mein Kopf brummt schrecklich. All das führt letztlich dazu, dass ich mich fallen lasse. Ich lande ungewollt auf einem ziemlich harten Boden aus Steinen. Ich spüre, wie sich einige davon in meinen Mantel bohren, aber das ist mir egal. Todmüde schließe ich die Augen. Ich spüre, wie die heißen Sonnenstrahlen mein Gesicht küssen. Es dauert nicht einmal mehr ein Augenzwinkern, schon bin ich eingeschlafen und versinke in einen sehr merkwürdigen Traum.

Ein großer, älterer Herr steht vor mir. Ein kurzer Bart ziert sein Gesicht, und das blonde Haar hat er zu einem Dutt nach oben gebunden. Er sieht aus wie

James, nur viel älter. Sein Rücken ist mir zugewandt, sodass ich nicht sehen kann, was vor mir passiert. So ist er doch ein viel zu leichtes Ziel für mich… Aber ich greife ihn nicht an. Ich fühle mich sogar sehr sicher, dort, wo ich bin. Vor uns taucht eine dunkle Gestalt auf. Ich kann nicht erkennen, wer es ist oder was derjenige vorhat, doch ich habe ein mulmiges Gefühl dabei. Der Blonde macht einen Schritt zur Seite, und bevor ich den Magier ausmachen kann, der dort steht, verblasst mein Traum in dunkles Schwarz. Mehr ist da nicht, und mehr wird nicht kommen. Ich träume nichts, bis ich meine Augen wieder öffne.

Ich habe lange geschlafen, denn die Sonne geht gerade wieder auf. Langsam erhebe ich mich und reibe mir den Rücken. Er schmerzt furchtbar durch die Steine, dennoch sind die Kopfschmerzen dahin und die Müdigkeit wie weggeblasen. Ich sehe der Sonne zu, wie sie hinter dem Berg emporsteigt und die Umgebung mit einem angenehmen, warmen Licht flutet. Die Strahlen erreichen mein Gesicht, und ich schließe die Augen für ein paar Augenblicke. Die Wärme auf meiner Haut fühlt sich sehr gut an und gibt mir Kraft. Die Gedächtnislücken machen mir schwer zu schaffen. Wenn nicht bald etwas passiert, das mir hilft, wieder klar denken und mich erinnern zu können, werde ich wohl noch verrückt. Seit Tagen quälen mich verschwommene Erinnerungen und Szenen, die nicht ins Bild passen. Das Einzige, was mir klar vor Augen erscheint, sind Bilder, in denen James eine Rolle spielt.

Nachdenklich mache ich mich wieder auf den Weg, die Stadt der Lichtmagier zu erreichen. Doch dieses Vorhaben scheint zunehmend aussichtslos, da ich keine Ahnung habe, wie ich dorthin gelangen soll. In meinen Erinnerungen finde ich auch nichts, das mir helfen könnte. Ich kann nicht einmal jemanden nach dem Weg fragen, denn ich laufe Gefahr, einem Menschen zu begegnen, den ich verunsichere. Oder, falls es ein Lichtmagier ist, könnte es gut sein, dass er mich sofort eliminiert, sobald er merkt, dass ich zur dunklen Seite gehöre. Aber ziellos weiterzuwandern, wäre ebenfalls sinnlos.

Einen Moment lang überlege ich, was ich tun könnte, und schaue mich um. Mein Blick fällt auf einen großen, mächtigen Baum. Ich nicke, lächle und gehe darauf zu.

An seinem Stamm angekommen, schaue ich nach oben. Der Baum ist riesig, und der Stamm ist kräftig. Langsam streiche ich mit der Hand über die Rinde. Ich muss irgendwie dort hinaufkommen, dann kann ich mir einen Überblick über die Lage verschaffen und vielleicht, mit etwas Glück, finde ich den richtigen Weg.

Ich laufe um den Baumstamm herum, doch es ist kein Ast in erreichbarer Höhe, an dem ich hochklettern könnte. Das gefällt mir natürlich gar nicht und frustriert mich, da ich gehofft hatte, in dieser Idee die Lösung gefunden zu haben. Was würde ich jetzt dafür tun, das Holzelement beherrschen zu können… Feuer und Wasser nützen mir hier wenig.

Enttäuscht lehne ich mich mit dem Rücken an den Stamm und blicke in den Wald vor mir. Mir bleibt wohl keine Wahl, als weiterzugehen, einfach geradeaus. Vielleicht finde ich einen anderen Baum. Ich kämpfe mich durch Gestrüpp und Geäst und kassiere dabei unzählige Blessuren. Es tut etwas weh, aber ich will hier raus sein, bevor die Nacht hereinbricht. Wer weiß, was sich nachts alles in den Wäldern herumtreibt – da möchte ich lieber im Freien sein. Wiesn und Felder sind frei von potentiellen Gefahren, die sich hinter Bäumen verstecken können.

Bei Einbruch der Dunkelheit erreiche ich endlich den Waldrand und gelange auf eine Wiese. Erleichtert seufze ich, weil ich es rechtzeitig geschafft habe. Doch im selben Moment plagt mich der Durst. Nachdem ich einen Hang hinuntergegangen bin, komme ich auf einen größeren Weg. Mir scheint es, als wäre hier früher Wasser entlanggelaufen. Vielleicht komme ich an eine Wasserstelle, wenn ich dem ausgetrockneten Fluss folge.

Ich durchschreite das trockene Wasserbett und gelange in eine Art Tal. Der ausgetrocknete Fluss endet an einer weiteren Wiese und nicht an einer erhofften Wasserstelle. Ich hocke mich auf die versiegte Stelle und streiche über den trockenen Boden. Meine Fingerspitzen kribbeln. Ich sehe meine Hände an und weiß sofort, was ich zu tun habe. Ich konzentriere mich und versuche, all meine Kräfte auf einen

Punkt zu lenken. Sogleich leuchten meine Hände in einem blauen Ton. Ich schnippe schlagartig mit der Hand nach oben, und schon sprudelt das Wasser aus dem Boden. Ich forme meine Hände zu einer Schale und trinke daraus. Das Wasser löscht meinen unerträglichen Durst. Die Stelle versiegt nach kurzer Zeit von selbst wieder, und ich stehe auf.

Was habe ich gerade getan?

Die Sonne ist bereits untergegangen, doch es ist noch nicht zu dunkel, um weiterzugehen. Da, geradeaus vor mir, erstreckt sich ein Baum in die Höhe. Ich sehe ihn an und bleibe starr stehen. Irgendwoher kenne ich diesen Ort… Langsam gehe ich auf den Baum zu. Das hier wäre natürlich auch ein perfekter Schlafplatz. Drei der Äste weiter oben in der Krone sind so zusammengewachsen, dass man sich wie in einem Bett hineinlegen kann.

Ich gehe um den Baum herum und suche nach einer Stelle, um hochklettern zu können. Als ich den Baum fast umrundet habe, bemerke ich schwarze Schmauchspuren an der Rinde des mächtigen Stammes. Langsam streiche ich darüber, und ein Bild taucht vor meinen Augen auf. Ein Magier steht vor mir und zielt mit einem Stab direkt auf meine Brust. Er ist in Schwarz gekleidet, und sein Gesichtsausdruck ist rätselhaft. Ich hingegen sitze am Stamm und bin offenbar verletzt. Sein Stab drückt mir gegen die Rippen, was ziemlich schmerzt, sowohl von vorne als auch von hinten, da er mich noch fester gegen die Rinde des Baumes drückt. Er will wieder einen dieser

Blitze auf mich abgeben, denn der Stab beginnt zu leuchten. Doch diese Waffe wird von einem hellblauen Leuchten zur Seite gedrückt, was den Magier ein paar Schritte zurückweichen lässt.

»Finger weg von dem Jungen.«

Ich blinzle dieses Bild weg und schüttle wie wild den Kopf. Wieder ist de Vontaine in meinem Kopf und rettet mich vor der Macht, die mich umbringen will. Was ist hier bloß los?

Nachdenklich klettere ich nach oben in den Baum und lege mich in die Äste. Ich brauche etwas Ruhe und Schlaf. Morgen werde ich dann weiter darüber nachdenken, wohin ich als Nächstes gehen soll.

Erschrocken wache ich auf und halte mich gerade noch fest. Ein Sturm ist über Nacht aufgezogen, fegt durch die Bäume und droht, mich aus der mächtigen Krone zu stoßen. Als ich mich gerade aufrichten will, um hinunterzuklettern, kommt der nächste Windstoß und fegt mich vom Ast. Es raubt mir den Atem, als ich unsanft auf dem Boden aufkomme. Der Aufprall presst gnadenlos meine Lungen zusammen, und es dauert quälend lange, bis ich endlich wieder Luft holen kann. Hustend und vor Schmerz gekrümmt liege ich da. Gott, tut das weh.

Überraschend höre ich Stimmen aus der Ferne.

»Das ist einer! Ein Dunkler Magier!« Es klingt beinahe wie ein Schlachtruf, als zwei Magier auf mich zustürmen. Noch damit beschäftigt, mich aufzurichten, werfe ich einen flüchtigen Blick auf sie. Sie tragen weiße Mäntel und richten ihre Hände bedrohlich auf mich.

»Steh auf«, fordert mich eine Stimme auf. Als ob ich das nicht schon tun würde. »Wird's bald?«, fügt er schroff hinzu. Dieser Tonfall provoziert mich, doch ich lasse mir nichts anmerken. Stattdessen richte ich mich langsam auf, während die beiden mich wachsam beobachten.

»Wir werden dich jetzt festnehmen«, sagt der andere. Er wirkt, als sei er sich seiner Sache sehr sicher. Aber mich festnehmen lassen?

»Nur über meine Leiche«, erwidere ich und lächle leicht, während meine Hände rot aufleuchten. Die beiden Lichtmagier reagieren sofort, ihre Hände beginnen ebenfalls zu leuchten. Ich hoffe, sie nehmen meine Worte nicht allzu wörtlich. Ich kann mich nämlich nicht daran erinnern, jemals gegen zwei Magier gleichzeitig gekämpft zu haben. Eigentlich erinnere ich mich überhaupt nicht daran, schon einmal gekämpft zu haben. Doch so leicht werde ich mich nicht festnehmen lassen – schon gar nicht von Lichtmagiern.

Einer der beiden startet den Angriff. Mit ein paar schnellen Schritten zur Seite weiche ich aus, doch hinter mir erzittert die Erde. Er beherrscht das Erdelement – das sollte ich mit meinem inneren Feuer problemlos überwinden können. Aber der zweite Magier wird schwieriger. Als der erste Angriff ins Leere geht, greift der andere an. Ein gelber Blitz schlägt neben mir ein, direkt in einen Baumstamm, und hinterlässt einen großen, schwarzen Brandfleck. Mist. Ich glaube, sein Grundelement ist Feuer... aber in einer Form, die ich so noch nie gesehen habe. Wobei – was rede ich? Ich kann mich doch an fast nichts erinnern.

Schnell kontere ich mit einem Angriff aus beiden Händen und nutze die Gelegenheit, um zu flüchten. Ich bin weder auf einen Kampf vorbereitet, noch habe ich die Absicht, einen zu führen. Doch meine Hoffnung, dass sie mich ziehen lassen, zerschlägt sich schnell. Einer der beiden trifft mich, als ich ihnen den Rücken zukehre. Schmerz durchzuckt meine Rippen, und ich gehe zu Boden.

Mit letzter Kraft kämpfe ich mich wieder hoch und drehe mich zu ihnen um, gerade rechtzeitig, um einen weiteren Angriff abzuwehren. Ich muss schnell handeln, sonst erwischt der nächste mich wieder. In einer verzweifelten Aktion greife ich beide mit einem Feuerschlag an, dann lasse ich meine linke Hand blau aufleuchten. Mit einem lauten Knall schlage ich die Hände aufeinander, und dichter, beißender Rauch umhüllt uns.

Mit der linken Hand wische ich mir über die Augen, um das Brennen zu lindern. Die Umrisse der beiden Lichtmagier erkenne ich trotzdem gut genug und schieße erneut Feuer auf sie ab. Einige ihrer Blitze verfehlen mich nur knapp, denn ich reagiere schnell und weiche aus. Der Kampf könnte wohl ewig so weitergehen, doch ich habe etwas Entscheidendes übersehen.

Ein gewaltiger Windstoß fegt plötzlich durch die Lichtung und reißt den Rauch auseinander. Die beiden Lichtmagier entdecken mich sofort und stürmen auf mich zu. Ich hebe schützend die Hände, bereit weiterzukämpfen, als sich von hinten ein Stock um meine Kehle legt und zudrückt. Ich ringe nach Luft, kämpfe verzweifelt gegen den Würgegriff an, doch meine Bemühungen sind zwecklos – die beiden anderen Magier halten mich fest.

Wütend beginnt mein ganzer Körper zu glühen. Ich sammle all meine Kraft, doch im nächsten Moment spüre ich einen dumpfen Schlag gegen meinen Kopf. Meine Beine geben nach und ich sacke zusammen. Drei gegen einen – das ist aber auch wirklich unfair.

Kapitel 17
Zweifel

Die Sonne brennt auf meiner Haut. Zögerlich öffne ich die Augen, doch grelles Licht blendet mich sofort. Stöhnend wende ich den Kopf ab und versuche, wieder klar zu kommen. Kalte, schwere Eisenketten halten mich an einer rauen Steinwand fest. Nervosität steigt in mir auf, während ich versuche, meine Umgebung zu begreifen. Panisch zerre ich an den Fesseln, doch sie bewegen sich keinen Millimeter. Stattdessen reibe ich mir die Handgelenke wund, und jeder weitere Versuch wird zur Qual. Wütend über dieses Schlamassel trete ich gegen einen Stein, der vor meinen Füßen liegt. Der Tritt befördert ihn gegen einen Fensterladen, der sich ein Stück bewegt und damit einen winzigen Spalt Schatten freigibt. Blinzelnd wende ich mich der Dunkelheit zu, bis meine Augen sich an das Dämmerlicht gewöhnen.

»Das ist doch Wahnsinn!«, brüllt plötzlich jemand. Die Stimme kommt aus der Tiefe, dumpf und gedämpft. Jemand scheint aufgebracht zu sein.

»Er ist nicht er selbst. Es ist besser so. Ihr müsst mir vertrauen.« Die zweite Stimme ist ruhiger, fast beschwichtigend, doch ich verstehe nur Bruchstücke. Gebannt halte ich den Atem an, um jedes Wort zu erhaschen.

Schließlich höre ich Schritte, die sich die Treppe heraufarbeiten. Die Spannung in mir steigt, als ein Schlüssel im Schloss dreht und die Tür langsam geöffnet wird. Ein Mann mittleren Alters tritt ein. Sein Haar ist blond, durchzogen von grauen Strähnen, und seine grünen Augen leuchten in der Dunkelheit. Sofort erkenne ich ihn – de Vontaine.

Wütend zerre ich an meinen Ketten, mein einziger Gedanke ist, auf ihn loszugehen. Doch er bleibt ruhig, bewegt sich nicht.

»Philip«, sagt er leise, fast krächzend. Mein Name aus seinem Mund lässt mich erstarren. Woher kennt er ihn?

Er geht zum Fenster und schließt die Läden, bis nur ein schmaler Spalt Licht hereinfällt. Endlich begreife ich, wo ich bin – ein Gefängnis. Dann wendet er sich mir zu, bleibt jedoch in sicherem Abstand stehen.

»Bleibt mir vom Leib! Verschwindet!« Meine Stimme ist scharf, aber er reagiert nur mit einem Seufzen.

»Was hat er bloß getan«, murmelt er, wie zu sich selbst, bevor sein Blick wieder auf mich fällt.

»Wenn ich hier rauskomme, werde ich Euch töten«, zische ich, leise, aber voller Zorn. Er nickt, fast zustimmend, doch sein durchdringender Blick bleibt unverändert.

»Natürlich wirst du das. Du hast ja keine andere Wahl.« Seine Worte verwirren mich nur noch mehr. Was redet er da? Meine Wut brodelt, ich will ihn zum Schweigen bringen.

Doch dann stock mir der Atem. De Vontaine greift in seine Tasche, zieht einen Schlüssel hervor und öffnet meine Fesseln. Verblüfft bleibe ich stehen, unfähig, die Situation zu begreifen, geschweige denn zu handeln. Warum lässt er mich frei?

»Du bist machtvoll, das kann ich sehen«, sagt er ruhig. »Aber noch nicht stark genug. Trainiere hart. Wenn du eines Tages bereit bist, kannst du zurückkommen und dich mit mir messen, falls du musst.« Seine Worte klingen wie eine Lektion, und das provoziert mich nur noch mehr. Ich brauche kein Training! Ich bin stark genug, um ihn hier und jetzt zu besiegen. Davon bin ich überzeugt. Doch etwas hält mich zurück. Ein seltsames Gefühl macht sich in meinem Bauch breit, schwer wie ein Stein.

Meine Gedanken rasen, und doch sind sie völlig durcheinander. Meine Hände zittern, als wäre die Kälte in meinen Knochen. Ich will zaubern, will kämpfen, aber da ist diese lähmende Erkenntnis: Ich habe tatsächlich Angst. Es ist nicht die Angst zu verlieren, die mich lähmt, sondern die Angst, ihn wirklich zu verletzen. Diese Erkenntnis lässt mich erschaudern. Mit weit aufgerissenen Augen zwänge ich mich an ihm vorbei. Zu meinem Glück bewegt er sich nicht, sondern starrt stur geradeaus.

Die offene Tür ist mein Ziel, und ohne zu zögern, fliehe ich. Die Treppenstufen verschwimmen unter meinen Füßen, während ich hinabrenne. Mit jeder Stufe wird meine Panik größer. Folgt er mir? Ich wage es nicht, mich umzudrehen. Woher diese plötzliche Angst kommt, weiß ich nicht genau. Wobei – Angst ist nicht das richtige Wort. Respekt trifft es eher.

Am Ausgang angekommen, stolpere ich über ein paar lose Steine hinter der Tür. Ehe ich falle, packt mich jemand am Arm und zieht mich wieder auf die Beine.

»Alles in Ordnung?«, fragt eine vertraute männliche Stimme. Ich sehe auf und blicke dem Mann in die Augen. Doch kaum tue ich das, schießen Bilder durch meinen Kopf, die ich verzweifelt zu verdrängen versuche – erfolglos. Überwältigt reiße ich mich los und renne weiter.

Ich muss weg, irgendwohin, wo ich in Sicherheit bin. Komischerweise scheint niemand meine Flucht zu bemerken. Einige Magier werfen mir flüchtige Blicke zu, aber keiner macht Anstalten, mich aufzuhalten.

Bald bin ich sicher, dass ich weit genug weg bin. Ich schaue zurück, aber die Stadt ist nicht mehr zu sehen – ich bin weit gerannt. Völlig außer Atem lasse ich mich auf einer Wiese nieder und sinke ins weiche Gras. Ich lege mich auf den Rücken und starre in den

Himmel, während ich versuche, meine aufgewühlten Gefühle zu ordnen. Doch die Bilder in meinem Kopf lassen mich nicht los: Wurzeln, die sich um meinen Körper schlingen. Der Mann von vorhin, wie er mit seinem Zauber meine Bewegungen fesselt. Merkwürdigerweise empfinde ich keine Wut, wenn ich daran denke. Im Gegenteil – ein Teil von mir wollte, dass er es tut. Aber warum? Ich kenne diesen Mann doch gar nicht.

Ein beklemmendes Gefühl macht sich in mir breit. Etwas stimmt hier ganz und gar nicht, und ich bin sicher, de Vontaine weiß, was es ist. Seine Andeutungen klingen in meinem Kopf nach: ›Was er getan hat‹ und ›du hast keine andere Wahl, als ihn zu töten‹. Ich glaube, er sprach von James. Aber was hat James getan?

»Philip, du hast es vermasselt«, raunt mir plötzlich eine Stimme ins Ohr. Ich zucke erschrocken zusammen. Wie war das Sprichwort? Wenn man vom Teufel...

Ich drehe mich um, und tatsächlich: James steht direkt hinter mir. Nein, seine neblige Silhouette. Seine Arme sind verschränkt. Obwohl er ein wenig durchsichtig ist, erkenne ich seinen kritischen Blick auf mir.

»Es ging nicht. Es war nicht der richtige Zeitpunkt, um...«, setze ich an.

»Um? Ihn zu vernichten?«, unterbricht James mich scharf. »Es gibt keinen richtigen Zeitpunkt dafür. Je länger du das hinauszögerst, desto größer wird die Gefahr für uns. Die Lichtmagier sind bereits auf dem

Weg, um das Konzil anzugreifen. Das muss verhindert werden. Bring de Vontaine dazu, die Armee aufzulösen.«

»Und wie soll ich das anstellen? Hingehen und ihn nett darum bitten?«, entgegne ich sarkastisch.

James grinst breit. Unter ›nett bitten‹ versteht er etwas völlig anderes.

James lässt mich später allein zurück. Ich weiß genau, dass er nicht ruhen wird, bis ich meinen Auftrag erfüllt habe. Doch inzwischen bin ich nicht mehr überzeugt, dass es der richtige Weg ist. Wenn James ihn so sehr hasst, warum erledigt er es dann nicht selbst? Alles wirkt widersprüchlich, und ich spüre, dass ich ihm nicht vertrauen kann. Mein Unterbewusstsein sträubt sich regelrecht dagegen. Dabei kenne ich jemanden, der mich vielleicht aufklären könnte… Aber wer sagt mir, dass ich dieser Person trauen kann? Die Bilder und Erinnerungen, die sich in meinem Kopf überschlagen, lassen mir kaum eine Wahl. Ich blicke in den Himmel. Dunkle, graue Wolken ziehen auf, der Wind peitscht über die Wiese und durch die Bäume. Es dauert nicht lange, bis die Wolkendecke aufbricht und der Regen in Strömen niedergeht. Schutz finde ich erst, als ich bis auf die Haut durchnässt bin. In einer höhlenartigen Bucht krieche ich unter und schmiege mich tief zwischen die Felsen, um wenigstens dem Wind zu entkommen. Ich versuche, ein Feuer zu entfachen, um mich aufzuwärmen, doch der Boden ist matschig und klamm.

Immer wieder schlagen Regentropfen in den Höhlen-eingang und erschweren meine Bemühungen. Mir ist kalt, und die Müdigkeit lastet schwer auf mir. Die Ereignisse der letzten Tage überfordern mich, und die wirren Szenen in meinem Kopf, mit denen ich nichts anfangen kann, verstärken das Gefühl der Erschöp-fung.

Ein unerwarteter Donnerschlag reißt mich aus meinen Gedanken. Ich schrecke auf und presse mich verunsichert mit dem Rücken gegen die Felswand. Das Unwetter wird immer heftiger – der Wind tobt, der Regen prasselt unbarmherzig gegen den Stein. Mein Mantel ist durchnässt und klebt schwer an meinen Schultern. Schließlich ziehe ich ihn aus, obwohl die Kälte mir zusetzt.

In der Höhle entdecke ich verstreut einige kleine Äste. Kriechend sammele ich alles ein, was ich finden kann. Bibbernd werfe ich die kläglichen Zweige auf eine trockene Stelle, entfache ein Feuer und nähre die Flammen mit meiner Magie. Ich spüre deutlich, wie das Feuer an meinen Kräften zehrt, doch ohne Wärme halte ich es hier nicht aus. Weggehen ist bei diesem Unwetter keine Option.

Das Knistern der Äste beruhigt mich, während sie langsam trocknen und richtig zu brennen beginnen. Ich lasse den Sturm und den Regen, der gegen den Felsen trommelt, hinter mir und starre stattdessen in die tanzenden Flammen. Irgendetwas in mir erfüllt diese Szene mit Stolz – als ob ich mich über meine eigene Magie freuen müsste, so merkwürdig das auch klingt. Es fühlt sich fast an, als sei ich dankbar dafür, was ich kann – als sei diese Kraft nicht immer ein Teil von mir gewesen.

Mit diesen Gedanken sinke ich schließlich in einen erschöpften Schlaf, trotz des unaufhörlichen Donners und der grellen Blitze. Erschrocken und ohne zu wissen warum, zucke ich hoch und knalle mit voller Wucht gegen die steinerne Decke. Ein Scheppern hallt durch die Höhle, gefolgt von einem stechenden Schmerz in meinem Kopf. Fluchend fasse ich mir an die Schläfe und krümme mich zusammen. Es dauert eine Weile, bis der Schmerz nachlässt und ich wieder klar denken kann.

Vereinzelte Lichtstrahlen dringen von draußen herein. Doch anstatt erleichtert zu sein, dass der Regen aufgehört hat, bemerke ich, dass etwas den Höhleneingang versperrt. Ich krieche näher heran und drücke gegen die Barriere – es fühlt sich an wie harte Rinde. Vermutlich hat der Sturm einen Baum entwurzelt und dieser blockiert nun den Ausgang.

Ich stemme mich mit aller Kraft dagegen, schiebe und drücke, doch der Stamm rührt sich kein Stück. Die stickige Luft in der Höhle lässt mich husten, und der matschige Boden erschwert jede Bewegung. Meine Füße rutschen immer wieder weg, und irgendwann muss ich mich geschlagen geben. Frustriert lasse ich mich gegen die Wand fallen und wische mir den Schweiß von der Stirn. Was soll ich jetzt tun? Sitzen bleiben und warten ist keine Option. Doch meine magischen Fähigkeiten helfen mir hier auch nicht weiter. Wenn ich den Stamm abfackeln würde, bliebe mir ohne frische Luft wohl keine Zeit, das Ergebnis zu genießen. Wasser ist ebenso nutzlos, die Feuchtigkeit hier ist ohnehin erdrückend.

Es ist absurd. Ich habe Zugriff auf zwei Elemente und dennoch keinen Plan, wie ich sie sinnvoll einsetzen könnte. Langsam wird mir klar, was de Vontaine meinte, als er sagte, ich sei noch nicht stark genug. Jeder andere Magier hätte wahrscheinlich längst einen Ausweg gefunden, während ich hier sitze – dreckig, erschöpft und ratlos.

Seufzend rutsche ich näher an den Stamm und lehne meinen Kopf gegen ein schmales Luftloch. Die frische Brise, die durch den Spalt dringt, verschafft mir etwas Erleichterung. Doch mein Kopf pocht immer stärker, und ich merke, wie die Luft hier drin immer wärmer und stickiger wird. Panik steigt in mir auf. Ich zwinge mich, die Augen zu schließen, um mich zu beruhigen. Angst wird mir jetzt nicht helfen. Vielleicht liegt die Lösung in meinen Erinnerungen – oder besser gesagt, in diesen Bildern und Szenen, die kürzlich in meinem Kopf aufgetaucht sind. Es sind keine klaren Erinnerungen, sondern Bruchstücke, die plötzlich da waren. Über die letzte Szene hatte ich noch gar nicht nachgedacht, obwohl sie mir so deutlich vor Augen steht:

Ich sehe mich selbst, wie ich panisch davonrenne. Jemand verfolgt mich, und das Gefühl, geschnappt zu werden, ist erdrückend. Obwohl ich instinktiv weiß, dass mir nichts passieren wird, breitet sich Panik in mir aus. Dann, wie aus dem Nichts, kann ich mich nicht mehr bewegen. Meine Beine und Arme erstarren – ich bin gefesselt. Ein Mann tritt vor mich, während ich verzweifelt versuche, mich aus den magischen Fesseln zu befreien. ›Ein starker Wille‹, flüstert er, bevor sein Bild und die gesamte Erinnerung verblassen.

Der Mann, der diese Worte zu mir sagte, ist derselbe, dem ich in die Arme lief, als ich vor de Vontaine geflüchtet bin. Ich kenne ihn – und daher kennt er wohl auch meinen Namen. Doch was bedeutet das? Und was soll ich mit diesen Informationen anfangen? *Ein starker Wille.* Was bedeutet Wille überhaupt? Was will ich eigentlich? De Vontaine töten? Nein, das ist nicht mein Wille – das ist mein Auftrag. Zweifel nagen an mir, immer mehr. Alles erscheint mir seltsam – zu seltsam. Warum fehlen mir so viele Erinnerungen? Vor allem an die Zeit, bevor ich aufgewacht bin und James mir erzählte, de Vontaine habe uns angegriffen. Ich erinnere mich weder an einen Kampf noch daran, dass ich mit James unterwegs war. Und falls es tatsächlich so gewesen ist, warum hat de Vontaine mich dann gehen lassen?

Die Höhle wird unerträglich. Selbst am Luftloch fällt das Atmen schwer. Mir läuft der Schweiß von der Stirn, und die feuchte Wärme, die vom matschigen Boden aufsteigt, macht es nur schlimmer. Ein beklemmendes Gefühl beschleicht mich: Ich werde hier jämmerlich verrecken.

Ich nehme einen tiefen Atemzug – so tief, wie es mir die stickige Luft erlaubt – und schreie. Meine Stimme hallt von den Felswänden wider, während ich nach Hilfe rufe. Irgendjemand muss doch da draußen sein! Doch es bleibt still. Niemand antwortet, niemand kommt. Wut lodert in mir auf. Wut auf mich selbst – wie konnte ich nur in diese Lage geraten? Wut auf James, der mir offenbar mein eigenes Leben verschweigt. Und Wut auf de Vontaine. Er weiß mehr, als ich es mir vorstellen kann. Und er könnte mir helfen, aber stattdessen tut er… nichts. Er lässt mich gehen, wartet darauf, dass ich ihm im Kampf gegenüberstehe. »*Als hättest du eine Wahl*«, höre ich seine Worte erneut in meinem Kopf.

Wille. Da ist es wieder, dieses Thema. Wenn ich hier rauskomme, dann werde ich de Vontaine finden. Ich werde ihm im Kampf entgegentreten – nicht, um ihn zu töten, sondern um Antworten zu bekommen. Selbst wenn ich sie vielleicht nicht hören will. Selbst wenn ich sie nicht glauben kann. Wenn ich hier rauskomme, werde ich… ich will es. Sofort!

Ein Rausch von Hitze überkommt mich, Wut kocht in meinem Inneren. Mein Körper fühlt sich an, als stünde er unter Spannung. Meine Hände ballen sich zu Fäusten, die ich gegen den Stamm vor dem Höhleneingang schlage. Ich erwarte Schmerz – doch stattdessen geschieht etwas anderes.

Als ich auf meine Hände blicke, glühen sie dunkelgrün, und die Stelle, an der ich zugeschlagen habe, hat eine deutliche Delle. Es sieht aus, als hätte der

Stamm einem enormen Druck nachgegeben, vergleichbar mit einem Kissen, das eine ganze Nacht belastet wurde. Schockiert weiche ich zurück und starre auf meine Hände, die weiterhin leuchten.

Ein drittes Element? Unfassbar. Nein, es ist absurd. Ich, der kaum mit Wasser und Feuer zurechtkommt, soll nun auch Holz beherrschen? Das ist unmöglich! Oder... doch nicht?

Ich sehe nur dabei zu, wie er sich auf den Rückweg macht. Dieser Mann ist wirklich lebensmüde. Gerade wollte man ihn noch hinrichten, und nun geht er zurück. Ich hoffe nur, dass ihm nichts passiert. Nur zu gerne hätte ich gewusst, was er vorhat.

Also muss ich mich nun auf den Rückweg machen. Natürlich weiß ich genau, wo ich hingehen muss. Eines der wenigen Dinge, an die ich mich über meine Vergangenheit erinnere. Ein Lichtmagier? Unmöglich. Ich bin dunkel, meine Seele ist dunkel und meine Vergangenheit ebenso. Jedenfalls ist es das, woran ich mich am besten erinnere. Das Gespräch mit ihm hat mir weniger gebracht, als erhofft. Ich kann nicht sagen, ob er die Wahrheit sagt oder mich anlügt. Aber offenbar hat er schon mal recht behalten, mein Kopf lässt es nicht zu, so zu denken. Besorgt mache ich mich auf den Weg. Vor allem muss ich darüber nachdenken, wie James wohl reagieren wird, wenn ich ihm die Nachricht überbringe, dass ich de Vontaine nicht dem Erdboden gleichgemacht habe. Aber noch mehr interessiert es mich, wie er reagieren wird, wenn er herausfindet, dass ich ihn gerettet habe. James entgeht nichts, das weiß ich. Er wird wohl ziemlich sauer sein. Und ich gehe freiwillig zurück? Nein, de Vontaine hat mich gebeten zurückzukehren. Und ich sollte ihm vertrauen. Abgesehen davon wäre mir doch so oder so keine Wahl geblieben.

Ich kämpfe mich den Weg entlang und brauche gar nicht so lange. Die letzte Nacht musste ich durchlaufen, und am Morgen stehe ich vor dem Eingang von Nox. Ich schaue hinauf und muss kurz Luft holen, als sich die Türen öffnen. James steht davor, die Arme verschränkt. Empfang vom Chef persönlich?

»Was zur ewigen Hölle hat so lange gedauert?« Ich zucke leicht zusammen. Was weiß er? Was weiß er nicht? Mein Herz schlägt mir bis zum Hals.

»De Vontaine ist…« Will ich mich erklären, aber er fällt mir ins Wort.

»Hingerichtet worden, ich weiß. Chadwick hat sich darum gekümmert. Wenigstens hatte er dieses Mal Erfolg.« Ich blinzle ungläubig. Chadwick?

»Chadwick Adams?« James nickt und verdreht die Augen.

»Das löst so viele Probleme, ist dir das klar?« Ich versuche zu nicken, aber mir ist nicht ganz klar, was er damit meint.

»Unglaublich, dass ich doch fähige Leute unter mir habe. Nimm es nicht persönlich. Du warst zu langsam.« Belustigt legt er seinen Arm über meine Schultern und läuft mit mir durch das Lager. Oh man, mein Herz rutscht mir in die Hose. Hoffentlich bleibt er im Glauben, dass de Vontaine die Hinrichtung nicht überlebt hat. Wenn er merkt, dass dem nicht so ist und dass ich daran schuld bin… Bei den Göttern.

»Heute Abend gibt es eine große Feier. Ich weiß, dass du Feierlichkeiten nicht magst, aber bitte nimm doch teil. Immerhin gibt es einen ersten Sieg zu feiern.« Freundschaftlich legt er seinen Arm über meine Schultern. Ich seufze.

»In Ordnung.« James kennt mich sehr gut. Von wegen Lichtmagier und der ganze Kram, den de Vontaine aufgetischt hat. Wie konnte ich James auch nur eine Sekunde in Frage stellen? Als ich über meine Schulter nach hinten sehe, bemerke ich, dass James' Arm ziemlich warm ist und gerade sein Leuchten abklingt. Was war das denn?

»Du bist sicher müde. Leg dich noch mal hin, bevor die Feier beginnt. Ich lasse dich wecken, wenn du willst.« Nur langsam nicke ich. Dass ich müde bin, fällt mir erst jetzt wirklich auf, und ich gähne. James bringt mich zu einem Haus. Dort führt er mich in ein Zimmer. Vor der Tür verabschiedet er sich von mir und lässt mich allein. Daraufhin wird die Müdigkeit unerträglich. Es ist merkwürdig, aber ich bin viel zu müde, um noch darüber nachdenken zu können. Kaum betrete ich das Zimmer und schließe die Tür, falle ich ins Bett und schlafe sofort ein.

Kapitel 18
Vertraue niemals deinem Feind

Plötzlich denke ich an den Mann aus meiner letzten Erinnerung zurück. Er hatte mich mit Ästen gefesselt – er muss es sein. Vielleicht kann er mir helfen, diese Kraft zu verstehen. Irgendwie fühle ich, dass er mir schon einmal mehr beigebracht hat, als ich ahne.

Langsam strecke ich meine leuchtenden Hände aus und lege sie auf den Baumstamm. Ich konzentriere mich, lasse die Kraft in mir fließen. Nach einem Moment finde ich den richtigen Ansatz, und der Stamm gibt plötzlich mühelos nach. Ich schiebe ihn ohne Probleme beiseite.

Als ich aus der Höhle trete, atme ich tief ein. Die frische Abendluft strömt in meine Lungen, und ein Gefühl von Freiheit durchströmt meinen Körper. Doch ich halte mich nicht lange auf – ich habe eine Mission. Und diesmal ist es mein Wille, sie zu erfüllen.

Ich bin so sehr mit meinen Gedanken beschäftigt, dass ich gar nicht merke, wohin ich eigentlich laufe. Meine Füße finden ihren eigenen Weg und da ich durch die einbrechende Nacht ohnehin nicht viel sehen kann, erübrigt sich der Wunsch nach einem Mittel zu Orientierung. Wieso kann mir niemand sagen, was ich tun soll?

Aus dem Augenwinkel heraus bemerke ich etwas vorbeihuschen. Erschrocken und neugierig drehe ich mich um, doch schon ist nichts mehr zu sehen. Ich muss es mir wohl eingebildet haben. Als ich mich wieder nach vorne wende, stockt mir der Atem. Eine Gestalt in Schwarz, die Kapuze tief ins Gesicht gezogen, steht direkt vor mir.

»Folgt mir«, brummt eine Stimme. Zögernd trete ich näher.

»Wer seid Ihr?« Doch bevor ich eine Antwort bekomme, verschwindet die Gestalt im Dickicht des Waldes. Eilig laufe ich dem Magier nach, der mich durch ein kleines Wäldchen und über eine Wiese führt. Er ist erstaunlich schnell, ich bin aber höchst bestrebt, ihm zu folgen. Ich gebe mir alle erdenkliche Mühe, denn er scheint der Einzige zu sein, der mir helfen kann. Es ist mir sogar egal, dass mir Äste ins Gesicht peitschen und Dornen sich tief in meine Haut graben. Schließlich habe ich nur dieses eine Ziel.

»Da müssen wir durch«, sagt er, als wäre es das Normalste auf der Welt. Zum ersten Mal schaue ich von seinem Rücken auf und sehe den Wasserfall. »Folgt mir.« Ich nicke und laufe weiter hinter ihm her.

Dieses Szenario kommt mir seltsam bekannt vor, und ein ungutes Gefühl macht sich in meinem Magen breit.

Er schlüpft zwischen zwei Felsen hindurch, und ich folge ihm. Hinter dem Wasserfall verbirgt sich eine Höhle, die in völliger Dunkelheit liegt. Ich hebe die Hand, die sofort die gesamte Höhle in ein sanftes Licht taucht. Plötzlich bleibt er stehen, dreht sich um und deutet in die Dunkelheit vor uns.

»Da lang. Lauft immer geradeaus. Dann werdet Ihr bald ankommen.« Moment mal, das kenne ich doch.

»Verratet mir, wer Ihr seid und warum Ihr mich hergebracht habt!«

»Wir sind uns schon einmal begegnet. Ich habe Euch bereits hierher geführt. Doch meinesgleichen ist in Eurer Stadt nicht willkommen. Ich kann Euch nicht begleiten.«

Es dauert einen Moment, bis mir die Erinnerung an den Absturz zurückkommt, vor dem mich de Vontaine gerettet hat. Diese Erkenntnis verwirrt mich mehr, als sie mir hilft.

»Beim letzten Mal hat das nicht sonderlich gut geklappt«, sage ich mit einem Seufzen und starre in den dunklen Gang.

Wortlos verschwindet der Magier, ein leichtes Lächeln auf den Lippen, ohne mir seinen Namen zu verraten. Ich drehe mich nach vorne und leuchte mir den Weg. An der Wand hängt eine erloschene Fackel, die mir gerade recht kommt. Ich greife nach ihr und entzünde sie. Das ist deutlich angenehmer und schont meine Kräfte – zumindest vorerst. Auch wenn ich genügend sehe, setze ich meine Schritte vorsichtig.

Nach einer Weile stehe ich vor fünf verschiedenen Tunneln. Krampfhaft versuche ich mich zu erinnern, welchen Weg ich beim ersten Mal gewählt habe. War es der Linke? Oder doch der ganz rechts? Unsicherheit überkommt mich. Zögerlich leuchte ich in alle fünf Gänge hinein. Nur im Rechten spüre ich einen leichten Luftzug. Das ist ein gutes Zeichen. Ohne lange zu überlegen, wähle ich diesen Tunnel.

Der Gang ist verworren und führt mich in eine Sackgasse nach der nächsten. Ich muss mich vor den zahllosen Spinnenweben in Acht nehmen. Viel zu spät dämmert es mir: Das kann nicht der richtige Weg sein. Woher sollten all diese Spinnenweben kommen, wenn hier jemand entlanggegangen wäre? Diese Erkenntnis kommt jedoch zu spät, als ich abrutsche und mich gerade noch festhalten kann. Mit einer Hand klammere ich mich an den Felsen. Genau in diesem Moment überkommt mich ein Déjà-vu: Ich sehe de Vontaine vor mir, wie er mich in letzter Sekunde nach oben zieht. Was hat James mit mir gemacht? Ich muss mich an mehr erinnern.

Schleunigst ziehe ich mich wieder hoch und verlasse den Tunnel. Doch ich habe immer noch keine Ahnung, wie ich den richtigen Weg finden soll. Plötzlich kommt mir eine Idee: Diese Tunnel sind dafür gemacht, dass Sterbliche die Stadt der Lichtmagier nicht finden. War das nicht so? Ich muss meine Magie nutzen – nur sie kann mir jetzt helfen.

Ich schnipse mit den Fingern, und eine kleine, rote Flamme springt über meinen Zeigefinger. Langsam gehe ich an den übrigen Tunneln vorbei. Wie erhofft, leuchtet die Flamme in einem der Gänge besonders hell und stark. Dieses Zeichen genügt mir. Ohne zu zögern, stürze ich mich in den Tunnel.

Mein Herz schlägt schneller vor Aufregung, aber auch Nervosität macht sich breit. Was, wenn de Vontaine nach meiner Drohung auf Abstand geht? Wenn ich ihn nicht überzeugen kann, werde ich niemals all die Fragen los, die mir auf der Seele brennen. Vielleicht muss ich einen hohen Preis zahlen, damit er mir zuhört. Doch ein leises Gefühl in mir sagt, dass er es tun wird, wenn ich ihn nur darum bitte.

Wild renne ich durch den Tunnel. Als endlich ein Licht den Ausgang erhellt, atme ich erleichtert auf und bleibe stehen.

Am Rand des Vorsprungs starre ich auf das Land, das soeben von den Strahlen der aufgehenden Sonne geküsst wird.

Ich schaue mich kurz um. Auch hier hat der Sturm seine Spuren hinterlassen. Viele Bäume sind umgeknickt oder wurden gar entwurzelt. Ich lasse meinen Blick schweifen, bis ich Lumina genau erkennen kann. Um keine Zeit zu verlieren, flitze ich wieder los, die Augen auf mein Ziel geheftet. Der Wind bäumt sich vor mir auf und erschwert mir das Vorankommen. Außerdem beginnt es allmählich zu tröpfeln; es wird wohl bald wieder regnen. Ich sollte mich also beeilen.

Ich komme der Stadt immer näher und höre bald ein Stimmenwirrwarr. Zwar verstehe ich nicht, was sie sagen, aber ich merke schnell, dass etwas nicht in Ordnung ist. Verärgerte Männer und Frauen reden lauthals miteinander. Ohne dass mich jemand aufhält, passiere ich das Tor Luminas. Ich schaue geradeaus und sehe eine große Menge Magier, die alle unverständliche Dinge grölen. Leider erkenne ich nicht, warum sie so aufgebracht sind. Um einen besseren Überblick zu bekommen, schleiche ich mich unbemerkt um die Masse herum. Keiner von ihnen löst seinen Blick vom Geschehen, um mich wahrzunehmen.

Nachdem ich um die ganze Menge herumgetorkelt bin, gebe ich auf. Alle stehen im Kreis um den Mittelpunkt des Geschehens. Das nervt mich ein wenig, denn jetzt muss ich mir eine andere Möglichkeit suchen, um herauszufinden, was es zu sehen gibt. Ich schaue mich um, doch mir fällt nichts ins Auge, was mir helfen könnte. Mein Blick gleitet nach oben, entlang einer Hausfassade. Das Dach! Das wäre eine super Möglichkeit.

Ich zwänge mich durch eine enge Gasse zwischen zwei Hauswänden hindurch, um auf die andere Seite zu gelangen. Es wäre zu offensichtlich, wenn ich einfach so vor allen anderen eine Wand hinaufklettern würde. Obwohl ich bezweifle, dass es den Magiern auffällt, da sie nicht auf ihre Umgebung achten. An der Hauswand nach oben schauend, überlege ich, wie ich nach oben gelangen kann. Nur Steine und eine glatt gemauerte Fläche ragen in die Höhe – keine Chance, mich festzuhalten. Dann entdecke ich Balken aus Holz, die zur Stabilisierung des Gebäudes dienen. Vielleicht könnte ich...? Ich berühre das Holz, und schon leuchten meine Hände in diesem Grünton. Ohne weiteres kann ich nun ins Holz greifen, und es weicht wie Schlamm. Meine Hände verkeilen sich darin. Damit kann ich mich festhalten und ziehe mich an der Wand nach oben.

Es dauert nicht lange, schon stehe ich auf dem Dach und kann über die Köpfe der Zuschauer hinwegsehen. Ich setze mich auf die Ziegel und schaue nach unten. Mit dicken Wurzeln aus der Erde ist ein Mann an Armen und Füßen gefesselt, sodass er sich nicht bewegen kann. Er steht an einem Pfahl, eingekesselt von Magiern, die versuchen, zu ihm durchzubrechen. Wachleute vertreiben die Störenfriede im großen Umkreis. Es wirkt beinahe wie ein Präsentierteller. Trotzdem hält er sein Haupt nach vorn gerichtet und lässt die Blöße über sich ergehen. Irgendwie kommt mir diese Situation bekannt vor.

Auf einmal wird es still, und ein Mann bahnt sich seinen Weg durch die Massen. Viele der Magier gehen in die Knie und verbeugen sich vor ihm, andere neigen ihren Kopf nur leicht. Die, die ihren Kopf senken, tragen weiße Kutten. Doch als ich mir einen Überblick über alles verschaffe, fällt mir auf, dass nicht alle so reagieren. Etwas weniger als die Hälfte bleibt völlig regungslos. Der ältere Herr mit weißem Bart und weißen Haaren stellt sich auf eine Erhöhung, direkt vor den gefesselten Mann. Er bleibt kurz mit dem Gesicht zu ihm stehen und flüstert ihm etwas ins Ohr. Selbst von hier oben kann ich sehen, dass es den gefesselten Mann wütend macht. Kurzerhand spuckt er auf seine Füße und erwidert ihm einen tödlichen Blick. Ich lache lautlos. Seine Reaktion habe ich nicht kommen sehen. Auch einige aus der Masse empfinden es eher als belustigend, was den Mann offenbar in Rage versetzt. Er hat mit einer derartigen Entwürdigung nicht gerechnet.

Ein leises Schmunzeln dringt zu ihm durch, woraufhin der Mann »Ruhe!« brüllt und alle zum Schweigen bringt. Seine Stimme hat etwas Eiskaltes, Schauerliches – etwas, das ich schon einmal gehört habe. Das bereitet mir Sorgen.

»Werte Magier Luminas, endlich kommt der Tag der Vollstreckung. Der verurteilte Magier Emanuel de Vontaine erfährt heute seine gerechte Sanktion. Er ist der Grund, weshalb wir in den Krieg gegen die Dunkle Magie ziehen müssen. Er hat das Licht an die Dunkelheit verraten. Der Beschluss lautet Hochverrat und wurde bereits lange vom Schuldigen akzeptiert.« Pures Entsetzen rauscht durch die Menge, gemischt mit lauten Zustimmungsrufen. »Euch allen ist die Strafe für Verrat bekannt, doch wir sprechen nicht von Illoyalität an einem Einzelnen. Es geht um den Verrat an allen Lichtmagiern.« Mich erstaunt das ungeheuerlich. Wie kann eine einzelne Person eine ganze Sippe verraten? Mein Kopf arbeitet, und langsam glaube ich zu wissen, um was es geht, und damit beginne ich, seine Worte als Geschwätz abzuschreiben. Er will ihn nur aus dem Weg räumen.

»Adams, Ihr solltet diesen hirnrissigen Akt lassen. Das würde nichts ändern und uns nicht helfen!«, mischt sich jemand aus der Masse der Weißkutten ein.

»Schweigt sofort! Wenn Ihr die Entscheidung des Senats in Frage stellt, könnt Ihr Euch dazugesellen. Ist dies Euer Wunsch?« Der Mann zögert, schweigt jedoch trotzdem. Es wäre Selbstmord gewesen, daher verwundert mich seine Reaktion nur wenig. Auch wenn er noch kein Urteil ausgesprochen hat, weiß ich, was er tun wird. Und das muss ich verhindern. Dieser Mann, der gefesselt vor der Masse steht, ist derjenige, den ich suche.

»Emanuel de Vontaine, das Urteil, das Ihr nicht angenommen habt, lautete Verbannung. Das Urteil, das Ihr nun annehmen werdet, lautet…« Alles wird für einen Moment still. Seine Worte hallen wie Messerstiche durch meinen Kopf. »… Hinrichtung.« Zum Missfallen des alten Mannes, der Adams genannt wurde, bricht ein lautes Geplärr aus, noch dazu ein solches, das sein Urteil in Frage stellt. Er fuchtelt mit der Hand herum, und sofort umzingeln einzelne Wachleute de Vontaine, sodass niemand auf die Idee kommt, ihm zu helfen oder ihn gar von seinem Schicksal zu retten. Pah, *Schicksal*. Das hier läuft gewaltig schief und sollte nicht geschehen.

Die Masse versucht, gegen das Urteil zu rebellieren. Zwar nicht alle, aber die meisten. Doch sie werden von den Wachen abgehalten. Adams bleibt auf seinem

Podest, dreht sich jedoch um. Ob er etwas zu de Vontaine sagt, kann ich nicht hören, weil der Rest so laut brüllt. Ich überlege hin und her, was ich tun kann, denn jetzt habe ich noch die Zeit dafür. Allerdings wird mir bange, als Adams die Erhöhung verlässt. Er verschwindet in der aufsässigen Masse und ist nirgends mehr zu sehen. Auch nachdem ich die Gegend abgesucht habe, kann ich ihn nicht entdecken. Was hat er vor?

Ein lauter Schrei reißt mich aus meinen Gedanken und Beobachtungen. Ich hatte de Vontaine schon fast vergessen, bis mich der Ruf eines Lichtmagiers aus dem Gedränge zurückholt. Ein Magier in dunkelblauem Gewand bäumt sich vor de Vontaine auf und erhebt seine Hände in seine Richtung. Diese leuchten orange auf. Er wird doch wohl nicht… Mit einem lauten Knall entfacht sich die Plattform rund um de Vontaine. Geschockt reiße ich die Augen auf und schnippe nach oben. Für den Bruchteil einer Sekunde verspüre ich Todesangst um ihn. Dann besinne ich mich wieder. Ist es nicht genau das, was James wollte? Was ich will? Etwas stimmt nicht, und ich glaube, dass nur de Vontaine weiß, was es ist. Was soll ich tun? Ich kann ihn nicht dalassen, ich kann ihn nicht sterben lassen. Nicht nur, weil ich ihn noch brauche, sondern auch aus einem anderen Grund, den ich noch nicht definieren kann. Dieses Gefühl lässt mich kurz verkrampfen, als gäbe mir jemand einen Schlag in den Bauch.

Einige Magier versuchen weiterhin, zwischen den Wachen hindurch zu gelangen, scheitern jedoch kläglich. Es liegt ganz an mir. Ich schaue hinter mich und dann wieder nach unten zu der Rauchsäule. Mit etwas Glück sollte es klappen… Langsam erhebe ich mich und gehe ein paar Schritte auf dem Dach zurück, um Anlauf zu nehmen. Ich kreuze die Finger und hole tief Luft, dann renne ich los und springe ab. Während des Sprungs leuchtet mein Körper rot auf, und ich kann mich sanft zwischen den Flammen hindurchgleiten lassen. Im Feuerkreis ist es unerträglich heiß, und Schweißperlen laufen mir die Stirn hinunter. Ich kann kaum atmen. De Vontaines Kopf hängt schlaff nach unten. Ich eile zu ihm und rüttle an seinen Schultern – erst leicht, dann kräftiger. Er reagiert darauf und hebt den Kopf. Er sieht mich an, allerdings steckt in seinem Blick etwas, das ich nicht deuten kann. Freut er sich etwa, mich zu sehen?

Als Nächstes widme ich mich seinen Wurzelfesseln. Eindeutig Magie. Durch meine neu gewonnene Macht über das Holzelement wird dies jedoch kein Problem für mich. Obwohl uns der Rauch Tränen in die Augen treibt und ich kaum noch etwas sehen kann, konzentriere ich mich auf meine Hände. Ich schließe die Augen und denke daran, was ich will: Die Fesseln lösen. Als ich die Augen aufschlage, schimmert ein dunkelgrünes Leuchten durch den dichten Qualm. Als meine Hände kribbeln, weiß ich, dass es so weit ist. Ich lege meine Hände auf die Wurzeln an seinen Füßen. Als sie seine Knöchel loslassen und sich zurück in den Boden ziehen, kümmere ich mich um seine Hände. Seine Handgelenke sind gefesselt und fest an den Pfahl gepresst. Schnell befreie ich ihn davon, und als sich die Wurzeln zurück in den Boden ziehen und de Vontaine freilassen, fällt er auf die Knie. Kurz reibt er sich die Handgelenke und schaut zu mir auf. Überraschung ist in seinem Gesicht abzulesen. Aber jetzt ist keine Zeit, sich damit zu beschäftigen. Die Luft wird knapper, und mir fällt es immer schwerer zu atmen. Ich greife den Arm des Lichtmagiers und ziehe ihn auf die Beine. Jetzt gilt es, hier herauszukommen. Um uns heil durch die Flammen zu lotsen, stelle ich mich vor den brennenden Wall und lege die Hände flach aufeinander. Diese glühen sofort rot. Mit einem Ausfallschritt zur Seite ziehe ich meine Hände auseinander. Die Wand bricht auf und öffnet sich zu einem breiten Spalt, aus dem wir fliehen können.

»Kommt schon, verschwinden wir!«, rufe ich de Vontaine zu. Schnell schlüpft er durch die Lücke. Ich behalte meine Haltung bei und schleiche aus der Öffnung, bevor ich mich wieder aufrichte und der Spalt sich schließt. Ich atme erst einmal kräftig durch, doch viel Zeit dafür bleibt mir nicht. Die Wachen drehen sich um und bedrohen uns. Gegen so viele komme ich keinesfalls an. Dafür begebe ich mich in Verteidigungsstellung. Wie aus dem Nichts fällt eine Wache nach vorne um. Ein hellgrüner Schein umgibt einen Lichtmagier, der hinter ihm stand und die Hände ausstreckt. Obwohl er eine Kutte trägt und die Kapuze tief ins Gesicht gezogen hat, kann ich sehen, dass er lächelt. Ich erkenne diesen Magier. Das ist der Mann, dem ich beim letzten Mal in die Arme gelaufen bin, der das Holzelement ebenfalls beherrscht. Schnell deutet er auf die übrigen Wachen, die uns allmählich einkesseln. Meine Hände flammen wieder rot auf und ich bahne uns den Weg frei. Ich treffe jeden, der mir im Weg steht. De Vontaine ist mir dicht auf den Fersen. Als die Menge hinter uns liegt, drehe ich mich kurz um. Aus jeder Ecke leuchtet es, es kommt mir vor, als stünden wir auf einem Schlachtfeld. Doch solange sie beschäftigt sind, haben de Vontaine und ich Zeit, unbemerkt zu fliehen. In einem rasanten Tempo eilen wir über Wiesen, hinein in die Wälder. Tief genug drin stoppt meine Begleitung abrupt.

»Ich brauche eine Pause.« Er setzt sich, weil er erst einmal zu Atem kommen muss. Auch ich merke, dass ich angestrengt keuche und mir schwarz vor Augen wird. Das bringt mich dazu, mich ebenfalls hinzu-setzen. Weil das auch nicht hilft, vergrabe ich mein Gesicht in feuchtem Boden und Blättern. Nach einer Weile, und ich liege immer noch im kühlen Nass, räuspert sich de Vontaine. Ich rege mich nicht, weil der Boden viel angenehmer ist.

»Philip.« Die Art und Weise, wie er meinen Namen ausspricht, lässt mich erschaudern. Es weckt vertraute Gefühle. Ich verdränge sie jedoch, weil ich sie nicht einordnen kann und mein Kopf dies auch nicht zulässt. »Warum hast du mich gerettet?« Als er mir diese Frage stellt, sehe ich zu ihm auf und setze mich doch wieder hin.

»Ich muss Euch Dinge fragen, die, wie mir scheint, nur Ihr beantworten könnt. Und das geht nicht, wenn Ihr tot seid.« De Vontaine nickt bedächtig, doch irgendwie enttäuscht. Was hat er denn erwartet?

»Aber du weißt, dass das deinen Auftrag, mich zu töten, überflüssig gemacht hätte, ja?« Mein Auftrag. Das wird James sicher nicht gefallen. Im Gegenteil: Vielleicht wird er mich dafür vierteilen lassen.

»Ich weiß. Ich kann es später ja immer noch tun.« Meine Antwort kommt eiskalt. Ich will jetzt nicht darüber sprechen. Ich habe Fragen, nur deshalb ist er momentan mit mir hier.

»Ja, das ist wohl wahr. Dann frag mich die Dinge, die dir auf dem Herzen liegen.« Entgegen meinen Erwartungen nimmt er das ruhig auf und geht sofort auf meine Forderung ein. Merkwürdig. Aber nun zu den Dingen, die mir auf der Seele brennen… Ich weiß gar nicht, wo ich anfangen soll, und denke nach. Es entsteht eine spannende Stille zwischen uns, bis er das Schweigen bricht. »Du hast ein drittes Element in dir entdeckt, wie ich festgestellt habe.« Ich sehe ihn an und nicke leicht. Gut, dann fangen wir doch da an.

»Ihr scheint mich äußerst gut zu kennen, daher weiß ich, dass Ihr mir das beantworten könnt: Waren diese Kräfte schon vorher da?«

»Als wir uns kennengelernt haben, hast du noch keine magischen Fähigkeiten besessen. Etwas in dir befreit die Kräfte, aus einem mir noch unerklärlichen

Grund.« Keine Kräfte? Wie soll ich das verstehen? »Du hast deine innere Magie auch erst vor kurzem kontrollieren gelernt. Dafür kannst du mittlerweile sehr gut mit ihr umgehen.« Irgendwas zwischen Stolz und Wertschätzung hallt in seiner Stimme mit. Und das, obwohl er weiß, dass ich ihn aus dem Weg räumen muss? Langsam glaube ich, dass er sich darüber keine Sorgen macht. Als würde ich es sowieso nicht tun wollen. Und da ist auch was dran.

»Hört mir zu…«, sage ich nach einer kurzen Schweigepause zu ihm. »Ich kann mich an so gut wie nichts erinnern. Manchmal erscheinen Bilder in meinem Kopf, die ich nicht einordnen kann, und in mir bäumen sich Gefühle auf, die nirgends hingehören. Ich weiß nicht mehr, was ich glauben soll.« Erwartungsvoll sehe ich ihm in die Augen. Er überlegt eine Weile. »James kontrolliert deine Gedanken, dein Denken. Es wäre sinnlos, dir alles zu erklären. Du würdest mir nicht glauben. Mich wundert es, dass du so selbstständig entscheiden kannst, ohne mir beim ersten Aufeinandertreffen an die Gurgel zu gehen.«

»Warum seid ihr euch da so sicher? Ihr könntet es doch versuchen.« De Vontaine seufzt und belächelt meine Bitte nur.

»Auf deinen Augen liegt ein dunkler Schatten. Ich wusste sofort, was mit dir geschehen ist, als James dich in unserem letzten Kampf am Arm hochgezogen und dich als Schutzschild verwendet hat. James verfügt über dich und kontrolliert dich. Eigentlich wundert es mich, dass er noch nicht hier ist.« Plötzlich steht er auf und tritt gegen einen Stein. »Gottverdammt, ich hätte dich besser beschützen sollen.« Er stützt sich an einem Baum ab und lehnt seine Stirn gegen den Stamm.

»Dann gehöre ich also nicht zu den Dunklen Magiern?« De Vontaine dreht sich zu mir um und schüttelt den Kopf.

»Nein, du bist ein Lichtmagier. Zumindest warst du das.« Seine Erklärung haut mich beinahe aus der Bahn. Aber ist es wirklich wahr? Was er mir erzählt hat, ist so unfassbar. So viele Dinge sprechen dafür, aber ich kann es einfach nicht glauben. Mein Kopf will es nicht wahrhaben, so wie de Vontaine es prophezeite. Und jetzt?

»Philip, du musst zurück zu James. Wenn er mitbekommt, dass du dich mit mir unterhältst, wird er vor Wut kochen. Ich will nicht, dass er dir etwas antut, nicht noch einmal.« Ich glaube, er kocht bereits vor Wut. Ich habe ihn schon einmal enttäuscht. Wenn ich ihm wieder meine Niederlage gestehe, dann reißt er mir den Kopf ab, wenn ich Pech habe, wortwörtlich. »Er wird dich nicht gleich hinrichten, keine Angst. Du bist sehr stark. Außerdem braucht er dich.« Damit dreht er sich um.

»Wartet, ihr könnt nicht einfach gehen! Ich will doch noch…«

»Philip, du gehörst nicht mehr hierher. Das Licht und die Dunkelheit befinden sich bereits im Krieg. Wenn andere Lichtmagier dich schnappen, dann werden sie keine Gnade zeigen. Sie werden in dir bloß einen Dunklen Magier sehen. Du bist nur im Notfall bereit, Magier zu verletzen oder gar dem Erdboden gleichzumachen. Deshalb solltest du gehen. Vertrau mir.« Die letzten beiden Worte durchzucken meinen Körper. Dann muss ich ihm eben vertrauen.

Kapitel 19
Wenn James nur wüsste

Ich sehe nur dabei zu, wie er sich auf den Rückweg macht. Dieser Mann ist wirklich lebensmüde. Gerade wollte man ihn noch hinrichten und nun geht er zurück. Ich hoffe nur, dass ihm nichts passiert. Nur zu gerne hätte ich gewusst, was er vorhat.

Also muss ich mich nun auf den Rückweg machen. Natürlich weiß ich genau, wo ich hingehen muss. Eines der wenigen Dinge, ich über meine Vergangenheit kenne.

Ein Lichtmagier? Unmöglich.

Ich bin dunkel, meine Seele ist dunkel und meine Vergangenheit ebenso. Jedenfalls ist es das, woran ich mich am besten erinnere. Das Gespräch mit ihm hat mir weniger gebracht, als erhofft. Ich kann nicht sagen, ob er die Wahrheit sagt oder mich anlügt. Aber offenbar hat er schon mal Recht behalten, mein Kopf lässt es nicht zu, so zu denken. Besorgt mache ich mich auf den Weg. Vor allem muss ich darüber nachdenken, wie James wohl reagieren wird, wenn ich ihm die Nachricht überbringe, dass ich de Vontaine nicht dem Erdboden gleichgemacht habe. Aber noch mehr interessiert es mich, wie er reagiert, wenn er herausfindet, dass ich ihn gerettet habe. James entgeht nichts, das weiß ich. Er wird wohl ziemlich sauer sein. Und ich gehe freiwillig zurück? Nein, de Vontaine hat mich gebeten zurückzukehren. Und ich sollte ihm vertrauen. Abgesehen davon wäre mir doch so oder so keine Wahl geblieben.

Ich kämpfe mich den Weg entlang und brauche sogar gar nicht mal so lange. Die letzte Nacht musste ich durchlaufen, am Morgen stehe ich am großen Tor der Stadt. Ich schaue hinauf und muss kurz Luft holen, als sich die Türen öffnen.

James steht davor und verschränkt seine Arme. Empfang vom Chef persönlich?

»Was zur ewigen Hölle hat so lange gedauert?« Ich zucke leicht zusammen. Was weiß er? Was weiß er nicht?

»De Vontaine ist… «

»Hingerichtet worden, ich weiß. Chadwick hat sich drum gekümmert. Wenigstens hatte er dieses Mal Erfolg.« Ich blinzle ungläubig mit den Wimpern. Chadwick?

»Chadwick Adams?« James nickt und lächelt plötzlich.

»Das löst so viele Probleme, ist dir das bewusst?« Ich versuche zu nicken, mir ist aber nicht ganz klar, was er damit meint. »Unglaublich, dass ich doch fähige Leute unter mir habe. Nimm es nicht persönlich. Du warst zu langsam.« Belustigt legt er seinen Arm über meine Schultern und läuft mit mir durch das Lager. Oh Mann, mein Herz rutscht mir in die Hose. Hoffentlich bleibt er im Glauben, dass de Vontaine die Hinrichtung nicht überlebt hat. Wenn er merkt, dass dem nicht so ist und dass ich daran schuld bin… Bei den Göttern.

»Heute Abend gibt es eine große Feier. Ich weiß, dass du Feierlichkeiten nicht magst, aber bitte nimm doch teil. Immerhin gibt es einen ersten Sieg zu feiern.« Ich seufze.

»In Ordnung.« James kennt mich sehr gut. Von wegen Lichtmagier und der ganze Kram, den mit de Vontaine aufgetischt hat. Wie konnte ich James auch nur eine Sekunde in Frage stellen? Plötzlich bemerke ich, dass James' Arm ziemlich warm ist und gerade sein Leuchten abklingt. Was war das denn?

»Du bist sicher müde. Leg dich noch mal hin, bevor die Feier beginnt. Ich lasse dich wecken, wenn du willst.« Nur langsam nicke ich. Dass ich müde bin, fällt mir erst jetzt bewusst auf und ich gähne.

James bringt mich zu einem Haus. Dort führt er mich in ein Zimmer. Vor der Tür verabschiedet er sich von mir und lässt mich allein. Plötzlich wird die Müdigkeit unerträglich. Es ist merkwürdig, ich bin aber viel zu müde, um noch darüber nachdenken zu können. Kaum betrete ich mein Zimmer und schließe die Tür, falle ich in das Bett und schlafe sofort ein.

Kapitel 20
Die Wahrheit kommt immer ans Licht

»Werter Herr Philip, wacht doch auf.«, rüttelt mich jemand aus dem Schlaf. Ich drehe mich und schaue einem jungen Magier ins Gesicht. »Eure Eminenz, der Schwarze Magier, schickt mich, um Euch zu wecken.« Ich stöhne und setze mich auf.

»Danke. Sag ihm, ich bin wach.«

»Sehr wohl, werter Herr.« Damit verschwindet er aus meinem Zimmer. Eine Feier also, auf den Tod von Emanuel de Vontaine. Der eigentlich nicht tot ist. Den ich gerettet habe, obwohl ich ihn liquidieren sollte. Gott.

Ich raufe mir mit den Händen durch die Haare und reibe mir dann die Augen. So ein kleines Schläfchen bewirkt meistens Wunder, doch ausgeschlafen fühle ich mich irgendwie immer noch nicht. Am liebsten würde ich einfach weiterschlafen und könnte damit die Feier umgehen. Das wird mir James übelnehmen, denn er lässt nicht zwei Mal bitten. Also stehe ich auf und strecke mich, bevor ich mir Wasser ins Gesicht werfe. Mit meiner Magie entflamme ich einige fackelartige Lampen im Zimmer und sehe mich im Spiegel an. Mein Gesicht hat unter der Flucht in den Wald ziemlich gelitten. Ein Striemen, verursacht durch einen Ast, reicht sogar vom Ansatz meiner Oberlippe, quer hinauf bis zu meinem Ohr. Zu meinem Glück ist die Schramme recht schmal und nicht rot. So eine große Narbe wegen eines Asthiebs zu bekommen, wäre nicht unbedingt wünschenswert. Ich wasche mein Gesicht gründlich und ziehe mich um. Ausgestattet mit schwarzer Hose und einem roten Hemd, werfe ich mir einen neuen schwarzen Mantel um, der in der Innenseite mit roter Seide ausgestattet ist. Luxus pur, wenn ich bedenke, wie viele andere angezogen sind. Ich glaube, das ist der Vorteil, wenn man mit James im Bunde ist.

Nachdem ich komplett fertig bin, mache ich mich auf den Weg. Laute Stimmen dringen aus dem Wirtshaus hinaus, als ich vor die Tür trete. Vielleicht habe ich diesen Abend Glück und mir ertauben die Ohren bei diesem Lärm. Ich verspreche mir gleich, dass ich nicht lange bleiben werde. Nur James zuliebe gehe ich überhaupt. Vorsichtig betrete ich das Wirtshaus. James ruft laut nach meinen Namen und deutet auf den freien Platz neben sich. Ich muss mich zwischen feierwütigen Magiern hindurchzwängen, was gar nicht so einfach ist. Einige von ihnen sind schon sturzbetrunken. Das kann ja heiter werden. Als ich am Tisch von James angelangt bin und mich zu ihm gesetzt habe, serviert die Wirtin mir einen Krug. Ich bedanke mich höflich und muss einen Hieb zu mir nehmen, da James unbedingt mit mir anstoßen will. Die Plörre schmeckt mir gar nicht, ich hasse dieses Getränk.

»Jetzt ist wenigstens das Konzil komplett. Lasst uns feiern, alle Getränke bezahle ich.« Damit hebt James seinen Krug und findet sich in einem riesigen Jubel wieder. Weil alle anstoßen, muss ich das natürlich auch tun und zwänge mir wieder dieses ekelhafte Getränk rein. Das geht sogar eine ganze Weile so, weshalb mir schon bald recht komisch zumute ist. In meinem Kopf dreht es sich und ich kann schon fast nicht mehr geradestehen. Eigentlich sollte ich jetzt dringend gehen, James aber lässt mich nicht.

»Erzähl mir erst mal, was du so lange da draußen getrieben hast, Philip.«

»Ich war eine Weile in einer Höhle eingesperrt. Es hat gedauert, bis ich mich befreien konnte.« James kräuselt die Stirn.

»Zum Glück ist dir nichts geschehen, mein Freund. Was sollte ich hier bloß ohne dich tun!« Er prostet dabei den anderen zu, die mit uns am Tisch sitzen. Ich zucke nur mit den Mundwinkeln, starre weiterhin meinen Krug an. Der Wievielte wird es wohl sein? Der siebte vielleicht? Mittlerweile schmeckt es gar nicht mal mehr so übel, daher bekomme ich es leichter runter. James steht nach einer Weile auf und mischt sich unter die Menge. Mein Blick schweift zur Abwechslung durch den Raum und dann fällt mir auf, dass Adams mich schon die ganze Zeit über beobachtet. Unbeeindruckt lasse ich von ihm ab und schaue in die Masse, die großen Spaß beim Tanzen hat.

Mein Sichtfeld wird eingeschränkt, als Adams sich vor mich setzt. Blut schießt mir ins Gesicht und in meinen Ohren herrscht eine gruselige Stille. »Ich weiß, wer Ihr seid und was Ihr getan habt. Und ich glaube, der Meister wird nicht sonderlich erfreut darüber sein, wenn er hört, dass sein Plan schief gegangen ist.« Er weiß also Bescheid. Großer Gott, ich bin am Ende. Aber offensichtlich verspricht er sich mit diesen Informationen etwas, sonst hätte er es James schon lange unter die Nase gerieben.

»Was wollt Ihr?«, frage ich mit zusammengekniffenen Augen. Angeschwippst verschwimmt sein Gesicht vor mir.

»Im Grunde nur etwas ganz Simples. Wenn er mitbekommt, dass ... Ihr wisst, wen ich meine ... nicht tot ist, dann werdet Ihr ihm erklären, wieso. Sonst wird er annehmen, dass ich diese Sache vergeigt habe. Und ich will nicht für etwas büßen müssen, das ich nicht zu verantworten habe. Klar so weit? Wenn Ihr keinen Ton sagt, dann werde ich es tun. Dann käme zu Eurer Wohltat auch noch Verrat dazu – das wäre nicht lustig für Euch.«

»Chadwick, der Mann des Tages!«, ruft James erfreut. Seine Wangen glühen rot, und er lallt. Ganz offensichtlich ist er betrunken. Ich hingegen stehe auf und entschuldige mich bei James.

»Ich bin wirklich müde, ich werde zu Bett gehen«, erkläre ich, ohne ihn um Erlaubnis zu bitten. Er nickt es ab und lässt mich passieren.

Adams Drohung macht mir zu schaffen. Verrat? Das wird James niemals tolerieren. Es wird ihm auch egal sein, wie nah wir uns stehen oder wie nützlich ich ihm noch sein könnte. Dieser Mann ist eiskalt – er würde nicht einmal mit dem kleinen Finger zucken, um mich beseitigen zu lassen.

Ich schüttle den Kopf. Der Alkohol in meinem Blut lässt mich die schlimmsten Szenarien annehmen. Es ist überhaupt nicht gesagt, dass er es herausfinden wird.

Ich rede mir gut zu, in der Hoffnung, dass ich das Thema vergessen kann. Als ich an die frische Luft komme, muss ich mich festhalten. Um mich kreiselt alles, die Welt scheint sich zu drehen. Allmählich bezweifle ich, dass Gerstensaft das Einzige war, was sich in meinem Krug befand. Torkelnd stolpere ich in Richtung des Hauses, in dem sich mein Zimmer befindet. Mit Mühe schaffe ich es, die Tür zu öffnen und mein Bett zu finden. Doch ich bin heilfroh, als ich endlich liege und die Ruhe mich überkommt. Was für ein Tag. Ich atme tief durch, bevor ich sofort einschlafe. Doch mein Schlaf ist alles andere als ruhig. Meine Träume geraten völlig außer Kontrolle. Immer wieder sehe ich de Vontaine. Das schlimmste Bild erscheint mir, als ich ihn am Boden liegen sehe. Sein Blick ist besorgt, und er versucht, mir etwas zu sagen. Doch bevor ich es verstehe, trifft mich ein Blitz.

Kapitel 21
Die Angst bleibt

Erschrocken fahre ich aus dem Schlaf hoch. Doch kaum öffne ich die Augen, ist der Grund für meinen Schreck wie ausgelöscht. Benommen blinzle ich in das gleißend helle Licht, das durch den Vorhang in mein Zimmer fällt. Widerwillig stehe ich auf und ziehe den Stoff zur Seite – ein Fehler. Das Licht sticht in meine ohnehin pochenden Kopfschmerzen. Trotz des Schmerzes lasse ich den Vorhang offen und blicke hinaus.

Draußen herrscht rege Betriebsamkeit. Schwarz gekleidete Magier eilen hektisch umher. Es scheint, als hätte James das Konzil einberufen. Neugier packt mich. Was ist los? Ich werfe mir den Umhang über und trete hinaus. Auf dem Weg werde ich von einem jungen Magier abgefangen – demselben, der gestern Abend bei der Feier dabei war.

»Werter Herr, eben sollte ich Euch wecken. Eure Eminenz erwartet Euch«, sagt er förmlich.

»Was ist geschehen?«, frage ich sofort.

»Eure Eminenz möchte alle starken Magier zusammenstellen, damit ... so Eure Eminenz ... die Stadt der Lichtmagier dem Erdboden gleichgemacht werden kann.«

Mein Magen zieht sich zusammen. James plant einen Angriff. Er rechnet damit, dass der Tod von de Vontaine die Lichtmagier unvorbereitet trifft und ihre Verteidigung schwächt.

»Danke,« sage ich knapp und wende mich sofort ab. Ich muss James finden und ihn davon abbringen. Er ahnt ja nicht, dass de Vontaine noch lebt. Aber wie soll ich ihn überzeugen, ohne die Wahrheit zu verraten?

Als ich den Thronsaal betrete, sehe ich James auf seinem prunkvollen Stuhl sitzen. Doch etwas ist anders. Er wirkt angespannt, sein Rücken ist kerzengerade, und Zorn flackert in seinen Augen. Einige dunkle Magier sitzen verstreut im Raum und diskutieren hitzig. James beobachtet sie schweigend, stützt seinen Kopf auf die Hand. Seine Augen sind schwarz unterlaufen – hat er überhaupt geschlafen?

Langsam trete ich näher und verneige mich.

»Philip, ich habe eben jemanden geschickt, dich zu wecken,« sagt er schroff, ohne den Kopf zu bewegen.

»Er ist mir bereits begegnet,« antworte ich ruhig. »Ihr wollt die Stadt angreifen? Seid Ihr sicher, dass die Zeit reif ist?«

Er kneift die Augen zusammen, als wäre meine Stimme zu laut.

»Wann, wenn nicht jetzt?« Seine Stimme ist kalt und entschlossen. »Den Lichtmagiern fehlen zwei Senatoren, einer davon war eng mit ihrer Führung verbunden. Sie sind desorientiert. Das ist die perfekte Gelegenheit, bevor sie sich neu organisieren können. Glaub mir, Chadwick hat mir jedes Detail über ihren Senat geliefert. Der Plan ist nahezu narrensicher.«

Seine Argumente sind durchdacht, das muss ich ihm lassen. Doch ich darf nicht aufgeben.

»Ich denke eher, dass die Lichtmagier gerade jetzt besonders wachsam sind«, werfe ich ein. »Sie wissen, dass sie geschwächt wurden, und sie rechnen mit einem Angriff. Wenn Ihr stattdessen Verunsicherung sät und sie in Alarmbereitschaft haltet, erreicht Ihr vielleicht mehr, als mit einem direkten Angriff.« James hebt die Augenbrauen und lehnt sich zurück. Sein Blick ist durchdringend, fast schon lauernd. Mein Herz schlägt schneller, während er schweigt. Denkt er über meinen Vorschlag nach, oder durchschaut er mich?

»Denkst du das ...« Sein Blick verengt sich, und ich spüre, wie er mich abwägt. »Zu deinem Glück platzt mir gerade der Schädel, also werde ich nicht weiter darüber nachdenken. Trotzdem bleibt meine Anweisung bestehen. Wir greifen an. Aber nicht sofort – die Truppen benötigen noch zwei Tage, um vorbereitet zu sein.« Er erhebt sich ein wenig und deutet mit einem Nicken auf die diskutierenden Magier.

»Eigentlich wollte ich dich bloß hier haben, damit du dir die Truppenaufstellung ansehen kannst. Die da unten zerreißen sich die Mäuler, wahrscheinlich, weil ich jedem mit Folter gedroht habe, der mir keinen brauchbaren Plan vorlegt.«

Ein schiefes Lächeln umspielt seine Lippen. »Das wird spaßig.«

James ist der kaltblütigste Mann, den ich kenne – ein Grund mehr, mich vor seinem Zorn zu fürchten, sollte er meinen Verrat entdecken.

Ich bleibe schweigend an seiner Seite sitzen und höre den Vorschlägen der Dunklen Magier zu. Einer wagt es, vorzuschlagen, dass James selbst die Spitze der Truppen übernehmen solle. Doch noch bevor er seinen Satz beenden kann, winkt James ihn mit einer Handbewegung wortlos aus dem Saal. Ich bin wenig überrascht – es wäre töricht, wenn James sich selbst zu einem so leichten Ziel machen würde. Seine Macht liegt darin, im Verborgenen zu wirken, bis der entscheidende Schlag erfolgt.

»Noch mehr solcher hirnrissigen Ideen?« Seine scharfe Stimme durchschneidet die Stille, und die verbliebenen Magier schütteln hastig den Kopf. James stöhnt genervt. »Für den Anfang ist das ein schlechter Witz. Heute Nacht, zur Zusammenkunft, will ich durchdachte Vorschläge hören. Einen festen Plan. Und wagt es ja nicht, mir leeres Geschwätz zu liefern!« Mit einer knappen Geste entlässt er die Magier. Als die Tür ins Schloss fällt, lässt er sich erschöpft in seinen Stuhl zurücksinken. »Amateure«, murmelt er mit einem abfälligen Schnauben.

Mir bleibt das Wort im Hals stecken. Jedes Detail der Pläne, die ich eben gehört habe, treibt mir einen Knoten in den Magen. Mein Verrat brennt schwerer auf meiner Brust, als ich erwartet hatte. James bemerkt mein Schweigen.

»Philip, stimmt etwas nicht?« Sein Blick trifft mich, und meine Gedanken überschlagen sich. Warum fühle ich mich so? Ich bin ein Dunkler Magier, doch mein Herz rebelliert gegen diesen Angriff.

»Es ist ...« Plötzlich knallt die Tür auf, und ein Dunkler Magier stürmt herein. James springt auf, die Überraschung in seinen Augen schwenkt schnell in Misstrauen.

»Meister!« Der Mann ringt nach Atem.

»Was ist passiert?« James' Stimme ist schneidend, sein Tonfall ungeduldig. »Rede schon!«

»De Vontaine hat überlebt! Er wurde gerettet!« James' Gesicht erstarrt, dann verzieht es sich zu einer Maske aus Wut.

»Was!?« Seine Stimme ist ein grollender Donner. Mit einer blitzschnellen Bewegung packt er den Mann am Kragen. »Von wem und wie? Rede endlich!«

Der Magier strauchelt. »Es wurde beobachtet, dass ein junger Mann von einem Dach sprang, während de Vontaine in Flammen stand. Er hat ihn gerettet und einen Aufstand entfacht. Danach verschwand er mit ihm. Bald darauf kehrte er zurück und rief seine Armee zusammen.«

James lässt den Mann abrupt los, bleibt jedoch drohend vor ihm stehen. Seine Stimme ist ein einziges Knurren: »*Wer?*«

Der Magier zögert, dann flackert sein Blick zu mir. Ich spüre, wie mein Herz in meine Magengrube sackt. Meine Hände beginnen zu zittern. James bemerkt die Veränderung sofort und dreht sich langsam zu mir um. Sein Gesicht ist feuerrot, seine Augen lodern vor Zorn.

»Du«, brüllt er durch den Saal, die Wände hallen wider. Ich hebe beschwichtigend die Hände, doch es nützt nichts. »Deine Aufgabe war es, ihn zu beseitigen, nicht zu retten!« Seine Hände beginnen dunkelblau, fast schwarz, zu leuchten. Die Magie brodelt in ihm. Panik erfasst mich, und ich weiche zurück, bereit, meine eigene Magie einzusetzen. »Du hast mich verraten. Und diese Sippe!« Seine Stimme wird noch kälter. Ein Blitz schießt aus seiner Hand, doch ich schaffe es, ihn mit einem roten Schutzschild abzuwehren. Der nächste folgt auf der Stelle, dann noch einer. James' Wut ist grenzenlos, und in seinem Zorn zerstört er Stühle und Bänke um sich herum.

Draußen höre ich Stimmen. James wendet sich abrupt der Tür zu, die einen Spalt offensteht, und stürmt hinaus. Ich nutze den Moment und laufe in die entgegengesetzte Richtung, weg von ihm, weg von der Gefahr. Mein Gedächtnis führt mich zu einem weniger genutzten Ausgang. Die schwere Holztür knarrt, als ich sie aufstoße, und ich trete in die kühle Dunkelheit.

Die Nacht ist undurchsichtig, die Sicht einge-schränkt, doch das spielt mir in die Karten. Niemand wird mich so leicht entdecken. Doch meine Neugier ist stärker als meine Angst. Was ist draußen los?

Vorsichtig umrunde ich das Gebäude und halte mich im Schatten. Dann sehe ich sie – Magier in weißer Kleidung. Die Lichtmagier. Sie sind bereits hier.

Ich eile weiter, Richtung Zentrum des Tumults. Dort sehe ich James, wie er sich einem von ihnen ent-gegenstellt. Sein Zorn ist nicht erloschen, und es scheint, als wolle er seine Wut an diesen Gegnern aus-lassen. Vier gegen einen ist alles andere als fair, doch James' Macht übertrifft die der meisten. Der Kampf zieht immer weitere Kreise, und bald mischen sich Dunkle Wesen und Lichtmagier gleichermaßen ein. Ich finde mich mitten im Chaos wieder und fühle mich verloren.

Ein Zauber trifft mich unvorbereitet. Schmerz durchzuckt meinen Körper, und ich drehe mich um – ein Lichtmagier hat den Angriff auf mich abgefeuert. Ungläubig starre ich ihn an. In diesem Moment setzt er schon zum nächsten Schlag an. Ich hatte vergessen, dass ich für sie ein Feind bin, dass ich zu den Dunklen Magiern gehöre. Instinktiv packe ich sein Handgelenk und ziehe ihn zu mir heran.

»Ich will nicht gegen Euch kämpfen«, versichere ich ihm heiser. Doch er lässt sich nicht beirren und zieht seine Hand zurück. Um ihn zu stoppen, schlage ich ihn kurzerhand mit einem Hieb auf den Hinterkopf bewusstlos. Weitere Magier eilen auf mich zu, in ihren Händen blitzen Waffen. In Panik weiche ich zurück, bis ich gegen jemanden stoße. Als ich mich umdrehe, stehe ich einem anderen Lichtmagier gegenüber. Ehe er angreifen kann, ducke ich mich unter seinem Arm hinweg und komme James gegenüber zum Stehen. Er hat kurz innegehalten, nachdem er einen mächtigen Angriff entfesselt hat. Sein Blick ist finster, sein Zorn brennt in seinen Augen.

»Verräter, beweise wenigstens im Kampf deine Loyalität!« Seine Stimme ist ein eisiger Befehl. Widerwillig füge ich mich und diene ihm als Rückendeckung. Ich wehre Lichtmagier ab, doch meine Angriffe sind nicht tödlich – nicht wie seine. Es fällt mir schwer, ihnen ernsthaften Schaden zuzufügen. Seltsam, aber ich hätte weniger Probleme, gegen die Dunklen zu kämpfen.

James gibt den nächsten Befehl: »Wir teilen uns auf. Wir sind stark genug.« Ich nicke und kämpfe mich in eine andere Richtung. Doch etwas in mir verändert sich. Mit jedem Schlag werde ich rücksichtsloser, meine Angriffe zielen härter, verletzen tiefer. Mein Blick verdunkelt sich, und das Gefühl von Reue schwindet. Es ist, als würde James meine Gedanken manipulieren, meine Zweifel tilgen. Alles fühlt sich richtig an.

Dichter Rauch steigt um mich herum auf. Wahrscheinlich das Werk eines Magiers. Ich sehe bald nichts mehr, halte mich jedoch für einen Angriff

bereit. Dann taucht aus dem Nebel eine Gestalt auf –
blond, mit festen Schritten. De Vontaine.

»Philip, was tust du da?« Seine Stimme ist ruhig,
aber eindringlich. Er nähert sich mir, doch ich strecke
die Hand aus, um ihn auf Abstand zu halten.

»Geht weg, verschwindet. Diesen Krieg zu führen,
ist mein Schicksal.«

»Ja, aber du kämpfst auf der falschen Seite«, entgegnet er ernst. Sein Blick trifft meinen, doch meine
Augen verengen sich zu Schlitzen.

»Es gibt nur eine falsche Seite, und das ist die
Eure,« knurre ich, bevor ich ihn angreife. Doch selbst
meine besten Treffer scheinen ihn kaum zu beeindru-
cken – seine Macht ist überwältigend.

»Das bist nicht du, Philip. Er kontrolliert dich.
Kämpfe gegen ihn an! Hör auf dein Herz. Wenn
dieser Kampf vorbei ist, wird der Schmerz unerträglich sein.« Ich schnaube verächtlich. Auf mein Herz
hören? Mein Herz ist stumm, mein Kopf leer. Alles,
was ich fühle, ist die Macht, die mich lenkt.

»Mein Herz sagt mir, dass ich meine Mission
erfüllen soll«, erwidere ich und greife erneut an.
Meine Schläge landen, aber sie verfehlen ihre volle
Wirkung. Tief in mir will ich ihn nicht verletzen. Ich
schulde ihm zu viel.

Etwas in mir zerbricht. Mit einem Schrei falle ich zu
Boden. Mein Körper beginnt unkontrolliert zu
zucken, während in meinem Inneren ein erbitterter
Kampf tobt – Licht gegen Dunkelheit. Ich spüre kaum,
wie de Vontaine mich aufhebt und festhält.

»Komm her, du musst mir helfen!«, höre ich ihn rufen. Seine Stimme dringt durch den Rauch. Wen meint er?

Meine Augenlider werden schwer, mein Körper gehorcht mir kaum noch. Doch eine unbändige Neugier hält mich wach. Ich sehe eine Gestalt durch den Rauch treten, kann sie jedoch nur schemenhaft erkennen. Als sie näher kommt, stockt mir der Atem, und mein Körper hört abrupt auf zu zucken. Mein Blick klärt sich, und ich sinke auf die Knie.

»Edward,« flüstere ich, während ich in die Augen des kleinen Jungen blicke.

Kapitel 22

Schützen, was schützenswert ist

Edward lächelt mich an und umarmt mich. Als er seine Arme um mich schließt, kehren sämtliche Erinnerungen zurück: der Stadtherr aus Solome – wie er versuchte, Emanuel und mich zu töten, wie er uns verfolgte und wie ich schließlich zu meinem inneren Feuer fand. Ich erinnere mich an meine erste Reise nach Lumina, an meine Begegnung mit Thomas Stark, an das Training bei William und daran, wie ich mit Emanuel fliehen musste, nachdem er verurteilt worden war. Besonders lebhaft kommt mir in den Sinn, wie Emanuel mich dazu brachte, meine Kräfte zu nutzen – wie er mir den entscheidenden Anstoß gab. Das letzte Bild, das vor meinem inneren Auge auftaucht, ist, wie sich James vor uns aufbäumte und Emanuel und ich verzweifelt versuchten, uns ihm entgegenzustellen.

»Emanuel, was macht er hier? Das ist gefährlich, Edward muss sofort weg!« Ich wende mich an Emanuel, der mich anlächelt. Doch sein Grinsen erlischt schnell, als ihm die Gefahr der Situation bewusst wird.

»Er war deine letzte Chance. Ohne ihn wärst du James auf dem Schlachtfeld erlegen.«

»Bitte, du musst ihn wegbringen. Wenn James ihn sieht, wird er ihn ...«

»Philip«, unterbricht James' dunkle Stimme meine Worte. Ich halte inne, wie versteinert, und knie reglos am Boden. Obwohl ich ihn nicht sehen kann, weiß ich, dass er mich beobachtet.

Geistesgegenwärtig drücke ich Emanuel den Jungen in die Arme und gebe ihm ein Zeichen, so schnell wie möglich zu verschwinden.

»Ich kümmere mich um James. Seht zu, dass ihr hier wegkommt«, sage ich zu Emanuel. Er zögert, doch schließlich verschwindet er zusammen mit dem Kind in einer Rauchschwade. Der Rauch verzieht sich langsam, und ich stehe James direkt gegenüber. Wut steigt in mir auf, so stark, dass ich sie kaum beschreiben kann. Er hat mich glauben lassen, dass Emanuel mein Feind ist, wie auch alle anderen Lichtmagier. Beinahe hätte ich Emanuel getötet. Noch schlimmer ist, dass James mich dazu gebracht hat, alles zu vergessen. Doch am meisten verachte ich mich selbst. Emanuel hatte mich gewarnt, doch ich habe ihn enttäuscht. Und trotzdem – anstatt mich aufzugeben – hat er mich beschützt und gerettet.

»James«, sage ich ruhig, als er vor mir steht. Sein Blick verdunkelt sich sofort. Er weiß Bescheid.

Er beginnt, mich aufmerksam zu umkreisen, während um uns die Schlacht tobt. Ich lasse ihn keine Sekunde aus den Augen.

»Du bist zu stark für die Seite des Lichts«, sagt er schließlich. »Verbünde dich mit mir. Die Welt wird dir offenstehen, du könntest alles besitzen.«

»Erzählst du das jedem? Chadwick Adams ist ein guter Gefährte – loyal und treu. Wäre er keine prächtige linke Hand für den Schwarzen Magier?«, frage ich spöttisch. Wie kann er glauben, mich so zu überzeugen?

»Oh bitte. Diese Durchschnittsmagier kommen nicht einmal annähernd an mich heran. Und selbst wenn – er wäre es nicht wert. Seine Magie ist bestenfalls mittelmäßig. Er ist nicht besser als jeder andere Dunkle Magier. Aber du ...« Langsam wird mir klar, was los ist. James hat Angst vor mir. Er versucht, mich auf seine Seite zu ziehen, um mich auf Abstand zu halten.

»Was für ein großzügiges Angebot«, sage ich und verneige mich leicht – ohne den geringsten Respekt. »Aber nein, danke. Nur über meine Leiche.« Selbst über die Härte meiner eigenen Worte erschrocken, sehe ich, wie James zurückzuckt. Doch er denkt nicht daran, die Waffen niederzulegen. Ich bereite mich auf seinen Angriff vor.

»Wenn das dein Wunsch ist«, zischt er und greift an. Ich weiche seinen dunklen Blitzen aus und kontere mit einem Feuerstrahl, der ihn unerwartet trifft und zu Boden wirft. Sofort nehme ich Abstand, ohne ihn aus den Augen zu lassen. Unversehens beginnt sein Körper zu leuchten, und die Kraft, die er ausstrahlt, ist überwältigend. Ein Anflug von Panik erfasst mich, doch ich zwinge mich, ruhig zu bleiben. Ich habe gelernt: Angst schwächt mich. James erhebt sich und richtet seine Hände auf mich. Ich tue es ihm gleich, bereit, mich zu verteidigen. Ein Schimmern umgibt seine Hände, und er stößt einen weiteren Angriff aus.

Eine riesige Kugel, die wie ein massiver Metallball aussieht, schwebt in meine Richtung. Sofort erschaffe ich ein großes, rotes Schutzfeld vor mir, um mich vor ihr zu schützen. Doch als die Kugel auf das Feld trifft, zerbirst mein Schild in zahllose Fragmente, und die Kugel prallt direkt auf mich. Der Aufprall schleudert mich mit voller Wucht nach hinten, mitten in die kämpfende Menge. Ich lande unsanft auf dem Hintern, springe aber sofort wieder auf, denn ich weiß, dass James nicht innehalten wird. Um Zeit zu gewinnen, bahne ich mir einen Weg durch die Menge, in der Hoffnung, dass er meine Spur verliert. Für einen kurzen Moment bin ich mir tatsächlich sicher, dass ich ihn abgeschüttelt habe – doch dann steht er plötzlich wieder vor mir.

»Du entwischst mir nicht.« Ich habe keine Ahnung, wie ich James davon abhalten kann, mit mir zu kämpfen. Er hebt die Hand und schleudert mir spitze, pfeilartige Splitter entgegen. Ich weiche aus und ziehe mich weiter zurück. Seine Angriffe durchdringen mein Element mit Leichtigkeit, und er ist unglaublich schnell. Wenn ich weiterhin nur ausweiche und weglaufe, wird der Kampf niemals enden. Er zeigt mir gnadenlos, dass ich noch nicht stark genug bin, um gegen ihn anzutreten.

Unangekündigt trifft mich ein mächtiger Zauber am Rücken und schleudert mich erneut zu Boden. Mit dem Gesicht lande ich im Dreck, schlage hart auf meine Arme auf und schaffe es nicht, mich schnell genug zu erheben. Hat James mich so schnell eingeholt? Wie konnte ich ihn nicht bemerken? Nein – dieser Angriff ist schwächer als seine Vorherigen. Ehe ich es begreife, greift eine Hand nach mir und verdreht meinen Arm schmerzhaft hinter meinem Rücken. Ich werde hochgezogen und sehe direkt in James' Gesicht. Jemand hinter mir hält mich fest. Verdammt! Ich habe James für ein paar wenige Momente unterschätzt und die Situation falsch beurteilt. Er regiert eine ganze Sippe, und natürlich beschützen sie ihn. Wie konnte ich glauben, aus Nox entkommen zu können?

»Ich sagte doch, du kommst mir nicht davon.« Ein triumphierendes Grinsen breitet sich auf seinen Lippen aus. Er hat gewonnen. Siegesreich hebt er seine Hand und legt sie direkt auf meine Brust. Ich versuche verzweifelt, mich aus dem eisernen Griff des Magiers hinter mir zu befreien, doch jeder Versuch schickt einen scharfen Schmerz durch meinen verdrehten Arm. James' Hand beginnt zu glühen, und Panik breitet sich in mir aus. Doch ich lasse mir nichts anmerken. Ich will ihm nicht die Genugtuung geben, dass er gewonnen hat. Dieser Kampf ist noch nicht vorbei. Ich sehe ihm furchtlos in die Augen – und es zeigt Wirkung. Das Glühen in seiner Hand wird schwächer, schließlich nimmt er sie ganz von mir.

Er wird mir nichts antun. Noch nicht.

»In die Kammer mit ihm«, befiehlt er dem Mann hinter mir. Der Magier reißt mich herum und verdreht meinen Arm weiter. Schmerz durchzuckt mich und ich schreie auf. Wenn er mir den Arm bricht, war's das. Dann kann ich meine Kräfte für eine Weile vergessen. Ich weiß nicht, was James mit mir vorhat, aber der Begriff Kammer ist mir nicht unbekannt. James' Einfluss hat mir Wissen hinterlassen, das ich vorher nicht hatte. Und dieses Wissen sagt mir, dass mein Arm in der Kammer mein geringstes Problem sein wird. Der Magier schleppt mich zu einem kleinen Steinhäuschen. Es sieht unscheinbar aus, doch als wir eintreten, schleift er mich eine lange Wendeltreppe hinunter. Unten angekommen, stehen wir in völliger Dunkelheit. Dann lässt er mich endlich los, und ich sacke vor Schmerz auf die Knie. Ich halte meinen tauben Arm an mich gepresst. Vertieft in den Schmerz, bemerke ich nicht, dass der Magier noch immer hier ist – bis mich ein heftiger Schlag auf den Hinterkopf trifft. Mein Körper bebt, und mir wird schwarz vor Augen. Ich falle zur Seite, direkt auf meinen zuvor verdrehten Arm. Noch einmal durchzuckt der Schmerz meinen ganzen Körper. Bevor ich das Bewusstsein verliere, sehe ich, wie ein graues Licht den Raum erfüllt und ein seltsames Kribbeln durch meinen Körper zieht.

Kapitel 23
Was er nun begreift

Die Sonne steht hoch am Himmel, doch dunkle Wolken ziehen auf und drohen, sie bald zu verdecken. Vielleicht wird es sogar regnen – das würde zur düsteren Stimmung passen. Löcher werden ausgehoben, um die Toten verschwinden zu lassen. Schwarzkuttenträger werden wortlos in die Gräber hinabgelassen und mit Erde bedeckt.

James steht vor den Gräbern, reglos. Seine Augen glühen vor unterdrückter Wut. Der unerwartete Angriff der Lichtmagier hat ihn nicht nur überrascht, sondern auch geschwächt zurück. Zudem zwingt er ihn, sich einer unangenehmen Wahrheit zu stellen: Vielleicht ist er nicht in der Lage, sich gegen das Licht zu behaupten. Und das, obwohl er so hart daran arbeitet. Sein Blick schweift über die Grabstätten. Als seine Untergebenen das letzte Grab zugeschüttet haben, schreitet James langsam zwischen den frischen Hügeln hindurch. Einige der Verluste schmerzen ihn besonders. Unter den Toten sind talentierte Magier, die er schätzte – Männer und Frauen, von deren Loyalität er überzeugt war. Andere Verluste wiederum lassen ihn kalt. Weiter rechts werden die gefallenen Lichtmagier beerdigt – allerdings in einer Art und Weise, die jede Würde vermissen lässt. *Wenigstens hat auch ihre Seite Opfer gebracht*, denkt James. Dieser Kampf auf Leben und Tod hat ihm gezeigt, dass er allein keine Chance gegen einen ganzen Clan hat. Zwar hat James viele Magier auf seine Seite ziehen können, doch sie sind zu brechbar. Mit ihnen wird er den nächsten Kampf wieder verlieren. Schlimmer noch: Seine gesamte Sippe könnte ausgelöscht werden. Dass die Lichtmagier eine solche Motivation an den Tag legen und sogar ihre Macht für ihr Volk aufgeben, ist erschreckend. Das ist ein Risiko, das er nicht bereit ist, erneut einzugehen.

Es gibt jedoch einen, der sein Schicksal ändern könnte – einer, der den entscheidenden Unterschied machen würde. Doch dieser Jemand weigert sich beharrlich. James hat alles versucht, ihn auf seine Seite zu ziehen – vergeblich. Mit jeder verstrichenen Sekunde wächst sein Ärger darüber. Doch aufgeben? Noch nicht. Wenn Zwang nicht ausreicht, muss er ihn eben freiwillig dazu bringen.

James' Blick wandert nach links, zu einem kleinen Steinhaus. Der junge Mann, den er gestern Abend dorthin bringen ließ, wird hoffentlich bald an seiner Seite stehen. Es fehlt nur noch ein wenig Überzeu-

gungsarbeit – und vielleicht die eine oder andere
Foltermethode.

Kapitel 24
Grausamkeit im Herzen

Ich wache mit stechenden Kopfschmerzen auf. Instinktiv will ich mir die Augen reiben, doch als ich versuche, meine Hand zu bewegen, scheitere ich. Meine Handgelenke sind mit schweren Eisenfesseln an der Wand fixiert. Wieder einmal finde ich mich in einem Verlies wieder. Immerhin kann ich meine Arme ein wenig bewegen, was die massiven Ketten klirrend erzittern lässt. Mein Körper ist unangenehm in die Länge gezogen, und ich kann mich gerade so auf den Zehenspitzen halten. Besonders schlimm schmerzt mein rechter Arm, wahrscheinlich von der groben Behandlung. Als ich den Kopf hebe, kehren die Erinnerungen zurück. Mein Blick wandert durch den Raum, und für einen Moment bleibt mir die Luft weg. Überall hängen Ketten von der Decke herab, darunter stehen allerlei unheimliche Gerätschaften. Solche Vorrichtungen habe ich erst einmal gesehen – und das in weit geringerer Anzahl. Damals, in den Kellerräumen von Theodor von Solome, unter seinem Wirtshaus. Als Kind hatte ich mich bei einem tollkühnen Raubzug dorthin verirrt. Seitdem habe ich diese Räume gemieden.

James ist wahrlich grausam. Wer mag hier schon alles gefoltert worden sein? Geheimnisträger? Verräter? Ein unangenehmes Gefühl breitet sich in meinem Magen aus, eine Mischung aus Übelkeit und einem panischen Drang, hier herauszukommen. Ich ziehe an den Ketten, doch alles, was ich erreiche, ist ein neuer Schub von Schmerz.

Aus der Ferne höre ich Stimmen, tief und gedämpft, begleitet von schweren Schritten, die die Treppe hinabkommen. Eine der Stimmen erkenne ich sofort: James. Er tritt als Erster in den Raum. Wer ihm folgt, bleibt zunächst im Schatten verborgen. Der Raum ist nur schwach von Fackeln erleuchtet, doch ich erkenne, dass James' Begleiter einen schwarzen Umhang trägt und die Kapuze tief ins Gesicht gezogen hat. James nähert sich langsam. Sein Lächeln ist dunkel, beinahe höhnisch.

»Gut geschlafen?«, fragt er mit überheblichem Ton. Eine Frage, die ich besser unbeantwortet lassen sollte – doch ich kann es nicht.

»Prächtig«, erwidere ich trocken. Sein Amüsement ist unverkennbar. Seine Augen funkeln bedrohlich im flackernden Licht der Fackeln. Trotz der Situation weigere ich mich, ihm auch nur den Anschein von Triumph zu geben, selbst wenn es jetzt so wirken mag.

James mustert mich einen Moment lang, bevor er weiterspricht. »Sicher möchtest du wissen, weshalb du hier bist.«

»Ich weiß, weshalb ich hier bin. Du willst mich foltern lassen.« Mein Blick haftet sich an sein Gesicht, kalt und unnachgiebig. Für einen Augenblick wirkt James überrascht. Doch dann kehrt dieses selbstgefällige Grinsen zurück, das mich auf die Palme bringt. Warum grinst er ständig so? Offenbar ist er sich seines Sieges sicher.

»Du könntest dieser Tortur sofort entgehen.« Während er das sagt, wendet James sich von mir ab und schreitet langsam zwischen den Instrumenten und Apparaturen entlang. Einige davon berührt er beiläufig, andere testet er gezielt, immer so, dass ich es sehen kann. Er will mir Angst einjagen – und es gelingt ihm. Dennoch bemühe ich mich, ihm das nicht zu zeigen.

Was meint er damit? Ich könne der Tortur entgehen? Will er mir den Gnadenschuss schon vorher geben? Nein, es geht ihm nicht um mein Leben – er hat etwas anderes im Sinn. Als er seinen Rundgang beendet hat, dreht er sich zu mir um. Er bleibt auf Abstand, betrachtet mich aus der Ferne.

»Wie meinst du das?« Ein Fehler. Mein Interesse war zu offensichtlich. Sein Grinsen verfinstert sich, triumphierend. Er muss sich mittlerweile großartig fühlen.

»Kämpfe an meiner Seite gegen das Licht«, beginnt er mit einer gefährlichen Überzeugung in der Stimme.

»Dir wird nichts geschehen, und meine Sippe wird dich beschützen. Zusammen können wir das Konzil regieren und die Welt beherrschen.« Seine Augen glühen vor Entschlossenheit. Unglaublich. Er ist überzeugt, ich würde ihm meinen Dienst anbieten. Als ob er seine Macht jemals mit jemandem teilen würde. Lächerlich.

»Ich werde nicht gegen etwas kämpfen, dem ich vertraue.« Meine Stimme ist kalt und unnachgiebig. »Eine Welt, beherrscht von bösen Absichten und Dunkler Magie, sollte es nicht geben – weder für Magier noch für Menschen. Und weder Lichtmagier noch Dunkle Magier haben Anspruch auf diese Macht.« James' Blick verfinstert sich. Sein Lächeln verblasst. Meine Worte haben ihn getroffen.

»Die Lichtmagier nehmen sich schon seit Jahren das Recht heraus, die Macht über diese Welt zu beanspruchen«, erwidert er mit wachsender Schärfe. »Es ist Zeit für einen Wechsel. Die alten Säcke müssen sehen, was Magie wirklich schaffen kann.« Er tritt näher, bis er direkt vor mir steht. Sein Blick ist unerbittlich. »Nun haben sie einen Gegner, den sie fürchten«, fährt er fort. »Und das ist meine Chance. Mein Sieg. Begleite mich.« Ich kneife die Augen zusammen, ignoriere die brennenden Schmerzen in meinen Armen – und spucke ihm vor die Füße. »Dann schmore in der Hölle«, zischt er. »Du wirst schon sehen, wohin dich dieser Weg führt.« Mit einer herrischen Handbewegung bedeutet er dem Mann im schwarzen Umhang, dass er übernehmen soll. James ist wütend, und es amüsiert mich fast, wie bockig er sich verhält. Ähnlich wie ein Kind, das seinen Willen nicht bekommt.

»Ach, und Philip?« Er bleibt noch einmal stehen, seine Stimme gefährlich ruhig. »In diesem Raum werden dir deine Kräfte nichts nützen.« Ich antworte nicht, nehme die Drohung wortlos hin. Vielleicht komme ich sowieso nicht lebendig hier heraus.

Als James verschwindet, tritt der Mann mit der Kapuze näher. Ein scharfer Pfiff entgleitet ihm, woraufhin drei weitere in Schwarz gekleidete Männer hereintreten. Sie scheinen genau zu wissen, was sie tun. Einer von ihnen geht zu einer großen Kurbel an der Wand. Mit jedem Dreh klappern die Ketten, die meinen Körper weiter nach oben ziehen. Das Gewicht lastet auf meinen brennenden Handgelenken und der Schmerz schießt wie Feuer durch meinen Rücken. Die anderen beiden Männer packen mich links und rechts, drehen mich um und reißen mein Hemd auf. Mein Rücken ist nun vollständig entblößt. Panik erfasst mich, lässt meinen Körper zittern. Ich beiße die Zähne zusammen und warte auf das unvermeidliche Geräusch.

Hinter mir höre ich Schritte und ein leises Rasseln. Es folgt das dumpfe Schaben von Metall auf Holz. Schließlich kehrt der Mann zurück, sein Atem spürbar nah. Dann trifft der erste Schlag. Die Peitsche schneidet durch die Luft und trifft meinen Rücken mit einer Wucht, die mir einen Schrei entlockt. Der Schmerz ist wie ein brennender Schnitt, der sich sofort in meinen

Körper frisst. Noch bevor ich mich für den nächsten Schlag wappnen kann, trifft er erneut.

Ich versuche, die Schreie zu unterdrücken, doch nach zwei weiteren Hieben ist dies schier unmöglich. Der Schmerz ist überwältigend, besonders weil er immer dieselbe Stelle trifft.

Nach einer scheinbaren Ewigkeit hört der Mann hinter mir auf. Mein Kopf ist schwer, die Welt verschwimmt vor meinen Augen. Wenn ich jetzt ohnmächtig werde, muss ich diesen Schmerz nicht weiter ertragen ...

Die Männer drehen mich zurück, sodass ich wieder mit dem Gesicht zu meinem Peiniger stehe. Doch entgegen meiner Befürchtung lässt er von mir ab. Ich weiß nicht, wie lange ich das noch ausgehalten hätte.

Ich glaube, dass er fürs Erste fertig ist. Der Mann verlässt die Kammer, seine drei Gehilfen im Schlepptau. Blutend lassen sie mich zurück, noch immer an die Decke gefesselt, halb in der Luft hängend. Die stickige Luft in dieser Höhle schneidet mir die Kehle zu, während mein Körper pulsiert und jeder Atemzug zu einem Kampf wird. Ich presse die Zähne zusammen, meine Gedanken ein Wirrwarr aus Schmerz und Verzweiflung.

Oh Gott, das ist die schlimmste Tortur, die ich je über mich ergehen lassen musste. Warum lässt James mich nicht einfach töten? Soll er doch selbst Hand anlegen! Aber er tut es nicht. Nein, er erhofft sich mehr von mir. Meine Zustimmung und, damit verbunden, meine Magie.

Mein Geist ist ein einziger Nebel. Klar denken kann ich nicht mehr – der brennende Schmerz in meinem Rücken ist alles, worauf ich mich noch konzentrieren kann. Das warme Blut läuft in dünnen Strömen meine Haut hinunter, tropft auf den Boden und hinterlässt dunkle Flecken.

Ich sehne mich danach, mich hinzulegen, flach auf den Bauch, um wenigstens eine Sekunde Erleichterung zu spüren. Aber das ist unmöglich. Die Ketten schneiden in meine Handgelenke, meine Finger sind taub. Die Haut unter den Fesseln ist aufgerieben, das Fleisch darunter pocht schmerzhaft. Ohne meine Hände bewegen zu können, bin ich hilflos. Meine Kräfte sind mir damit ebenso entzogen wie jede Chance, allein hier herauszukommen.

»... *Begleite mich* ...« James' Worte hallen in meinem Kopf wider. Ich weiß, er wird zurückkehren. Er wird mir dieses Angebot erneut unterbreiten – und ich werde es wieder ausschlagen. Lieber ertrage ich weitere Folter, als mich ihm anzuschließen.

Die Zeit dehnt sich unendlich. Ich bin erschöpft, aber der Schmerz und die unbequeme Position lassen keinen Schlaf zu. Vielleicht falle ich hin und wieder in einen Zustand zwischen Wachsein und Ohnmacht, aber es dauert nie lange, bis ich wieder in die bittere Realität eintauche.

Eine halbe Ewigkeit vergeht, bevor ich Schritte höre. Sie hallen dumpf die Treppe hinunter. Mein

Herz zieht sich zusammen als der Mann in der schwarzen Kutte erneut eintritt. Seine Kapuze verdeckt seine Gescihtszüge und ich beobachte aufmerksam jede seiner Bewegungen. Er geht langsam zu einem Tisch am Rand des Raumes und nimmt einen langen, dünnen Holzpfahl in die Hand. Er wirkt stabil, aber ich meine, dunkle Flecken darauf zu erkennen. Ist das Blut?

Trotz meiner Angst starre ich ihn an, mein Blick störrisch. Er kommt näher, den Stock fest mit den Händen umklammert. Doch etwas an seiner Haltung irritiert mich – wirkt er ... zögerlich? Vielleicht sogar ängstlich? Als er vor mir steht, hält er den Kopf so gesenkt, dass ich sein Gesicht nicht sehen kann. Zwei seiner Helfer stürmen herein, drehen mich um und kurbeln mich langsam herunter, bis meine Füße den Boden berühren. Meine Beine zittern, kaum in der Lage, mein Gewicht zu tragen. Dann verlassen sie den Raum wieder, lassen mich mit dem Mann und meiner Angst allein. Ich starre die Wand vor mir an, warte auf das Unvermeidliche. Warte auf den Schlag, der meinen Rücken erneut mit Schmerz durchzucken wird. Warte auf meinen eigenen Schrei, der die Stille zerreißt.

Doch nichts passiert.

Die Stille wird zu einer Last, schwerer als der Schmerz. Was hält ihn zurück? Wartet er auf etwas ... oder auf jemanden?

Stolze Schritte nähern sich, die von einem höhnischen Lachen begleitet werden. Was wird das? Ein Krankenbesuch vom Meister?

»Wundervoll«, erklingt ein Lob von seinen Lippen. »Das muss dir sicher elende Schmerzen bereitet haben, ja, Philip?« Ich schweige. Darauf werde ich ihm wohl kaum antworten. Da ich James nichts erwidere, dauert es nicht lange, bis ich den Stock erneut auf meiner Haut spüre. Der Schlag ist kräftig und schmerzt noch mehr als die gestrigen Peitschenhiebe – allein deshalb, weil mein Rücken bereits wund ist. Ich spüre seinen Atem an meinem Nacken, heiß und bedrohlich, während er sich langsam zu meinem Ohr vorarbeitet.

»Noch kannst du dich entscheiden«, flüstert er. »Ich gebe dir noch diese eine Chance, diesen Schmerzen zu entfliehen. Schließe dich mir an.«

»Nur über meine Leiche.« Ich weiß, dass meine Äußerung James ärgert, doch das ist mir egal. Nichts von dem, was er sagt, interessiert mich. Dennoch – er ist hartnäckig, das muss man ihm lassen. Es scheint ihm wichtig zu sein, dass ich seinem Willen unterliege.

»Narr«, schimpft er und lässt von mir ab. Verärgert verlässt er den Raum – und mit ihm meine Chance, hier herauszukommen. Zu den Dunklen Magiern gehören? Unter seiner Führung? Das ist es mir nicht wert. James hat nun schon zum zweiten Mal versucht, mich zu überreden. Er wird es wieder tun, immer und immer wieder.

Beunruhigt starre ich die Wand an und warte auf den nächsten Folterschlag. Ich stehe eine ganze Weile, doch nichts passiert. Was soll das werden? Ich blicke über die Schulter und erkenne, dass die Schwarzkutte nur dasteht. James hat ihm keinen klaren Befehl gegeben, doch seine Aufgabe sollte ihm dennoch bewusst sein.

»Was habt Ihr vor?«, frage ich den Mann, der hinter mir steht.

»Selbige Frage könnte ich Euch stellen.« Seine Stimme jagt mir einen Schauer über den Rücken. Sie klingt vertraut, als hätte ich sie schon einmal gehört. »Hier unten seid Ihr Eurem Clan völlig nutzlos. Ich bewundere Eure Standhaftigkeit und Euren Willen. Dennoch wäre es besser, dem Meister zu gehorchen. Es würde Euch mehr nützen ...« Er zögert. Er muss gar nicht weitersprechen; ich habe ihn längst verstanden. »Es tut mir leid«, flüstert er, bevor sein Stock mit einem schallenden Geräusch auf meine Haut niederfährt. Die Schmerzen dringen tief in meinen Rücken ein, und ich schreie mir die Kehle aus dem Hals. Der nächste Schlag lässt auf sich warten. Der Mann zögert die Scharade hinaus, verschafft mir eine Atempause – und ein wenig Zeit. Seine Hilfe würde den Verrat an seiner eigenen Sippe bedeuten. Es scheint fast so, als wäre das hier gang und gäbe.

Ein weiterer Schlag trifft mich und schickt einen unerträglichen Schmerz durch Mark und Bein. Ich glaube, selbst der Sturz von der Klippe damals hat nicht so höllisch wehgetan wie das hier.

Stopp. Jetzt ist nicht der richtige Zeitpunkt, um an die vergangenen Wochen zu denken. Aber mein Kopf macht, was er will. Der vierte Schlag lässt meine Knie weich werden, und ich sacke kurz zusammen. Doch meine gefesselten Hände hindern mich daran, zu Boden zu stürzen. Ich schaffe es, mich wieder aufzurichten, doch wie lange werde ich noch stehen können?

Diese blöden Ketten. Diese verfluchten Fesseln. Am liebsten würde ich sofort zu James stürmen und ihm den Kopf umdrehen. Aber das bringt nichts. Ich müsste anders vorgehen. Doch zuerst muss ich hier raus – und den Schmerzen entkommen.

Ein fünfter Schlag durchzuckt meinen Körper, schneidet mir durch die Seele und sticht gnadenlos in meinen Kopf. Es fühlt sich an, als würden mir alle Glieder einzeln herausgerissen. Lange werde ich dem nicht mehr standhalten können.

Bei Gott ... Wenn ich hier jemals lebend rauskomme, dann ... Moment. Ist das nicht genau das, was der Mann mir sagen wollte? Ich muss das hier nicht ertragen – nicht einmal im Namen der Lichtmagier. Ich müsste James nur sagen, dass ich ihm helfen werde, dass ich an seiner Seite kämpfen würde. Das heißt ja nicht zwangsläufig, dass ich es auch tue, wenn es darauf ankommt.

Beim sechsten Schlag geben meine Beine erneut nach. Ich kann mich kaum noch aufrecht halten. Der Schmerz ist überwältigend. Doch auch das Herabhängen lindert die Qual in meinem Rücken nicht – es verschlimmert sie nur.

Verdammt noch mal, wenn ich nur von diesen Ketten loskommen könnte! Die Verzweiflung droht, mich zu übermannen. Zu meinem Unglück hört der Mann nicht auf, den Stock gegen meinen Rücken zu schwingen. In mir brodelt eine unerträgliche Wut – auf mich selbst und darauf, wie ich in diese Lage geraten bin. Wut, weil ich es nicht schaffe, einen Ausweg zu finden. Gleichzeitig mischt sich Angst hinein. Angst zu verlieren. Angst zu sterben.

In meinem Kopf flackern Bilder und Szenen auf: Theodor von Solome greift mich an. William holt für einen Zauber aus. Emanuel zielt beim Training mit seinem Stab auf mich. Ich sitze fest in einer Höhle und versuche mit allen Mitteln, dort herauszukommen. Wenn ich es aus diesen Situationen geschafft habe, dann schaffe ich es auch aus dieser!

Mit einem Aufschrei ziehe ich mich erneut auf die Beine, obwohl der Schmerz durch alle Glieder fährt. Doch das hält mich nicht auf. Etwas in mir regt sich – eine Kraft, die ich kaum begreife. Ich sehe, wie mein Körper sachte aufleuchtet.

Erst erfüllt ein gleißendes Rot den Raum. Doch das Leuchten verändert sich, wird dunkler, bis kein Rot mehr zu sehen ist. Stattdessen blitzt ein helles Gelb auf, so grell, dass die gesamte Umgebung in Licht getaucht wird. Im selben Augenblick sinken meine Arme herab, und die Ketten fallen klirrend in Einzelteilen zu Boden.

Erschöpft sinke ich auf die Knie, dann vor Schmerzen ganz auf den Bauch. Der kalte Boden beruhigt mich ein wenig und hilft mir, meine Gedanken zu ordnen. Was habe ich da getan? Wie bin ich von den Ketten befreit worden?

Nur langsam begreife ich, was geschehen ist. Ich stütze mich mit den Händen ab und zwinge mich in eine aufrechtere Position. Mein Blick schweift zu den eisernen Ketten und Fesseln hinüber. Sie liegen in Einzelteilen um mich herum – aber nicht gebrochen, geschmolzen oder anderweitig beschädigt. Die Glieder sind unversehrt, die Handschellen sauber zerteilt. Unglaublich.

Hinter mir erklingt Applaus. Ich brauche nicht hinzusehen, um zu wissen, wer es ist.

»Sehr gut, Cederic. Genau dort wollte ich ihn haben.« James spricht zu meinem Folterer. Dann tritt er an mich heran und geht in die Hocke. Ich halte den Kopf gesenkt, jede Bewegung schmerzt und kostet Kraft. »Du hast dich also entschieden, nicht für deinen Clan sterben zu wollen?« Seine Stimme ist triumphierend, fast spöttisch. Ich brauche eine Weile, um ihm zu antworten. Sprechen fällt mir schwer, meine Worte kommen als schwaches Röcheln heraus: »Ich ... kann nicht ... Muss an deiner ... Seite ...«

Doch weiter komme ich nicht. Mir wird schwarz vor Augen.

Kapitel 25
Loyalität und Lügen

Ich wache in einer mir vertrauten Umgebung auf. Mein Blick schweift langsam durch den Raum, soweit ich ihn von meiner Position aus sehen kann. Ich bin zurück in meinem Zimmer, dem Raum, den James mir zugewiesen hat. Schritte und Stimmen dringen von draußen herein, werden immer lauter, bis die Tür aufgestoßen wird und drei Männer hereinkommen. James ist unter ihnen. Er tritt an mein Bett heran, und ich glaube, ein Anflug von Freude auf seinen Gesichtszügen zu erkennen – bin mir aber nicht sicher.

»Ausgeschlafen?«, fragt er in einem neckischen Ton, doch ich antworte nicht. »Du hast wirklich stur durchgehalten, das muss ich dir lassen. Dennoch ist es gut, dich jetzt auf unserer Seite zu haben.« Er gibt den beiden anderen Männern ein Zeichen, sich um mich zu kümmern. Langsam kehrt meine Erinnerung zurück. Der Triumph ist James gelungen – ein folgenschwerer Sieg für ihn. Doch ich tue das alles für meinen Clan. Ich hoffe inständig, dass ich die richtige Entscheidung getroffen habe.

Die Männer drehen mich vorsichtig auf den Bauch und beginnen, die Wunden auf meinem Rücken zu versorgen. Ihre Berührungen sind nicht gerade sanft, aber erträglich. Als sie fertig sind, verlassen sie auf James' Befehl hin den Raum. Nur er selbst bleibt zurück.

Einen Moment lang herrscht Stille, dann höre ich, wie er sich auf die Bettkante setzt. Da ich immer noch auf dem Bauch liege, muss ich meinen Kopf umständlich zu ihm drehen.

»Philip, ich warne dich«, beginnt er mit leiser, eindringlicher Stimme. »Wenn du ein Spiel mit mir spielst, wird die Strafe anders ausfallen als eine gewöhnliche Folter. Und glaub mir, dieser Strafe wirst du nicht entkommen. Du wirst dir den Tod so sehr wünschen wie nie zuvor.« Seine Worte sind wie ein Messer, das sich langsam in meine Brust bohrt.

Ich antworte leise, meine Stimme brüchig und kratzig, als hätte ich tagelang nichts getrunken: »Ja ... Dessen bin ich mir bewusst.«

James erhebt sich. »Du kannst dich in Ruhe aufraffen. Iss und trink etwas, wasche dich und zieh dich an. Zum Sonnenuntergang erwarte ich dich im Konzil. Und das ist keine Bitte.« Damit verlässt er den Raum und schließt die Tür hinter sich. Die Stille kehrt zurück, nur meine eigenen Gedanken und der

Schmerz in meinem Rücken begleiten mich. Ich lausche, bis seine Schritte verklungen sind, dann entweicht mir ein tiefer Seufzer. Wenn ich nicht aufpasse, werde ich noch durch die Hölle gehen.

Nach einer Weile entschließe ich mich, aufzustehen. Vorsichtig drehe ich mich auf den Rücken, und ein leichtes Ziepen durchzieht meinen Körper. Mit einem kräftigen Ruck setze ich mich auf – ein Fehler, den ich sofort bereue. Mein Rücken brennt wie Feuer, und es dauert, bis der Schmerz nachlässt. Aber das hier ist nichts im Vergleich zu der Folter. Also reiße ich mich zusammen und zwinge mich, aufzustehen.

Trotz des brennenden Schmerzes beiße ich die Zähne zusammen und taste nach den Striemen auf meinem Rücken. Im ersten Moment fühlen sie sich weniger bedrohlich an, als ich befürchtet habe.

In der Ecke des Zimmers steht eine Wanne mit dampfendem Wasser bereit. Ohne zu zögern, ziehe ich mich aus und steige hinein. Das heiße Wasser brennt auf meinen Wunden, aber bald überwiegt die wohltuende Wärme. Ich tauche ein und lasse mich für einen Moment fallen.

Nach dem Bad ziehe ich ein frisches Seidenhemd an, gefolgt von einer neuen Hose, und trinke einen großen Schluck Wasser. Ich fühle mich bereit und trete nach draußen.

James hat die Tür nicht abgeschlossen. Ein klares Zeichen dafür, wie sicher er sich seiner Sache ist.

Die Sonne steht hoch am Himmel, doch Nox wirkt wie ausgestorben. Keine Seele ist zu sehen. Überall liegen aufgeworfene Erdhügel, umgeben von Gräbern. Einige sind gepflegt, andere verwahrlost. Die Zeichen der Schlacht sind allgegenwärtig. Wie lange hat der Kampf wohl noch nach meinem Fall getobt?

Meine Gedanken werden jäh unterbrochen, als ich eine Gestalt vorbeihuschen sehe. Zunächst bemerke ich sie kaum – der Mann trägt einen weißen Umhang. Ein Lichtmagier! In der Stadt der Dunklen Magier!

Ist er verrückt?

Ich beobachte ihn, wie er in einer der Hütten verschwindet. Vorsichtig sehe ich mich um, ob ihn jemand bemerkt hat, doch die Umgebung bleibt still. Rasch folge ich ihm und bleibe vor der Tür stehen, aus der Lärm dringt. Ohne zu klopfen, trete ich ein. Kaum habe ich den Raum betreten, verstummt das Geräusch. Doch niemand ist zu sehen. Nur ein Sack mit Wäsche liegt auf einem unordentlichen Bett. Der ganze Raum ist chaotisch, als hätte jemand ihn überstürzt verlassen.

Ich zucke zusammen, als die schwere Holztür hinter mir geschlossen wird. Eine Stimme ertönt – leise, aber befehlend und aggressiv: »Bleibt, wo Ihr seid!«

Ich bleibe stehen, mein Körper erstarrt. Die Stimme kommt mir bekannt vor. Ein Schauer überläuft mich, denn sie ruft unangenehme Erinnerungen wach. Erinnerungen an die Folter. Wie hat James ihn gleich genannt ...?

»Cederic, was tut Ihr da?« Für einen Moment herrscht Stille, bevor er antwortet. Er geht an mir vorbei zu dem Sack voller Wäsche und beginnt, ihn weiter zu befüllen.

»Ich kann nicht hierbleiben. Es ist zu gefährlich für mich geworden.«

»Gefährlich?«

»Ich habe Euch gefoltert. Das war in Ordnung, solange Ihr den Lichtmagiern treu wart und der Meister sich Erfolg davon versprach. Aber jetzt hat sich das Blatt gewendet. Ich habe denjenigen verletzt, der dem Meister von großem Nutzen ist. Er wird mich dafür töten, dass ich es getan habe. Er dreht sich die Dinge immer so, wie es ihm gerade passt. Heute Abend, wenn das Konzil tagt, wird er mein Urteil sprechen. Aber ich werde nicht länger seine Marionette sein.« Während er spricht, stopft er weiterhin eifrig Dinge in den Sack.

»Wo wollt Ihr hin? Und woher habt Ihr diesen weißen Mantel?«

»Ich gehe dorthin zurück, wo ich herkam.« Er schnürt den Sack zu und dreht sich zu mir um, schaut mir direkt in die Augen. Er holt Luft und legt eine Hand auf meine Schulter. »Macht Euch keine Sorgen. Ich werde nicht weit sein. Nur weit weg genug, dass ich mein Leben nicht aufs Spiel setze, aber Euch im Zweifel Folge leisten kann.« Er nimmt die Hand zurück und bindet sich den Sack auf den Rücken. Dann geht er zur Tür.

»Wartet«, sage ich und halte ihn am Mantel fest. »Ihr müsst etwas für mich tun. Wenn Ihr es nach Lumina schafft, überbringt Emanuel de Vontaine die Nachricht, dass die Dunklen Magier angreifen werden – und dass ich unter ihnen kämpfen werde.« Cederic sieht mich an, sein Blick ist kalt.

»Ihr werdet zusammen mit der Dunkelheit gegen das Licht kämpfen?«

»Das habe ich so nicht gesagt. Ich sagte lediglich, dass ich unter ihnen sein werde.« Der Magier nickt, hält jedoch inne, bevor er leise fragt: »Doch mir liegt etwas auf der Seele ... Cederic, ich glaube, wir sind uns schon einmal begegnet.« Er hat die Türklinke schon in der Hand, hält aber kurz inne und schaut mich an. Er weiß, dass ich nicht die Folter meine. Dann lächelt er zaghaft.

»Ich bin das, was Ihr einen Schutzmagier nennen würdet. Ich war derjenige, der Euch zur Stadt der Magier gebracht hat. Doch da ich dort nicht gern gesehen bin, musste ich Euch Eurem eigenen Schicksal überlassen. Und ich war es auch, der Euch ein zweites Mal dorthin zurückgeführt hat. Ich hatte mich bereit erklärt, Euch zu foltern, weil ich wusste, dass jeder andere Folterer Euch Schlimmeres angetan hätte. Aber ich rühme mich nicht als Retter.« Er lächelt mich an. Ich stehe wie versteinert da und weiß nichts darauf zu erwidern. Er war das? Ich kann es kaum glauben.

Wortlos verlässt Cederic das Haus und flieht aus der Stadt. Ich denke an ihn und hoffe, dass er Lumina rechtzeitig erreicht.

***

Den Rest des Tages verbringe ich außerhalb meines Zimmers und der Stadt, bleibe jedoch in der Nähe, damit James keine falschen Schlüsse zieht. Mein Weg führt mich zu einem verlassen wirkenden Platz, der offensichtlich einmal ein Trainingsgelände war. Doch er sieht heruntergekommen aus.

James hat zwar eine große Anhängerschaft, doch viele seiner Magier sind unerfahren. Er trainiert sie nicht, sondern lässt sie für sich kämpfen – und sterben. Grausam. Vielleicht ist das der Grund, warum er als Schwarzer Magier bekannt ist. Ich bin unschlüssig, was ich üben soll. Es gibt so vieles, und genau das scheint das Problem zu sein. Ich beherrsche drei Elemente, doch keines davon wirklich gut. Drei Elemente?

Meine Gedanken kehren zurück zur Folterkammer, zu meinem Ausbruch. Das gleißende gelbe Licht ... Gelb? Dieses Element kenne ich gar nicht von mir. Ich weiß von meinem Rot, meinem Blau und dem Dunkelgrün. Aber Gelb?

Ich sehe mich auf dem Platz um und suche nach etwas, woran ich experimentieren könnte. Ein verrostetes Stück einer alten Tür fällt mir ins Auge. Nervös wende ich mich diesem Objekt zu. Meine

Gedanken kreisen um die zersprungene Kette. Metallmagie? Sie scheint stark zu sein. Gleichzeitig erinnere ich mich an James' Zauber – diese metallene Kugel. Schon lange frage ich mich, wie ich zu all diesen Elementen gekommen bin. Doch langsam beginnt es Sinn zu ergeben. Das Feuer? Es könnte durch Theodor von Solome in mir entfacht worden sein, als er mich mit seiner Feuermagie verletzte. Mit Wasser kam ich durch Emanuel in Kontakt. Er hatte viele Tricks an mir ausprobiert, darunter auch solche, die nicht nur mein Alter beeinflussten. Das nächste Element, das ich in mir entdeckte, war Holz. William, der mich trainiert hatte, war sicherlich der Auslöser. Das Problem war nur, dass ich mich – durch Emanuels Magie oder durch James' Intrigen – nicht mehr an ihn erinnern konnte. Und nun Metall? James hatte mich mit seinem Blitz getroffen. Vielleicht ist es dadurch passiert.

Doch warum ich? Warum kann ich all diese Elemente in mir tragen, während andere Magier das nicht können? Viele werden von Magie getroffen, aber sie können sie längst nicht beherrschen.

Langsam beginne ich zu glauben, dass an der Legende des Weißen Magiers mehr dran ist, als ich bisher angenommen habe. Dennoch besitze ich nicht alle fünf Grundelemente. Der Legende nach ist das die Voraussetzung, um dieser Magier zu sein. Ich bin jedoch fest entschlossen, meine Magie zu nutzen, um die Waage der Magier wieder ins Gleichgewicht zu bringen. Dafür brauche ich keine Legende – nur die Stärke, es zu schaffen.

Mein Blick wandert zurück zu dem Stück Metall. Wenn ich also stärker werden will, sollte ich anfangen zu trainieren. Starr stehe ich davor und betrachte meine Hände. Ich konzentriere mich auf mein inneres Feuer, stelle mir vor, wie es brennt. Meine Hände beginnen, rot zu leuchten. Dann denke ich an Wasser – an einen rauschenden Fluss, an den Wasserfall vor der Höhle, die zur Stadt der Lichtmagier führt. Das Rot verblasst, und meine Hände leuchten lila, bevor die Farbe in ein beruhigendes Blau übergeht. Als Nächstes erinnere ich mich an den großen Baumstamm, der mir einst den Weg aus einer Höhle versperrte, und daran, wie ich ihn beseitigen konnte. Meine Hände werden dunkler, bis sie schließlich in einem kräftigen Dunkelgrün aufleuchten. Jetzt richte ich meine Gedanken auf das gelbe Licht, das die Folterkammer erfüllt hatte. Ich erinnere mich an die Ketten, die neben mir lagen, ohne deformiert worden zu sein. Aber nichts passiert. Das Grün verblasst und das Gelb bleibt aus.

Habe ich mir das alles nur eingebildet? Völlig ausgeschlossen. Ich sehe die Bilder glasklar vor mir. Doch warum funktioniert es nicht?

Enttäuscht seufze ich und trete gegen das Stück Metall. Zu meiner Überraschung bricht es mit einem trockenen Knacken. Jetzt verstehe ich: Es war gar kein verrostetes Metallstück, sondern ein morsches Holzbrett. Kein Wunder, dass meine Kräfte nicht wirkten – es gab nichts, worauf sie hätten wirken können. Ich werde es wohl woanders versuchen müssen. Doch zuerst konzentriere ich mich weiter auf die anderen Elemente.

Ich übe lange, meine Kräfte gezielt zu rufen, sie zu wechseln und wieder abklingen zu lassen. In der Hoffnung, dass diese Beherrschung bereits die halbe Miete ist, widme ich mich fast nichts anderem. Doch das Metallelement bleibt eine Herausforderung. Es kostet mich enorme Kraft, und jedes Mal scheitere ich.

Als die Sonne unterzugehen beginnt, lege ich mich mitten auf den Platz und entspanne mich. Ich sollte nicht hierbleiben, sonst schlafe ich ein. Unvermittelt höre ich ein Rauschen, als würde sich jemand durch das Gras bewegen. Ein Hecheln begleitet das Geräusch. Verunsichert stehe ich auf und blicke mich um. Ein älterer Mann kommt direkt auf mich zu. Weil ich ihn nicht sofort erkenne, springen meine Hände in einem grellen Rot auf. Doch als der Mann den Kopf hebt, lasse ich die Arme sinken.

Thomas Stark stürzt keuchend auf die Knie. Sofort knie ich mich neben ihn.

»Stark«, raune ich. »Bist du noch bei Sinnen? Man wird dich töten, wenn dich jemand sieht!«

»Philip«, bringt er keuchend hervor und versucht, seine Atmung zu beruhigen. »Ich habe gehofft, dass alles in Ordnung ist. Du bist ... so alt geworden ...«

»Ihr solltest nicht hier sein. Es ist gefährlich – für uns beide.«

»Du musst mir zuhören.« Langsam beruhigt er sich und richtet sich auf. Sein Ton ist ernst, und ich frage mich, was vorgefallen sein könnte. »Es geht um Emanuel.« Stark beißt sich auf die Unterlippe, was meine Vermutung nur bestärkt, dass etwas passiert sein muss.

»Sag schon!«, fahre ich ihn an.

»Himmel. Emanuel wurde beim letzten Angriff schwer verletzt. Dazu hat ein Dunkler Magier seinen Stab zerstört. Er ist nicht mehr er selbst, starrt nur noch mit leerem Blick durch alle hindurch, bewegt sich kaum und will – stur, wie er ist – weder essen noch trinken.« Nicht das schon wieder. Ich erinnere mich nur zu gut daran, wie er war, als der Stadtherr ihm den Stab zerbrach und seine Hinrichtung bevorstand. Ich begreife nicht, warum Emanuels Bindung zu seinem Stab so mächtig ist. »Im Übrigen ...«, fährt Thomas fort, »er glaubt, du seist längst ... tot. Ich musste mich davon überzeugen, dass James dich nicht umgebracht hat. Emanuel gibt sich selbst die Schuld an deinem vermeintlichen Tod, und das zerstört ihn. Ich bin sicher, er hat jede Hoffnung verloren.«

»Mir geht es gut. James hingegen glaubt, dass ich jetzt völlig auf seiner Seite stehe.«

»Und was hast du vor? In unsere Stadt einmarschieren und gegen uns kämpfen?« Ich schüttle schnell den Kopf, sehe mich aber um, bevor ich antworte.

»Auf gar keinen Fall! Ich muss verschwinden, bevor James die Armee losschickt. Aber ich kann jetzt nicht einfach abhauen – er würde es merken. Wenn er mich findet, wird er durchdrehen und uns alle durch die Hölle jagen. Seine Wut würde nur noch mehr entfacht. Ich bin nicht stark genug, um allein gegen ihn und seine Soldaten zu bestehen, egal wie talentiert sie sind. Mit List könnte ich vielleicht gegen ihn ankommen, aber wirklich besiegen kann ich ihn nur in einer Schlacht – mit Rückendeckung.« Während ich spreche, merke ich, dass die untergehende Sonne mein Gesicht streift. Ich stöhne auf. Ich weiß, dass ich bald zurück muss.

»Himmel.« Thomas seufzt und sieht mich kritisch an. »Wie willst du nach Lumina zurückkehren, um die Lichtmagier zu warnen? Die Zeit läuft uns davon.« Er hat recht. Die Frage ist nur: Wie? Ich sehe Stark hilfesuchend an, und plötzlich kommt mir eine Idee.

Ich erinnere mich an den Tag, an dem ich vor Emanuel weglief und außerhalb der Stadt stürzte. Ich sehe die Pflanze vor mir – eine giftige Dornenpflanze. *»Diese Pflanze ist tödlich. Ein einziger Stich könnte einen Menschen sofort außer Gefecht setzen. Selbst ein Magier würde bei zehn Stichen sterben.«* Ich lächele leicht bei dem Gedanken.

»Woran denkst du?«, fragt Stark und reißt mich aus meinen Überlegungen.

»Stark, du musst etwas für mich tun.«

Kapitel 26
Das ist nicht fair

Es ist fast dunkel, als ich Nox wieder erreiche. In den Häusern leuchten überall Lichter. Die Magier bereiten sich auf die Zusammenkunft vor. Ich muss mich beeilen, sonst wird James sauer – oder schlimmer noch: Er könnte denken, ich sei geflohen. Doch ich bin mir sicher, er wüsste es längst, wenn das der Fall wäre.

Ich gehe rasch in mein Zimmer und suche meinen schwarzen Mantel. Ich sollte mich anpassen. Während ich mich umziehe, denke ich an Cederic. Ob er in Sicherheit ist? Hat James sein Fehlen schon bemerkt? Lässt er ihn verfolgen?

Meine Gedanken überschlagen sich. Doch am meisten sorge ich mich um Emanuel. Wenn Thomas die Wahrheit sagt, steht es schlecht um ihn – nicht nur um seine Gesundheit, sondern um alles. Ich setze alle Karten auf Stark.

Es wird spät, und ich sollte mich beeilen. Zügig verlasse ich das Haus und gehe zum Treffpunkt. Die Unterkunft sieht verändert aus – jemand hat die Spuren von James' Wutanfall beseitigt. Rückblickend hat er vielleicht recht, wütend zu sein. Ich habe ihn verraten – und wofür? Emanuel ist noch immer in Lebensgefahr.

»Philip«, raunt James in einem bedrohlichen Singsang. Ich stehe vor ihm und verbeuge mich leicht. Er sitzt wie gewohnt mit lässig über die Lehnen geneigtem Körper auf seinem Stuhl. Es sieht alles andere als bequem aus, doch James liebt es, seine Macht zu demonstrieren. »Ich hätte beinahe befürchtet, dass du nicht kommst. Offenbar habe ich mich geirrt. Das ist gut. Setz dich«, weist er mich an. Ein Platz direkt zu seiner Linken ist frei. Ich setze mich, und die Tore werden geschlossen.

James hält eine kleine Eröffnungsrede. Sein Ton ist ruhig, doch ich spüre die Spannung in der Luft. Ich weiß, dass er bald zum Wesentlichen kommt. »... et cetera, et cetera, et cetera. Lassen wir diese Worte beiseite, denn ihr wisst genau, dass es heute um den Krieg geht.« James pausiert und fixiert einen Magier mit einem stechenden Blick. Der Mann in den vorderen Reihen zuckt zusammen, offenbar zu spät bemerkend, dass James ihn ansieht. Nervös erhebt er sich.

»Die Armee ist bereit. Die Jungmagier werden vorangehen, danach rücken wir auf. Euch«, er deutet mit einer beiläufigen Geste auf James, »setzen wir ans Ende – als Überraschung, als Schicksalsschlag.« Ein zufriedenes Grinsen breitet sich auf James' Gesicht aus. Die Antwort scheint ihm zu gefallen.

»Das Konzil hat einheitlich beschlossen, in der morgigen Nacht auszurücken. Gemeinsam werden wir etwa einen Tag brauchen, um die Stadt der Lichtmagier zu erreichen. Doch wir werden in der Nacht angreifen.«

»Sehr gut, das gefällt mir. Philip?« Ich spüre, wie sein Blick auf mir ruht. Jetzt will James tatsächlich meine Meinung hören. Doch was sollte ich sagen? Ich kenne mich mit solchen Dingen nicht aus. Also nicke ich einfach zustimmend. James ist sich dessen bewusst – genau wie ich –, dass seine Strategie die Jungmagier opfern wird, während er selbst geschützt bleibt. Ich erwarte nichts anderes von ihm.

James sagt nichts zu meiner wortlosen Zustimmung und fordert stattdessen eine detaillierte Aufstellung der Truppen. Ich hoffe inständig, dass er mich nicht nach meiner Meinung zu dieser Liste fragen wird. Nur ein Name sticht für mich hervor: Chadwick Adams. Seine genaue Position ist mir unklar.

Cederics Name jedoch bleibt ungenannt. Trotzdem bemerke ich, dass James sich Gedanken macht. Wann immer ich an Cederic denke, scheint es, als könnte James meine Gedanken spüren: Seine Nackenhaare stellen sich auf, und eine pulsierende Ader tritt auf seiner Stirn hervor. Unruhig schweift sein Blick durch den Raum. Doch bevor James seine Kriegspläne vollständig darlegen kann, stürmen zwei aufgeregte Magier die Versammlung. Sie zerren jemanden mit sich, der sich zwar wehrt, dabei aber keinen Laut von sich gibt. Mein Herz schlägt schneller. Hat es Cederic etwa doch nicht geschafft? Ich kann den Gefangenen nicht erkennen, da das Konzil sofort aufspringt und einen dichten Kreis um ihn bildet.

»Hinsetzen!« James' donnernder Befehl schallt durch den Raum, und die Unruhe legt sich augenblicklich. Der Gefangene, der bislang stumm geblieben war, bricht nun in lautes Fluchen aus.

Oh nein.

Die Magier schleppen ihn weiter nach vorne und stellen ihn vor James.

»Was haben wir denn da?« Einer der Magier tritt vor. »Meister, wir haben ihn in Euren Gemächern aufgegriffen. Er hatte sich an Eurem Herrschaftsstab zu schaffen gemacht.« James' Herrschaftsstab ist eine Farce. Sie bündelt zwar seine Magie, um mehr Energie auf einen Punkt zu lenken, doch er braucht ihn nicht, um Magie zu wirken. Das ist nur Theater, um seine Macht zu demonstrieren. Und Angst zu schüren.

James tritt näher an den Mann heran. »Hat er das wirklich?« Seine Stimme ist kühl, fast sanft. »Wer auch immer Euch erlaubt hat, mein Privatzimmer zu durchsuchen, möge von den Göttern verlassen sein, Thomas Stark. Doch schlimmer ist, dass Ihr völlig unterschätzt, mit wem Ihr es zu tun habt.« Ich bemerke die Röte, die James ins Gesicht steigt. Doch zu meiner Überraschung bleibt seine Stimme erstaunlich höflich. Plötzlich dreht er sich zu mir um.

»Was denkst du, Philip? Wie soll ich ihn bestrafen?« Ich blinzle verwirrt. Meint er das ernst?

Es gibt keinen Weg, wie ich Stark bewusst ins Verderben schicken könnte. Zudem will ich keine Strafe aussprechen – für niemanden. James verzieht das Gesicht vor Ungeduld. »Wenn du nichts sagst, erhält er die Todesstrafe – und du wirst sie vollstrecken.« Er meint es ernst.

»Die Todesstrafe ist nicht nötig«, erkläre ich leise, bemüht, ruhig zu bleiben. James mustert mich einige Sekunden schweigend, bevor er nickt. »Ja, richtig. Stattdessen gehört dieser Mann in die Kammer. Bringt ihn mir aus den Augen.« Die Magier zerren Thomas hinaus, und James wendet sich wieder mir zu. »Und du wirst derjenige sein, der ihn foltert. Beweise mir, dass ich im Kampf gegen die Lichtmagier auf dich zählen kann. Wenn du versagst, wird dir etwas Schlimmeres widerfahren, als du es dir vorstellen kannst.« Er sieht mir direkt in die Augen. Der Raum scheint stillzustehen. Ich halte seinem Blick stand, ohne mich zu rühren. Ich habe keine Angst – oder versuche zumindest, es nicht zu zeigen. Gleichzeitig weiß ich, dass man mit James keine Scherze machen darf. Schließlich lässt er von mir ab und verlässt den Raum, hinaus in die Nacht. Ich springe auf und eile ihm nach.

»Warte«, flehe ich. Tatsächlich bleibt er stehen und dreht sich langsam zu mir um. Unter dem Mondlicht wirken seine Gesichtszüge noch härter, noch bedrohlicher.

»Ich habe dir gesagt, was passiert, wenn du mich verrätst. Was willst du?« Ich schlucke schwer.

»Ich ... ich kann ihn nicht foltern. Ich könnte niemandem jemals so etwas antun.« Zu meiner Überraschung huscht ein amüsiertes Lächeln über James' Gesicht.

»Soll ich das für dich übernehmen?« James' Grinsen wird breiter, gehässiger. Ein kalter Schauer läuft mir über den Rücken. Natürlich will ich nicht, dass Stark von jemand anderem verletzt wird – von niemandem. Doch James kennt meine Schwäche, und er spielt sie gnadenlos aus. Er weiß, dass ich in diesem Zustand nicht bereit bin, jemandem ernsthaft Schaden zuzufügen.

»Nein, ich mache das schon.« Meine Stimme klingt schwächer, als ich beabsichtigt hatte. James nickt zufrieden und setzt sich in Bewegung, ohne ein weiteres Wort. Er geht in Richtung Folterkammer, und ich folge ihm, während sich in meinem Kopf hektisch Gedanken und mögliche Auswege überschlagen. Ich brauche einen Plan. Schnell.

Als wir die Treppe hinuntersteigen, höre ich bereits das Klirren von Ketten und Starks kuriose Flüche. Er verstummt augenblicklich, als James vor ihm stehen bleibt. Dieser mustert ihn mit einem kalten Blick, der alles andere als menschlich erscheint. James sagt nichts. Er ignoriert Starks wütenden Ausdruck und wendet sich stattdessen den Folterinstrumenten zu. Seine Finger gleiten langsam über eine Peitsche, Stöcke und über die raue Oberfläche eines Pflocks. Ich beobachte ihn nur flüchtig, meine Aufmerksamkeit gilt Stark.

Ich hatte gehofft, dass er mir ein Zeichen gibt, mir hilft, mich anleitet, irgendetwas. Doch er bleibt reglos, sagt nichts, zeigt keine Regung. Nicht einmal ein Wimpernzucken. Mein Herz pocht in meiner Brust. Bei Gott, was soll ich nur tun?

»Philip, er gehört dir.« James dreht sich zu mir um und reicht mir einen Stock. Ich zögere, bevor ich ihn nehme. Der Stock ist glatt, unscheinbar. Immerhin könnten es schlimmere Dinge sein, sage ich mir, doch das ändert nichts an meiner Unruhe. James tritt einen Schritt zurück, die Arme vor der Brust verschränkt. Es ist offensichtlich, dass er nicht gehen wird, bevor ich den ersten Schlag ausgeführt habe.

Die Männer, die Thomas zuvor festhielten, zwingen ihn in Position. Sie drehen ihn um, sodass sein Rücken mir zugewandt ist, und reißen ihm grob das Hemd vom Oberkörper. Genau so wie mir. Das gedämpfte Licht der Kammer wirft lange Schatten auf die Wände. Mein Blick fällt auf seinen entblößten Rücken. Seine Haut ist gezeichnet von alten Narben, einige tief, andere nur oberflächlich. Lange, wulstige Linien, die von früheren Misshandlungen zeugen. Ich kann meinen Blick nicht abwenden. Jede dieser Narben erzählt eine Geschichte von Schmerz und Gewalt.

»Was wird das? Ich dachte, hier werde ich gefoltert. Womit denn? Ausharren?« Thomas lacht rau und voller Trotz. Sein Mut wirkt fehl am Platz, fast wie Wahnsinn.

»Philip.« James' Stimme klingt scharf, wie ein Messer, das durch die Luft schneidet. Meine Hände zittern, als ich den Stock anhebe. Meine Bewegungen sind mechanisch, unnatürlich. Ich fixiere Starks Rücken, starre auf die Narben und frage mich, wie ein Mensch so viel ertragen konnte.

Und dennoch hole ich aus.

Kapitel 27
Opfer aus Hoffnung

Ich halte den Stock über Starks Rücken, doch ich kann es nicht tun. Mein Arm zittert, und ich spüre, wie mein Griff schwächer wird. Schließlich lasse ich den Stock sinken und drehe mich zu James um.

»Ich kann das nicht.« Ohne ein weiteres Wort reiche ich ihm den Stock. James nimmt ihn, und für einen Moment kann ich seinen Gesichtsausdruck nicht deuten. Ist er wütend? Amüsiert? Oder vielleicht sogar zufrieden, weil ich versagt habe und er nun selbst Hand anlegen kann? Was auch immer in seinem Kopf vorgeht, es bleibt mir verschlossen.

Nach einem Augenblick wirft er den Stock achtlos zur Seite. »Bringt mir meinen Stab«, befiehlt er, und einer der Männer rennt sofort los. Mein Herz macht einen Satz. Er will es mit seinem Magiestab beenden. »Du wirst lernen, dass niemand etwas an meinen Sachen zu suchen hat, Thomas.« James' breites Grinsen ist zurück. Er genießt es, die absolute Macht und Kontrolle zu demonstrieren.

Der Untertan kehrt zurück, den Stab in der Hand, und überreicht ihn James mit einer tiefen Verbeugung. Ich kann nicht länger zusehen. Die Luft in der Kammer wird immer stickiger, mein Kopf schwirrt vor Gedanken. Ich wende mich ab und stürme die Treppen hinauf, hinaus in die kalte Nacht. Der plötzliche Wechsel der Temperatur ist ein Schock, und mein Atem bildet kleine Wolken in der eisigen Luft. In der Ferne höre ich noch immer die Stimmen des Konzils. Gelächter und das Klirren von Krügen mischen sich in die Geräuschkulisse. Sie feiern den Vorabend der Schlacht – ausgelassen und unbesorgt, da ihr Meister nicht anwesend ist. Abartig. Während sich James drinnen darauf vorbereitet, Thomas mit seinem Herrschaftsstab zu verletzen, sitzen sie hier und feiern. Der Stab – ein Werkzeug von immenser Kraft – könnte Stark mit nur einem einzigen Schlag töten.

Doch warum war Stark überhaupt in James' Gemach? Warum hat er dieses Risiko auf sich genommen? Meine Gedanken rasen, bis mir eine zündende Überlegung kommt. Stark ist zu klug, um sich leichtfertig erwischen zu lassen. Was, wenn das alles Teil seines Plans war? Was, wenn er absichtlich festgenommen wurde, um mir *Zeit* zu verschaffen?

Je länger ich darüber nachdenke, desto klarer wird mir: Er wollte, dass ich fliehen kann. Wenn es ihm gelungen ist, das Gift der Pflanze an James' Stab zu platzieren, wie wir es besprochen hatten, dann wird die Wirkung bald einsetzen.

Ich drehe mich um und setze mich in Bewegung. Meine Schritte werden schneller, bis ich drauf losrenne. Ich durchquere halb Nox, lasse die engen Straßen hinter mir, bis ich den Rand erreiche. Für einen Moment zögere ich, überlege, ob ich mich umdrehen und die Lage beurteilen sollte. Doch dann schüttle ich den Gedanken ab und laufe weiter. Ich kann nur hoffen, dass alles nach Plan verläuft. Dass Thomas sich nicht umsonst geopfert hat.

Doch ich weiß, was auf ihn zukommen wird, wenn James herausfindet, dass es eine List war. Thomas wird Schlimmeres erleiden als je zuvor. Mein Herz verkrampft bei dem Gedanken, aber ich weiß auch: Wenn ich bleibe, ist seine Opferbereitschaft vergebens, und Emanuel bleibt in Gefahr.

Ich muss weiter. Für die Stadt. Für die Lichtmagier. Und für Emanuel.

Der Krieg wartet. Und er duldet keinen Aufschub.

Der Heimweg fällt mir nicht schwer, denn ich habe ihn klar vor Augen. Seitdem meine Erinnerungen an die Lichtmagier zurückgekehrt sind, ist mir alles wieder präsent – auch der schnellste Weg zur Stadt. Doch bevor ich weitermache, halte ich inne.

Das Volk wird nicht begeistert sein, wenn ich einfach wieder auftauche. Schließlich war ich beim Angriff auf Nox und wurde dort selbst von Lichtmagiern attackiert. Meine Kleidung verrät zudem, wo ich zuletzt war, und macht es schwerer, ihr Vertrauen zurückzugewinnen. Ich muss unbemerkt in die Stadt gelangen. Dann fällt es mir ein: der Tunnel. Emanuel, Thomas und ich hatten ihn genutzt, als die Dunklen Magier die Stadt angriffen. Ich versuche mich an die Ausstiegsstelle zu erinnern. Der Gedanke daran verschafft mir Orientierung, doch der Weg wird dauern – vermutlich bis tief in die Nacht.

Pausen mache ich kaum, nur hin und wieder, um Atem zu schöpfen. Viel zu oft schaue ich über meine Schulter, aus Angst, verfolgt zu werden. Ich bin ein Verräter. Das Gefühl lastet schwer auf mir. Auch wenn ich mich nie wirklich den Dunklen Magiern zugehörig gefühlt habe, nagt das schlechte Gewissen an mir. Um das zu ertragen, zwinge ich mich, zu glauben, dass James mich manipuliert hat, dass ich keine andere Wahl hatte. Doch die Wahrheit bleibt: Ich habe die Lichtmagier verraten, wenn auch ungewollt. Besonders Emanuel wird unter meinem Verrat leiden. Ich mache mir Sorgen um ihn – mehr, als ich zugeben möchte. Und Edward? Er ist ebenfalls in Gefahr, teilweise durch mich. Es ist ironisch, dass Emanuel ihn dabei benutzt hat, um mich zu retten. Was wäre passiert, wenn ich Emanuel nie getroffen hätte? Wenn er nie in die Stadt gekommen wäre, und ich niemals Magie entdeckt hätte? Er hat mir so viel beigebracht – nicht nur der Umgang mit Magie, sondern auch, mutig und stark zu sein. Ich habe meinen Ruf als Feigling hinter mir gelassen und bin gewachsen. Der kleine Waisenjunge, der ich einst war, ist verschwunden. Emanuels Worte klingen in meinem Kopf nach: *»Damit ein Kind solche Kräfte in sich tragen kann, müssen beide Eltern Magier sein. Vielleicht haben sie deine Kräfte versiegelt, bis du sie wirklich brauchst.«*

Zum ersten Mal verstehe ich, was er meinte. Wenn meine Eltern Magier sind, müsste sie doch jemand kennen. Ich bin sicher, dass Emanuel mehr weiß, als er mir jemals gesagt hat. Sobald er wieder wohlauf ist, werde ich ihn dazu befragen.

Die Zeit drängt. Als mich die ersten Sonnenstrahlen erreichen, wird mir klar, dass ich längst durch den Tunnel hätte sein sollen. Der Wald, durch den ich laufe, ist wunderschön: leuchtend rote, gelbe und orangefarbene Blätter. Doch mir bleibt keine Zeit, diese Schönheit zu bewundern.

Endlich, zur Mittagszeit, finde ich den Eingang des Tunnels. Ich bleibe kurz stehen, atme tief durch und steige dann ohne Zögern hinab. Drinnen ist es anders als zuvor. Die Dunkelheit ist bedrückend, dichter als ich es in Erinnerung hatte. Ich taste mich an der Wand entlang, bis ich stehen bleibe und mir mit der flachen Hand gegen die Stirn schlage.

»Du weißt doch, wie Stark das gemacht hat«, murmele ich vor mich hin. Ich schnippe mit den Fingern, und sofort glühen die Lampen an den Wänden auf. Erleichtert laufe ich weiter. Doch etwas irritiert mich: Der Tunnel scheint keine weiteren Gänge zu haben, keine Fallen oder Verzweigungen, um Eindringlinge fernzuhalten. Es muss ein magisch geschützter Zugang sein.

Am Ende des Tunnels stehe ich vor der schweren Tür, durch die Stark uns damals geführt hatte. Ich stemme mich dagegen, doch sie rührt sich nicht. Verzweifelt reiße ich daran, ohne Erfolg.

Erschöpft lehne ich mich gegen die kalte Oberfläche. Was nun?

Es braucht einen Kunstgriff, um diese Tür zu öffnen. Kein Wunder – schließlich befinde ich mich unter der Stadt der Lichtmagier; und ein Tunnel, der nur in eine Richtung führt, muss eine magische Sicherung haben. Während ich darüber nachdenke, was zu tun ist, lege ich instinktiv eine Hand auf die Tür und die andere auf den Griff. Auf einmal leuchten beide rot auf. Ein ratterndes Geräusch ertönt, gefolgt von einem Klicken, und das Leuchten erlischt. Gleichzeitig verlöschen auch die Lampen entlang des Ganges. Mit klopfendem Herzen betätige ich den Griff. Die Tür schwingt auf, und ich trete in einen kühlen Raum.

Unglaublich, dass dies derselbe Ort ist, an dem Emanuel einst verurteilt wurde. Ich sehe mich kurz um und entdecke die Treppe, die nach oben führt. Rasch steige ich die Stufen hinauf und öffne eine weitere Tür, die mich in einen großen Flur führt. Ich halte inne, spähe vorsichtig hinaus und bleibe im Türspalt stehen. Der Flur scheint leer zu sein, doch ich weiß, dass ich auffalle. Meine schwarze Kleidung passt nicht hierher, und jede Begegnung könnte mich verraten.

Mein Blick fällt auf eine Statue, die in der Ecke steht. Über ihre Schultern ist ein weißes Gewand drapiert – eine einfache Kutte, die perfekt zu meiner Tarnung passt. Ohne zu zögern, reiße ich das Gewand herunter, tausche es gegen meinen schwarzen Mantel und hülle mich in die Kutte. Vorsichtig setze ich meinen Weg fort, bewege mich von Säule zu Säule. Schließlich finde ich mich zwischen zwei Räumen wieder und warte regungslos. Als ich mich weiter vorwagen will, knarzt plötzlich eine Tür.

Ich erstarre. Es ist der Haupteingang, der nach draußen führt. Panisch suche ich ein Versteck und entdecke einen Vorhang, der sich schmückend über eine Wand erstreckt. Hastig verberge ich mich dahinter, halte den Atem an und lausche.

Zwei Personen treten ein. Ihre Stimmen sind leise, doch ich kann verstehen, was sie sagen.

»... und de Vontaine?«, fragt einer.

»Es sieht nicht gut aus. Warten wir es ab.« Dann verstummen die Stimmen, und eine Tür fällt ins Schloss. Mein Herz rast. Es geht Emanuel also immer noch nicht besser.

Vorsichtig luge ich hinter dem Vorhang hervor. Die Luft ist rein. Schnell schlüpfe ich aus meinem Versteck und eile zur Tür. Ich öffne sie nur einen Spalt, um einen Blick nach draußen zu werfen. Doch die Straßen sind voller Leben. Es scheint unmöglich, ungesehen zu entkommen.

Ich ziehe mich zurück und sehe mich hektisch um. Mein Blick bleibt an einer schmalen Treppe hängen, die an der Seite des Flurs nach oben führt. Ohne weiter zu überlegen, sprinte ich hinauf. Die Stufen sind mit Spinnweben bedeckt, der Gang wirkt verlassen. Der Staub auf den Stufen und die muffige Luft deuten darauf hin, dass hier schon lange niemand mehr war. Am Ende der Treppe betrete ich einen großen Saal.

Der Raum ist voller gestapelter Möbel – Bänke, Stühle und Tische –, die in der Ecke verstauben. Eine lange Theke erstreckt sich an der linken Seite, dahinter verfallen große Fässer langsam zu Relikten. Fensterläden verdunkeln den Raum, bis auf zwei geöffnete Fenster auf der rechten Seite, durch die gedämpftes Licht hereinfällt.

Ich gehe an den Wänden entlang, wo Gemälde und gestickte Bilder hängen. Ein besonderes Bild fällt mir sofort ins Auge. Es ist riesig, etwa dreißig mal fünfzig Fuß groß, und zeigt sieben Magier in weißen Gewändern. Mein Blick wandert über die Gesichter, bis ich Chadwick Adams erkenne. Er ist einer der Urmagier. Natürlich – seine Macht, Emanuel zu verurteilen, hatte mich nicht überrascht. Doch dort ist auch Stark, der auf dem Gemälde viel jünger wirkt. Und Emanuel. Sein Bildnis zeigt ihn ohne graue Strähnen, fast jugendlich. Vielleicht liegt es am schlechten Licht oder dem Staub, aber ich spüre einen Kloß im Hals. Dass er Teil der Sieben war, habe ich immer geahnt. Er sprach nie offen darüber, aber sein Wissen, seine Haltung – all das lässt keinen Zweifel.

Für einen Moment bleibe ich stehen und starre das Gemälde an. Es hätte mir schon damals auffallen sollen, als wir zum ersten Mal vor dem Senat standen und einer der Stühle leer blieb. Ich hatte angenommen, die anderen Magier der Sieben seien viel älter als Emanuel. Diese naive Vorstellung bringt mich jetzt zum Schmunzeln.

Ich reiße meinen Blick vom Bild los, um mich auf das Wesentliche zu konzentrieren, und wende mich der rechten Seite des Saals zu. Durch eine unbedachte Bewegung stößt mein Ellbogen gegen einen Tisch, der ins Wanken gerät. Eine Holzkiste fällt krachend zu Boden und wirbelt Staub auf. Panik steigt in mir auf. Schnell ducke ich mich hinter die Bänke und warte, den Atem angehalten. Die Stille kehrt zurück, keine Schritte, keine Stimmen. Erst nach einer gefühlten Ewigkeit wage ich es, aufzustehen. Ich klopfe mir den Staub von der Kleidung und hebe die Kiste auf. Als ich sie in den Händen halte, bemerke ich, dass ihr Inhalt – Schriftrollen und Briefe, teilweise mit Siegeln versehen – auf dem Boden verstreut liegt. Neugierig lasse ich meinen Blick kurz darüber schweifen, doch ich widerstehe der Versuchung, sie zu lesen. Stattdessen verstaue ich alles wieder sorgfältig. Beim Zurückstellen der Kiste stoße ich versehentlich ein Bild von der Tischkante. Ich hebe es auf, wische den Staub ab und bleibe wie angewurzelt stehen. Es zeigt Emanuel und James, dicht nebeneinander, die Stäbe fest in den Händen. Was mich erschüttert, ist die Nähe der beiden. Sie wirken wie Verbündete, fast wie

Brüder. Es ist kaum vorstellbar, dass James – der Inbegriff des Bösen – einst so eng mit Emanuel verbunden war. Ich starre das Bild an, das mich nicht mehr loslässt. Ein Teil von mir will es behalten. Hier oben verkommt der Saal ohnehin zur Abstellkammer. Wer würde es vermissen? Aber Emanuel wäre furchtbar wütend, wenn ich in der Vergangenheit herumschnüffle. So stelle ich es wieder hin.

Am Fenster bleibe ich stehen und blicke hinaus. Das nächste Haus ist nicht weit entfernt. Ein mutiger Sprung könnte mich auf das Dach bringen. Von dort aus könnte ich mich unbemerkt weiterbewegen – über die Dächer bis zu Emanuels Anwesen.

Ich nicke entschlossen und trete ans Fenster. Ohne hinabzuschauen – das würde mich nur zögern lassen –, wechsle ich die Seite, nehme Anlauf und sprinte los. Mit einem letzten kraftvollen Sprung stoße ich mich vom Sims ab und fliege durch die Luft. Dieser Moment fühlt sich grenzenlos an, als wäre ich unbesiegbar. Doch die Euphorie ist nur von kurzer Dauer. Als ich merke, dass ich nicht weit genug gesprungen bin, greife ich nach der Traufe des Daches. Mit aller Kraft ziehe ich mich hinauf, bevor jemand mich entdecken kann.

Oben angekommen, bewege ich mich geduckt auf dem Dachfirst voran. Als ich sicher bin, dass niemand nach oben schaut, richte ich mich auf und springe von einem Dach zum nächsten. Die Reihen der Häuser enden, doch Emanuels Anwesen ist bereits in Sicht. Am Rand des letzten Daches klettere ich vorsichtig hinab. Unten bleibe ich in den Schatten, auf der Hut vor Blicken. Tatsächlich schaffe ich es hinter das Anwesen, ohne entdeckt zu werden.

Erleichtert atme ich aus, doch mein Seufzen wird von der Erkenntnis erstickt: Die größte Herausforderung liegt noch vor mir. Ich kann zwar die Wand des Hauses hinaufklettern, aber die Fenster sind verschlossen. Mir bleibt keine andere Wahl – ich muss durch die Tür.

Ich schleiche um das Haus herum. Obwohl ich mich nun auf Emanuels Grund und Boden befinde und hier niemand Fremdes erwarten muss, zucke ich erschrocken zusammen, als die Eingangstür aufgestoßen wird. Zwei Männer treten ins Freie – ein Älterer und ein Jüngerer. Sie unterhalten sich gedämpft, und ich höre nur einzelne Wortfetzen, bis der Jüngere schließlich sagt: »Werdet Ihr morgen noch einmal nach ihm sehen?« Die Tür schließt sich langsam hinter ihnen, und ich presse mich zurück in den Schatten der Hausecke. Vorsichtig spähe ich um die Ecke. Der Ältere zuckt mit den Schultern.

»Wenn das morgen noch nötig ist, ja.« Eine Pause entsteht. Ich beobachte sie weiter und erkenne plötzlich den jüngeren Magier: William Ayton. Der Lehrer, der mir geholfen hat, mein Holzelement zu entdecken. Er sieht angespannt aus, seine Besorgnis ist nicht zu übersehen.

»Ihr glaubt, dass er es nicht noch eine Nacht durchhält?«

Der Ältere schüttelt den Kopf. »Es wäre ein Wunder, wenn er morgen noch atmet. Ich verstehe nicht einmal, wie er es bis jetzt geschafft hat. Sein Zustand ...« Während sie weiter sprechen, entfernen sich die beiden Männer langsam von der Tür. Ihre Rücken zu mir gewandt, sehe ich meine Chance gekommen. Schnell und leise laufe ich zum Eingang, ziehe vorsichtig am Türknauf, bis die Tür sich mit einem sanften Knarzen öffnet. Ich quetsche mich durch den schmalen Spalt, schließe die Tür so leise wie möglich hinter mir und halte für einen Moment inne, um sicherzugehen, dass sie nicht zurückkommen.

Das Innere des Hauses ist so vertraut und doch unheimlich fremd. Ich bewege mich vorsichtig, lausche auf jedes Geräusch, während ich mich auf den Weg zu Emanuels Schlafgemach mache. Ich kenne den Weg – meine frühere Neugier hat mir diesen Vorteil verschafft, auch wenn sie mich in Schwierigkeiten brachte.

Ich steige die Treppen hinauf, mein Herz rast. Als ich das Stockwerk erreiche, in dem ich früher gewohnt habe, werfe ich einen schnellen Blick in den Gang. Alles scheint ruhig, doch etwas Ungewöhnliches fällt mir auf: Die Tür zu meinem Zimmer steht offen. Das war vorher nie der Fall. Jede Tür hier war stets verschlossen. Meine Neugier siegt über meine Vorsicht, und ich trete langsam in den Raum.

Kerzen brennen rund um das Bett, ihr flackerndes Licht taucht den Raum in ein unheimliches Glühen.

Auf dem Laken liegt ein weißer Mantel. Es fühlt sich fast wie ein Schrein an, als hätte jemand um mich getrauert – als wäre ich gestorben. Ein Schauder läuft mir über den Rücken.

Ich ziehe mich sofort zurück und laufe zur Treppe. Das beklemmende Gefühl bleibt. Es ist an der Zeit, Emanuel zu beweisen, dass ich am Leben bin.

Mit neuer Entschlossenheit erklimme ich die letzten Stufen und stehe schließlich vor der Tür zu seinem Gemach. Einen Moment lang zögere ich, die Klinke zu drücken. Ich weiß nicht, was mich dahinter erwartet – oder ob er allein ist. Doch die Dringlichkeit meines Anliegens überwiegt.

Die Tür schwingt auf, und ich trete in den dämmrigen Raum. Dicke schwarze Stoffe bedecken die Fenster, Kerzen spenden ein schwaches, flackerndes Licht. Es riecht nach Wachs und Verfall. Die Dunkelheit scheint den Raum zu erdrücken, und ich frage mich, wie sie auf Emanuels ohnehin schwache Kräfte wirken muss. Mein Blick fällt auf das Bett. Emanuel liegt da, wie ein aufgebahrter Toter. Sein Gesicht ist aschfahl, die Wangen eingefallen, die Haut von tiefen Falten durchzogen. Sein Atem ist kaum wahrnehmbar, flach und zögerlich. Auf der Kommode neben ihm liegt ein Teil seines Stabes. Es ist ein Fragment, kaum so lang wie meine Hand. Eine Seite ist verbrannt und zerbröckelt, die andere zerfetzt. Ich frage mich, wo der Rest des Stabes geblieben ist, doch ein Blick auf die verbrannten Kanten gibt mir die Antwort: Es gibt keinen Rest mehr.

Ich knie mich neben das Bett und spüre die Last der Schuld auf meinen Schultern. Dieser Zustand, dieses Leid – es ist mein Verschulden. Hätte ich im letzten Kampf gegen James mehr erreicht, hätte ich zurückkehren und Emanuel zur Seite stehen können. Vielleicht hätte ich ihn retten können. Doch nun bin ich hier. Und ich werde alles tun, um das Unrecht wiedergutzumachen.

Ein schwaches Stöhnen reißt mich aus meinen selbstverurteilenden Gedanken. Ich richte mich auf und blicke zu ihm. Seine Lippen bewegen sich, leise Laute formen schließlich ein Wort: »Philip.« Ob er träumt oder tatsächlich weiß, dass ich hier bin, kann ich nicht sagen. Dennoch antworte ich sofort: »Ich bin hier. Emanuel, Ihr müsst durchhalten. Bitte.«

Mein Flehen bleibt unbeantwortet. Sein Atem wird wieder flacher, und er verstummt. Enttäuscht lehne ich meine Stirn gegen die Kommode. Die Hilflosigkeit lastet schwer auf mir. Doch dann höre ich meinen Namen erneut – diesmal nicht von Emanuel, sondern von einer anderen Stimme, die den Raum erfüllt.

»Haltet Euch fern von Emanuel, habt Ihr verstanden?« Ich drehe mich um und sehe William Ayton, meinen ehemaligen Lehrer. Seine ausgestreckte Hand zielt drohend auf mich, Wut spiegelt sich in seinen Augen.

»William!« Ich hebe beschwichtigend die Hände. »Ich will ihm nichts tun!« Er glaubt mir nicht, das erkenne ich sofort.

»Von wegen! Was macht Ihr hier?«, faucht er, während sein Blick immer schärfer wird.

Ich halte seiner Wut stand und antworte ruhig: »Stark hat nach mir gesucht. Er hat mir gesagt, dass Emanuel in einem kritischen Zustand ist. Deshalb bin ich hier.«

»Thomas Stark?«, zischt William mit unverhohlener Verachtung. »Warum ist er dann nicht selbst hier?« Seine Stimme wird lauter, seine Worte enden in einem bedrohlichen Knurren. Habe ich ihn jemals so erzürnt gesehen? Ja, ich bin in seinen Augen ein Verräter. Doch die Geschichte, wie es dazu gekommen ist, hat Emanuel garantiert erzählt? Die zwei haben sich bisher immer gut verstanden. William hat sich so aufopferungsvoll um mich gekümmert, sodass ich nicht dem nächsten Kampf erliege. Wir haben so viele Stunden zusammen verbracht, dass er ...

Und dann begreife ich es.

Wir haben uns seit dem Anstoß nicht wiedergesehen. Ich bin innerhalb weniger Tage um mehrere Jahre gealtert, trage Bart, bin größer und auch die Haare sind wesentlich länger als zuvor.

»Ich bin's. Philip. Du musst mir glauben, ich will ihm nichts Übles.« William blinzelt und lässt die Hände sinken. Nach und nach löst sich seine Kampfhaltung auf.

»Philip? Was ... Erzähl mir alles!«

Ich atme tief durch und beginne zu erzählen.

Ich schildere ihm alles: wie Emanuel und ich nach seinem erfolgreichen Anstoß das erste Mal auf James stießen. Wie James mich in seinen Bann zog und ich gegen meinen Willen schreckliche Dinge tat. Ich erkläre, wie ich schließlich meinem Instinkt folgte, um Emanuel vor einer Hinrichtung zu retten. Während ich spreche, beobachte ich Williams Gesichtszüge. Die Härte weicht langsam, und er senkt seine Hände. Ich beende meine Erzählung mit dem Moment, in dem Emanuel mir half, mich selbst wiederzufinden, auch wenn das bedeutete, dass ich in James' Folterkammer landete. Nur ein Versprechen, für ihn zu kämpfen, bewahrte mich vor dem Tod. Und schließlich erwähne ich Thomas und sein Schicksal. William denkt einen Moment nach.

»Wenn ein Urmagier sich für dich opfert, dann hat das wohl Gewicht ...«, murmelt er, eher zu sich selbst als zu mir. Doch sein Blick wird traurig, als er Emanuels Zustand mustert. »Bist du dir sicher, dass du wieder bei Sinnen bist?«, fragt er schließlich.

Ich nicke fest. »Ja.«

Er seufzt. »Was willst du tun?«

»Ich weiß es nicht genau, aber ich muss ihm helfen. Bevor der Schwarze Magier hier auftaucht.«

William sieht mich prüfend an. »Emanuel hatte einen Plan – einen ziemlich guten, wie er behauptete. Doch er hat ihn niemandem verraten. Dann kam die Schlacht in Nox, und Emanuel war nicht mehr derselbe. Sein Stab wurde zerstört, und das hat ihn geschwächt. Als er schließlich durch Adams erfuhr, dass du tot seist ...«

Ich unterbreche ihn. »Wo ist der Rest des Stabs?«

Er lacht nervös. »Es gibt keinen Rest.« Ich sehe mich im Raum um. Emanuels Stab war einst die Quelle seiner Energie. Jetzt liegt nur noch ein verkohltes Fragment auf der Kommode. Ich weiß, dass er Licht braucht – Sonne, Leben.

Ich stehe auf, reibe meine Hände aneinander und klatsche sie mit aller Kraft zusammen. Ein tiefrotes Leuchten durchflutet den Raum, die Kerzen erlöschen, und die Fenster öffnen sich mit einem Ruck. Die schwarzen Vorhänge werden fortgerissen, und warmes Sonnenlicht fällt auf Emanuel.

Er regt sich.

»Beeindruckend. Wo hast du das gelernt?«, fragt William erstaunt.

»Ich habe begriffen, wie ich mit dem Feuer umzugehen habe«, entgegne ich schlicht. Die Wahrheit ist, dass ich mich immer noch schwach fühle. Doch der Moment gibt mir Kraft.

Unser Gespräch reißt ab, als Emanuel hustet. Ich eile zu ihm, dann öffnet er die Augen. Sein Blick ist zunächst trüb, dann hellt er sich auf, und ein Lächeln legt sich auf seine blassen Lippen.

»Bin ich tot?«, fragt er schwach.

Ich lache erleichtert und schüttle den Kopf. »Nein, Emanuel. Du lebst.«

Er blickt mich fassungslos an. »Du bist wohlauf?«, fragt er leise, als müsse er es selbst erst glauben.

Ich nicke und drücke seine Hand. »Ja. Und ich werde dafür sorgen, dass es so bleibt.«

»Ich habe gesehen, wie James dich bekämpft hat. Am Ende hat er gesiegt und dich ... gefoltert. Das stimmt doch, oder?« Ich sehe, wie langsam Farbe in sein Gesicht zurückkehrt, und nicke schwer.

»Auch das ist richtig. Aber wichtiger ist, was mit Euch passiert ist.« Emanuel seufzt und senkt den Blick.

»Ein Moment der Unachtsamkeit«, beichtet er leise. »Eines führte zum anderen, und ich wachte hier wieder auf. Ich fühlte mich schrecklich.« Er versucht, sich zu erheben, doch ein stechender Schmerz zwingt ihn stöhnend zurück auf die Liege.

»Ihr müsst Euch ausruhen, damit Ihr wieder zu Kräften kommt«, sage ich, während ich aufstehe. Doch er schüttelt den Kopf, ein bitterer Ausdruck auf seinem Gesicht.

»Das macht alles keinen Sinn. Mein Stab ist zerstört. Ohne ihn bin ich kein richtiger Magier mehr.«

Ich beuge mich zu ihm und lege meine Hand auf seine. »Ich finde einen Weg, Euch zu helfen. Ich verspreche es.« Emanuel tätschelt meine Hand schwach.

»Ich komme schon zurecht, begib dich nicht sinnlos ins Gefahr«, murmelt er.

»Komm«, drängt Will. »Er sollte jetzt besser ruhen.« Ich nicke und verabschiede mich, bevor ich mit William das Anwesen verlasse. Neben ihm verspüre ich keine Angst mehr vor den Lichtmagiern, doch seine Worte treffen mich unvermittelt.

»Du versprichst Dinge, die du nicht halten kannst«, sagt er nüchtern.

Ich bleibe einen Moment stehen, dann erwidere ich: »Es muss einen Weg geben, wieder an einen Stab für ihn heranzukommen. Wo hat er seinen her?«

William zuckt mit den Schultern. »Das weiß nur er selbst. Frag ihn«, schlägt er vor, doch ich schüttle mit dem Kopf.

»Er würde es mir ausreden, da bin ich mir sicher.« William fährt sich grübelnd übers Kinn. »Dann hol dir die Information von jemanden, der ebenfalls einen Stab besitzt. Einen der Urmagier, beispielsweise. Für sie ist es ein Hilfsmittel, damit ihre Magie nicht so viel Kraft kostet. Besonders die Älteren schwören darauf.« Er führt mich direkt zu seinem Haus. »Ich stelle dir später einen Urmagier vor. Er ist der Einzige, der dir nicht voreingenommen begegnen wird. Schließlich hast du uns verraten.«

»Ich habe die Lichtmagier nicht freiwillig verraten. Das habe ich dir doch erklärt«, entgegne ich.

William nickt knapp. »Das mag sein. Aber im Gegensatz zu mir wird dir keiner glauben. Unsere Lage ist ohnehin angespannt.« Als wir eintreten, hallen plötzlich schnelle Schritte die Treppe hinab. Als ich den kleinen Jungen sehe, lacht mein Herz. Edward!

»Philip!«, ruft er voller Freude und wirft sich mir in die Arme. Ich umarme ihn herzlich, bevor ich mich an William wende.

»Er wohnt hier? In der Stadt?«

»Ja. Es war Emanuels Idee, ihn hierzulassen.«

Edward sieht mich mit strahlenden Augen an. »Ich habe dich vermisst! Ich muss dir so viel erzählen!« Bald sitze ich mit ihm in seinem Zimmer, das er offenbar vollständig für sich eingenommen hat. Er redet ohne Pause, berichtet von allem, was seit meiner Abwesenheit passiert ist.

»Ich dachte, du bist gestorben. Als du weg warst, hat sich der alte Mann gut um mich gekümmert. Und als der Stadtherr verschwand, wurde alles besser.« Seine Worte schmerzen.

»Es tut mir leid, Edward. Ich hätte dich gerne mitgenommen, aber die Flucht musste schnell gehen.«

Er sieht mich vorwurfsvoll an. »Du hast mich angelogen! Du hast gesagt, Magier existieren nicht. Wusstest du, dass der alte Mann einer ist?«

Ich lächle schwach. »Ja, ich hatte so eine Ahnung.«

»Und warum siehst du plötzlich so alt aus?« Es ist die Art, wie er *alt* ausspricht, die mich zum Lachen bringt.

»Auch das hat mit Magie zu tun.«

Edward plaudert ein wenig, bis er hektisch im Raum zu suchen beginnt.

»Was tust du da?«, will ich wissen. Er taucht unter sein Bett, ruft dann triumphierend: »Ah, da ist es!« Als er wieder hervorkommt, reicht er mir einen kleinen Lederbeutel.

»Das Geld habe ich ausgegeben, tut mir leid«, sagt er mit einem schiefen Grinsen. »Aber deine Münze ist noch drin.« Meine Hand zittert leicht, als ich den

Beutel öffne und die Münze hervorhole. Mein Talisman. Ein schwerer Kloß formt sich in meiner Kehle.

»Ich danke dir, Edward«, sage ich leise und verstaue die Münze sorgfältig in meiner Tasche.

Von unten höre ich Williams Stimme. »Ich will dir den ältesten Magier vorstellen, den wir kennen. Dafür müssen wir ein Stück gehen.« Ich verabschiede mich sogleich von meinem kleinen Freund und husche hinab zu William. Er geleitet mich aus der Tür, hinaus auf die Straße. Ich folge ihm schweigend. Zu meiner Überraschung führt unser Weg aus der Stadt hinaus, über eine Weide und in einen Wald. Der gepflasterte Weg endet vor einer steinernen Wand.

»Hier wohnt er«, erklärt William und zeigt auf eine unscheinbare Tür. »Lass dich von der Fassade nicht täuschen. Er ist schlau.«

»Kommst du mit?«, frage ich zögernd.

William reißt die Augen auf und schüttelt den Kopf. »Er will dich allein sprechen. Er hat mich extra darum gebeten.« Ich seufze und trete vor die Tür. Zögerlich klopfe ich, und sofort springt sie auf. Dahinter ist nichts als schwarze Leere.

Vorsichtig strecke ich meine Hand hinein. Sie verschwimmt und verschwindet. Panisch ziehe ich sie zurück und schaue mir mein Körperteil genau an. Alles gut! Ich seufze erneut und nehme all meinen Mut zusammen, dann setze ich den ersten Schritt nach vorne und tauche ein.

Kapitel 28
Eine rettende Hand

Als ich die Augen öffne und die Dunkelheit weicht, stehe ich in einer hell erleuchteten Vorhalle. Es ist, als befände ich mich in einem Palast. Die Wände ragen hoch auf, und die Decke ist kunstvoll mit Figuren bemalt. Erst beim genaueren Hinsehen wird mir klar, dass die Legende des Weißen Magiers darauf dargestellt ist.

Ich lasse meinen Blick durch den Raum schweifen. Ein mächtiges Gemälde ziert den Platz zwischen zwei Treppenaufgängen, die zu einer Empore führen. Es hängt genau vor mir. Es ist dasselbe Bild, das ich im Saal des Senatsgebäudes gesehen habe, doch hier wirkt es bedeutungsvoller, eindringlicher – nicht so vergessen. Bloß ... etwas ist anders.

Neben Emanuel, links im Bild, steht ein junger Urmagier, den ich auf dem Gemälde im Senatsgebäude nicht gesehen habe. Außerdem zähle ich nicht mehr sieben Magier, sondern acht. Was ist mit diesem

Magier geschehen? Die Welt der Lichtmagier birgt so viele Geheimnisse. Besonders erschreckend ist, dass dieser Magier jemandem ähnelt.

Mir.

Wo bleibt der Besitzer? William hat mich hergebracht, damit ich jemanden kennenlerne. Jetzt würde ich ganz gern auch seine Bekanntschaft machen und nicht sinnlos in seinem eindrucksvollen Foyer Däumchen drehen.

Unsicher wandert mein Blick zur Treppe, die nach oben führt. Sollte ich hinaufgehen oder lieber warten? Ich beiße mir auf die Unterlippe. Die Entscheidung fällt mir schwer. Aus irgendeinem Grund habe ich Angst. Ich weiß nicht, was – oder besser gesagt wer – dort oben auf mich lauert.

Schon höre ich Schritte. Oder vielmehr das gleichmäßige Knarzen von Holz. Meine Augen heften sich an die Empore, und bald sehe ich ihn: einen alten Mann mit schwarzen Haaren in einer weißen Kutte. Sein Blick wirkt unzufrieden.

Will meinte, er mag keine Gäste. Vielleicht ist er über meinen Besuch nicht erfreut.

»Habt Ihr Euch verlaufen?«, fragt er mit rauer Stimme. Seine Worte hallen so laut, dass ich jeden Buchstaben einzeln verstehen kann.

»Nein. William Ayton hat mich hergeführt. Er versicherte mir, Ihr könnt mir helfen«, antworte ich. Doch da meine Worte wie ein Befehl klingen, und der

Mann seine Augen aufreißt, füge ich rasch hinzu: »Wenn Ihr das wollt.«

Langsam kommt er die Treppe hinab und stellt sich mir gegenüber. Er ist größer, als ich erwartet habe, und schaut mit durchdringendem Blick auf mich herab. Durch sein abfälliges Mustern fühle ich mich unbehaglich. Doch dann geschieht etwas, das ich nicht erwartet habe. Er lächelt.

»Ich bin Elric Law. Elric reicht vollkommen. Kommt, wir trinken eine Tasse Tee«, sagt er freundlich.

Mein Herz klopft bis zum Hals und ich merke, dass ich die Luft angehalten habe. Er hat mich wirklich erschrocken. Elric dreht sich um und führt mich in einen angrenzenden Raum. Dieser Raum ist nur halb so hoch wie die Eingangshalle, aber immer noch beeindruckend groß. Ein langer Tisch steht in der Mitte, umgeben von zahlreichen Stühlen. Hier könnten viele Menschen Platz finden. Warum lebt er so abgeschieden und allein?

»Verzeiht mir, dass ich Euch störe«, beginne ich, um die drückende Stille zu durchbrechen.

»Ich habe bereits von der Dringlichkeit der Situation erfahren. Momentan ist Lumina kein sicherer Ort für einen Senator«, sagt er ruhig und nickt, während er meine Entschuldigung annimmt.

»Mein Anliegen ist dringend. Ich habe keine Zeit zu verlieren. Ihr seid meine letzte Rettung. Außerdem glaube ich kaum, dass einer der Lichtmagier in der Stadt bereit wäre, mit mir zu sprechen«, sage ich mit

Nachdruck. Daraufhin schmunzelt Elric. Offenbar weiß er, wer ich bin.

»Wie geht es ihm?«, fragt er schließlich. Er muss nicht erklären, dass er Emanuel meint.

»Er ist vorerst wieder bei Sinnen, aber das ist schon alles. Ohne seinen Stab ist er verloren. Und wenn er verloren ist, sind wir es ebenfalls.«

Elric nickt langsam. »Er kennt den Schwarzen Magier am besten. Er weiß, wie er vorgeht und welche Mittel er einsetzen wird, um diese Stadt – und alles, was dazu gehört – zu vernichten.«

»Emanuel wird nicht eher aus dem Bett kommen, bis er wieder einen funktionierenden Stab besitzt«, unterbreche ich Elric, da ich bereits am eigenen Leib erfahren habe, wozu James imstande ist. Elrics Blick verfinstert sich. Ich zucke zusammen, unsicher über die Bedeutung seines Ausdrucks.

Eine junge Frau betritt den Raum, ein Tablett in den Händen. Sie stellt es auf den großen Tisch und gießt eine gründurchsichtige Flüssigkeit in zwei Tassen. Elric nimmt eine davon, nippt bedächtig und leert sie dann in einem einzigen Zug. Ohne zu zögern, schenkt die Frau ihm nach und verschwindet anschließend genauso schnell, wie sie kam.

Elric spricht weiter, seine Gesichtszüge nun wieder milder. Doch ich frage mich, was wohl in seinem Kopf vorgeht.

»Sein Stab ist zerstört worden. Ich wüsste nicht, wie du ihm helfen könntest«, meint er schließlich. Sein Tonfall verrät nichts – ob er es ernst meint oder schlicht keine Lust hat, mir etwas zu verraten, bleibt unklar. Warum hat Will mich dann hergebracht?

»Gibt es denn keine Alternative? Emanuel ist ein Magier. Könnte er seine Kräfte nicht auch ohne Stab nutzen?«, entgegne ich.

Elric räuspert sich. »Einige Magier können ihre Energie nicht ohne Hilfe bündeln. Ohne Konzentrationspunkt vergeuden sie immense Mengen an Kraft. Die Magie wirkt dann entweder gar nicht oder nur sehr schwach. Stattdessen verbrauchen sie das Dreifache an Energie für ein Drittel der Wirkung. Der Stab konzentriert ihre Macht und ermöglicht ihnen, ungehindert ihr Element zu nutzen. Emanuel ist ohne seinen Stab nicht vollkommen machtlos, aber es ist wahrscheinlich, dass sein Wasser unzuverlässig ist – wenn es überhaupt funktioniert.« Ein vernichtendes Urteil für einen Urmagier. Elric jedoch nimmt es gelassen hin, als wäre es eine Lappalie.

»Und wie kommt man zu so einem Stab? Ich kann mir schlecht vorstellen, dass sich dazu jeder gewöhnliche Ast eignet«, erörtere ich weiter. Plötzlich bricht Elric in lautes, krächzendes Lachen aus, so heftig, dass ihm Tränen in die Augen treten.

»Doch«, keucht er schließlich unter Tränen. »Es ist wirklich nur ein einfacher, dämlicher Stock.« Er grunzt vor Lachen, fast als hätte er den Verstand verloren. Ich bleibe ernst und lasse mir nichts anmerken. Es überrascht mich nicht mehr, dass er nie Besuch bekommt – wer würde das aushalten?

»Hört zu. Ich mag dich, also erkläre ich dir, wie man einen Stab herstellt«, sagt Elric, nachdem das Lachen verstummt. Er setzt seine todernste Miene wieder auf. »Im Prinzip taugt jeder Ast. Am besten sind solche, die schon eine Weile am Boden liegen, aber noch nicht morsch sind. Der Stock muss erst getrocknet und anschließend Ornamente ins Holz geschnitzt werden, ganz nach Geschmack. Du kannst ihn auch schlicht lassen – nicht so schick, aber funktional. Der schwierigste Teil kommt danach: Der Stab muss zu einer Hexe gebracht werden, die ihm die Fähigkeit verleiht, Magie zu bündeln. Ohne diesen Zauber würde der Stab nach dem ersten Einsatz zerbrechen. Die Hexe verlangt dafür jedoch oft eine Gegenleistung – nichts Tragisches, aber etwas, das sie als Preis ansieht.« Ich höre aufmerksam zu, bis er verstummt.

»Wo finde ich diese Hexe?«, erkundige ich mich furchtlos.

»Es gibt nur eine, die ich kenne. Norda lebt tief im Wald, westlich von hier. Du wirst sie nicht finden – du musst sie bitten, dich zu suchen.« Elric hält meinen Blick, bis er erneut laut loslacht. Ich verdrehe genervt die Augen. Ich kann nur hoffen, dass er mir die Wahrheit sagt. Viel bleibt mir ohnehin nicht übrig – ich habe keine Wahl, als ihm zu vertrauen.

Er lässt mich erst gehen, als ich den abscheulich schmeckenden Tee ausgetrunken habe. Er riecht nach Erde und abgestandenem Seewasser, und ich fürchte, das ist genau das, woraus er besteht. Endlich entlässt mich Elric ohne weiteren Widerstand. Doch *Gehen* ist zu harmlos – ich flüchte regelrecht aus seiner Prachtbehausung.

Im Foyer trete ich an die Tür, die zurück in die Dunkelheit führt. Ohne Zögern schreite ich hindurch. Ein kräftiger Luftzug zieht mich hinein, und auf der anderen Seite werde ich förmlich hinausgeschleudert. Ich lande unsanft im Gebüsch.

Will wartet noch immer in der Nähe des Eingangs. Als er mich sieht, lächelt er besorgt. Mühsam rappele ich mich auf, befreie mich aus dem Busch und klopfe Blätter und Äste von meinem Gewand.

»Geht's dir gut? Was hat er gesagt?«, will er aufgeregt wissen.

»Mir geht's gut«, antworte ich. »Aber du hättest mich vorwarnen können. Dieser Mann ist verrückt.« Will zuckt nur die Schultern und murmelt ein gequetschtes »Verzeihung...«

»Konnte er dir helfen?«, geht die Fragerei weiter. Ich nicke, während ich gedanklich bereits einen Plan schmiede. Die Zeit ist knapp, und James wird irgendwann vor den Toren der Stadt stehen. Bis dahin muss Emanuel wieder kampfbereit sein.

Während ich nachdenke, merke ich kaum, dass Will mich anspricht. Er tippt mir schließlich unsanft auf die Schulter.

»Hast du verstanden?« Ich blinzle überrascht und schüttle den Kopf. Er rollt die Augen, winkt ab, und wir setzen uns in Bewegung. Als wir an Emanuels

Anwesen vorbeikommen, sehe ich zu einem Fenster hinauf. Es steht offen, damit frische Luft ins Zimmer gelangt.

»Er wird wieder«, versichert Will, wohl um mein Gewissen zu beruhigen.

»Ja. Sobald ich einen neuen Stab für ihn habe.« Ich bleibe stehen und starre das Fenster an. Was hätte Emanuel an meiner Stelle getan? Er würde nicht einfach herumsitzen und darauf warten, dass jemand ihm die Lösung auf dem Silbertablett serviert. Ich drehe mich zu Will um. »Tut mir leid, ich muss aufbrechen. Wer weiß, wie viel Zeit uns noch bleibt.«

Will nickt verständnisvoll. Ich wende mich ab und verlasse die Stadt durch die Tore.

Kapitel 29
Hals über Kopf

Sofort steuere ich auf den Wald zu und suche nach einem geeigneten Ast. Der Waldboden ist übersät damit, doch keiner scheint der Richtige zu sein. Entweder sind sie zu krumm, zu dünn, zu dick, zu klein oder schlichtweg morsch. Ich krieche eine gefühlte Ewigkeit durch Blätter, Dreck und Dornen, bis meine Hände von den Sträuchern und Büschen blutig gekratzt sind. Schließlich richte ich mich auf und lasse meine Hände aufleuchten. Das dunkelgrüne Schimmern meines Holzelements geht zwischen den Sonnenstrahlen kaum hervor. Mit einer entschlossenen Bewegung reiße ich die Arme nach oben und konzentriere mich auf den Waldboden. Äste, Stöcke, Blätter und Hölzer erheben sich und schweben in einem chaotischen Wirrwarr in der Luft. Ich fixiere die schwebenden Materialien mit den Augen und beginne, sie mithilfe meiner Magie zu sortieren.

Zuerst lasse ich die Blätter zu Boden fallen, dann die dünnen, knorrigen Stöcke. Am Ende bleiben nur noch kräftige Äste übrig, die mir nützlich erscheinen. Langsam schreite ich durch die Auswahl und begutachte jeden Ast. Diejenigen, die mir nicht gefallen, lasse ich achtlos fallen. Dann sehe ich ihn: den perfekten Stab. Mit einem zufriedenen Lächeln auf den Lippen greife ich nach ihm. Ohne es bewusst wahrzunehmen, ist es mittlerweile deutlich dunkler geworden. Ist schon ein ganzer Tag vergangen? Die Zeit rennt mir davon, und ich muss mich beeilen.

Ich setze mich auf den Waldboden und grabe eine flache Mulde, in der ich ein Feuer entzünden kann. Der Stock muss getrocknet werden, und die Wärme der Sonne wird nicht mehr ausreichen. Schnell sammele ich dickere und dünnere Äste, um das Feuer möglichst lange am Leben zu erhalten. Ich habe keine Ahnung, wie lange der Prozess dauern wird. Mit meiner Feuermagie entzünde ich das Holz, und bald höre ich das beruhigende Knistern der Flammen. Ich warte, bis das Feuer groß genug ist, und halte dann den Ast über die heiße Flamme. *Trocknen*, erinnere ich mich immer wieder, *nicht anbrennen lassen*.

Die Rinde wird schwarz, löst sich ab und fällt knisternd ins Feuer. Das darunterliegende weiße Innenholz beginnt, sich zu rösten. Ich halte das Feuer mit meiner Energie am Leben, achte jedoch darauf, den Stab nicht zu verbrennen. Der Prozess zehrt an meinen Kräften, doch ich halte durch. Als der Stab dunkel wird und stabil erscheint, ziehe ich ihn schließlich von der Flamme weg. Nach kurzem Abkühlen überprüfe ich seine Festigkeit. Mit beiden Händen greife ich die Enden des Stabs, lege ihn über mein Knie und drücke fest dagegen. Trotz meines zunehmenden Drucks bricht er nicht. Elrics Anweisungen, so albern sie mir zunächst wirkten, muten sie tatsächlich an zu funktionieren. Doch der nächste Schritt – eine Hexe zu finden – erscheint mir weitaus komplizierter. Nein, nicht zu finden, sondern sie dazu zu bringen, mich zu finden. Aber wie soll ich das anstellen? Schreibe ich ihr einen Brief? Oder bete ich? Soll ich es einfach in den Wald hinausrufen?

Und selbst wenn, wer sagt mir, dass sie mir begegnen wird? Wie sieht sie aus? Jung oder alt? Emanuel hat mir einst erzählt, dass Hexen Tränke mischen, um zu zaubern. Außerdem, dass der Schwarze Magier auch vor Hexen nicht haltmacht, sie auf seine Seite zieht und für seine Sache gewinnt. Ich kann nicht anders, als zu befürchten, dass diese Hexe mir womöglich nicht helfen wird.

Ich halte den getrockneten, stabilen Stab in den Händen, während ich vor meinem kleinen, sterbenden Feuer sitze und nachdenke. Er ist robust, ja, aber längst nicht so eindrucksvoll wie Emanuels alter Stab. Die kunstvollen Ornamente, die seinen Stab einst zierten – ich kann mich kaum an ihre Formen erinnern. Die Zeit ist viel zu knapp. Das schaffe ich niemals!

Müdigkeit überkommt mich. Trotz meiner Bemühungen, wach zu bleiben, fallen mir immer wieder die Augen zu. Ich schlafe kurz ein, schrecke dann wieder hoch und starre in die Umgebung. So vergeht die Nacht, bis der Wald sich allmählich mit dem Licht des Morgens füllt.

Schwerfällig rappele ich mich auf, klopfe Blätterreste von meiner Kleidung und versuche, meine Erschöpfung zu ignorieren. Mein Magen knurrt, und mein Durst ist drückend. Doch der Gedanke an Emanuel und die bevorstehende Gefahr lässt mich weitermachen.

Müde und taumelnd bewege ich mich durch das Geäst, die Sicht wird zunehmend schlechter. Ein dichter Nebel schleicht sich zwischen die Baumstämme, schwillt an und schlingt sich um den Wald. Vorsichtig setze ich einen Fuß vor den anderen, unsicher, was als Nächstes kommen wird. Urplötzlich bleibe ich an einer Wurzel hängen und stürze. Geistesgegenwärtig fange ich mich mit den Händen ab, doch die Kraft in meinen Armen lässt schnell nach, und ich sacke auf den feuchten Waldboden. Sterne tanzen vor meinen Augen, und ich fühle, wie ich in ein tiefes, schwarzes Loch gezogen werde.

Als ich wieder zu mir komme, finde ich mich in Lumina wieder, in Emanuels Schlafgemach. William sitzt auf einem Holzschemel und kümmert sich um den blassen Magier. Vorsichtig trete ich näher, und in diesem Moment öffnet Emanuel die Augen. Ich will etwas sagen, doch kein Laut kommt über meine Lippen. Zu meiner Verwunderung ignorieren mich beide völlig. Es dauert einen Moment, bis ich begreife:

Ich bin nicht wirklich hier. Ist das ein Traum? Eine Vision? Ein Albtraum?

Dieses Mal fühlt es sich jedoch anders an – realer. William wirkt nervös und spricht mit Emanuel: »Ein Spion ist aus Nox zurückgekehrt und hat eine unglaubliche Geschichte erzählt. Der Schwarze Magier soll mitten in der Stadt umgefallen sein und liegt seither bewusstlos in seinen Gemächern!« Williams Gestik ist aufgebracht, seine Hände fuchteln wild. Ich bin erstaunt, und auch Emanuels Augen weiten sich.

»Wann ist das passiert?«, fragt er mit schwacher, fast flehender Stimme.

»Gestern, so hieß es. Er kam keine drei Schritte aus seinem Verlies.«

Die Worte treffen mich wie ein Schlag. *Starks Werk*, denke ich sofort. James' Stab! Thomas hat offenbar tatsächlich das Werkzeug präpariert, mit dem er gefoltert wurde. Ich hoffe inständig, dass das Gift James vor einer langen Tortur bewahrt hat und dass er noch am Leben ist. Doch sicher bin ich nicht. James ist nicht zu unterschätzen. Das Serum der Dornen wird ihn nicht ewig aufhalten. Sobald er wieder auf den Beinen ist, wird er nicht zögern, den nächsten Angriff anzuordnen.

Emanuels Gesichtszüge lockern sich, und ein Hauch eines Lächelns umspielt seine Lippen. Farbe kehrt in sein Gesicht zurück.

»Stark, dieser Narr. Danke für die Information. Geh jetzt bitte, ich brauche Ruhe.« William nickt verständnisvoll, erhebt sich und verlässt den Raum. Emanuel schließt die Augen und stöhnt leise: »Ich bin dem Tode näher, als ich zu glauben vermag. Ich spüre deinen Geist. Unsere magischen Seelen wandern manchmal an Orte, die wir physisch nicht erreichen können. Was auch immer dich hierherführt, bring diese Mission zu Ende. Dein Körper ist jetzt am verletzlichsten.« Seine Stimme bricht ab, und mein Herz zieht sich zusammen. Doch dann höre ich ein leises, friedliches Schnarchen. Ich atme erleichtert auf. Mein Blick wandert durch das Zimmer, bis er auf den Überresten von Emanuels Stab haften bleibt. Wie ferngesteuert gehe ich zu den verkohlten Fragmenten und greife danach. Doch kaum berühre ich sie, füllt sich der Raum mit dichtem Nebel. Die Umrisse verschwimmen, bis Sonnenstrahlen den Schleier durchbrechen. Nach und nach erscheinen wieder die Bäume des Waldes.

Ich bin zurück. An einen Baumstamm gelehnt sitze ich auf dem Boden, den getrockneten Stab fest an mich gepresst. Meine Finger umklammern etwas, das sich in meine Handfläche drückt. Ich öffne meine Hand und zum Vorschein kommt der Splitter von Emanuels Stab, nachdem ich eben griff. Wie um alles in der Welt dies auch möglich ist, ich habe eine Vorlage für die Ornamente!

Die feinen Ornamente des Holzes sind trotz der Zerstörung deutlich zu erkennen. Symbole des Wasserelements schlängeln sich über die Oberfläche. Die Handwerkskunst ist unglaublich präzise.

Bewunderung macht sich in mir breit, gefolgt von Ernüchterung und Panik. Wie soll ich jemals diese Ornamente so nachschnitzen, dass der Stab wie der alte aussieht? Ich erinnere mich kaum an die vollständigen Muster. Emanuel könnte es mir sagen, doch er ist zu schwach und ich habe keine Zeit, zurück nach Lumina zu reisen.

James ist im Moment keine unmittelbare Gefahr, aber wie lange wird das noch so bleiben? Der Gedanke an ihn lässt mich seufzen. Wie gern würde ich die ganze Geschichte hinter diesem Krieg erfahren. Warum hegt James einen solchen Hass gegen seinen Vater und die Lichtmagier, obwohl er offensichtlich selbst einer war?

Ich konzentriere mich zurück auf die Ornamente.

Die geschwungenen Linien erinnern an einen ruhigen Fluss, während andere Symbole klar das Wasser verkörpern. Dieser Stab muss für Emanuel eine tiefere Bedeutung haben, als mir bewusst war. Umso größer wird meine Angst zu versagen. Wie soll ich diese filigrane Schnitzerei je replizieren? Es erscheint unmöglich. Doch dann zuckt mein Mundwinkel. Ich habe das Holzelement. Warum sollte ich es nicht nutzen, um die Ornamente in den Stab zu prägen? Alles, was ich dafür brauche, ist Konzentration.

Wenn das klappt ...!

Vorsichtig richte mich auf. Mit beiden Händen umfasse ich die Stäbe – den neuen und den Rest des zerstörten – und halte sie vor mir, die Spitzen in Richtung Wald gerichtet. Tief hole ich Luft und konzentriere mich krampfhaft auf die beiden Objekte. Vor meinem inneren Auge erscheint ein klares Bild: Emanuels Stab, wie er einst in Solome in seiner Unterkunft an der Wand lehnte, schimmernd und majestätisch. Ich spüre die Kraft meines Holzelements und beginne, meine Magie zu bündeln. Ein kühles Dunkelgrün umhüllt den neuen Stab. Das zerbrochene Teil glüht auf, und die Ornamente strahlen in einem intensiven Licht, als wollten sie ihre Existenz in das neue Holzstück übertragen.

Das Leuchten erlischt langsam, und ich beobachte, wie sich geschwungene Formen, Linien und Symbole über den neuen Stab winden. Ich achte auf jede Linie, jede Biegung und jedes Symbol. Die Zeit scheint stillzustehen, während ich all meine Kraft in die Arbeit lege.

Endlich, als das Glühen abnimmt, prüfe ich das Ergebnis. Staunend fahre ich mit den Fingern über die Oberfläche des Stabs. Die Ornamente sind atemberaubend präzise und detailreich. Ein Gefühl von Macht durchströmt mich, und ich bin für einen Moment überwältigt von den Möglichkeiten, die meine Magie eröffnet. Doch ich zwinge mich zur Besinnung. Schließlich habe ich nur einen Ast mit kunstvollen Schnitzereien versehen.

Und das ist erst die halbe Arbeit.

Die wahre Herausforderung steht mir noch bevor: Die Hexe, von der Elric sprach, muss dem Stab die nötige Energie verleihen, damit er nicht schon beim ersten Zauber zerbricht. Doch sie wird mich finden müssen, nicht umgekehrt – so hatte es Elric gesagt.

Wie lässt man sich von einer Hexe suchen? Soll ich einfach laut rufen und fragen, ob sie Lust auf ein Kaffeekränzchen hat? Diese Aufgabe scheint schwieriger als alles, was ich bisher getan habe. Ich bleibe unschlüssig stehen, ohne einen klaren Plan. Vielleicht ist Rufen doch nicht so abwegig? Woher soll die Hexe sonst wissen, dass sie mich finden soll?

Ich stelle frustriert fest, dass ich viel zu wenig über Hexen weiß. Die Geschichten aus Solome fallen mir ein – Gruselgeschichten von scheußlichen Wesen, die im Wald leben, kleine Kinder fressen und sie mit Zaubern in ihre Hütten locken. Ich erinnere mich an die Bilder, die ich mir als Kind ausgemalt hatte: alte, knochige Gestalten mit verwahrlosten Haaren, lila-grünlicher Haut und rot glühenden Augen. Ein Schauer läuft mir über den Rücken bei dem Gedanken, dass diese Vorstellungen womöglich der Wahrheit entsprechen könnten.

Doch die Dringlichkeit meiner Mission zwingt mich, meine Ängste beiseitezuschieben. Ich denke angestrengt über das Gespräch mit Elric nach. Ganz sicher hatte er den Namen der Hexe erwähnt. Wie lautete er noch gleich? Marie? Helga? Eine leise, fast flüsternde Stimme durchbricht meine Gedanken, eine Erinnerung: *Die Hexe Norda wohnt im Wald, weit westlich von hier. Du findest sie nur, wenn du sie bittest, dich zu suchen.*

Westlich also. Zumindest befinde ich mich bereits in der richtigen Richtung. Jetzt, da ich ihren Namen kenne, kann ich versuchen, Kontakt aufzunehmen. Aber wie genau? Und was wird geschehen, wenn ich sie treffe? Elric hatte zwar gesagt, Norda verlange einen Preis, doch was für ihn harmlos sein mag, könnte für mich eine ernsthafte Herausforderung sein.

Nachdenklich lasse ich mich auf den Waldboden sinken, den Stab neben mir. Ich bin müde und unschlüssig, was ich tun soll. Bevor ich es mir versehe, übermannt mich der Schlaf. Ich träume lebhaft, von Hexen und von Elric, Emanuel und Will. Auch James und Edward erscheinen, und die Szenen wechseln so schnell, dass ich kaum etwas fassen kann.

Als ich schweißgebadet aufwache, bleibt nur ein Bild in meinem Kopf zurück: James, wie er Edward in seiner Gewalt hat, drohend und gnadenlos.

Die Angst vor James lässt meinen Kopf verrückt spielen, und meine Gedanken überschlagen sich. Doch ich versuche, mich zu beruhigen. Edward ist in guten Händen, sage ich mir immer wieder, ihm wird nichts geschehen. Dennoch spüre ich die Dringlichkeit, die Hexe so schnell wie möglich zu finden. Je eher ich diese Aufgabe abschließe, desto schneller bin ich zurück in der Stadt – und bei Emanuel. Vorausgesetzt, der Stab funktioniert. Falls nicht … Nein, darüber denke ich nach, wenn es so weit ist.

Ich reibe mir die Augen und wische mir den Schweiß von der Stirn. Genug geruht. Ich muss los. Ohne eine klare Idee, wie ich die Hexe finden soll, schnappe ich mir den Stab. Einen Moment bewundere ich das neu geschaffene Werk. Die Schnitzereien sind präzise, und ein kleiner Funken Stolz durchzuckt mich. Doch mein Kopf mahnt mich: Ob es wirklich gelungen ist, wird sich erst zeigen.

Den zerstörten Stab klemme ich an den Bund meiner Hose. Die Sonne verschwindet hinter dunklen Wolken, und ein starker Wind kündigt Regen an. *Perfekt*, denke ich zynisch, *warum muss es immer stürmen, wenn ich draußen bin?*

Die ersten Tropfen platschen auf mein Gesicht, dann gießt es wie aus Eimern. Binnen Sekunden bin ich durchweicht. Die Baumkronen bieten kaum Schutz; stattdessen rieseln Blätter herunter und kleben mir an Haut und Kleidung. Der Wind pfeift, treibt die Blätter wie Geschosse durch die Luft. Ich suche nach einem Unterschlupf, doch an Höhlen wage ich nicht einmal zu denken. Die letzte Erfahrung war alles andere als ermutigend.

Als ein Donnergrollen die Luft zerreißt, wünsche ich mir inständig, die Hexe möge endlich auftauchen – oder zumindest eine Hütte in der Nähe haben. Doch mein Wunsch wird von einem grellen Blitz erstickt. Direkt vor mir schlägt er ein. Ich springe zurück, mein Herz rast. Kaum habe ich mich gefangen, kracht der nächste hinter mir in den Boden. Der nächste Blitz trifft einen Baum seitlich von mir. Der Stamm splittert, kippt um und blockiert meinen Weg.

Ich drehe mich hastig um, aber auch dort schneidet ein weiterer Blitz den Fluchtweg ab. Flammen lodern an den umgestürzten Bäumen empor, als wären sie immun gegen den Regen. Ich weiche panisch nach links aus, doch es ist, als wolle der Sturm mich einkesseln. Weitere Bäume knicken unter Blitzschlägen um, der Boden unter meinen Füßen wird schlammig. Ich stecke in der Falle.

Die Hitze der Flammen wird immer intensiver. Trotz des Regens fressen sie sich gierig durch die Baumstämme. Ich versuche, mit Magie das Feuer zu bändigen, doch kaum habe ich eine Flamme unter Kontrolle, schlägt ein neuer Blitz ein und entfacht das Chaos von Neuem. Der Stab in meiner Hand fühlt sich wie ein wertloser Zweig an.

Mit einem Mal sinken meine Füße ein. Der Boden hat sich in ein Moor verwandelt! Bis zu den Knöcheln stecke ich im Schlamm fest. Ich versuche, meine Beine zu befreien, aber der zähe, kalte Matsch hält mich unerbittlich fest. Ein Blitz zuckt nah neben mir nieder, und die Wucht lässt mich in den Schlamm stürzen. Meine Panik wächst ins Unermessliche. Ich lasse den Stab vorsichtig zu meiner Rechten sinken und beginne, mit den Händen den Schlamm um meine Beine wegzuschieben. Doch je mehr ich mich anstrenge, desto klarer wird mir, wie ausweglos die Situation ist. Die Flammen, die Blitze, die Wucht der Natur – all das scheint mich zu verschlingen. Verzweifelt blicke ich in den Himmel und habe nur einen Gedanken: *Hexe, wo bist du?*

Kapitel 30
Hexenmagie

Während ich mich verzweifelt aus dem Moor zu befreien versuche, bemerke ich kaum, dass der Sturm abflaut. Die Blitze sind verschwunden, und der Regen beginnt, die brennenden Bäume zu löschen. Zischend sterben die Flammen, schrumpfen zu kleinen Glutnestern, bis nur noch beißender Rauch übrigbleibt. Erleichterung sollte sich einstellen – doch meine Lage wird nur schlimmer.

Das Moor zieht mich unaufhaltsam tiefer. Je mehr ich mich bewege, desto schneller sinke ich ein. Erst als ich diesen Umstand begreife, höre ich auf, mich zu rühren. Mit angehaltenem Atem lausche ich der unheimlichen Stille um mich herum. Doch dann … ein leises Kichern.

Ich fahre herum, blicke in die leeren Schatten des Waldes. Niemand zu sehen. Das Kichern wird lauter. Es ist eine weibliche Stimme, hoch und verspielt, doch voller Schadenfreude. Mir läuft ein Schauer über den Rücken.

Hinter mir raschelt es. Nasse Blätter knistern, Äste knacken. Dann ertönt eine scharfe Stimme. »Was suchst du in meinem Wald?«

Ich drehe mich, so gut es geht, doch meine Bewegungen sind eingeschränkt. Könnte das die Hexe sein?

»Ich suche Norda«, rufe ich mit möglichst fester Stimme. Meine Worte hallen durch die Bäume, aber keine Antwort folgt. Stille. Endlose Augenblicke lang. Dann, jäh, ein glucksendes Lachen.

»Norda hat dich längst gefunden«, sagt die Stimme, nun ganz nah. »Haben dich meine kleinen Geister erschreckt?« Ihre kleinen Geister? Ich verstehe nicht, was sie meint, und bin unfähig, darauf zu antworten. Stattdessen frage ich: »Ist das Moor verzaubert?« Das Kichern kehrt zurück, diesmal amüsiert und abwertend.

»Ja, natürlich. Es ist für Eindringlinge wie dich, die es wagen, mir zu nahe zu kommen.« Eine Gestalt tritt in mein Sichtfeld. Ich starre sie an, unfähig, den Blick abzuwenden. Sie ist kleiner, als ich erwartet hatte, und wirkt jung. Ein langes, dunkelblaues Gewand umfließt ihre zierliche Gestalt, doch der Stoff ist stellenweise zerschlissen und mit Schlamm besprenkelt. Lange blonde Haare rahmen ihr Gesicht ein, und ein goldenes Schmuckstück in ihrem Haar glitzert im schwachen Sonnenlicht.

Ich starre sie an, überrascht von ihrer Erscheinung. Sie ist wunderschön. Ihr Gesicht ist glatt, ihre Augen leuchtend grün und durchdringend.

»Ich komme aus der Stadt der Lichtmagier. Mein Freund, Emanuel de Vontaine, braucht dringend Hilfe. Sein Stab ist zerstört, und ohne ihn kann er keine Magie wirken. Ich habe ihm einen neuen Stab gefertigt, aber er benötigt noch den Zauber einer Hexe.« Die Frau mustert mich mit kühler Neugier. Sie tritt näher, umrundet mich wie ein Raubtier seine Beute. Ihre Schritte sind leicht und hinterlassen keine Spuren. Sogar das Moor scheint ihr auszuweichen. Schließlich bleibt sie vor mir stehen, auf Augenhöhe mit meinem eingesunkenen Körper.

»Emanuel de Vontaine«, wiederholt sie langsam. Ihre Stimme hat einen merkwürdigen Unterton. »Und dein Name?«

»Ich bin Philip«, antworte ich rasch. »Ich habe keinen Familiennamen.« Ihre Augenbrauen ziehen sich zusammen, als würde sie mir nicht glauben.

»So etwas gibt es nicht«, erwidert sie kühl.

»Das ist die Wahrheit«, murmele ich. »Ich kenne meinen Familiennamen nicht.« Die Hexe verengt ihre Augen, als würde sie in mir lesen wollen. Schließlich stampft sie mit einem Fuß auf den Boden. Sofort verwandelt sich das Moor in festen Untergrund.

»Zieh dich heraus«, befiehlt sie. Mit Mühe befreie ich mich aus der Erde. Völlig durchnässt und beschmutzt stehe ich vor ihr, doch sie scheint unbeeindruckt. Wieder mustert sie mich, als suche sie nach einer Erinnerung, die ihr nicht greifbar ist.

»Du kommst mir bekannt vor«, murmelt sie schließlich. »Doch dein Name sagt mir nichts.«

»Wir haben uns nie zuvor getroffen«, erkläre ich ruhig. Ihre Augen verengen sich erneut, diesmal misstrauisch.

»Meine Intuition täuscht mich nie«, sagt sie scharf. »Ich werde schon herausfinden, warum.« Eine angespannte Stille breitet sich aus. Schließlich breche ich sie.

»Könnt Ihr mir helfen?« Die Frage hängt in der Luft, während sie mich weiterhin mit ihren durchdringenden Augen fixiert. Sekunden dehnen sich wie Stunden. Ich male mir Szenarien aus, was passieren könnte, wenn sie mir ihre Hilfe verweigert. Was dann? Zurück in die Stadt? Gescheitert? Emanuel … ohne Stab … ich sehe ihn in einem Abgrund der Verzweiflung versinken. Ich habe gesehen, wie schlecht es Emanuel geht. Seine Verletzungen sind schlimm, aber sie scheinen ihm fast egal zu sein. Hätte er seinen Stab, würde er längst nicht mehr hilflos im Bett liegen. Davon bin ich überzeugt.

»Ich schaue mal, was ich für dich tun kann.« Mit diesen Worten dreht sich Norda um und verschwindet zwischen den Büschen. Ich halte den Stab fest umklammert und eile ihr hinterher. Doch sie bewegt sich mit einer unglaublichen Geschwindigkeit durch den Wald. Ich bin gezwungen zu rennen, um sie nicht aus den Augen zu verlieren. Macht sie das absichtlich? Egal. Ich lasse mich nicht abschütteln.

Nach einer Weile erreichen wir eine Hütte. Sie sieht heruntergekommen aus. Das Dach ist teilweise eingestürzt, die Wände sind von Moos und Schimmel bedeckt. Norda bleibt ein paar Schritte vor der Hütte stehen und wirft mir einen kurzen Blick zu. Dann stampft sie mit dem Fuß auf den Boden, und vor meinen Augen beginnt das Bild zu flimmern. Ich reibe mir die Augen, doch als ich blinzle, ist die baufällige Hütte verschwunden. An ihrer Stelle steht ein prächtiges Haus mit fein gearbeiteten Balken, hohen Fenstern und einem Dach, das in der Sonne glitzert. Es ist, als hätte sie die Welt um uns herum neu gewebt. Jetzt verstehe ich, warum Elric sagte, ich müsse warten, bis Norda mich findet. Ohne sie hätte ich diesen Ort niemals entdeckt.

Die Hexe dreht sich zu mir um und winkt mich zur Tür. Ich folge ihr, trete auf ihre Anweisung hin über die Schwelle. Das Innere des Hauses überrascht mich. Eine elegante Treppe führt in die obere Etage, aber das Erdgeschoss besteht aus einem einzigen, weiten Raum. Der Boden ist aus dunklem Holz, in dessen Mitte ein seltsames Symbol gemalt ist, umgeben von flackernden Kerzen. Es erinnert mich an eine Sonne … oder vielleicht an einen Mond. Ich bin mir nicht sicher.

Norda legt ihren Mantel ab. Darunter trägt sie ein sauberes, makelloses Kleid in tiefem Blau, dieselbe Farbe wie ihr Mantel, aber ohne die geringste Spur von Dreck. Sie schreitet durch den Raum und bleibt in der Mitte stehen, direkt auf dem Symbol. Ihre leuchtend grünen Augen ruhen auf mir, dann streckt sie die Hand aus.

»Gib mir den Stab.« Zögernd reiche ich ihr das Stück Holz. Einen Moment lang betrachtet sie es, nickt dann und stellt es aufrecht auf den Boden. Zu meiner Überraschung bleibt der Stab stehen, ohne zu wanken.

»Jetzt brauche ich etwas, das de Vontaine gehört hat«, sagt sie und sieht mich fordernd an. Mir stockt der Atem. Ich habe nichts bei mir, was Emanuel gehört – zumindest glaube ich das. Aber dann fällt mir der Rest seines alten Stabes ein. Vielleicht reicht er aus. Ich ziehe den Splitter aus meiner Hose und reiche ihn ihr. Ein amüsiertes Lächeln huscht über ihr Gesicht, als sie das Fragment entgegennimmt. »Diesem Stab habe ich einst Leben eingehaucht«, murmelt sie. Doch ihre Miene verdüstert sich, als sie den Zustand des Stabes erkennt. »Ich hoffe, es wird reichen«, fügt sie nachdenklich hinzu. Norda hebt die Hände, und das Symbol auf dem Boden beginnt in einem warmen Licht zu erstrahlen. Ich beobachte, wie das Fragment in ihren Händen zu pulsieren scheint, dann verschwindet es völlig. Doch bevor ich weiter hoffen kann, erlischt das Leuchten abrupt. Norda senkt die Hände und schüttelt den Kopf.

»Es tut mir leid«, sagt sie leise. Mein Herz rast.

»Was meint Ihr? Funktioniert es nicht?«

Sie antwortet nicht sofort, sondern denkt nach. Ihre Augen wandern zu mir, durchdringen mich.

»Du musst mir helfen«, sagt sie schließlich.

»Alles, was Ihr wollt«, erkläre ich hastig. Doch Norda hebt eine Augenbraue und räuspert sich.

»Starke Worte. Bist du sicher?«

»Ja«, antworte ich, ohne nachzudenken. Ihre Augen blitzen kurz auf, als sie mich eindringlich ansieht.

»Deine Gefühle für Emanuel sind außergewöhnlich stark – beinahe wie die eines Kindes zu seinen Eltern. Ich brauche etwas von dir. Etwas Bedeutendes. Eine Kette, ein Armreif … oder Körperteile.« Körperteile? Mir bleibt die Luft weg. Ich öffne den Mund, doch kein Wort kommt heraus. Wahrscheinlich würde ich doch nicht *alles* tun. Ich trage nichts bei mir, das ihr helfen könnte. Meine Kleidung zählt nicht, sie ist nicht mein Eigentum. Gliedmaßen? Nein, das ist verrückt. Augen? Hände? Alles lebenswichtig. Inmitten meiner Panik fällt mir etwas ein: der Talisman.

Ja! Schnell greife ich in meine Tasche und löse das Band des Lederbeutels von meiner Hose. Mit zitternden Händen hole ich die Münze aus meinem Beutel und reiche sie der Hexe. Kaum hat sie den Talisman in der Hand, verändern sich ihre Augen. Sie beginnen zu leuchten und für einen Moment scheint sie erstarrt.

»Woher hast du das?«, fragt sie schließlich, ihre Stimme gesenkt und doch voller Dringlichkeit. Ihre Frage verwirrt mich.

»Ich habe ihn seit meiner Geburt«, erkläre ich vorsichtig. Norda schaut mich an, als hätte ich gerade etwas Unfassbares gesagt.

»Diesen Talisman habe ich vor ungefähr achtzehn Jahren geschaffen. Ein junger Mann kam damals zu mir und bat mich, einen Glücksbringer für seinen neugeborenen Sohn anzufertigen.« Ihre Augen ruhen nun schwer auf mir, und ihre Stimme wird leiser. »Dieser Mann sah genauso aus wie du.« Die Worte treffen mich wie ein Schlag. Sie kannte meinen Vater? Mein Herz rast. Tausend Fragen brennen mir auf der Zunge, doch die Zeit scheint mir durch die Finger zu gleiten. Ich schlucke hart und schaffe es, meine Gedanken zu ordnen, zumindest halbwegs.

Norda mustert mich noch einmal. »Bist du dir sicher, dass dir das Leben dieses Mannes wichtiger ist als das einzige Erinnerungsstück an deine Eltern?«, fragt sie, mit einem Ton, der an meiner Entschlossenheit zu nagen scheint. Ohne nachzufragen, woher sie weiß, dass dieser Talisman meine einzige Verbindung zu meiner Familie ist, antworte ich mit fester Stimme: »Ja, ich bin mir sicher.« Die Entscheidung fühlt sich gleichzeitig befreiend und schwer an. So viele Jahre habe ich die Münze bei mir getragen, sie wie einen Schatz gehütet. Doch in diesem Moment wird mir klar, dass die Menschen, die jetzt in meinem Leben sind, mehr bedeuten als das Andenken an eine Vergangenheit, die ich nicht ändern kann. Emanuel ist für mich mehr als ein Lehrer – er ist wie ein Vater. Und ihn im Stich zu lassen für ein Stück Metall wäre Wahnsinn.

Norda nickt langsam, als hätte sie meinen Entschluss vorausgesehen. »Komm in den Kreis«, sagt sie leise. Ich tue, wie mir geheißen, und stelle mich ihr gegenüber. »Berühre den Stab«, befiehlt sie. Zögernd lege ich meine Hände auf den Stab. Er fühlt sich seltsam an – schwer und fest, als würde er Teil des Bodens sein. Ich verstehe nicht, wie sie ihn so einfach hinstellen konnte.

»Hör mir gut zu, Philip«, sagt Norda mit ernster Miene. »Unter gar keinen Umständen darfst du den Kreis verlassen. Und du musst den Stab festhalten, egal, was passiert. Wenn du eines von beidem nicht einhältst, ist der Zauber verloren – und alles andere auch. Es gibt keine zweite Chance.« Ihre Worte klingen wie eine Warnung, beinahe wie eine Drohung. Ich nicke, um zu zeigen, dass ich sie verstanden habe, und verstärke meinen Griff um den Stab.

Norda klatscht in die Hände, und das Symbol auf dem Boden beginnt erneut zu leuchten, dieses Mal heller und intensiver. Ihre Stimme verändert sich, wird tief und hallend, als sie zu sprechen beginnt.

»Macht des Waldes, des Wassers, der Erde, des Mondes und der Sonne …« Ihre Haare heben sich, als ob ein unsichtbarer Wind durch den Raum fegt, und ihre Augen leuchten in einem unnatürlichen, grellen Licht. Ich kann nicht wegsehen, auch wenn ich es versuche. »Gebt mir die Kraft, die Stärke zu verleihen, die den Magiern gebührt.« Der Stab pulsiert in meinen Händen. Seine Oberfläche färbt sich in einem intensiven Blau, während meine Hände in rot, gelb, grün und blau aufleuchten. Die Ornamente des Stabes werden silbern, als ob eine verborgene Energie sie erfüllt. Doch die Magie fordert ihren Preis. Ich spüre, wie meine Kraft schwindet. Meine Beine zittern, und ich muss mich am Stab abstützen, um nicht zusammenzubrechen. Jede Faser meines Körpers schreit vor Erschöpfung, aber ich halte durch.

Das Licht wird immer heller, fast blendend. Der Druck auf meinen Körper wächst, bis ich das Gefühl habe, dass ich zerrissen werde. Und dann – ein Schlag, gewaltig wie ein Donnerschlag.

Ich werde aus dem Kreis geschleudert und pralle unsanft gegen die Wand. Schmerz durchzuckt meinen Körper, und ich sinke zu Boden. Meine Stirn ruht schwer gegen den Stab, den ich noch immer in den Händen halte. Als der Schmerz nachlässt, macht sich eine andere Sorge breit. Hat es funktioniert? Der Raum ist voller Rauch, und Norda ist nirgends zu sehen.

»Norda!«, rufe ich verzweifelt. Ein Husten antwortet mir, und schließlich sehe ich sie durch den Qualm schreiten. Sie fächert sich den Rauch aus dem Gesicht und öffnet die Tür, sodass er entweicht.

»Du liebe Zeit«, ächzt sie, ihre Stimme klingt erschöpft. »Meine kleinen Geister haben es wohl ein wenig übertrieben.« Sie wendet sich mir zu, ihre Augen mustern mich eindringlich. »Alles in Ordnung?«

Ich nicke schwach und richte mich mühsam auf. Mein Blick fällt auf den Stab in meinen Händen. Er sieht wieder aus wie neu, als wäre er nie beschädigt gewesen.

»Vontaine sollte bald wieder Magie wirken können. Gib ihm den Stab, die Kraft des Wassers hat ihren Zweck erfüllt«, erklärt Norda. Ihr Blick verdunkelt sich, und sie murmelt etwas, das ich nicht verstehe. Es klingt wie ein Gebet. »Philip«, sagt sie schließlich, ihre Stimme wieder fester. »Du bist ein starker junger Magier. Doch mit dem Privileg, die Kräfte der Elemente zu nutzen, kommt auch Verantwortung. Denke daran: Die Nacht und der Tag gehören zusammen.«

Ich verstehe ihre Worte nicht, aber das ist jetzt nicht wichtig. Ich habe, was ich brauche.

»Entschuldigt, ich muss zurück. Emanuel …«, beginne ich, obwohl ich sie lieber so viele Dinge über meinen Vater hätte fragen wollen. Emanuels Wohlergehen steht nun an erster Stelle. Norda nickt verständnisvoll und lächelt. Es ist ein seltsamer, weicher Ausdruck, ganz anders als zuvor. »Ich danke Euch«, sage ich und verneige mich leicht. Ohne ein weiteres Wort öffnet sie mir die Tür.

Kapitel 31
Tag und Nacht

Ich trete hinaus in die finstere Nacht. Der Wald um mich herum scheint mich zu verschlingen. Der Rückweg zur Stadt gestaltet sich zäh, und obwohl der Mond ab und zu durch die Baumkronen der Nadelbäume bricht, bleibt die Dunkelheit drückend. Das Dickicht ist unheimlich, seine Schatten spielen mit meinen Sinnen. Doch es bietet mir Schutz vor neugierigen Blicken – und führt mich immer tiefer in das Herz des Waldes.

Bald verschwindet der Himmel vollständig aus meinem Blickfeld. Schwarze Nacht umgibt mich, und die Stille ist beklemmend. Kein Rascheln, kein Rufen von Tieren, nicht einmal das Flattern eines Vogels. Es ist, als hätte der Wald den Atem angehalten. Ein Schauer jagt über meinen Rücken, und meine Beine geben nach. Zittrig kauere ich mich auf den Boden.

Ich werde wohl warten müssen, bis die Sonne aufgeht. Müdigkeit übermannt mich, die Erschöpfung des Tages zieht mich gnadenlos in ihre Arme. Widerstand ist zwecklos. Ich presse den Stab dicht an mich und lege mich auf den kühlen Waldboden. Kaum schließe ich die Augen, überfällt mich der Schlaf.

Früher Morgen. Ich werde von einem Geräusch geweckt – nicht vom Vogelgezwitscher, das allmählich die Stille durchbricht, sondern von Laubraschen und gedämpften Stimmen. Die Sonne ist noch nicht aufgegangen, doch der Wald füllt sich mit einem fahlen Licht. Ich richte mich hastig auf, meine Sinne sind alarmiert. Weiter entfernt erkenne ich eine Bewegung. Ein dunkler Fleck zeichnet sich zwischen den Bäumen ab. Als ich genauer hinsehe, gefriert mir das Blut in den Adern. Eine Gruppe Dunkler Magier. Ihre schwarzen Kutten sind unverkennbar. Ich presse mich flach auf den Boden und halte den Atem an. Kein Laut darf mich verraten. Die Magier entfernen sich langsam, ihre Stimmen werden leiser. Erst als vollkommene Stille eintritt, wage ich es, mich zu erheben. Mein Herz hämmert in meiner Brust. Machen sich diese Dunklen wirklich auf den Weg zur Stadt der Lichtmagier? Mein Verstand arbeitet fieberhaft. Ich muss schneller sein als sie, sonst ist alles verloren – Emanuel, die Magier, die gesamte Stadt. Doch wie soll ich das schaffen? Ich komme nicht schnell genug voran. Es gibt nur eine Möglichkeit: der Tunnel am Wasserfall.

Ein leises, aber bestimmtes »Psst« reißt mich aus meinen Gedanken. Ich zucke zusammen und drehe mich alarmiert um. Eine Gestalt in einem schwarzen Umhang steht vor mir. Meine Muskeln spannen sich, bereit zum Kampf.

»Cederic?«, flüstere ich ungläubig. Er lächelt unter seiner Kapuze hervor und wirft den Stoff zurück. Seine vertrauten Gesichtszüge bringen mich ins Wanken.

»Ihr seid überrascht?«, fragt er freundlich. Alles, was ich zustande bringe, ist ein Nicken. »Erinnert Euch«, fährt er fort, »ich habe Euch schon mehrmals zur Stadt geführt.« Er hat recht, aber hier hätte ich ihn niemals erwartet. Bevor ich etwas erwidern kann, macht er eine einladende Geste. »Kommt. Die Zeit drängt.« Ohne zu zögern folge ich ihm. Sein Tempo ist entschlossen und er führt mich zielstrebig zum Wasserfall. Mein Herz rast, während wir uns dem Donnern des Wassers nähern. Doch dieses Mal bleibt er nicht stehen. Wortlos tritt er ins Wasser und geht voran. Ich zögere einen Moment, dann folge ich ihm. Das kalte Wasser sticht wie Nadeln auf meiner Haut. Wir gelangen in die Höhle und weiter in die Tunnel. Die Dunkelheit umschließt uns, nur das Licht seiner Fackel weist den Weg.

»Cederic?«, rufe ich zögerlich nach vorne. Er bleibt stehen, dreht sich langsam zu mir um, und das Licht der Fackel erhellt sein Gesicht. Da ist etwas in seinen Augen – Reue? Entschlossenheit?

»Ich habe lange genug weggesehen«, beginnt er, bevor ich meine Frage stellen kann. »Ich habe eine Seite unterstützt, mit der ich mich nie verbunden fühlte. Damit habe ich den Clan verraten, der mich einst aufgenommen und stark gemacht hat.« Seine Stimme bricht für einen Moment, bevor er weiterspricht. »Aber James … er hat mir Dinge versprochen, für die viele Magier töten würden. Ich war blind. Erst zu spät habe ich erkannt, dass all seine Worte nichts als leere Versprechungen waren.« Ich bin sprachlos. Cederic fährt fort, seine Stimme fester: »Vielleicht kann ich jetzt beginnen, meinen Fehler wiedergutzumachen. Auch wenn es Konsequenzen für mich haben sollte.« Ich bewundere seine Stärke und seinen Mut, obwohl er genau weiß, wie die Lichtmagier mit Verrat umgehen. Er nickt mir zu. »Wir müssen weiter.«

Der Tunnel endet, und das grelle Tageslicht blendet uns, als wir hinaustreten. Stimmengewirr und Tumult dringen an mein Ohr, bevor ich etwas sehen kann. Ich reibe mir die Augen, blinzle, und dann sehe ich sie: farbige Blitze in der Ferne, unaufhörlich zuckend. Die Dunklen Magier haben die Stadt erreicht – sie waren schneller.

»Verdammt«, flucht Cederic und wirft seinen Mantel ab.

»Emanuel braucht seinen Stab. Ich muss zu ihm.« Meine Stimme ist fest, mein Blick bleibt entschlossen auf Cederic gerichtet. Er hält kurz inne, offenbar abwägend, dann nickt er.

»Dann bringt ihm den Stab. Ich halte Euch den Rücken frei, so gut ich kann.« Ohne zu zögern nehme ich das Angebot an, und wir setzen uns sofort in Bewegung. Mein Weg führt mich direkt in die Stadt, durch verwinkelte Gassen und schmale Spalten zwischen den Häusern. Jede Sekunde zählt. Die Gewissheit, dass Emanuel verletzt ist und möglicherweise immer noch im Bett liegt, treibt mich an. Doch mit jedem Schritt wächst auch die Sorge, dass James bereits bei ihm sein könnte.

Die kämpfenden Magier um uns herum schenken mir kaum Beachtung, und ich vertraue blind auf Cederics Schutz. Plötzlich hallt ein lautes »Anhalten!« Durch die Straße hinter mir. Mein Herz setzt einen Schlag aus. Ich drehe mich um und sehe Chadwick Adams, dessen Gesicht vor Zorn glüht. Für einen Moment steigt mir die Röte ins Gesicht, eine Mischung aus Wut und Hass. Ich erinnere mich an das, was er Emanuel angetan hat. Der Drang, ihn zur Rechenschaft zu ziehen, ist überwältigend. Doch bevor er mich angreifen kann, sprießen Wurzeln aus dem Boden, fesseln Adams und reißen ihn zu Boden.

»Ich werde Euch zeigen, was ich von Verrätern halte!«, brüllt William, seine Stimme zitternd vor Wut. Die Gelegenheit ist perfekt. Ich reiße mich aus meiner Starre und stürze weiter in Richtung Emanuels Anwesen. Die Kämpfe toben um mich herum, doch ich bahne mir mit äußerster Vorsicht meinen Weg durch die Masse. Schließlich erreiche ich Emanuels Haus, dessen Tür weit offen steht. Ein mulmiges

Gefühl breitet sich in meinem Bauch aus. Schleunigst laufe ich hinein, mein Atem geht schwer, und mein Herz schlägt wie ein Trommelwirbel. Die Treppe knarzt unter meinen Schritten, doch ich bewege mich so leise wie möglich. Bereits auf halbem Weg höre ich eine tiefe, brummende Stimme. James. Je näher ich dem Zimmer komme, desto klarer verstehe ich seine Worte. Ungewöhnlich ist jedoch, dass Emanuel ihm antwortet.

»Du wirst uns Lichtmagier nicht besiegen können. Nicht heute und nicht mit dieser Armee. Es ist besser, wenn du abziehst. Dieses Gemetzel ist sinnlos.« Seine Stimme klingt ruhig, fast väterlich. Es ist weniger eine Drohung als ein gut gemeinter Rat.

Am Türrahmen angekommen, wage ich einen Blick ins Zimmer. Emanuel steht dort, wie gewohnt ruhig und gefasst. James steht mit dem Rücken zu mir. Er hat mich nicht bemerkt, doch Emanuel sieht mich sofort. Seine Augen ruhen nur für einen Moment auf mir, dann richtet er seinen Blick wieder auf James – aufmerksam, aber unauffällig, um meine Anwesenheit nicht zu verraten.

»Du hast bloß Angst, dass du mir nicht gewachsen bist«, höhnt James. Seine Stimme tropft vor Spott. »Jetzt erst recht nicht mehr.« Sein Lächeln ist hämisch, beinahe greifbar.

Emanuels Blick verfinstert sich. »Was hast du mit Thomas angestellt?«, zischt er. James schweigt, ein kaltes Lächeln spielt auf seinen Lippen.

»Das ist alles, worum du dich sorgst?«, fragt er schließlich mit einer Stimme, die vor falscher Unschuld trieft. »Dass dein kleiner Schützling dich verraten hat, ist dir egal?« Emanuel antwortet mit einem leisen Schmunzeln, das James offenbar aus dem Konzept bringt.

»Um Philip mache ich mir keine Gedanken«, sagt er gelassen. »Er wird weiterhin für das Licht einstehen.«

James schnaubt verächtlich. »Da täuschst du dich aber gewaltig. Der Junge hat nicht den Mut, mir zu widerstehen. Er ist ein Feigling, ein armseliger Angsthase.« Das ist der Moment, in dem ich eingreife.

»Nein.« Meine Stimme durchbricht die Spannung im Raum wie ein Messer. James zuckt zusammen, dreht sich abrupt um und fixiert mich mit schmalen, glühenden Augen. »Das ist *er* nicht«, fahre ich fort, meine Stimme fester, als ich erwartet hätte. »Ich gehöre zum Licht und werde weiterhin für diesen Clan kämpfen. Für die Lichtmagier.« Ich mache einen Schritt vorwärts, den Stab in der Hand. »Du machst mir schon lange keine Angst mehr.« James mustert mich, und für einen Augenblick sehe ich Unsicherheit in seinem Blick. Doch dann kehrt die Kälte zurück, und ich weiß: Dies wird kein leichter Kampf.

»Verräter!« James' Stimme schneidet durch die Luft, voller Zorn und Hass. Sein Stab richtet sich auf mich, prompt schleudert er einen schwarzen Blitz in meine Richtung. Geistesgegenwärtig springe ich zur Seite, gerade rechtzeitig, bevor der Angriff den Türrahmen zerfetzt. Splitter fliegen durch die Luft, und der Aufprall lässt die Wände zittern. Mein Herz rast, und mein Kopf ist wie leergefegt. Ich klammere mich an den Stab in meiner Hand – die einzige Waffe, die mir gerade bleibt. Ohne weiter nachzudenken, schwinge ich den Stab mit aller Kraft und treffe James direkt am Kopf. Er keucht auf, seine Knie geben nach, und er sinkt schwer atmend zu Boden. Sofort wende ich mich Emanuel zu, der mich mit einem wissenden Blick empfängt. Ich reiche ihm den Stab, und kaum hat er ihn berührt, beginnen die Ornamente darauf in einem warmen Blau zu glühen, das schnell in ein strahlendes Gelb übergeht. Die Farbe kehrt in Emanuels Gesicht zurück, und seine Schultern richten sich auf. Für einen Moment scheint er von purer Erleichterung überwältigt, doch dann formt sich ein entschlossenes Lächeln auf seinen Lippen. Er schiebt mich zur Seite, genau in dem Moment, in dem James sich erholt und einen weiteren Blitz auf ihn feuert. Emanuel hebt seinen Stab, und die beiden Mächte prallen mit einem ohrenbetäubenden Knall aufeinander. Die Druckwelle wirft mich zurück, und ich halte mich verzweifelt an der Bettkante fest, um nicht zu stürzen.

Emanuel drängt James aus dem Raum, ihre Angriffe lassen die Wände erbeben. Noch während ich ihnen nachsehe, packt mich die Panik. Ich rufe nach meinen Kräften, versuche die vertraute Verbindung zu den Elementen zu spüren – doch nichts passiert. Mein Atem beschleunigt sich. Wieso reagieren sie nicht? Habe ich meine Magie verloren? Ich erinnere mich an die Worte der Hexe und frage mich, ob sie mir tatsächlich etwas entzogen hat. Der Gedanke lähmt mich. Ohne Magie bin ich in diesem Kampf völlig verloren.

Aber dann zwinge ich mich zur Ruhe. Meine Gedanken wandern zurück zu den Momenten, in denen ich allein auf mich gestellt war – ohne Magie, nur mit meinem Verstand und Mut. Ich habe mich schon früher aus brenzligen Situationen befreit. Heute wird es nicht anders sein.

Ich folge Emanuel und James vorsichtig die Treppe hinunter, die Schritte gedämpft, während ihr Kampf sich durch die Villa zieht. Unten angekommen sehe ich, wie sich die beiden in die tobende Menge der Magier stürzen. Emanuel drängt James weiter in den Kampf, ihre Elemente zeichnen leuchtende Bahnen durch die Luft.

Plötzlich legt sich eine Hand schwer auf meine Schulter. Instinktiv drehe ich mich um, bereit zuzuschlagen, doch William ist es, der mich beruhigt.

»Was ist mit Emanuel?«, fragt er mit rauer Stimme.

»Er misst sich gerade mit dem Schwarzen Magier.« William nickt, seine Augen kurz flackernd vor Sorge, doch er sagt nichts weiter. Mit einem leichten Klopfen auf meine Schulter wendet er sich wieder dem Kampf zu.

Ich bleibe zurück und scanne die Menge nach Emanuel und James, doch sie sind verschwunden. Mein Herz hämmert, und ich weiß, dass ich nicht einfach stehen bleiben kann. Entschlossen stürze ich mich in die Kämpfenden.

Einer der Dunklen Magier bemerkt mich und hebt den Arm, um Magie zu wirken. Doch bevor er reagieren kann, packe ich ihn und reiße ihn zu Boden. Mit einem schnellen Schlag setze ich ihn außer Gefecht. Meine Schläge sind roh und unpräzise, doch die Überraschung reicht aus, um mir einen Vorteil zu verschaffen. Endlich entdecke ich Emanuel und James wieder. Emanuel liegt am Boden, James kniet über ihm, seine Hand fest um Emanuels Kehle geschlossen. Panik durchströmt mich, doch ich zögere nicht. Mit aller Kraft renne ich auf James zu und stoße ihn von Emanuel weg.

»Kommt schon«, murmle ich, während ich Emanuel auf die Beine helfe. Doch er zieht mich zur Seite und hält mich dicht bei sich, seine Augen ernst.

»Wir müssen weg!«, sagt er, seine Stimme drängend.

»Was soll das?«, frage ich, mein Ton vorwurfsvoll. Emanuels Griff wird fester. »James hat es auf dich abgesehen. Du musst verschwinden. Jetzt.« Seine Worte lassen Wut in mir aufsteigen.

»Ich bin kein Angsthase mehr«, antworte ich heftig. »Für das, was ich getan habe, werde ich einstehen. Ich habe ihn verraten. Ich habe beide Clans verraten. Und das Schlimmste? Ich habe Euch verraten.« Meine Stimme bricht fast, doch ich halte seinem Blick stand. »Aber ich werde nicht wieder davonlaufen. Nicht dieses Mal.«

»Dies sind keine Gründe, sich zu opfern«, widerspricht er mir, seine Augen glühend vor Entschlossenheit. Ich sehe ihn an, und plötzlich wird mir klar, worum es wirklich geht.

»Emanuel, seid ehrlich zu mir. In diesem Kampf geht es nicht um das Licht oder die Dunkelheit. Es geht nur um James.« Emanuel zuckt leicht zusammen, als ob meine Worte ihn getroffen hätten. Für einen Moment scheint er sich wehren zu wollen, doch dann bleibt er still. Seine Wut verfliegt, und seine Züge werden weicher. Ein Seufzen entweicht ihm.

»Du hast recht«, gibt er zu, seine Stimme ruhig, fast sanft. »Grundsätzlich, meine ich. Dennoch... James will die Dunkelheit über die Magier und die Menschen bringen. Und das will ich verhindern. Dabei helfen mir die Lichtmagier.« Er macht eine kurze Pause, als ob er nach den richtigen Worten sucht, und fährt dann fort: »James will alles vernichten, was ihm im Weg steht. Das bedeutet, er will das Licht auslöschen.« Ich nicke, als sich die Worte in meinem Kopf ordnen.

»Und das Licht will die Dunkelheit vernichten.« Schlagartig taucht ein Bild in meinem Geist auf, ein Bild von Norda, ihre leuchtende Gestalt wie aus dem Nichts vor mir. Sie spricht, fast flüsternd: *»Denke daran, die Nacht und der Tag gehören zusammen.«* Ein Schauer läuft mir über den Rücken, und endlich beginne ich zu begreifen, was sie mir hatte sagen wollen. Das ist die Erkenntnis, die mir längst hätte kommen sollen: Nur wenn die Nacht kommt, kann der Tag wieder erwachen. Nur wenn die Sonne unter- geht, wird es dunkel. Die Welt braucht beides – Licht und Dunkelheit – damit sie im Gleichgewicht bleibt. Keine Sippe sollte ausgelöscht werden. Nur James muss gestoppt werden, bevor er die Dunkelheit weiter verbreitet. Doch wie?

Ein scharfer Ruf reiht sich in meine Gedanken: »Vorsicht!« Emanuels Stimme klingt angespannt. Ich drehe mich um und sehe den Blitz, der auf mich zurast. Reflexartig reiße ich die Hände hoch und schließe die Augen, mein Herz schlägt schneller. Ein Moment der Stille, dann spüre ich, dass der Blitz mich verfehlt hat.

Langsam öffne ich die Augen und starre ungläubig auf die riesige Wand aus Erde, die sich vor mir auf- türmt. Ich verstehe nicht, was gerade passiert ist. Doch als ich auf meine Hände sehe, wird mir klar, was ich gerade getan habe. Ein warmes, erdiges Braun umgibt meine Handflächen – genau die Farbe der Erde vor mir.

Ein leises Murmeln aus der Erinnerung von Norda hallt in meinem Kopf nach: »Kraft der Erde.« Es wird mir klar, dass ihre Geister nicht nur dem Stab auf die Sprünge geholfen haben...

Die fünf Elemente – jetzt sind sie vollständig.

Kapitel 32
Der Weiße Magier

Ich rufe das Feuer, und meine Hände färben sich tief-rot. Ein Gefühl der Erleichterung durchströmt mich – meine Kräfte sind zurückgekehrt. Sofort muss ich zu James und diesem Spuk ein Ende bereiten. Doch gerade als ich aufbrechen will, höre ich ein lautes Schreien, das mir durch Mark und Bein fährt. Edward! Sofort mache ich mich auf den Weg, durch die Reihen der feindlichen Magier. Edward ruft nach mir, seine Stimme klar und verzweifelt. Ich folge dem Klang und sehe auf das Dach, wo James steht und Edward in seiner Gewalt hält. Als er mich erblickt, grinst er höhnisch.

»Lass ihn in Ruhe, er hat nichts mit all dem hier zu tun!«, schreie ich ihm entgegen. James lacht nur laut und springt vom Dach. Doch er landet sanft, als wäre er nie in der Luft gewesen.

»Ich habe dir versprochen, du wirst durch die Hölle gehen. Der Junge wird mein Anfang sein, um dein

Leben zu zerstören.« Er lässt Edward los, der gleich in meine Richtung rennt. Ich greife ihn schnell und ziehe ihn hinter mich. Ich kann nicht zulassen, dass er dem Jungen etwas antut. Ich sehe hinter mich und achte darauf, dass mein Körper ihn verdeckt, schon spüre ich einen heftigen Energieschwall an der Schulter. Ein Schrei entweicht mir, als der Schmerz mich durchzuckt. Ich gehe zu Boden und lasse Edward los. Doch der kluge Junge nutzt die Gelegenheit, um sich sofort in Sicherheit zu bringen.

Verzweifelt versuche ich, mich gegen seinen nächsten Angriff zu wehren, aber der Schmerz lähmt mich. Mit einem kläglichen Aufschrei breche ich zusammen und liege zitternd am Boden. James tritt an mich heran, seine Schritte unaufhaltsam.

»Du kannst mir nicht entkommen, Philip. Du nicht, und der Rest dieser Sippe auch nicht. Ich werde euch alle vernichten und die Welt regieren.«

»Nein ... James ... Du kannst das Licht nicht auslöschen. Denn ohne das Licht wird es keine Dunkelheit geben.«

»Unsinn!«, brüllt er und will mich wieder angreifen. Doch ich drehe mich auf den Rücken und halte stand. Ich fühle mich stärker als zuvor, doch es reicht noch nicht. Also rolle ich mich unter seinem Angriff hinweg und versuche, wieder auf die Beine zu kommen. Doch ehe ich reagieren kann, setzt er seinen Angriff fort. Diesmal wehre ich seine Schläge mit einem magischen roten Schild ab. Für einen Moment hält er inne, was mich stutzig macht. Ich nehme eine defensive Haltung ein, doch ich weiß nicht, was mich als Nächstes erwartet.

Ein Blitz trifft mich mitten auf den Körper, und ich werde zurück auf den Boden gerissen. Ein markerschütternder Schrei entweicht mir. Bevor James sich wieder nähern kann, erhebe ich mich, taumelnd, und mache ein paar Schritte zurück. Er stürmt auf mich zu, doch ich weiche aus und verstecke mich hinter einem Baum. Ich luge hervor und schicke einen Blitz auf ihn, doch er weicht nur lachend aus. Sein Rückschlag trifft mich im selben Augenblick, und der Baumstamm bietet keinen Schutz vor der Wucht des Angriffs. Der Schmerz durchzuckt meinen Körper, und ich fühle mich schwanken, bevor ich auf die Knie falle. Mein Körper zittert, als würde jeder Schlag ihn weiter lähmen. James taucht wieder in meinem Augenwinkel auf und klatscht in die Hände. Mehrere kleine schwarze Blitze kreisen in seinen Handflächen, bis er sie öffnet. Dann erschafft er einen gewaltigen schwarzen Ball, der aussieht wie ein riesiges Loch. Ich weiß nicht, welches Element er jetzt benutzt, und das macht mich unsicher. Feuer? Wasser? Metall? Holz? Erde? Was soll ich tun?

Ohne Vorwarnung schießt der Ball auf mich zu. Ich stärke meine Haltung und setze alles daran, mich zu wehren. Meine Hände färben sich in den Farben der Elemente – rot, blau, grün, gelb und braun. Mit aller Kraft drücke ich gegen den Ball, der mich zu verschlingen droht. Doch ich lasse das nicht zu. Alles um mich herum beginnt zu leuchten, als die Farben meiner Magie in den schwarzen Ball eindringen und mit ihm kämpfen. Es ist ein harter Kampf. Ich schwitze, mein Körper verlangt nach Luft, und die Kräfte, die ich aufwenden muss, sind enorm.

Der Ball beginnt zu flimmern, die Farben darin werden immer heller. Und dann ...

Mit einem gewaltigen Knall explodiert der Ball, als meine Magie ihn mit weißem Licht füllt. Ein grelles, blendendes Licht umhüllt mich, bevor der Druck mich zu Boden schleudert. Alles um mich herum bleibt weiß und hell, sodass ich meine Augen nicht öffnen kann. Doch schließlich wage ich es, einen Blick zu riskieren, und sehe einen Schatten über mir. Es ist eine vertraute Gestalt, doch alles ist immer noch von diesem gleißenden Licht durchzogen. Ich reibe mir die Augen und sehe, dass die andere Person dasselbe tut. In dem Moment wird mir klar: Ich sehe mich selbst. Mein erster Gedanke: *Bin ich tot?*

Ich blicke auf mein Spiegelbild hinab. Meine Haare sind nun vollkommen weiß, und meine Hände leuchten in derselben, strahlend weißen Farbe.

»Der Legende nach erscheint er dann, wenn die Welt ihn am meisten braucht.« Die Welt braucht einen Weißen Magier, um das Gleichgewicht zwischen Dunkelheit und Licht wiederherzustellen. Und das ist gerade dringend nötig. Langsam kehrt Farbe in meine Umgebung zurück, das Bild mir gegenüber verblasst, und ich stehe gestärkt auf. James sitzt geschockt auf dem Boden, sein Mund steht offen, und sein Gesicht

ist blass. Als ich einen Schritt auf ihn zu mache, weicht er mir aus.

»Zieh mit deiner Armee ab, sofort«, fordere ich ihn. James erhebt sich und reiht die Hände in die Luft. Er scheint zu wissen, dass er geschlagen ist und nun aufgeben muss. »Lass das Gleichgewicht in Ruhe«, füge ich hinzu. Für einen Moment sieht es so aus, als würde er nicken und Blickkontakt mit den Magiern in schwarzen Kutten suchen.

»Nox, wir ziehen uns zurück!«, befiehlt er. Die Magier stehen starr da, fassungslos von dem, was sie sehen. Nicht einmal auf James' Befehl rührt sich jemand. »Sofort!«, brüllt er dann angsterfüllt. Erst als einige aus ihrer Trance erwachen, beginnen sie, sich zu lösen. James geht rückwärts, ohne je den Blick von mir zu nehmen. Innerlich amüsiert, stelle ich fest, dass ich ihn noch nie so verängstigt gesehen habe. Er flieht, zusammen mit seiner gesamten Armee. Ich beobachte sie, immer noch bereit, falls sie es sich anders überlegen sollten.

Da kommt Emanuel auf mich zu. Er will mir auf die Schulter klopfen, doch meine Knie geben nach. Ich fühle mich erschöpft, so unendlich müde.

»Ich habe es die ganze Zeit gewusst. Du bist der Weiße Magier.«

Ich schmunzle leicht. »Scheint wohl so.«

»Du hast nicht nur uns gerettet, du hast es geschafft, dass Licht und Dunkelheit wieder im Gleichgewicht sind. James wird es so schnell nicht wagen, noch einmal hier aufzutauchen.« Emanuel ist stolz, aber ich spüre, dass ich kurz davor bin, zusammenzubrechen. Ich versuche zu lächeln, doch die Erschöpfung ist zu stark. Kurz schließe ich die Augen, und in diesem Moment überkommt mir ein gleißendhelles weißes Leuchten.

Kapitel 33
Das ist noch lange nicht das Ende

»Ich weiß nicht, wie es ihm geht. Sein Zustand ist gut, er sollte bald aufwachen.« Der erste Satz, den ich höre, als ich wieder zu mir komme. Es fühlt sich an, als hätte ich ewig geschlafen, und jeder Muskel in meinem Körper tut weh. Erschöpft öffne ich die Augen und sehe in zwei bekannte Gesichter. Zuerst das von Emanuel, der erleichtert aufatmet, und dann das von Thomas. Der Mann mit den silbernen Strähnen im Haar bringt mich zum Lächeln. Ich hatte schon geglaubt, ihn nie wiederzusehen.

»Stark«, keuche ich, meine Stimme klingt rau und unverständlich.

»Stark? Mehr hast du nicht zu sagen?«, Emanuel plustert sich theatralisch auf. »Kein *Hallo, Emanuel*?« Ich schmunzle, dann versuche ich, mich aufzurichten.

»Wie geht es dir?«, fragt Thomas.

»Als hätte ich ewig nicht geschlafen und wäre von einer Klippe gefallen. Und euch?«

»Besser als dir. Das Gift an James' Stab hat sofort gewirkt, deshalb hat die Folter nicht lange angedauert.« Thomas grinst. »Mir gefällt deine neue Haarfarbe«, sagt er. Ich stutze. Sind sie tatsächlich weiß? »Und dein langer Bart auch.« Erschrocken weiten sich meine Augen, was beide zum Lachen bringt. Ich taste mein Kinn ab und merke dann, dass Thomas mich nur aufgezogen hat.

Als sie sich wieder beruhigt haben, verschwinden die Scherze aus ihren Gesichtern und machen Platz für einen ernsten Blick.

»Du bist der Weiße Magier«, sagt Emanuel erneut, als wolle er mir das noch einmal ins Bewusstsein rufen. »Auch wenn die Legende wahr geworden ist und du dafür gesorgt hast, dass der Schwarze Magier die Stadt verlässt … du hast die Lichtmagier verraten, und das wissen sie auch. Wir haben Regeln, an die wir uns halten müssen. Du hast selbst gesehen, wohin Verrat führen kann.«

Ich erinnere mich an die Verurteilung durch Adams und ein flaues Gefühl steigt in meiner Magengrube auf. Wird auch mir dasselbe Urteil zuteil? Farbe verlässt mein Gesicht – falls überhaupt noch welche darin war.

»Adams hat es allerdings auf Emanuel abgesehen. Für Verrat gilt nicht gleich die Todesstrafe, und ein Urteil muss vom gesamten Senat getroffen werden. Bei Emanuels Urteil hat Adams jedoch die Zügel selbst in die Hand genommen und im Namen des Senats gehandelt, obwohl dieser nichts mit seiner Entscheidung zu tun hatte. Mach dir vorerst keine Sorgen.« Stark beruhigt mich ein wenig, doch ich kann mir gut vorstellen, welche Entscheidung der Senat treffen wird. Tief in meinem Inneren rechne ich mit einer Verbannung.

Thomas erhebt sich von seinem Platz und verabschiedet sich von mir. Dann sieht er zu Emanuel hinüber.

»Ich warte unten.« Damit verlässt er das Zimmer. Erst jetzt wird mir wirklich bewusst, dass ich in Emanuels Zuhause untergebracht wurde – sogar in meinem ursprünglichen Schlafgemach. Mein Blick wandert zu Emanuel. Da er nicht sofort mit Stark gegangen ist, erwarte ich, dass er mir etwas sagen wird. Er bleibt schließlich nicht ohne Grund länger an meiner Seite als nötig.

»Philip, ich verdanke dir mein Leben. Nicht nur einmal hast du mich aus meiner Misere gerettet. Du bist der mutigste Magier, der mir je begegnet ist. Selbst mit der Hexe hast du dich angelegt, um für mich einen neuen Stab zu besorgen. Ich bin unglaublich stolz auf dich und gleichzeitig verdienst du meinen vollsten Respekt.« Er sieht mich an und lächelt. Dann klopft er mir sanft auf die Schulter. »Vergiss nicht, dass Stark und ich auch zum Senat gehören. Mach dir keine Sorgen.« Mit diesen Worten geht er durch die Tür und schließt sie hinter sich. Ich fühle mich geehrt, den Respekt von Emanuel erhalten zu haben, doch die Sorge darüber, was nun passieren wird, überlagert alle anderen Gedanken. Was, wenn sie mich verbannen? Was soll ich dann tun? Oder sie entscheiden sich sogar dafür, mich hinzurichten! Eigentlich sollte ich mir keine Gedanken darüber machen, jedenfalls nicht jetzt. Ich darf nicht vergessen, dass Emanuel niemals zulassen würde, dass ich getötet werde.

Geplagt von Kopfschmerzen stehe ich auf. Mein Rücken brennt, wie schon lange nicht mehr, und meine Füße schmerzen ebenfalls. Ich gehe ins Badezimmer und werfe einen kurzen Blick in den Spiegel, bleibe jedoch länger davor stehen, als ich beabsichtigt hatte. Meine Haare sind komplett weiß, und selbst der kurze, stoppelige Bart ist ebenfalls weiß. Meine Hand greift nach der Schere und der Rasierklinge, um mein Gesicht wieder in Ordnung zu bringen.

Frisch eingekleidet wage ich es, einen Schritt vor die Tür zu setzen. Es ist unglaublich still, kaum Magier sind auf dem Platz. Das beschert mir ein unangenehmes Gefühl. Wahrscheinlich sind alle im Senat und beraten sich. Mein Blick fällt auf das Gebäude, in dem gerade Thomas und Emanuel sitzen. Ich wäre viel lieber dabei, dann müsste ich wenigstens nicht vor Neugier platzen. Doch plötzlich stolpert jemand aus der Tür. Es ist Cederic. Ich eile sofort zu ihm und erkenne schon von weitem sein breites Grinsen.

»Der Senat hat mich begnadigt.« Seine Worte klingen voller Freude. »Es war unglaublich schwer, sie davon zu überzeugen, dass ich keine bösen Absichten mehr habe, aber es war machbar. Danke für Eure Hilfe.« Ich blinzle.

»Meine Hilfe? Aber...«

»Ohne Euch hätte ich mich niemals getraut, den Schwarzen Magier zu verlassen. Auch wenn Ihr es nicht wisst, Ihr habt mir sehr geholfen. Ich danke Euch.« Ich glaube, er verbeugt sich leicht, bevor er an mir vorbeigeht. Ich drehe mich um und schaue ihm nach. Wenigstens einer von uns ist aus dem Schneider. Weiterhin bedrückt und von Sorgen geplagt, laufe ich quer durch die Stadt. Mein Kopf will einfach nicht abschalten, deshalb muss ich mir immer wieder die Worte von Emanuel ins Gedächtnis rufen. Ich sollte wissen, dass Stark und Emanuel mir nichts Böses wünschen, weder den Tod noch die Verbannung. Aber was, wenn sie sich genauso betrogen fühlen, wie ich sie verraten habe? Gerade diese beiden habe ich in der Not allein zurückgelassen, Stark sogar absichtlich. Aber waren sie je zornig darüber? Ich weiß es nicht. Jedenfalls haben sie es mir nie gezeigt.

Seufzend überlege ich, wie ich über diese Situation denken soll. Welches Urteil wäre rechtens? Ich sehe auf meine Hände und lasse sie aufleuchten. Ein reines, strahlendes Weiß erfüllt die Luft. Während ich das Licht betrachte, verschwinden meine Sorgen für einen Moment, bis plötzlich jemand auf meine Schulter klopft.

Ich schaue über meine Schulter und entdecke William. Zunächst ahne ich nichts Schlimmes, doch als ich sein bedrücktes Gesicht sehe, frage ich mich, was er wohl von mir möchte. Will gehört nicht zum Senat – dafür ist er noch viel zu jung. Als er den Mund öffnet, schließt er ihn sofort wieder, ohne etwas zu sagen. Nach einer kurzen Pause räuspert er sich.

»Es wird alles gut werden. Der Senat besteht schließlich nicht nur aus Untieren.« Diese Bemerkung beunruhigt mich noch mehr.

»Warum dauert das so lange?« Meine Stimme ist zittrig, und Will merkt sofort, dass ich Angst habe.

»Das ist immer so, kein Grund zur Beunruhigung, Philip. Du bist der Weiße Magier, der, auf den wir alle sehnlichst gewartet haben. Wir sind alle heil froh, dass die Legende zu unseren Gunsten Wirklichkeit wurde. Du weißt sicher, dass der Weiße Magier sich erheben soll, wenn die Welt aus dem Gleichgewicht gerät. Das hieße auch, dass, wenn der Schwarze Magier weiter über dich bestimmt hätte, du dich gegen uns gewendet hättest. Also sollen sich diese alten Säcke nicht so haben.« Er lacht laut auf, was mich zum Schmunzeln bringt, doch er verstummt schlagartig, als sich jemand hinter uns räuspert.

Ich drehe mich um, und ein älterer Magier in weißer Kutte steht vor uns und weist mich an, ihm zu folgen. Will dreht sich noch einmal zu mir um und grinst dumm. Ich muss mir mein Grinsen wirklich verkneifen. *Alte Säcke*. Glücklicherweise hat das niemand anderes gehört.

Der Magier, den ich bisher noch nie gesehen habe, führt mich zum Gebäude und die Treppen hinauf. Ich lasse ihn vorangehen, und als die großen Türen aufschwingen, drehen sich alle um. Am liebsten würde ich mich unsichtbar machen oder mich vergraben – so nervös bin ich. Auch in meiner Magengrube baut sich wieder dieses flaue Gefühl auf, das von Schritt zu Schritt immer schlimmer wird. Und genau in dem Moment, in dem ich den Saal betrete und den roten Teppich entlanggehen möchte, rutscht mir mein Herz in die Hose. Noch nie war ich so aufgewühlt wie jetzt. Es herrscht völlige Stille, ich höre nicht einmal das Atmen der Magier, und es kommt mir vor, als sei mein Herzschlag der lauteste Ton im Raum.

Ich bin nur noch ein paar Schritte von den Urmagiern entfernt, als alle sechs sich erheben. Ich erkenne ihre Gesichter, drei von ihnen saßen schon beim ersten Mal, als ich hier war, ganz links an ihrem festen Platz. Stark steht am äußeren rechten Rand, gleich neben ihm ist ein Platz frei, und dann folgt Emanuel. Der freie Platz gehört Adams, doch ich glaube nicht, dass er zurückkehren wird. In der Mitte steht der Älteste von allen, und auch derjenige, um den ich mir am meisten Sorgen machen muss. Elric Law steht vor mir, viel seriöser als zuvor. Dabei fällt mir ein, dass er es war, mit dem Emanuel damals das erste Wort gewechselt hatte, gleich neben Thomas. Elric bleibt stehen, während sich die anderen wieder setzen.

»Philip«, raunt er. Seine Stimme lässt mich erschrecken. »Du weißt, was dich in diese Lage gebracht hat, heute vor uns zu stehen. Die Anklage lautet Verrat.

Der erste Punkt: ein Kampf zwischen dir und deinem Artgenossen, Emanuel de Vontaine.« Mein

Blick wandert kurz zu Emanuel, der die Hand vor den Mund geschlagen hat und den Ellenbogen auf dem Tisch abstützt. Mit einem verärgerten Gesichtsausdruck verfolgt er die Anklage. Doch ich verweile nicht lange bei ihm und richte meine Aufmerksamkeit wieder auf Elric, der völlig ernst ist.

»Punkt zwei: Dein Anschluss an die Dunklen Magier und die Zusammenarbeit mit dem Schwarzen Magier persönlich. Du hast den Auftrag angenommen, Emanuel de Vontaine aufzuspüren und dich seiner zu entledigen.« Am liebsten würde ich mich jetzt zu Wort melden, mich verteidigen, denn das alles geschah nicht aus eigenem Willen. Doch Elric spricht weiter, lässt keine Einwände zu. Das bedeutet wohl, dass die Situation ernst ist.

»Und Punkt drei: Das Zurücklassen deines Artgenossen Thomas Stark in einer dringenden Notlage.

Dir liegt schwerer Verrat zu Füßen, der nur durch ein Urteil gesühnt werden kann.« Schwerer Verrat in drei Punkten? Es sieht so aus, als würde sich gerade das Schlimmste aller Szenarien, das ich mir ausgemalt habe, bewahrheiten.

»Du hast Emanuel vor seiner Hinrichtung gerettet, die der Senat selbst nicht mehr verhindern konnte. Die Schuld des Verrats hast du dir selbst eingestanden und wurdest mit Folter bestraft, um deine lichte Seite zu erhalten. Des Weiteren haben wir erfahren, dass Thomas Stark sein Schicksal selbst wählte und du richtig gehandelt hast, um Emanuel de Vontaine das Leben zu retten. Und zuletzt hast du uns alle vor einem Krieg bewahrt, mit weitaus mehr Toten, als uns lieb ist.« Eine kurze Pause folgt, und Elric nimmt Blickkontakt zu den anderen auf.

»Das Urteil lautet Freispruch, die Anklage wird aufgehoben.« Plötzlich fällt mir nicht nur ein Stein, sondern ein ganzer Felsbrocken vom Herzen. Ich hatte mit dem Schlimmsten gerechnet – einer Hinrichtung zum Beispiel – aber doch nicht mit diesem Urteil!

»Wir alle, nicht nur der Senat, schulden dir unseren aufrichtigen Dank.« Die Urmagier, auch Emanuel und Stark, erheben sich von ihren Plätzen und verneigen sich. Ich stehe mit offenem Mund vor ihnen und kann es kaum fassen. Dann höre ich ein Rascheln und drehe mich um. Alle anderen Magier im Senat tun es ihnen gleich und verneigen sich. Völlig überwältigt und sprachlos beobachte ich das Geschehen. Dabei fühle ich mich unglaublich stolz und mächtig. Trotzdem drehe ich mich wieder um und verneige mich leicht.

»Ich danke Euch«, presse ich zwischen den Lippen hervor, da mir immer noch die Luft abgeschnürt wird. Elric und die Urmagier richten sich wieder auf und lächeln.

»Als Zeichen unserer Wertschätzung ist dieser Platz für dich bestimmt. Für den Weißen Magier.« Er deutet auf den freien Stuhl zwischen Emanuel und Stark. Ich? Ein Platz im Senat? Emanuel lächelt mir ermutigend zu, als wolle er, dass ich diese Wertschätzung annehme.

»Es ist mir eine Ehre«, platzt es aus mir heraus, als würde jemand anderes sprechen. Ein Magier bringt mir eine weiße Kutte, die ich mir überziehe, bevor ich meinen neuen Platz einnehme. Ich sehe Emanuel, der kurz zögert, dann grinst und mich fest in seine Arme schließt. Auch er scheint erleichtert.

»Ich bin stolz auf dich, du hast den richtigen Weg gewählt«, sagt er mir ins Ohr, während Elric die Versammlung auflöst.

»Das alles hätte ich ohne Euch nicht geschafft.«

Emanuel lacht kurz. »Aber Philip, du hast alles ohne mich geschafft. Ich habe dir nur den Anstoß gegeben, mehr nicht.« Als Stark sich dazwischen drängt, lässt Emanuel mich los.

»Himmel, wenn das nicht endlich ein Grund für ein Fest ist.« Er grinst breit. Die Augen der beiden leuchten auf und Freude überkommt sie. Als wäre ihnen ein Stein vom Herzen gefallen. Aber ich weiß, dass diese Unbeschwertheit nicht von Dauer ist. Denn dies ist noch lange nicht das Ende.

Epilog

Erschöpft kehrte er mit seiner Truppe zurück in ihr kleines Städtchen. Er weiß, dass er verloren hat. Es ist die peinlichste Niederlage, die er je über sich ergehen lassen musste. Er hat sich selbst zurückgezogen. Wie schwach! Nun sitzt er gedankenverloren auf seinem thronähnlichen Stuhl und denkt nach. Dieses eine Mal soll der Sieg den Lichtmagiern gelten, doch das sollte sich beim nächsten Mal ändern. Aber wie soll er das anstellen, wenn er gar nicht mächtig genug dafür ist, nicht mächtig genug, um gegen den Weißen Magier ankommen zu können?

Philip ...

Wenn er an ihn denkt, lodert es in ihm. Er hatte ihm versprochen, ihn durch die Hölle zu jagen. Sein Verrat an ihm lässt er nicht einfach auf sich sitzen. Doch wie schon soll er an ihn herankommen? Er braucht ihn in seiner Gewalt.

»Chadwick!«, ruft er und der Lichtmagier, der sich auf die dunkle Seite hat ziehen lassen, tritt ihm vor die Augen.

»Meister«, verbeugt er sich kurz.

»Ich habe einen Auftrag für dich. Als Wiedergutmachung für dein klägliches Scheitern.« James hat Informationen und weiß, was er damit anzufangen hat. Diese lassen den schwarzen Magier, so wie er sich am liebsten nennen lässt, erst schmunzeln und dann auflachen. Ja, er hat einen Plan. Und er ist gut. Sehr gut. Er wird funktionieren, den Weißen Magier unschädlich machen und den alten Plan in die Tat umsetzen. Er wird siegen.

Bald.

Ihr wollt wissen, wie es weitergeht?

Schnappt euch Band 2: Woge der Dunkelheit

Danksagung

An dieser Stelle möchte ich allen Beteiligten danken,
die mein Debüt Stück für Stück zu etwas Besserem
gemacht haben.
Danke für all eure begeisterten Worte.
Für eure Motivation.
Dass ihr so viel Liebe in dieses Wunder investiert
habt.

Aber ein ganz besonderer Dank geht an meine
Testleserinnen: Bettina, Carmen, Janine und Lara. Nun
kann ich mit meinem Erstlingswerk endlich zufrieden
sein.